BALLE DE MATCH

BALLE DE MATCH

HARLAN COBEN

*Traduit de l'anglais
par Martine Leconte*

FERYANE

LIVRES
EN GROS
CARACTÈRES

éditions en gros caractères
vente par correspondance
Si vous avez aimé ce livre,
pour recevoir notre catalogue
sans engagement de votre part,
envoyez-nous vos nom et adresse

FER𝒴ANE

B.P. 314 – 78003 Versailles Cedex
Tél. 01 39 55 18 78
feryane@wanadoo.fr

notre site : www.feryane.fr

Titre original : Drop Shot

© 1996, Harlan Coben

© 2004, Éditions Fleuve Noir, département d'Univers Poche
pour la traduction française
ISBN 2-265-07504-3

© 2005, Éditions Feryane, Versailles
pour la présente édition
ISBN 2-84011-659-6

1

– Cesar Romero, dit Myron.

– Tu plaisantes ? répliqua Win.

– Plains-toi : je commence par l'un des plus faciles !

Sur le court, les joueurs venaient de changer de côté. Duane Richwood, le « client » de Myron – ou plutôt son poulain – était en train de filer la pâtée au numéro 15 mondial, un Ivan Ruskof-ianovitch-trucmuche : 5-0 au troisième set, après deux superbes premières manches, 6-0, 6-2. Bon début, dans ce tournoi de l'US Open, pour un p'tit gars sorti de nulle part, c'est-à-dire des bas-fonds de New York.

– Cesar Romero, répéta Myron. Allez, avoue que tu sèches.

– Le Joker, soupira Win.

– Et Frank Gorshin ?

Durant les pauses consacrées à la pub,

Myron et Win tentaient de tuer le temps en se livrant à un jeu hautement intellectuel : trouver les noms de ceux qui incarnaient les méchants dans la série télévisée de Batman. La vraie, avec Adam West, Burt Ward et tous les autres champions de la castagne et de la cascade.

Du fond du court, Duane Richwood leur adressa un sourire à la fois complice et triomphant. Il arborait des Ray-Ban dernier cri, aux montures fluorescentes. Duane ne s'en séparait jamais. Ça faisait désormais partie intégrante de sa personnalité. L'homme aux lunettes noires... Les commerciaux de chez Ray-Ban s'en félicitaient, leurs concurrents n'avaient plus que leurs yeux pour pleurer.

Myron et Win étaient aux premières loges, dans les tribunes réservées aux familles des joueurs et aux célébrités. La plupart du temps, ces sièges – d'ailleurs plutôt inconfortables – étaient pris d'assaut. La veille, pour Gustavo Kuerten, les places s'étaient vendues à prix d'or au marché noir, entre les « fiancées », les habituels pique-assiette, les journalistes et les vrais fans.

Aujourd'hui, en revanche, l'assistance était réduite à sa plus simple expression : Myron, l'agent de Duane ; Win, associé et conseiller financier du susdit ; Henry Hobman, entraîneur. Point final. Wanda, la petite amie du champion, ne supportait pas le stress et n'assistait jamais aux matches.

Myron revint à la charge :

– Liberace ?

– Chandell le Grand.

– Et ?

Win demeura perplexe :

– Et quoi ?

– Quel autre rôle de méchant Liberace a-t-il joué ?

– Qu'est-ce que tu racontes ? Liberace n'est intervenu que dans un seul épisode !

– Tu paries ?

Assis sur sa chaise juste en dessous du mirador de l'arbitre, Duane feignait d'écluser une bouteille d'Évian, prenant bien soin de diriger l'étiquette vers les caméras de télévision. Il irait loin, ce garçon : il savait déjà comment plaire aux sponsors.

Myron avait récemment négocié ce contrat pour l'US Open. Duane était censé ne boire que de l'eau – Évian, naturellement, et il fallait que ça se voie. En échange, le gamin empochait dix patates. Pas mal de dollars pour une gorgée d'eau, non ? Et ce n'était qu'un début : Myron était en pourparlers avec Pepsi. Ah, le tennis ! La beauté du sport !

Win revint à la charge :

– Désolé. Liberace ne joue que dans un seul épisode.

– C'est ton dernier mot ?

– « C'est mon dernier mot. »

Pendant ce temps, Henry Hobman, très concentré, étudiait ce qui se passait sur le court. Au bord du torticolis, les cervicales en compote, il suivait la balle des yeux. On est consciencieux ou on ne l'est pas. Il aurait pu s'accorder une petite pause, d'autant qu'en l'occurrence, les joueurs s'épongeaient le front et faisaient la promo de leurs sponsors respectifs, avant le prochain set.

– Henry, tu paries ?

Le dénommé Henry les ignora, comme d'habitude.

– Je maintiens que Liberace n'apparaît que dans un seul épisode, s'obstina Win.

Myron ricana :

– « Désolé, réponse incorrecte. Mais, rassurez-vous, chers téléspectateurs, Windsor gagne notre lot de consolation. Une boîte de jeu gratuite et un an d'abonnement à notre magazine. Et merci d'avoir participé, cher Win ! »

Win n'en démordit pas :

– C'est de la triche. Liberace n'a joué que dans un seul épisode.

– Tu te répètes, vieux.

– Prouve-moi le contraire.

Win – alias Windsor Horne Lockwood, troisième du nom – joignit les mains, phalanges vers le haut. Des mains parfaites, aux ongles manucurés. Il faisait souvent ce geste, qui lui allait d'ailleurs très bien. Très aristocratique. Win était à l'image de son patronyme à rallonge. Parfaite gravure de mode. Le WASP dans toute sa splendeur et son arrogance. L'élite de la nation, la quintessence du snobinard d'origine anglo-saxonne. Membre du Country Club, photographié toutes les semaines dans les revues people, un verre de Martini à la main, en compagnie de « fiancées » titrées arborant l'incontournable collier de perles et la robe en mousseline couleur pastel. Win puait le fric à plein nez, les bons vieux dollars des grandes familles acquis de façon suspecte mais bénéficiant de la prescription, depuis le temps. Avec ses cheveux blonds, son teint aussi immaculé que son casier judiciaire, son profil de patricien et son accent british, c'était le parti idéal. Sauf que, dans son cas, une petite anomalie s'était glissée dans son patrimoine chromosomique. Par certains côtés, il correspondait exactement au profil ci-dessus décrit. Par d'autres, en revanche, il faisait carrément tache et eût fait rougir de honte ses augustes aïeux. La génétique a de ces bizarreries...

– J'attends, dit-il.

– Tu te souviens que Liberace a incarné Chandell ? demanda Myron.

– Évidemment.

– Mais tu as oublié qu'il a aussi joué le rôle de l'horrible Harry, le frère jumeau et maléfique de Chandell ? Dans le même épisode.

Win réprima une grimace.

– Tu rigoles !

– Non, pourquoi ?

– Ça ne compte pas. Franchement, tu te fous de moi, ou quoi ? Le coup des jumeaux antagonistes ! Les frères ennemis, à d'autres !

– Et alors ? Ça fait partie du jeu. Cite-moi un passage du règlement où c'est interdit.

Win fit la moue. L'atmosphère était tellement chargée d'humidité qu'elle vous en inondait le slip, sur ce stade de Flushing Meadows où pas un souffle de vent ne pénétrait.

13

L'endroit, curieusement nommé en l'honneur de Louis Armstrong, ressemblait à une gigantesque campagne de pub avec un petit court de tennis au milieu. IBM – excusez du peu – parrainait le panneau électronique où s'affichait la vitesse des balles de service. De son côté, Citizen (les montres) chronométrait la durée réelle de chaque jeu. Le logo de Visa, quant à lui, décorait des banderoles derrière les juges de ligne. Reebok, Infiniti, Fuji et compagnie se partageaient les espaces encore disponibles. Sans oublier Heineken.

Heineken, la bière officielle de l'US Open.

Le public était très... panaché. En bas – aux meilleures places, pour une fois –, on trouvait les friqués. Garde-robe variée. Certains arboraient le costume trois-pièces-cravate (Win), d'autres privilégiaient une tenue plus décontractée, façon république bananière (Myron), d'autres encore étaient en jean, voire en short. Les favoris de Myron étaient les fans déguisés en pros, avec la panoplie complète – polo, chaussettes blanches, serre-tête et raquette. Eh oui, même la raquette ! Comme s'ils s'attendaient à ce qu'on fasse appel à eux ! Comme si Sampras ou Steffi allaient soudain pointer le doigt vers les gradins et leur dire : « Hé, vous, là, avec la raquette, amenez-vous, j'ai besoin d'un partenaire pour le double. »

C'était maintenant au tour de Win de poser les questions.

– Roddy McDonald, dit-il.

– Le rat de bibliothèque ?

– Vincent Price.

14

– Tête d'œuf ?

– Joan Collins.

Myron hésita :

– Joan Collins ? Celle de *Dynastie* ?

– Non mais tu ne crois tout de même pas que je vais t'aider ? Tête d'œuf toi-même !

Myron passa mentalement en revue les différents épisodes. Sur le court, l'arbitre annonça la reprise de l'échange. La pause publicitaire était terminée. Les joueurs se levèrent. Myron n'aurait pu le jurer, mais il crut déceler un éclair d'anxiété dans les yeux d'Henry.

– Alors, tu donnes ta langue au chat ? demanda Win.

– Ferme-la. On en est à 5-0, troisième manche, je te signale.

– Et ça se prétend fan de Batman ! soupira Win.

Les joueurs étaient des hommes-sandwiches aussi sponsorisés que le court lui-même. Duane était habillé par Nike de la tête aux pieds, utilisait une raquette Head. Sur ses manches figuraient les logos de McDonald's et de Sony. Son adversaire roulait pour Reebok. Avec Sharp Electronics et Bic. Bic, fabricant de stylos et de rasoirs. Comme si les gens allaient voir un match de tennis et, voyant le logo, allaient se précipiter pour acheter un stylo à bille !

Myron se pencha vers Win :

– D'accord, j'abandonne, murmura-t-il. Quel rôle jouait Joan Collins ?

Win haussa les épaules.

– Aucune idée.

– Quoi ?

– Je sais qu'elle a tourné dans un épisode mais j'ai oublié le nom de son personnage.

– Non, c'est pas de jeu. T'as pas le droit.

Win sourit de toutes ses dents, qu'il avait éclatantes et parfaitement rangées.

– Ah bon ? Et tu vois ça où, dans le règlement ?

– Si tu poses une question, tu dois connaître la réponse. C'est ce qu'on avait dit, non ?

– Pas du tout.

Soudain une troisième voix s'éleva :

– La sirène.

Surpris, Win et Myron se tournèrent vers Henry.

– Pardon ?

– Dans Batman, Joan Collins jouait le rôle de la sirène, murmura Henry, les yeux toujours scotchés sur le court.

– On aura tout vu ! C'est pas bon d'étaler sa culture, Henry !

Ce dernier demeura impassible. À peine un frémissement des lèvres qui eût pu passer pour un sourire un tantinet ironique.

Sur le court, Duane, au service, ouvrit les hostilités avec un ace qui faillit percuter et tuer sur place un malheureux ramasseur de balles. 220 km/heure, selon le panneau d'affichage IBM. Myron secoua la tête, franchement bluffé. Tout comme Ivan Trucmuchekov, de l'autre côté du filet. Le second échange laissait présager un 30-0 quand le téléphone cellulaire de Myron eut la mauvaise idée de sonner.

Myron n'était pas le seul à avoir oublié de débrancher son portable mais, au premier rang, ça faisait mauvais genre. Carrément plouc. Il allait appuyer sur la touche « off » lorsqu'il se dit que c'était peut-être Jessica qui cherchait à le joindre. Jessica. La seule évocation de ce prénom fit monter sa tension artérielle.

– Allô ?

– Désolée, ce n'est pas Jessica, annonça d'emblée Esperanza, son assistante et associée.

– Non, bien sûr. Je n'ai jamais cru une seconde que ce serait elle.

– Ben voyons ! C'est bien connu, chaque fois que vous décrochez le téléphone, Myron, vous avez ce ton pitoyable ! Un chiot nouveau-né privé de sa mère...

Myron serra les dents pour réprimer la réplique cinglante qui lui faisait défaut. Le match poursuivait son cours, mais plus d'une paire d'yeux courroucés étaient menacés de strabisme divergent, partagés entre suivre la trajectoire de la balle et trouver l'origine de la sonnerie sacrilège.

– Qu'est-ce qui se passe ? chuchota Myron. Je suis pas tout seul, figurez-vous.

– Je sais. Et je parie que vous êtes très populaire, en train de téléphoner au beau milieu d'un match.

Elle n'avait pas tort... Les regards, à présent, convergeaient vers lui, non plus furieux mais littéralement meurtriers. Comme s'il avait molesté un enfant. Ou bien utilisé les

17

fourchettes à poisson pour attaquer son chateaubriand béarnaise.

– Qu'est-ce qui se passe ?

– Vous, justement. Vous passez à la télé en ce moment même, chef. Et je dois dire que c'est vrai.

– Quoi donc ?

– C'est vrai que ça vous grossit, le petit écran.

– Bon, arrêtez. Ou plutôt, accouchez !

– Eh bien, j'ai pensé que ça vous intéresserait d'apprendre que je vous ai dégotté un rendez-vous avec Eddie Crane.

– Sans blague !

Eddie Crane, jeune espoir du tennis américain, future star mondiale ! Jusqu'à présent, il n'avait accepté de rencontrer que les quatre agences leader du marché : ICM, TruPro, Advantage Int' et ProServ.

– Non, je ne rigole pas, dit Esperanza. Vous êtes censé le retrouver sur le court 16 après le match de Duane. Ses parents seront là.

– Qu'est-ce que je ferais sans vous ? Je vous adore, Esperanza ! Vous le savez, n'est-ce pas ?

– Oui, mais que diriez-vous d'un petit bonus ? J'veux dire, quelques dollars de plus, chaque fin de mois ?

À cet instant précis, Duane réussit un magnifique coup droit croisé qui prit son adversaire à contre-pied. 30-0.

– Quoi d'autre ? demanda Myron.

– Rien d'important. Ah, oui. Valérie Simpson. Elle a appelé trois fois.

– Qu'est-ce qu'elle voulait ?

– Elle a refusé de me parler. Mais la Reine des Glaces n'avait pas l'air dans son assiette. Plutôt perturbée.

– Ne l'appelez pas comme ça, je vous prie.

– Ouais, bof...

Myron raccrocha. Win lui jeta un regard en coin :

– Un problème ?

Valérie Simpson. Un cas, celle-là. Totalement déjantée. Elle était venue frapper à la porte de Myron deux jours plus tôt. À la recherche, désespérément, d'un agent pour la représenter.

– Non, la routine, dit Myron.

Duane en était à 40-0. Trois balles de match. Bud Collins, chroniqueur patenté, était déjà dans les coulisses, prêt pour l'interview. Il portait, bien sûr, un pantalon sponsorisé, en technicolor, encore pire que d'habitude, particulièrement hideux.

Duane attrapa deux balles lancées par un petit ramasseur et s'approcha de la ligne de service. Sur le marché du tennis, Duane sortait de l'ordinaire : il était noir. Il ne venait ni d'Inde, ni d'Afrique, ni même de France. Il était né et avait grandi à New York. Contrairement à la plupart des joueurs engagés dans ce tournoi, il n'avait pas passé sa jeunesse à subir la pression des parents ou d'un entraîneur avides de gloire ou de dollars – ou des deux. Il n'avait pas connu les entraîneurs de Floride ou de Californie, ces buveurs de sang qui fondent sur les futurs jeunes talents, tels des vautours sur leur proie. Non, Duane était un outsider, en quelque sorte. Un gosse des cités – des quartiers, comme on dit maintenant – qui s'était tiré de chez lui à quinze ans et avait survécu dans la rue. Le tennis, il l'avait appris en regardant les grands, sans billet d'entrée. Fasciné, les yeux scotchés derrière des grillages, mourant d'envie de participer.

Il était sur le point de gagner ce match – crucial pour sa carrière – lorsqu'une détonation cloua tout le monde sur place.

Ça ne venait pas du stade, mais de l'extérieur. Il n'y eut pas de panique : les spectateurs pensèrent que des gamins venaient de lancer des pétards, ou bien qu'une voiture avait quelques petits problèmes côté pot d'échappement.

Myron et Win, cependant, ne furent pas dupes. Ce genre de bruit, ils ne le connaissaient que trop bien. Ils sautèrent hors des tribunes et sortirent du stade, au pas de course. Derrière eux, les gens s'agitaient.

Du haut de sa chaise, l'arbitre s'empara de son micro et réclama le silence.

Myron et Win empruntèrent fissa l'échelle de secours. Sautèrent vers l'immeuble d'à côté en fermant les yeux, advienne que pourra.

Dans les gradins, quelques rares spectateurs avaient fini par comprendre que quelque chose n'allait pas. Peu à peu, ils contaminèrent l'ensemble des fans de tennis. Quelqu'un se mit à crier, sans raison apparente. Et, d'un seul coup, tout le stade fut pris de panique. Hurlements hystériques, reflux massif vers les sorties de secours. Seul l'arbitre, fidèle au poste, réclama le silence, comme si de rien n'était.

Myron et Win, ayant enjambé les barrières, bousculé les vigiles et atteint le macadam, étaient à présent hors de danger. Une petite troupe s'était formée devant le stand à bouffe, qui vendait des hamburgers au prix du caviar (service compris). Ils jouèrent des coudes au milieu d'une foule mitigée – en folie ou amorphe, selon les tempéraments. Après tout, on était à New York : quand on a fait la queue pendant des heures pour s'offrir un soda, on n'a pas forcément envie de céder sa place, même si la terre menace de s'écrouler.

Une jeune fille gisait, face contre terre, devant un stand où l'on servait du Moët et Chandon à vingt dollars la coupe. Myron la reconnut immédiatement, avant même de se pencher vers elle et de la retourner. Mais quand il vit son visage, ses yeux bleus figés dans l'horreur glacée de la mort, son cœur marqua un temps d'arrêt.

Il lança un regard à Win – lequel, comme d'habitude, demeura impassible.

– Bon, dit Myron. Je crois bien que pour son come-back, c'est râpé.

2

– Peut-être que tu devrais laisser tomber, dit Win.

D'un coup de volant, il engagea sa Jaguar XJR sur la nationale à trois voies, direction plein sud. La radio était branchée sur WMXV, 105.1 FM. La station passait un truc du genre soft rock. Michael Bolton, en plus ringard.

– Ça t'embête si je mets une cassette ? demanda Myron.

– Fais comme tu veux, ma poule.

Win s'apprêtait à changer de voie – sans clignoter, bien sûr. Sa façon de conduire était... créative, dirons-nous. En général, Myron préférait fermer les yeux. Il choisit une cassette, au hasard. Tout comme Myron, Win avait une étonnante collection de vieilles comédies musicales de Broadway. En l'occurrence, Robert Morse chantait son amour pour une dénommée Rosemary. Mais Myron était obsédé par un autre prénom. Valérie.

Valérie Simpson était morte. D'une balle en plein cœur. Quelqu'un lui avait balancé un pruneau juste devant le stand à bouffe. Pile poil le premier jour du seul tournoi américain du Grand Chelem. Évidemment, personne n'avait rien vu. Ou, du moins, chacun prétendait n'avoir rien vu.

– Je te vois venir, dit Win.

– Hein ? Quoi ?

– Je connais bien cette expression.

– Quelle expression ?

– Mâchoire crispée, sourcils froncés... Tu vas encore vouloir jouer les justiciers. Relax, Max. Ce n'était pas ta cliente.

– On était sur le point de signer.

– Nuance non négligeable. Tu n'étais pas sa baby-sitter, mon vieux.

– Elle m'a appelé trois fois, aujourd'hui. Comme elle n'arrivait pas à me joindre, elle est venue jusqu'au stade. Et là, on lui a tiré dessus.

– C'est triste, mais tu n'y es pour rien.

L'aiguille du compteur frôlait les cent cinquante.

– Euh, Win...

– Oui ?

– On n'est pas en Angleterre, je te signale. Ici, le côté gauche de la route est réservé à ceux qui viennent d'en face.

Win donna un brusque coup de volant, se rabattit sur la droite – coupant la trajectoire d'innocents conducteurs – et quitta la nationale. Quelques minutes plus tard, il garait la Jaguar devant le parking Kinney, sur la 52ᵉ Rue. Il tendit les clés au gardien, un dénommé Mario. Il faisait très chaud. Une touffeur propre à Manhattan. Le bitume vous brûlait la plante des pieds à travers la semelle de vos chaussures. Les gaz d'échappement stagnaient dans un air aussi épais qu'une soupe aux choux. Respirer requérait un effort surhumain. Transpirer devenait une occupation à plein temps. Le truc, c'était d'avancer en bougeant le moins possible, en espérant qu'à l'intérieur la climatisation sécherait votre chemise sans vous filer une pneumonie.

Myron et Win marchèrent jusqu'à la tour Lock-Horne Investments située sur Park Avenue. L'immeuble appartenait à la famille de Win. Myron sortit de l'ascenseur au douzième. Win resta dans la cabine : ses bureaux se trouvaient deux étages au-dessus. Avant que les portes ne se referment, il murmura :

– Je la connaissais.

– Qui ?

– Valérie Simpson. C'est moi qui te l'ai envoyée.

– Pourquoi tu ne m'as rien dit ?

– Je n'en voyais pas l'utilité.

– Ah bon ? Euh... vous étiez proches ?

– Ça dépend de ce que tu entends par là. Elle fait partie d'une des grandes familles de Philadelphie, comme la mienne. Grosse fortune. Mêmes clubs, mêmes associations caritatives, enfin tu vois. Quand on était gosses, nos parents passaient parfois les vacances d'été ensemble. Mais je l'avais perdue de vue depuis des années.

– Et un beau jour elle t'a appelé, comme ça, sans raison ?

– On peut dire ça comme ça.

– Et sinon, on le dirait comment ?

– C'est un interrogatoire ?

– Non. As-tu la moindre idée de qui aurait pu lui en vouloir au point de la tuer ?

Win demeura parfaitement impassible.

– On en discutera plus tard. Pour l'instant, j'ai deux ou trois choses à régler.

Les portes de l'ascenseur se refermèrent, exhalant un doux feulement. Myron attendit un instant, comme s'il espérait les voir s'écarter à nouveau. Puis il traversa le corridor et pénétra dans son agence. Son QG, son home, son refuge.

À la réception, Esperanza leva le nez de son bureau.

– Vous avez une sale mine, Myron !

– Vous êtes au courant, pour Valérie ?

Elle hocha la tête. Si elle se sentait coupable d'avoir qualifié la jeune femme de « Reine des Glaces » juste avant le meurtre, elle n'en montra rien.

– Vous avez du sang sur votre veste.

– Je sais.

– Ned Tunwell, le type de chez Nike, vous attend dans la salle de conférences.

– Quand faut y aller, faut y aller, n'est-ce pas ?

Esperanza ne répondit pas.

– Ne vous inquiétez pas, dit Myron. J'assure.

25

– Moi aussi. Enfin, j'essaie.

Brave Esperanza ! Miss Compassion, toujours...

Quand Myron pénétra dans la salle de réunion, Ned Tunwell se précipita, tel un chien heureux de voir revenir son maître après une longue absence de dix minutes. Sourire jusqu'aux oreilles, grandes tapes dans le dos. Myron craignit un instant qu'il ne lui saute sur les genoux et ne lui lèche la figure pour exprimer sa joie.

Blond, avec l'une de ces ridicules petites moustaches qui font penser à une trace de lait sur la lèvre supérieure des gamins qui rêvent d'avoir du poil au menton, Ned Tunwell avait la trentaine, comme Myron. Mais en beaucoup plus speed – ou moins cool, au choix. Blazer bleu marine, chemise blanche, pantalon kaki, cravate trop colorée. Et, bien sûr, il arborait des Nike. Le dernier modèle, évidemment, dont la star était Duane Richwood.

Il finit par se calmer et brandit une cassette vidéo :

– Attendez de voir ça ! Myron, vous allez adorer. C'est fantastique !

– Eh bien, voyons, dit Myron en branchant le magnétoscope.

– Je vous jure, c'est fantastique ! Positivement incroyable. C'est sorti mieux que je ne l'espérais. Ça dépasse de loin ce qu'on avait fait avec Courier et Agassi. C'est fantastique, je vous dis !

Décidément, « fantastique » était le mot-clé.

Tunwell glissa la cassette dans la fente du

VCR. Myron s'assit et s'efforça de chasser de sa mémoire l'image du cadavre ensanglanté de Valérie Simpson. Il devait se concentrer sur le business. Ce premier spot était crucial pour la carrière de son jeune client. Car à quoi bon se voiler la face ? L'image d'un athlète dépend bien davantage de la pub que de ses performances sportives. Tout le monde connaît Michael Jordan à cause de ses pompes, mais combien l'ont vu jouer ? Une bonne campagne, de bons clips, et votre champion voit s'ouvrir toutes les portes devant lui. Dans le cas contraire, adieu veaux, vaches, cochons et dollars, il se retrouve pompiste ou serveur – s'il a de la chance.

– Quand est-ce que ça passe à l'antenne ? demanda Myron.

– Pour les quarts de finale. On va inonder toutes les chaînes.

La bande finit de se rembobiner. Duane était sur le point de devenir l'un des joueurs les mieux payés au monde. Non pas tant en raison de son coup droit ou de son revers – quoique son talent ne fût pas superflu, en l'occurrence –, mais grâce aux sponsors. Dans la plupart des sports, les athlètes professionnels gagnent bien plus de fric grâce à la pub qu'en exerçant leur métier. C'est particulièrement vrai pour le tennis. Les dix meilleurs joueurs mondiaux gagnent environ quinze pour cent de leurs revenus sur les courts. Le reste du pactole est assuré par le parrainage, les matches exhibition, etc. Les multinationales sont prêtes à mettre le paquet pour qu'un champion accepte simplement de faire acte de présence à tel ou tel tournoi, quelle que soit l'issue de la rencontre. L'important, c'est de participer et surtout de porter la casquette de celui qui casque, n'est-ce pas ?

Depuis quelques années, le tennis avait besoin de sang frais. Or, le jeune et bouillonnant Duane Richwood en regorgeait. Courier et Sampras étaient devenus aussi excitants que des croquettes pour chiens. Les blonds nordiques étaient fidèles à eux-mêmes : soporifiques, collés au fond du court, aussi imprévisibles que des moules sur leur rocher. Chauve et père de famille, Agassi n'amusait plus personne. Quant aux McEnroe, Connors & Co... paix à leurs raquettes !

Donc, Duane Richwood tombait à pic. Pittoresque, facétieux, légèrement rebelle et controversé, mais pas encore haï. Il était noir et venait de la rue. Le gentil garçon de couleur, « courageux et méritant ». De ceux qui permettent aux racistes de prouver qu'ils ne sont pas racistes.

– Ce môme, conclut Mister Nike, c'est de l'or en barre. Il est... il est tout simplement...

– Fantastique ? suggéra Myron.

Ned Tunwell claqua des doigts avec enthousiasme, puis appuya sur la touche « Play ».

– Attendez de voir ce spot, Myron. Ça me fait bander rien que de le visionner. Putain, j'ai la trique rien que d'y penser ! Je vous jure, c'est du grand art.

Deux jours plus tôt, songea Myron, Valérie Simpson était assise dans cette même pièce.

Elle avait rendez-vous juste après Duane. Le contraste était saisissant. La vingtaine tous les deux, mais tandis que l'un démarrait une carrière prometteuse, l'autre avait son avenir derrière elle. À vingt-quatre ans, Valérie était rangée depuis longtemps dans la catégorie des dinosaures. Elle s'était montrée froide et arrogante (d'où l'étiquette que lui avait collée Esperanza, « la Reine des Glaces »). D'un autre côté, peut-être n'était-ce qu'une façade pour cacher son découragement, son désespoir. Difficile à dire. Oui, Valérie avait un jour été jeune, mais elle n'avait jamais été... vivante. Rétrospectivement, ce jugement avait de quoi vous faire frissonner. Néanmoins, Myron devait bien se l'avouer, il avait perçu dans le regard figé du cadavre de Valérie plus d'animation que dans les yeux de la jeune fille qu'il avait reçue dans son bureau quarante-huit heures auparavant.

Pourquoi, se demanda-t-il une fois de plus, pourquoi avait-on assassiné Valérie Simpson ? Pourquoi avait-elle cherché à le contacter ? Pour quelle raison était-elle venue jusqu'au stade ? Pour observer les autres joueurs, ou pour le rencontrer, lui ?

– Regardez ça, Myron, répéta Tunwell. C'est tellement fantastique que j'en ai déchargé dans mon froc dès que j'ai vu les rushes.

– Désolé d'avoir raté le spectacle, dit Myron.

Sur l'écran apparut Duane. Il portait ses lunettes de soleil et courait de droite à gauche (et vice versa) au fond d'un court de terre battue. Gros plan sur ses mollets en plein effort et sur ses godasses aérodynamiques. Contraste des couleurs (tête-de-nègre pour les gambettes, blanc pour les chaussettes, ocre pour le sol). Rythme syncopé, ponctué par le bruit des balles. Très MTV. C'eût été parfait comme clip pour un groupe de hard rock. Puis l'estocade, le point sur le i : la voix de Duane invitant le téléspectateur à venir « sur son court ». La caméra remonte vers le short du garçon. Image subliminale ? Jeu de mots intentionnel ?

Coupez ! Le champion disparaît. L'image passe au noir et blanc (sans jeu de mots, cette fois). Silence. Mais, une seconde plus tard, un juge en robe et perruque se penche du haut de sa chaire, tel un arbitre de chaise, frappe un coup de maillet et décrète : « Ce court est privé. L'accusé est condamné. »

Musique. Retour à la couleur. Nouveau plan sur Duane qui renvoie une balle de service meurtrière avec un sourire carnassier, le soleil se reflétant sur les verres de ses Ray-Ban. Mais, ultime subtilité, le dieu Phébus n'est pas le seul à se mirer sur les carreaux noirs. Comme en surimpression apparaît le logo de Nike. Fin de la séquence. Joli graphisme, au demeurant.

Ned Tunwell émit un grognement d'auto-satisfaction.

– Cigarette ? proposa Myron.

Le sourire de Tunwell s'élargit au-delà de ses oreilles.

– Qu'est-ce que je vous avais dit, hein ? Fantastique, n'est-ce pas ?

Myron hocha la tête. Oui, ce n'était pas mauvais. Et même plutôt bon. Très pro. Message clair sans être trop démago.

– Ça me plaît, dit-il.

– Je le savais. J'en aurais mis ma queue à couper. Ici, sur l'instant.

– Allez-y, ne vous gênez pas.

Tunwell éclata de rire, puis frappa à plusieurs reprises sur l'épaule de Myron, incapable de contenir son hilarité.

– Euh... Ned ? On se calme, s'il vous plaît.

D'un seul coup, ledit Ned sécha ses larmes de joie et fut tout ouïe :

– Vous êtes trop, Myron. Vraiment trop. Ça me tue !

– Oui, je sais. J'ai cette réputation mais elle est surfaite. Blague à part, à propos, vous êtes au courant ? Valérie Simpson, ça vous dit quelque chose ?

– Bien sûr. Je regarde les infos, comme tout le monde. J'ai travaillé avec elle, il y a quelques années.

Il souriait toujours, les yeux brillants.

– Ah bon ? Elle était sous contrat avec Nike ?

– Je veux ! Et pas qu'un peu ! En fait, elle nous coûtait sacrément cher. Je veux dire, au départ, c'était une valeur sûre. Elle n'avait que seize ans quand on a signé. Elle était finaliste à Roland Garros. En plus, elle était mignonne, blonde et américaine pur jus. Tout pour plaire, quoi. Et déjà bien développée, si vous voyez ce

31

que je veux dire. Pas le genre de gamine qui prend dix kilos au premier chagrin d'amour et vous claque entre les pattes. Elle était mentalement structurée. Motivée. Elle en voulait, ça je peux vous le dire !

– Et alors ? Que s'est-il passé ?

Tunwell haussa les épaules :

– Elle nous a offert une belle déprime. Merde, ça a fait la une de tous les journaux. Vous vivez sur Mars, ou quoi ?

– Et cette dépression était due à quoi ?

– Qu'est-ce que j'en sais ? Pas mal de rumeurs ont couru, à l'époque.

– De quel genre ?

– Bof ! Je ne sais plus.

– Vous êtes sûr ? Cherchez bien.

– Écoutez, Myron, c'est de l'histoire ancienne. Trop de pression, sans doute. Elle n'a pas supporté. Faut voir la vie que mènent ces jeunes. Ils ont la grosse tête mais les jambes ne suivent pas toujours. Un jour au sommet et, d'un seul coup, plouf ! C'est dur, vous savez. J'en ai vu tellement qui...

Il s'interrompit, baissa la tête.

– Ah, et merde !

Myron demeura silencieux.

– Je n'arrive pas à croire que je vous ai raconté tout ça, reprit Ned. Surtout à vous.

– Rassurez-vous, c'est oublié.

– Non, je veux dire, y a des fois, je ferais mieux de fermer ma grande gueule. Désolé, je...

D'un geste, Myron l'arrêta :

– Pas de lézard, Ned. Un genou niqué n'a

rien à voir avec une dépression nerveuse. Et le basket n'a rien à voir avec le tennis.

– Ouais, je sais. Mais j'aurais pas dû remuer le couteau dans la plaie. Ça a pas dû être facile, pour vous. Se retrouver sur le tapis, en pleine gloire... Quand les Celts vous ont enrôlé, vous aviez déjà signé avec Nike ?

– Non, justement.

– Alors je ne comprends pas. Pourquoi vous ont-ils viré de l'équipe ?

– Je ne m'en plains pas.

À cet instant, Esperanza pénétra dans la pièce – sans frapper, selon son habitude. Le sourire de Ned Tunwell revint immédiatement égayer son visage. Il est vrai que le blondinet était d'un optimisme incontournable. Vrai aussi que peu d'hommes étaient capables de résister aux charmes de l'Andalouse de service.

– Myron, je peux vous voir une seconde ? En privé.

– Salut, Esperanza, dit Tunwell, le cœur plein d'espérance.

Le regard de la belle Hispanique le transperça, ne le vit point. Ignorer les gens, c'était l'un de ses nombreux talents.

Myron s'excusa en son nom et la suivit dans le hall. Le bureau de la jeune femme était vide, à l'exception de deux photographies. L'une d'elles représentait son chien – ou plutôt sa chienne –, petite créature pleine de poils partout et notamment sur les yeux, prénommée Chloé, qui avait gagné un prix de beauté. Enfin, de beauté canine. Esperanza était très

33

branchée chiens, chose peu commune chez les Latinos de son quartier, qui avaient plutôt tendance à considérer ces bestioles comme animaux nuisibles ou denrées comestibles.

De l'autre côté du bureau trônait le portrait d'Esperanza elle-même, aux prises avec une autre femme. Une vraie lutte, professionnelle. Car il faut dire que la frêle Esperanza, avant d'être l'assistante de Myron, avait débuté sur les rings et sous le pseudonyme de « Pocahontas », la princesse indienne. Durant trois années, Pocahontas avait fait salle comble, agaçant les machos et séduisant les adeptes de Lesbos. Ces dernières avaient d'ailleurs songé à un sigle : plf&h&a (Pour la Libération des Femmes & des Hommes & des Autres), mais si on y ajoutait les trois w, l'arobase, /// et les point-com, point-fr et point-etc., ça faisait beaucoup pour Internet. Elles renoncèrent donc à ce label pourtant mûrement pensé.

Devant cet échec, Esperanza, qui n'était pas à court d'idées, créa sa petite entreprise. Vêtue d'un bikini en peau de daim (avec franges, image de marque oblige), elle attira plus d'un voyeur dans sa boutique. Pute pour les uns, soumise pour les autres, elle attira l'attention de Myron qui l'embaucha en qualité d'assistante, puis d'associée. La collaboration s'avéra fructueuse.

Tous deux étaient à présent à la réception.

– J'ai Duane au bout du fil, chuchota-t-elle.

Myron prit la communication.

– Allô ? Salut, Duane. Quoi de neuf ?

– Rappliquez, Myron ! J'ai besoin de vous, rapidos !

– Que se passe-t-il ?

– Les flics sont chez moi. Y me posent un tas de questions à la con.

– On se calme, fiston. Quel genre de questions ? Et à propos de quoi ?

– Vous savez, cette fille qui s'est fait buter ? Ben ils pensent que j'ai quelque chose à voir là-dedans.

3

– Passe-moi l'inspecteur, dit Myron. Ou le commissaire. Enfin, passe-moi le chef. Et tu ne dis rien, d'accord ?

Une autre voix lui coupa la parole :

– Ici Roland Dimonte, de la Brigade criminelle. Qui êtes-vous, bordel ?

– Myron Bolitar. Je suis l'avocat de M. Richwood.

– Son avocat, hein ? Je croyais que vous étiez son agent.

– Les deux, mon capitaine.

– Sans blague ! Baveux de mes deux !

– Très drôle. Continuez ainsi et c'est vous qui serez bientôt derrière les barreaux. Outrage à magistrat, vous connaissez ?

– Non, vous rigolez ? Vous êtes vraiment juriste ?

– Mon diplôme est encadré et accroché au

mur, derrière mon bureau. Je vous l'apporte quand vous voulez.

Dimonte renifla, bruyamment.

– Ex-sportif. Ex-agent fédéral. Et maintenant, vous êtes avocat ? Vous me prenez pour un con, ou quoi ?

– Tel le phénix, je renais de mes cendres, dit Myron.

– Ah oui ? Et moi je suis le pape. Franchement, Bolitar, quelle fac de droit accepterait quelqu'un tel que vous ?

– Harvard, par exemple.

– Rien que ça ! Ben voyons !

– Vous posez une question, je réponds.

– Et moi je te coffre, pauvre tache. T'as une demi-heure pour rassembler tes affaires. Après quoi je t'embarque au poste, avec les bracelets. Pigé ?

– C'est toujours un plaisir de bavarder avec vous, Rolly.

– Vingt-neuf minutes. Et ne m'appelle pas Rolly.

– D'accord, à condition que mon client ne soit pas interrogé en dehors de ma présence. Compris ?

Roland Dimonte ne répondit pas.

– Compris ? répéta Myron.

Silence à l'autre bout du fil. Puis :

– Y a de la friture sur la ligne, Bolitar.

Et toc, terminé. Ce connard avait raccroché. Myron rendit le combiné à Esperanza.

– Puisqu'on en est aux adieux, vous seriez un ange si vous pouviez me débarrasser de Mister Nike...

– C'est fait depuis longtemps, patron.

Ah, Esperanza ! Fidèle collaboratrice, anticipant toujours ses moindres désirs ! Myron attrapa l'ascenseur au vol, dégringola hydrauliquement les douze étages et poussa un sprint jusqu'au parking Kinney. Quelqu'un lui cria au passage : « Vas-y, O.J., à fond la caisse ! » (O.J. pour Orange Juice, le surnom d'un athlète sujet à caution, au sens juridico-financier du terme. Non mais, dans quel monde vit-on ?) À New York, en tout cas, ça ne choque personne, et certainement pas les gardiens de parking tels que le brave Mario, qui lança à Myron ses clés de voiture sans même lever le nez de son journal.

La caisse de Myron était garée au rez-de-chaussée. Contrairement à Win, il n'était pas fan des grosses cylindrées. Pour lui, une bagnole n'était jamais qu'un moyen de transport, et certainement pas un moyen d'extérioriser sa virilité. Il était propriétaire d'une modeste Ford Taurus. De couleur grise. Quand il sillonnait la ville à bord de son engin, on ne peut pas franchement dire que les filles lui tombaient sur les genoux comme des guêpes sur une tartine de confiture.

Il avait franchi une centaine de mètres lorsqu'il avisa une Cadillac bleue avec un toit jaune canari. Bizarre combinaison de couleurs. Bleu et jaune, à Manhattan ? En Floride, peut-être. Dans l'une de ces résidences pour milliardaires à la retraite, un peu fêlés de la cafetière, façon Alzheimer. Mais en plein New York ? En outre, Myron eut comme un flash – une réminiscence, en quelque sorte. Il eut soudain la certitude d'avoir doublé ce même véhicule, alors qu'il se dirigeait vers le parking, une heure plus tôt.

Une filature ?

Possible, mais peu probable. Centre-ville, direction la Septième Avenue. Non, pas question de céder à la paranoïa. Plus d'un million d'autres bagnoles progressaient gentiment aux côtés de Myron. Il se faisait des idées, sûrement. Il nota néanmoins la chose dans un repli de son cerveau et poursuivit sa route.

Duane avait récemment loué un appartement au coin de la 12e Rue et de la Sixième, dans l'immeuble John Adams, à la lisière de Greenwich Village. Myron se gara sur l'avenue, sur un emplacement interdit devant un restaurant chinois, ignora le portier et prit l'ascenseur jusqu'à l'appartement 7G.

Un type – inspecteur Roland Dimonte, je présume ? – lui ouvrit la porte. Jean, chemise imprimée dans les tons verts, veste de cuir noir. Il arborait aussi une paire de boots du plus bel effet : peau de serpent blanche mouchetée de violet. Il avait les cheveux gras, dont plusieurs mèches lui collaient au front comme du papier tue-mouches. Un cure-dent – oui, un authentique cure-dent – pointait entre ses lèvres. Ses yeux, profondément enfoncés dans son visage poupin, ressemblaient à deux petits cailloux noirs qu'on aurait placés là à la dernière minute.

– Salut, Rolly, dit Myron avec un sourire avenant.

– Mettons les choses au point, Bolitar. Je sais tout de vous. Vos heures de gloire chez les fédéraux, je m'en tape. Que votre client soit une célébrité, je m'en contrefous. J'ai un boulot à faire, et c'est tout ce qui compte. Pigé ?

Myron plaça une main derrière son oreille :

– La ligne est mauvaise. Vous pouvez répéter ?

Roland Dimonte croisa les bras et le gratifia d'un regard incendiaire. Malgré les semelles compensées de ses boots en peau de serpent qui le rehaussaient jusqu'au mètre soixante-quinze, Myron le dépassait encore de deux bonnes têtes. Il y eut une minute de silence. Difficile de toiser quelqu'un de plus grand que soi... Un autre ange passa. Le policier mâchonnait son cure-dent, l'air menaçant.

– Ça ne se voit peut-être pas, dit Myron, mais au fond de moi-même je ne sais plus où me mettre. J'ai tellement les jetons que j'arrive plus à les compter.

– Va te faire foutre, Bolitar.

– Pas mal, le coup du cure-dent, Rolly. Un peu cliché, peut-être, mais ça vous va super bien.

– Ta gueule, connard.

– Je crève de trouille, vous savez. Ça vous dérange, si j'entre avant de faire dans mon froc ?

Dimonte s'écarta. Lentement. Ses petites prunelles noires lançaient toujours le regard qui tue.

Le nez chaussé de ses légendaires Ray-Ban,

Duane était assis sur le canapé, caressant sa courte barbe de la main gauche. Wanda, sa petite amie, se tenait dans la cuisine. Elle était grande – environ un mètre soixante-quinze. Corps svelte et nerveux plus que réellement musclé. Une vraie beauté. Elle semblait effrayée, ses yeux voletant de droite et de gauche comme des oiseaux de branche en branche.

L'appartement n'était ni immense ni luxueux. Décor typique des locations meublées à New York. Duane et Wanda avaient emménagé quelques semaines plus tôt. Bail mensuel reconductible. Ils n'avaient pas jugé utile de s'investir – ni d'investir – dans cet endroit : avec toute la thune que Duane allait bientôt gagner, ils auraient rapidement les moyens de s'installer n'importe où, dans les Caraïbes ou ailleurs.

– Tu ne lui as rien dit, j'espère ? s'enquit Myron.

– Non, le rassura Duane.

– Bon. Quel est le problème ?

Le jeune tennisman secoua la tête :

– En fait, j'en sais rien.

Il y avait un autre flic dans la pièce. Un bleu, presque un adolescent. Fraîchement diplômé de l'École de police. Première mission sur le terrain, sans doute. Son bloc sous le bras, prêt à dégainer son Bic, il attendait, à la fois ému et zélé.

Myron se tourna vers Roland Dimonte. Lequel, mains sur les hanches, personnifiait l'autosatisfaction et l'autorité imbécile.

41

– Vous pouvez m'expliquer la raison de votre présence ? lui demanda Myron.

– Nous voulons juste poser quelques questions à votre client.

– À quel propos ?

– Le meurtre de Valérie Simpson.

D'un regard, Myron autorisa Duane à répondre.

– J'étais même pas là.

Dimonte s'assit. Ou plutôt, il posa son postérieur sur un siège, tel le roi Lear sur son trône. Belle prestation d'acteur.

– Donc, vous ne voyez pas d'inconvénient à ce que nous poursuivions cet entretien ?

– Euh... non, dit Duane, un peu perdu.

– Où étiez-vous quand ont eu lieu les coups de feu ?

De nouveau, muette interrogation de Duane. Myron donna son feu vert d'un signe de tête.

– J'étais sur le court central.

– Qu'y faisiez-vous ?

– Ben... je jouais, bien sûr.

– Qui était votre adversaire ?

Cette fois, Myron intervint :

– Pas très branché tennis, hein, Rolly ? Faudrait lire la presse, de temps en temps.

– On la ferme, Bolitar. Sinon je vous arrête pour outrage.

– Ivan Restovich, murmura Duane.

– La partie a-t-elle continué après la fusillade ?

– Oui. On en était à la deuxième balle de match.

– Avez-vous entendu le coup de feu ?

– Oui.

– Qu'avez-vous fait ?

– Pardon ?

– Qu'avez-vous fait, quand vous avez entendu tirer ?

Duane haussa les épaules.

– Ben... rien. Je suis resté là, jusqu'à ce que l'arbitre nous dise de continuer.

– Vous n'avez jamais quitté le court ?

– Non.

Le flic en herbe notait fébrilement les réponses, sans jamais lever les yeux de son bloc.

– Et ensuite, qu'avez-vous fait ? poursuivit Dimonte.

– Ensuite ?

– Après le match.

– J'ai vu les journalistes.

– Qui vous a interviewé ?

– Bud Collins et Tim Mayotte.

Le jeune scribe paniqua, se tourna vers Myron, stylo en l'air. Myron eut pitié :

– Mayotte, dit-il. M-A-Y-O-T-T-E.

Reconnaissant, le gamin se repencha sur son bloc et reprit ses travaux d'écriture, tandis que son patron revenait à la charge et harcelait Duane :

– Et de quoi avez-vous parlé ?

– Pardon ?

– Que voulaient savoir les journalistes ?

Tout en parlant, Dimonte surveillait Myron. Ce dernier venait de lever un pouce vers le haut.

– Ça suffit, Bolitar. Arrêtez votre cirque.

– Je ne faisais qu'admirer votre technique, Votre Honneur.

– Continuez comme ça et vous l'admirerez du fond d'une cellule.

– Oh, mon Dieu !

Regard glacial de Dimonte, qui se reconcentra sur Duane, proie plus facile.

– Connaissiez-vous Valérie Simpson ?

– Vous voulez dire, personnellement ?

– C'est ce que je veux dire, en effet.

Duane secoua la tête.

– Non. Je ne la connaissais pas.

– Vous ne l'avez donc jamais rencontrée ?

– Jamais.

– Pas une seule fois ?

– Jamais.

Roland Dimonte croisa les jambes, posa l'une de ses boots sur un genou. Il se mit alors à caresser sa peau de serpent comme s'il s'agissait d'un animal familier.

– Et vous, mademoiselle ?

Wanda sursauta.

– Je vous demande pardon ?

– Aviez-vous déjà rencontré Valérie Simpson ?

– Non, murmura-t-elle d'une voix pratiquement inaudible.

Dimonte se tourna vers Duane :

– Et vous, aviez-vous déjà entendu parler de Valérie Simpson avant aujourd'hui ?

Myron leva les yeux au ciel. Mais, pour une fois, il réussit à se maîtriser et se tint coi. Inutile de pousser le bouchon trop loin : Dimonte n'était pas aussi bête qu'il en avait l'air.

Il cherchait à déstabiliser Duane avant de lui porter le coup final. Le job de Myron, c'était de casser le rythme grâce à quelques interruptions, juste au bon moment. À la Bolitar : ni trop, ni trop peu, ni trop tôt, ni trop tard, toujours sur le fil du rasoir.

– Ouais, admit finalement Duane. J'avais entendu parler d'elle.

– Dans quel contexte ?

– Elle était sur le circuit, il y a quelques années.

– Le circuit ?

Myron s'interposa immédiatement :

– Évidemment, celui des boîtes de nuit, Votre Honneur. Elle faisait l'ouverture pour Anthony Newley, à Vegas. Réseau de putes, traite des Blanches, etc.

Soudain conscient du sarcasme et de son propre ridicule, Dimonte fustigea Myron du regard :

– Bolitar, vous commencez à me gonfler...

– Et si on cessait de tourner autour du pot ?

– Lors des interrogatoires, j'aime prendre mon temps.

– Dommage que vous ne fassiez pas preuve de la même circonspection quand vous allez acheter vos pompes !

Dimonte devint écarlate. Fixant toujours Myron, il se tourna vers Duane :

– Monsieur Richwood, depuis combien de temps êtes-vous sur le « circuit » ?

– Six mois.

– Et durant tout ce temps, vous n'avez jamais croisé Valérie Simpson ?

– Exact.

– Admettons. Donc, résumons-nous : vous étiez en train de disputer un match quand le coup de feu a été tiré. Vous avez terminé ce match. Vous avez serré la main de votre adversaire. Du moins je le suppose. C'est la coutume, non ?

Duane acquiesça.

– Ensuite, vous avez répondu aux questions des journalistes.

– Oui.

– Quand avez-vous pris une douche ? Avant ou après l'interview ?

Myron leva la main :

– Objection !

– T'as un problème, Bolitar ?

– Oui, et vous aussi. Vos questions sont non seulement orientées mais totalement stupides et illégales. Je ne peux que conseiller à mon client de refuser d'y répondre.

– Pourquoi ? Aurait-il quelque chose à cacher ?

– Bien joué, Rolly. Vous avez gagné. Nous plaidons coupable : Duane a tué Valérie. Plusieurs millions de téléspectateurs ont assisté au meurtre, en direct. Un autre millier, pendant ce temps, l'applaudissait en direct sur le court central. Mais ce n'était pas lui qui jouait. Non, bien sûr. Son frère jumeau, sans doute. Ou son clone. Vous êtes trop fort pour nous, Rolly. Oui, nous l'avouons, nous sommes coupables d'ubiquité.

– Je n'ai pas dit mon dernier mot. Je vous aurai, tous les deux.

– Vous voulez dire, Duane et son double ?

– Non, toi et ton pote, cette espèce de psychopathe.

Il ne parlait pas de Duane, mais de Win. Tous les flics de la ville connaissaient Win et le détestaient. Le compliment était réciproque, d'ailleurs.

– C'est vrai, Win et moi étions sur place, dit Myron. Une douzaine de personnes en témoigneront. Et si vous connaissiez un tant soit peu mon associé, vous sauriez que jamais de sa vie il n'a utilisé une arme à feu à bout portant.

Dimonte hésita. Réfléchit puis opina, apparemment d'accord, pour une fois.

– En avez-vous fini avec mon client ? conclut Myron.

Curieusement, l'inspecteur sourit. Comme un môme qui apprend que l'école est fermée pour cause de blizzard. Myron se méfia, d'emblée.

– Si vous voulez bien m'accorder une minute, dit l'inspecteur. Juste un petit truc à régler avec mon collègue.

Le collègue en question finissait tout juste de retranscrire ce qu'il avait entendu. Il se redressa, mit instinctivement la main droite à son front et le petit doigt gauche sur la couture du pantalon. Dans la foulée, le pauvre garçon en laissa tomber son bloc, son Bic, et un carnet relié cuir, enveloppé sous plastique. Pièce à conviction ?

– Repos, dit le chef. On se calme.

Ayant recouvré ses esprits, le jeune homme ramassa le carnet et le tendit à son supérieur.

– Voici l'agenda de la victime, annonça triomphalement Dimonte. Nous connaissons donc la date de son dernier rendez-vous.

La tête haute, le cou tendu, il bombait le torse, plus fier que le président fraîchement plébiscité d'une république bananière.

– Bon, d'accord, dit Myron. Mais ça prouve quoi ?

– Ceci.

Il tendit à Myron la photocopie d'un e-mail daté de la veille. En travers de la page, deux lettres et quelques chiffres :

DR 5558705

Les initiales de Duane. Et son numéro...
Dimonte jubilait.

– Je souhaite parler à mon client en privé, dit Myron.

– Non, pas question.

– Comment ?

– Maintenant que je vous tiens, vous n'allez pas vous défiler aussi facilement.

– Désolé, je suis son avocat, je...

– Rien à cirer. Vous pourriez être le juge de la Cour suprême que ça n'y changerait rien. Si vous tentez quoi que ce soit, je le coffre illico.

– Vous n'avez rien contre lui, protesta Myron. Son numéro figure dans l'agenda de la victime, et alors ? Ça ne prouve rien.

Dimonte hocha la tête.

– C'est vrai. Mais ça ferait désordre, non ? Vis-à-vis de la presse, par exemple. Ou de ses fans. Duane Richwood, la dernière coqueluche des courts, emmené en garde à vue avec les bracelets. Je parie que vous auriez du mal à faire avaler ça aux sponsors.

– C'est une menace ?

– Grands dieux, bien sûr que non ! s'exclama Dimonte, la main sur le cœur. Krinsky, suis-je ce genre d'homme ? ajouta-t-il en se tournant vers son scribe.

– Non, chef, dit l'autre, sans lever le nez de son bloc.

– Voyez ?

– Je vais vous poursuivre en justice pour arrestation arbitraire, dit Myron.

– Et vous pourriez gagner, Bolitar. Dans quelques années, quand les tribunaux auront eu le temps de s'occuper de cette affaire. D'ici là, ça vous fera une belle jambe !

D'un seul coup, Dimonte avait l'air beaucoup moins débile.

Duane se leva et traversa la pièce, ôta ses Ray-Ban, puis se ravisa et les remit sur son nez.

– Écoutez, mec, je ne sais pas pourquoi elle avait mon numéro. Je ne la connaissais pas. On s'est jamais parlé au téléphone.

– Vous êtes sur liste rouge, n'est-ce pas, monsieur Richwood ?

– Ouais.

– Et vous venez d'emménager. Votre nouvelle ligne a été branchée voici environ... deux semaines ? Corrigez-moi si je me trompe.

– Trois, précisa Wanda.

Les bras croisés sur la poitrine, elle s'était

recroquevillée sur elle-même, comme si elle avait froid.

– Trois semaines, donc. Alors, Duane, dites-moi comment Valérie a pu obtenir votre numéro ? Comment une jeune femme que vous prétendez ne pas connaître se trouvait avoir vos toutes nouvelles coordonnées dans son agenda ?

– Je n'en sais rien.

Roland Dimonte passa avec brio du scepticisme à l'incrédulité totale. Durant l'heure qui suivit, il harcela Duane, lequel resta ferme sur ses positions : il ne connaissait pas Valérie, ne l'avait jamais rencontrée, ne lui avait jamais parlé ; il ignorait comment elle avait pu avoir son numéro de téléphone.

Myron avait observé la scène en silence. Les lunettes de soleil ne facilitaient pas la communication mais il était sûr d'une chose : Duane mentait. Wanda aussi.

Dimonte poussa un profond soupir et se leva.

– Krinsky ? Allez, exécution !

Le jeune larbin leva les yeux, prêt à s'exécuter, c'est-à-dire à tirer une balle dans la tête du suspect puisque son chef lui en intimait l'ordre. Ce qui, bien sûr, ne voulait pas forcément dire qu'il devait lui-même se suicider. Subtilité de la langue...

– Allez, on se tire ! ordonna Dimonte.

Autre subtilité, autre dilemme. Krinsky devait-il tirer sur son supérieur puis se sacrifier ? Il hésita un instant, rangea son bloc puis, sagement, suivit son patron.

– On va se revoir très bientôt, aboya Dimonte en guise d'au revoir, sans se douter qu'il venait de l'échapper belle. Vous m'entendez, Bolitar ?

– Oui, si j'ai bien compris, vous avez tellement aimé notre compagnie que vous souhaitez renouveler l'expérience dès que possible.

– Tu peux compter dessus, ducon.

– Attendez, Rolly. On ne va tout de même pas se quitter comme ça ! Vous avez oublié de nous recommander de rester dans les parages, à la disposition de la « Justice ». J'adore ce dernier petit couplet.

Dimonte pointa l'index vers Myron et pressa sur une détente imaginaire, avant de souffler sur la gueule d'un canon tout aussi virtuel. Devait trop jouer au cow-boy en vidéo avec son fiston... Puis il prit la porte et disparut, son assistant sur les talons.

Durant quelques minutes, personne n'osa briser le silence. Myron était sur le point de prendre la parole lorsque Duane éclata de rire :

– Yo, Myron ! Tu l'as cassé grave, man !

Myron déglutit, conscient de la dérive :

– Duane, premièrement, je... Il faut que...

– J'suis naze, mec, l'interrompit le champion, feignant un bâillement. Faut que j'me pose.

– Et moi, il faut que je te parle. Faut qu'on cause, tous les deux.

– De quoi ?

– Tu le sais très bien.

– Ouais. Drôle de coïncidence, hein ?

Myron se tourna vers Wanda. Elle n'avait

pas bougé, les bras toujours serrés autour de son torse. Elle baissa les yeux.

– Duane, insista Myron, si tu as des problèmes, il faut me le dire. Tu dois me faire confiance.

– Alors, le clip, il est comment ?

– Excellent.

Duane sourit jusqu'en haut des tempes :

– J'suis bon, non ?

– Tu crèves l'écran. Tu vas crouler sous les offres des producteurs.

Duane rit de plus belle, exhibant ses dents étincelantes et ses gencives roses. Wanda, elle, demeura pensive. Tout comme Myron. Puis le jeune champion esquissa un autre bâillement, s'étira et se leva.

– Faut vraiment que j'en écrase un peu, dit-il. Question d'hygiène de vie. J'ai un grand match qui m'attend. J'aimerais pas bousiller mes chances pour une tchatche à la con. Allez, ciao, à demain !

Il reconduisit Myron jusqu'à la sortie. Restée scotchée sur le seuil de la cuisine, Wanda lança un dernier regard vers Myron.

– Salut, lui dit-elle.

La porte se referma et Myron prit l'ascenseur, regagna sa voiture. Évidemment, il avait une prune, coincée sous l'essuie-glace. Il la déchira et démarra.

Trois pâtés de maisons plus loin, il repéra derrière lui une Cadillac bleue avec un toit jaune canari.

4

Yuppiville. Le fief des yuppies, jeunes cadres dynamiques et prédateurs, louveteaux
aux crocs presque aussi longs que ceux de
leurs papas. Quartier chic, le NAP d'outre-
Atlantique, incontournable.

Le quatorzième étage de la tour Lock-
Horne Investments ressemble à une forteresse
médiévale. Un château fort, en un mot. Un
espace vital entouré de fortifications. La péri-
phérie de l'édifice abrite des centaines de
jeunes soldats prêts à donner leur vie pour
sauver leur seigneur et maître, c'est-à-dire leur
pédégé. Vassaux d'une nouvelle ère, ils sont
sacrifiés à la moindre escarmouche, au moindre plan social. Qu'importe ? Il s'en trouvera
toujours des milliers pour reprendre le flam-
beau, lécher les mêmes bottes et ramper sur la
moquette estampillée au logo de la société. Et

ça repart pour un tour. Mêmes terminaux d'ordinateurs. Comme autrefois ils portent l'uniforme – chemise blanche, bretelles leur sciant les pectoraux et cravate leur étranglant la pomme d'Adam, même veston de couleur sombre posé sur le dossier de leur fauteuil à roulettes – textile, skaï ou cuir, selon leur rang... Ils partagent, qu'ils le veuillent ou non, le bruit ambiant, les sonneries stridentes, les vociférations des collègues au téléphone, les lignes vertes sur leurs écrans, en un mot : le stress. Univers inhumain, au sein duquel ils sont censés donner le meilleur d'eux-mêmes. Et pour quoi ? Pour qui ? Le roi Dollar. Dingue, non ?

Et pourtant si, tel est leur triste sort. Les pays dits civilisés croient avoir aboli l'esclavage mais ont créé une autre forme d'asservissement. Bien plus subtile, puisque les victimes sont consentantes. Plus aucune hypocrisie, plus de crise de conscience. C'est justement là que réside l'hypocrisie suprême. Car si la loi a changé, le but est le même : le profit, point final. « Dieu pour tous », certes. Mais « tout pour moi », c'est pas mal non plus. Le corrélatif, en quelque sorte.

Les bureaux de Win occupaient tout un étage, avec vue imprenable sur Park Avenue et la 52e. Normal, pour un personnage aussi important : producteur de son état, entre autres investissements... familiaux. Myron n'en était ni jaloux ni impressionné. Il frappa, énergiquement.

– Entrez, dit Win. C'est ouvert.

Il était assis sur la moquette, dans la position du lotus. Visage serein, le pouce et l'index de chaque main réunis pour former un cercle, les autres doigts très détendus.

Bon, en pleine méditation, comme d'hab, se dit Myron. Win se livrait fréquemment à ce genre d'exercice. Quotidiennement, en fait, sans faillir. Et même plusieurs fois par jour, chaque fois qu'il en trouvait le temps.

Mais Win n'était pas plus classique dans cette activité que dans les autres : d'abord, il méditait les yeux ouverts, alors que, généralement, tout le monde les ferme. Deuxièmement, il ne visualisait pas des scènes de cascades cristallines ou de biches broutant gentiment dans des clairières. Non, il se repassait des cassettes vidéo dont il était le héros, entouré d'anciennes copines qui lui prouvaient avec passion à quel point elles tenaient à lui.

Myron fit la grimace :

– Excuse-moi de te déranger en plein boulot, vieux. Tu peux arrêter ce machin ?

– Ah, Lisa Goldstein ! Quelle bombe ! s'extasia Win.

– Je n'en doute pas. Mais...

– Est-ce que je te l'ai présentée ? Je ne m'en souviens plus.

– Moi non plus, dit Myron, et pour cause : on ne voit pas une seule fois son visage sur la bande.

– Mais sacré beau cul, non ? Elle était juive, je crois.

– Lisa Goldstein ? Non ! Tu fantasmes, mec !

Win sourit. Il décroisa les jambes et se leva avec l'agilité et la grâce d'un léopard qui a déjà pris son élan pour égorger sa proie. Presque d'un seul mouvement, il appuya sur la touche « Eject » du magnétoscope, glissa la bande dans une boîte en plastique étiquetée « L.G. », qu'il rangea sur l'étagère des « G », déjà chargée d'une centaine de ses congénères.

– T'es dingue, Win. Tu le sais, n'est-ce pas ?

Win boucla à clé sa bandothèque. Discrétion oblige !

– Chacun son hobby, dit-il.

– Écoute, Win : y a une petite différence, là. T'es super sur un parcours de golf. Imbattable. T'es le roi des arts martiaux, je ne dirai pas le contraire. Ça, oui, ça s'appelle des hobbies. Mais là, c'est autre chose. Je sais pas si tu te rends compte, mais tu dépasses les limites, là. Tu déconnes, mon vieux.

– Hé, hé ! C'est toi qui me fais la morale ? Tu m'impressionnes, Bol.

Myron en resta le bec cloué. Ce n'était pas la première fois qu'ils s'aventuraient sur ce terrain glissant. Dès leur première année à l'université, ils avaient été à la fois amis et rivaux. Inséparables. Complémentaires. Le vrai duo, digne d'une série télé. *Amicalement vôtre* : Moore et Curtis, en plus moderne.

Le bureau de Win était... comment dire ? Impeccable. Nickel. Classe, comme son propriétaire. Blanc et snob à la fois. Avec juste une toute petite touche de rébellion, assez pour être politiquement correct mais pas trop. Sachant que Win avait l'habitude de protester contre toutes choses établies – à commencer par l'Establishment –, nous dirons que l'étiquette, tout en lui collant à la peau, le laissait parfaitement imperturbable.

Les murs de son bureau, lambrissés d'acajou, étaient ornés de gravures d'époque représentant des scènes de chasses à courre avec chevaux, cavaliers, meute langue pendante et renard aux abois. La moquette était verte, comme il se doit. D'un beau vert bouteille. Le cuir des fauteuils était d'une jolie couleur lie-de-vin, tirant sur le bourgogne. Non, plutôt sur le bordeaux (un peu plus de tanin). Un antique globe terrestre trônait sur le bureau. Lequel, à lui seul, prenait autant de place qu'une table de ping-pong. L'effet tenait en deux mots : Pouvoir et Pognon. Pléonasmique, je vous l'accorde.

Myron s'installa dans l'un des fauteuils en cuir.

– T'as une minute ?

– Pour toi, toujours.

Win ouvrit le maxi-mini-bar derrière son bureau, en sortit une bouteille de scotch qu'il posa devant Myron, tandis qu'il se concoctait un MM (Martini Maison).

– Bon, je t'écoute, dit-il.

Par où commencer ? Myron opta pour le déballage pur et simple, et chronologique. Tout d'abord, la descente de police chez Duane Richwood. Win demeura impassible, s'accordant tout juste un léger sourire quand il apprit que Dimonte l'avait traité de fils à papa psychopathe. Puis Myron lui parla de la

Cadillac bleue. Là, Win se redressa, soudain attentif. Quand Myron en eut terminé, il se leva et saisit un club de golf qui traînait à proximité.

– Donc, notre ami Richwood nous cache quelque chose.

– On n'en sait rien, contesta Myron.

Win leva un sourcil :

– D'après toi, il y avait quelque chose entre Duane et Valérie Simpson ?

– Aucune idée. Je comptais sur toi pour éclaircir ce point.

– Moi ?

– Tu m'as bien dit que tu la connaissais, non ?

– Oui. Enfin, de loin.

– Mais je parie que tu as une idée.

– À propos de Duane et de Valérie ? Franchement, non.

– Alors ?

Win s'éloigna, vers un coin où étaient alignées une douzaine de balles de golf. Il se mit en position, visant le drapeau.

– T'es sûr que tu veux t'occuper de cette affaire ? Du meurtre de Valérie, je veux dire.

– Évidemment !

– Mais peut-être que ça te dépasse. Après tout, c'est le boulot de la police.

– Possible.

– Ou bien tu risques de soulever un lièvre. De sortir les cadavres du placard. La boîte de Pandore, tu connais ?

– C'est sûr, y a un risque.

– Oui, y a un risque, reprit Win. Ce ne serait pas la première fois que toi et moi...

– Bon, alors, t'es d'accord ?

– Mais qu'est-ce qu'on y gagne ? objecta Win, toujours réaliste.

– Pas un rond, sans doute.

– C'est bien ce que je craignais. Côté mère Teresa t'es doué, mais pour la thune t'es nul, vieux.

– Voui, t'as raison.

Win choisit un autre club. Mais, juste avant de frapper la balle, il se tourna vers Myron :

– Arrête de faire la gueule. Évidemment, je suis avec toi. Qu'est-ce que tu crois, ma poule ?

Et vlan, il envoya la balle à trois centimètres du trou.

– Oups ! C'est ma faute, dit Myron. Je t'ai déconcentré.

– Oui, on va dire ça comme ça. Maintenant, tu vas tout me raconter.

– Bof, c'est juste une intuition.

– Je t'écoute.

– T'es au courant, bien sûr, à propos de la dépression de Valérie ?

– Oui.

– Ça remonte à il y a six ans. Elle n'avait que dix-huit ans, à l'époque. Officiellement, elle n'aurait pas supporté tout ce stress.

– « Officiellement ? »

– C'est peut-être vrai. Ça a sans doute été très dur pour elle. Du jour au lendemain, elle est devenue une star. Tout le monde misait sur elle. Le monde du tennis, bien sûr, mais aussi sa famille, ses amis. Et puis, tout s'écroule.

Enfin, non. Pas d'un seul coup, et c'est encore pire.

Myron ne put s'empêcher de grimacer : une très ancienne blessure venait de se rouvrir. Lui, qui avait dû renoncer à sa carrière de sportif parce qu'un de ses genoux avait claqué !

– Tu crois ?

– Oh, excuse-moi, Myron. Mais je maintiens que ce n'est pas la même chose, et je suis sûr que tu peux comprendre. Toi, tu étais au sommet, la star des Celtics. Et puis l'accident, et boum, terminé. Mais tu n'y étais pour rien. Tu étais la victime, tout le monde a été désolé pour toi. Tandis que pour Valérie, ça s'est passé petit à petit. Elle a dégringolé les échelons l'un après l'autre, elle a connu la gloire puis l'indifférence et enfin les sarcasmes. Rien à voir entre elle et toi. Aux yeux du public, tu as été fauché par la fatalité, tandis qu'elle n'a pas été à la hauteur de leurs espérances.

– Et ça expliquerait sa mort ?

– Non, évidemment. Mais je suis convaincu que son état mental a quelque chose à voir avec sa fin tragique.

– Pourquoi ?

– Elle n'était plus au top, ce n'était un secret pour personne. Et surtout pas pour son entraîneur, le chéri de ces dames, le fameux...

– Pavel Menansi.

– Oui, un latin-lover, un macho, un rital, quoi. Il croyait encore que Valérie allait revenir sur le devant de la scène. Il n'arrêtait pas de le répéter.

– Du coup, il a mis la pression sur elle.

Win hésita.

– Possible, dit-il enfin. Mais il y a peut-être autre chose. Le meurtre d'Alexander Cross. Tu t'en souviens ?

– Le fils du sénateur ?

– De Pennsylvanie.

– Il a été tué par des petits malfrats, non ? Au Country Club local, il y a cinq ou six ans, si ma mémoire est exacte. Quel rapport avec Valérie ?

– Ça s'est passé il y a six ans. Et c'était pas au Country Club, mais dans son club de tennis.

– Tu le connaissais, ce gosse de riche ?

– Bien sûr, dit Win. Ma famille connaît tous les politiciens importants de Pennsylvanie depuis que William Penn a fondé cet État. J'ai grandi avec Alexander Cross. On était ensemble à la maternelle, on a fréquenté les mêmes écoles privées, la même fac.

– Et, donc, vous avez couché tous les deux avec Valérie Simpson ?

– Non. Lui et Valérie étaient fous amoureux, comme le pouce et l'index d'une même main.

– Sérieusement ?

– Ils allaient annoncer leurs fiançailles quand Alexander a été tué. Ce soir-là, comme par hasard.

Myron se livra à un rapide calcul mental. Six ans plus tôt. Valérie devait en avoir dix-huit, à l'époque.

– Oui, je vois. C'est juste après la mort de son fiancé qu'elle a fait sa dépression.

61

– En effet.

– Il y a tout de même un truc que je ne comprends pas. Cette histoire a fait la une des journaux pendant des semaines. Comment se fait-il que le nom de Valérie n'ait jamais été mentionné ?

– C'est justement ça qui me chagrine.

Silence.

– Il faut qu'on parle avec la famille de Valérie, dit enfin Myron. Et avec le sénateur.

– Oui.

– Tu vis dans ce monde-là, Win. Tu es l'un des leurs. Ils se sentiront en confiance.

Win secoua la tête :

– T'as tout faux. Être « l'un d'eux », comme tu dis, c'est un sacré handicap. Ils resteront sur leurs gardes. Avec toi, au contraire, ils ne chercheront pas à préserver les apparences. Pour eux tu n'es rien ni personne. Un subalterne, un être inférieur dont l'opinion importe peu.

– Merci du compliment. Ça me va droit au cœur !

Win sourit.

– Ainsi va la vie, mon vieux. Le monde change, mais pas ces gens-là. Ils se considèrent toujours comme les seuls vrais Américains de pure souche. Toi et tes semblables ne seront jamais à leurs yeux qu'une main-d'œuvre importée de Russie ou d'Europe de l'Est, d'un de ces goulags ou ghettos dont sont issus tes ancêtres.

– Trop aimable. Je sens que je vais adorer ces aristos à la manque, tous fils d'esclavagistes.

– Je vais t'organiser un rendez-vous avec la mère de Valérie pour demain matin.

– Et tu penses qu'elle acceptera de rencontrer un manant tel que moi ?

– Oui, si je le lui demande.

– Cool !

– Tu m'ôtes le mot de la bouche. En attendant, qu'est-ce qu'on fait ? T'as une idée ?

Myron jeta un coup d'œil à sa montre.

– L'une des protégées de Pavel Menansi joue sur le court central dans environ une heure. J'ai l'intention de lui rendre une petite visite de courtoisie.

– Et moi, qu'est-ce que je fais ?

– Valérie a séjourné toute la semaine au Plaza, dit Myron. J'aimerais bien que tu y fasses un saut, pour voir si quelqu'un se souvient d'un détail quelconque. Profites-en pour vérifier ses coups de fil.

– Des fois qu'elle aurait effectivement appelé Duane Richwood, hein ?

– On ne peut rien te cacher.

– Et si c'est le cas ?

– Alors on n'aura plus qu'à faire notre métier. Comme d'hab.

5

Les installations tennistiques de la côte Est sont confortablement logées au sein du vaste complexe sportif où cohabitent le stade Shea (fief des *Mets* de New York), le célèbre parc de Flushing Meadows (où se tint l'Exposition Universelle de 1964-1965) et l'aéroport de La Guardia (où se produisit l'équipe des... oui, bon, passons !).

Les joueurs se plaignaient des nuisances sonores : les aéroplanes avaient une fâcheuse tendance à décoller ou à atterrir à tout bout de champ – ce qui, avouons-le, faisait partie de leur job mais était préjudiciable à la concentration des champions des courts. David Dinkins, maire de New York à l'époque, justicier dans l'âme et nostalgique de l'étoile d'argent épinglée sur la poitrine, décida d'agir sans tarder. Usant de son pouvoir politique, l'élu local (qui – étrange coïncidence – se découvrit une passion pour le tennis) fit fermer les pistes de l'aéroport pour toute la durée de l'Open. Les sponsors et autres milliardaires médiatisés lui en furent très reconnaissants. En signe de respect mutuel et d'admiration, monsieur le Maire fut présent dans les tribunes chaque jour pendant deux semaines, plusieurs années de suite. Excepté (autre coïncidence ?) la dernière année, celle des élections municipales.

Seuls deux courts étaient utilisés pour les matches en nocturne : le Central et le court annexe, adjacent. Myron préférait les manifestations diurnes. Quinze ou seize matches avaient lieu simultanément. On pouvait se balader les mains dans les poches, admirer au passage un bel amorti, un superbe lob, découvrir un jeune talent. Des simples, des doubles, des doubles mixtes... tout ça dans la fantastique lumière changeante d'un soleil prêt à se coucher, qui accentuait les contrastes et surlignait les ombres. La nuit, en revanche, vous restiez assis sur un gradin de béton et assistiez, les fesses en compote, à un spectacle monochrome, sous des projecteurs à la fois blancs et aveuglants.

Myron se gara sur le parking du stade Shea et prit la passerelle qui enjambait la voie ferrée. Les vendeurs de billets au marché noir ne chômaient pas. Tout comme les ados qui fourguaient des fac-similés de T-shirts estampillés **US Open**, en toute illégalité. Pour cinq dollars cash, tandis que les originaux – de vrais collectors – s'arrachaient à vingt-cinq dollars pièce à l'intérieur de l'enceinte officielle. Pas un mauvais deal, a priori. Sauf que dès le premier lavage, le faux T-shirt serait tout juste bon à habiller la poupée Barbie de la petite sœur. Mais, bof...

Pavel Menansi se pavanait dans le box de l'un des joueurs. Celui-là même où Win et Myron étaient assis quelques heures plus tôt. Il était maintenant dix-huit heures quarante-cinq. Le dernier match « de jour » venait de se terminer. Le prochain – le premier de la session en nocturne – était programmé pour dix-neuf heures quinze, avec en vedette miss Janet Koffman, la dernière trouvaille du sieur Menansi. Quatorze ans, à peine pubère.

Les habitués s'étaient déjà rassemblés autour du buffet. Myron s'approcha, sourit au barman.

– Quoi de neuf, monsieur Bolitar ?

– Oh, la routine, Bill. Rien de bien nouveau. Mais j'ai un pote, là. J'aimerais le saluer.

– Pas de problème. Allez-y, m'sieur Bolitar.

Myron ne se le fit pas dire deux fois, descendit trois ou quatre marches... et se retrouva face à un individu non identifié, vêtu d'un blazer bleu marine, le nez chaussé de lunettes parfaitement opaques. Un vrai balèze, crâne rasé, gueule de boxeur, expression peu avenante. Tel un mur infranchissable, il s'interposait entre Myron et la porte de sortie.

– Et on va où, comme ça ?

Voix grave. Quasiment d'outre-tombe.

– Euh... hasarda Myron. On vous a déjà dit que vous ressemblez à Jack ?

Aucune réaction.

– Vous savez, Jack l'Eventreur. Mais maintenant que j'y pense, vous avez aussi un petit quelque chose de Mister Hyde. Ou alors, de la créature du Dr Frankenstein... Ne le prenez surtout pas mal ! Je voulais simplement dire que...

– Désolé, mec.

– Ah, je vois. Si vous le prenez comme ça... Je ne voulais surtout pas vous offenser. Y a un tas de gens qui adorent Jack. Je n'ai rien contre lui, je vous jure.

– Tu te tires, mec. Vite fait.

– Oui, bien sûr. Mais avant de partir, je voulais juste causer trois secondes avec M. Menansi.

– Non. L'est pas disponible pour l'instant.

Cette fois, Myron haussa la voix :

– Écoute, espèce de primate : va dire à ton patron que l'avocat de Duane Richwood désire s'entretenir avec lui. Que s'il n'est pas disponible, no problemo. J'ai les moyens de le faire parler...

Comme par miracle, Pavel Menansi pointa le nez hors de son antre. Tout sourires, façon pub pour une marque de dentifrice. Le vrai show. Pavel était roumain, avait joué autrefois avec et contre Ilie Nastase, le légendaire « mauvais garçon », le clown, la tête à claques de service... À présent, Pavel, bientôt cinquante balais, était bronzé à souhait et ridé jusqu'à l'os. Quand il souriait, on entendait craquer sa peau, tel le cuir des valises qu'il avait sous les yeux.

– Pardonnez-moi, dit-il. Vous souhaitez me parler ?

Sa voix était à la fois douce et rauque. Accent indéfinissable, mi-roumain, mi-new-yorkais.

– Je crois savoir qui vous êtes. Myron Bolitar, n'est-ce pas ?

– En effet.

D'un geste, il congédia son gorille – lequel parut vexé, mais s'effaça sans mot dire, laissant passer Myron mais personne d'autre. Drôlement bien dressé, l'animal !

Pavel tendit sa main droite. L'espace d'une seconde, Myron se demanda s'il devait la baiser, comme le font les catholiques devant leur pape. Mais non, il s'en tira avec une laïque et rapide poignée de main.

– Asseyez-vous, je vous en prie, dit Pavel.

Le siège, occupé une seconde auparavant, devint vacant comme par miracle. Obéissant, Myron y posa ses fesses.

– Tout d'abord, dit Pavel, je vous prie d'excuser le zèle – parfois intempestif – de mes gardes du corps. Que voulez-vous, ces garçons me sont totalement dévoués. Et il faut les comprendre. Je suis tellement sollicité. Les uns veulent des autographes, les autres des conseils. Vous n'imaginez pas à quel point c'est contraignant.

– Ben... si, je peux imaginer.

– Enfin, bref... J'ai beaucoup entendu parler de vous, monsieur Bolitar.

– Mes amis m'appellent Myron.

Menansi se fendit d'un sourire qui n'avait rien d'enjôleur. Dents de fumeur, jaunes et déchaussées, un vrai cauchemar.

– D'accord, mais seulement si vous m'appelez Pavel.

– Marché conclu, euh... Pavel !

– Parfait. Maintenant, venons-en au fait. C'est vous qui avez découvert Duane Richwood, n'est-ce pas ?

– Pas vraiment. Un de mes amis m'a dit que ce gamin avait quelque chose de plus que les autres.

– Oui, mais c'est vous qui, le premier, avez détecté son potentiel. Il n'a jamais joué chez les juniors, n'est jamais allé à l'université, et c'est pourquoi on ne l'a jamais remarqué. Vrai, ou faux ?

– Oui, sans doute.

– Donc, vous avez maintenant un petit poulain qui vaut de l'or. Or vous n'êtes pas de taille. Soyez honnête, Bolitar : vous n'êtes pas encore prêt à jouer dans la cour des grands.

Myron savait que Pavel Menansi travaillait avec TruPro, l'une des agences les plus performantes du pays. Être en cheville avec eux ne signifiait pas forcément qu'on avait tout gagné, mais qu'au moins on était du côté des gagnants. Enfin, du moins le croyait-on. Pavel ne valait pas la moitié d'un dollar en tant que manager. Il était nul, plus que nul, n'y connaissait rien en tennis. Mais très doué pour les affaires. Il possédait un vrai flair, pour dénicher les futures vaches à lait. Il les détectait au berceau, à huit ou dix ans. Les parents signaient, les yeux fermés, convaincus d'assurer l'avenir de leur petit prodige. Ils remerciaient Allah, Bouddha, Jéhovah, Jésus et tous les autres (par ordre alphabétique et selon leur lieu de naissance). Bref, Pavel gagnait beaucoup d'argent sans trop se fatiguer et n'avait pas très bonne réputation. Schéma classique : son nom était mêlé à tous les trafics liés à la Famille. Les grands classiques : drogue et proxénétisme, tueurs à gages, casinos et blanchiment, le reste à l'avenant. Un enfant de chœur, quoi.

– Ce Duane Richwood... reprit Pavel. D'après ce qu'on m'a dit, il a bien joué, cet après-midi. Très beau match. Excellent potentiel, non ?

– Oui. Il en veut. Il se bat, je crois en lui.

– Je n'en doute pas une seconde. Mais dites-moi, mon cher Myron... Qui est l'actuel coach de ce jeune prodige ?

Curieusement, le mot « actuel » avait quelque chose de menaçant.

– Henry Hobman.

– Je vois.

Pavel hocha la tête, comme si la réponse de Myron expliquait un tas de choses restées mystérieuses jusqu'à présent. Il savait, évidemment, que Myron était l'agent de Duane. Tu parles ! Ce n'était un secret pour personne ! De toute façon, tout le monde savait que Pavel, roi de la Mafia, régnait aussi sur le

70

monde du foot, du basket, du hand-ball, du judo, du tennis...

– Henry Hobman ? Ah, oui, charmant garçon. Relativement compétent, en tant qu'entraîneur. Ceci étant, je pense que vous pouvez m'aider, Myron.

– Ah oui ? C'est possible, mais je ne suis pas venu ici pour vous parler de Duane.

L'autre sembla déçu.

– Vraiment ?

– Non. Il s'agit d'une autre affaire. Potentielle, en vérité.

– Et je peux connaître le nom de cet autre client ?

– Valérie Simpson.

Myron comptait sur l'effet de surprise. Il ne fut pas déçu. Pavel baissa la tête et gémit :

– Oh, mon Dieu ! Non !

Soudain, une foule de gens s'agglutinèrent autour d'eux, posèrent leurs mains sur les épaules de Menansi, lui murmurèrent des mots de réconfort, sans même savoir de quoi il s'agissait. Pavel les repoussa.

Quelques journalistes s'intéressèrent à Myron, qui répondit à leurs questions en toute sincérité :

– Oui, c'est vrai, Valérie est venue me voir, voilà quelques jours. Elle souhaitait redémarrer. Redevenir une championne.

Les caméras opérèrent un quart de tour et se braquèrent sur Pavel. Il était fin prêt. Il prit une profonde inspiration, montra à quel point il était ému, versa même quelques larmes. Puis, prenant sur lui, il déclara :

71

– Pauvre enfant ! Chère enfant ! Je ne peux y croire. Je ne sais comment... J'ai été son entraîneur, comme vous le savez tous. Durant ses heures de gloire...

Oui, bon, d'accord, songea Myron.

– Et voilà que notre chère enfant nous est enlevée, en de dramatiques circonstances. Elle a été abattue, tel un chien.

Il secoua la tête, incapable de cacher son chagrin.

Peine, ou remords ? Il y avait quelque chose qui clochait, là. Ce mec n'était pas crédible. Il en faisait trop, ou trop peu. Myron ne put s'empêcher d'intervenir :

– Quand avez-vous vu Valérie pour la dernière fois ?

– Il y a quelques années.

– L'avez-vous vue depuis sa dépression nerveuse ?

– Non. Je ne l'ai pas vue, pas depuis son admission à l'hôpital.

– Vous ne lui avez pas parlé ? Pas même au téléphone ?

Pavel baissa la tête.

– C'est ma faute. J'aurais dû mieux m'occuper d'elle.

– Que voulez-vous dire ?

– Quand on est censé coacher une future championne – une gamine, en l'occurrence – on est responsable de bien plus que de sa future carrière. C'est la vie d'un jeune être qui est entre vos mains. Quand j'ai compris qu'elle était douée, et même géniale, j'ai tremblé pour elle. Je savais ce qui l'attendait.

72

La presse, les paparazzi. J'ai tout fait pour la protéger. Et j'ai échoué, finalement. Vous en êtes la preuve.

Il avait l'air sincère mais Myron demeurait sceptique. Question d'expérience, sans doute. La vie lui avait appris à se méfier de tout le monde, y compris de ses meilleurs amis. C'était sans doute pourquoi il était toujours en vie.

– Mais pourquoi aurait-on voulu la tuer ? Pourquoi avoir assassiné une innocente jeune fille ?

Pavel ne répondit pas. De toute évidence, la question le perturbait.

– Vous me croyez responsable, Myron ?

– Non, pas du tout. Je m'interroge, simplement.

– Ah oui ? Et pourquoi ?

– Excusez-moi. C'est... personnel. Rien à voir avec vous.

Pavel Menansi observa Myron durant quelques secondes. Son haleine empestait le tabac.

– Je répéterai à la police ce que je vous ai déjà dit : je suis convaincu que si Valérie a craqué, ça n'avait rien à voir avec le tennis. Ou pas grand-chose, en tout cas.

Myron hocha la tête, l'encourageant à continuer. Pavel leva les mains vers le ciel, paumes en l'air, comme pour invoquer une divinité inconnue.

– Myron, je le dis et le répète : Valérie avait des problèmes bien plus graves que le tennis.

– Comme quoi, par exemple ?

– Je ne suis pas médecin. Ni psy. Mais n'oubliez pas qu'elle avait reçu des menaces.

– Ah bon ? dit Myron, très zen, attendant la suite.

Comme rien ne venait, il insista :

– Elle se sentait menacée, disiez-vous ?

– Oui. Et pas qu'un peu, conclut Pavel en faisant claquer son pouce contre son médium. Clac !

– Clac ?

– Oui, c'est la mode, chez les jeunes. Et c'est ce qui est arrivé à Valérie.

– Clac ? Mais qui lui a fait « clac » ?

– Un drôle de type, Myron. Un vrai malade. Après toutes ces années, je me rappelle encore son nom. Roger. Roger Quincy. Il n'était pas normal, ce garçon. Il n'arrêtait pas de lui écrire des lettres d'amour. Et il l'appelait tout le temps, au téléphone. À tel point qu'elle en a eu assez. Alors après, quand elle l'a envoyé sur les roses une bonne fois pour toutes, il est venu chez elle. Enfin, non, pas vraiment. Il rôdait dans les parages, autour de sa maison, de ses chambres d'hôtel. À chacun de ses matches il était là, aux premières loges...

– Et ça remonte à quand ? demanda Myron.

– Elle participait encore aux tournois. C'était, voyons... à peu près six mois avant son hospitalisation.

– Vous étiez au courant et vous n'avez rien fait ? Ça s'appelle du harcèlement, vous savez. Vous n'avez rien fait pour l'aider ?

– Si, bien sûr, on a réagi. On est allés à la police. Ils nous ont dit qu'ils ne pouvaient rien faire. Alors elle a porté plainte, mais ce Quincy n'avait jamais levé la main sur elle – du moins jamais devant témoins. Il disait : « Je t'aime, je ne peux pas vivre sans toi », et tout le bazar. En plus, il pleurait, ce monstre, et tout le monde y a cru. J'ai fait tout ce que j'ai pu pour elle parce que c'était une chouette môme. Mais parfois, ça devient vraiment trop pénible, si vous voyez ce que je veux dire. Ce n'était qu'une gamine, à l'époque. Et elle est devenue paranoïaque. Le tennis, déjà, c'était dur. Mais en plus, y a eu ce Roger Quincy. Une vraie bête sauvage. Oui, c'est ce qu'il était. Un fauve. On aurait dû l'abattre, sans pitié.

Myron avait écouté ce discours haineux sans sourciller. Son interlocuteur étant à bout de souffle, il en profita pour poser une modeste question :

– Comment l'illustre Alexander Cross a-t-il réagi face à Roger Quincy ?

Pavel Menansi hésita. Se dandina, sautant d'un pied sur l'autre.

– Excusez-moi. Vous disiez ?

– Alexander Cross et Valérie Simpson sortaient ensemble, n'est-ce pas ?

– On peut dire ça comme ça.

– Ils étaient amants, oui ou non ?

– Eh bien, je crois savoir qu'ils s'appréciaient mutuellement.

– Et je suppose qu'ils « s'appréciaient » alors que Quincy était fou de Valérie ?

– Je crois me souvenir que les deux périodes ont coïncidé, en effet.

– Donc, conclut Myron, nous avons deux

hommes amoureux de la même femme. Comment réagit le cocu ?

– Eh, oh, stop ! Arrêtons le délire ! Alexander Cross est mort. Mort et enterré depuis six ans. Je ne vois pas le rapport avec Valérie.

– Elle est morte, elle aussi. Ils ont déjà ça en commun. Sans compter le fait qu'ils ont été tous les deux assassinés.

– Oui, et vous en déduisez ?

– Je n'en déduis rien du tout, dit Myron. Je m'interroge, simplement. Je me demande surtout pourquoi vous refusez de répondre à mes questions. Auriez-vous quelque chose à cacher ?

– Certainement pas, répliqua Pavel. En l'occurrence, il s'agit d'éthique et de déontologie. Vous empiétez sur un domaine qui n'est pas le vôtre, cher ami. Vous me comprenez, n'est-ce pas ?

– Pas du tout. Quand il s'agit de la survie de mes amis, je suis un peu dur d'oreille, figurez-vous.

Pavel se tourna vers son gorille. Le brave garçon, biceps en extension et triceps itou, gonfla le torse, qu'il avait fort développé.

– Bon, puisque nous sommes entre gentlemen, dit Pavel, et dans la mesure où la violence m'insupporte, je me vois contraint de vous montrer le chemin de la sortie. La métaphore est-elle suffisamment explicite ?

– Vous pouvez traduire ?

– Dehors, bordel de merde ! Et si c'est ça que tu voulais savoir, espèce de fouille-merde, oui, j'aimais Valérie.

– Désolé, dit Myron. Ce n'était pas ce que j'étais venu chercher, mais c'est toujours bon à savoir... Je prends note.

– Dehors ! Raus ! Exit ! Faut vous le dire en quelle langue, Bolitar ? J'ai un match à regarder, et vous me bouchez la vue.

Myron ne bougea pas d'un poil. Le gorille de service posa une énorme paluche sur son épaule, laquelle se sentit frêle, tout à coup.

– Le patron a dit : « Dehors. » Alors tu gicles, man.

– Veuillez ôter vos phalanges de mon costume en alpaga, dit Myron, histoire de dédramatiser.

L'autre fit le gros dos, un peu comme les chats qui se hérissent et gonflent la queue quand ils ont peur, juste pour impressionner l'adversaire.

– J'ai dit : « Tu gicles, mec », gronda le barbouze.

– Ah oui ? Eh bien, pas de bol : j'ai pas envie, répliqua Myron, très zen.

C'est vrai, il abhorrait la violence, mais c'était parfois difficile d'expliquer calmement la chose à ses adversaires.

– Écoutez, monsieur, j'aimerais récupérer mon épaule. Si vous aviez l'obligeance d'ôter votre main...

– Cause toujours ! éructa le primate.

– Bon, si vous le prenez ainsi...

Ce fut très rapide. Une bonne clé, et l'énorme paquet de muscles se retrouva à terre, plus impuissant qu'un nouveau-né encore relié à son cordon ombilical.

– Bon, alors qu'est-ce qu'on dit, gentiment ?

– Tu gicles pas.

– Mieux que ça. Allez, j'attends.

– Je... Désolé, mec.

Myron relâcha sa prise, lança un dernier regard à Pavel Menansi :

– Ciao, mon p'tit lapin ! À la prochaine !

6

Un coup d'œil dans le rétroviseur confirma les soupçons de Myron : il était suivi.

Un fan sévèrement fêlé qui aurait tiré sur Valérie parce qu'une voix lui ordonnait de le faire ? Non, ça ne pouvait pas être aussi simple que ça. De toute façon, ça n'expliquait pas ce que Duane Richwood venait faire là-dedans. Mais peut-être n'avait-il rien à voir dans cette histoire. Il était également possible qu'il ait connu Valérie Simpson sans pour autant être mêlé au meurtre. Auquel cas Myron n'avait plus qu'à s'en laver les mains.

Il s'engagea dans Hobart Gap Road. Il n'était plus qu'à un kilomètre de chez lui, à Livingston, New Jersey. La Cadillac bleue au toit jaune canari renonça à sa filature et prit la direction de l'aéroport JFK. Le conducteur avait dû comprendre que Myron regagnait ses pénates pour la nuit. S'il repointait le bout de son capot le lendemain, Myron s'occuperait de lui.

Pour l'instant, il préférait se concentrer sur la mort de Valérie.

Si Roger Quincy était l'assassin, pourquoi Pavel avait-il paru aussi nerveux quand Myron avait mentionné Alexander Cross ? Avait-il dit la vérité ? Qui, tout le monde le sait, n'est pas toujours bonne à dire... Secret professionnel, déontologie, etc. Réflexion faite, il avait tout intérêt à se taire : le sénateur Cross était un homme très influent, donc redoutable. Soulever le voile à propos de la mort de son fiston n'était sûrement pas la chose à faire s'il souhaitait éviter les ennuis. Bref, il s'agissait peut-être d'un cas de fumée sans feu. D'un autre côté, si quelques braises couvaient là-dessous, ça pouvait donner l'incendie du siècle. Suffisait de souffler dessus... Plutôt tentant, non ? En tant qu'ex-agent du FBI, Myron avait toujours eu un petit côté pyromane.

Il s'arrêta dans l'allée. La voiture de sa mère était sagement parquée dans le garage. Aucune trace de celle de son père, en revanche. Il ouvrit la porte avec sa clé, sans sonner.

– Myron ?

Myron ! Seigneur Dieu ! Doux Jésus ! On aurait pu penser qu'il se serait habitué à ce prénom, depuis le temps. Mais non. Après plus de trente ans, il n'avait toujours pas pardonné à ses parents de lui avoir infligé un tel fardeau. Une idée de sa mère, à la maternité. Avait-elle voulu se venger des souffrances de la délivrance ? Comment peut-on baptiser son propre enfant Myron ? Déjà que le patronyme, Bolitar, n'était pas si facile à porter... Dire que certains se plaignent de s'appeler John Smith !

Adolescent, Myron s'était choisi des pseudos parfaitement anonymes : Mike, Mitch... Peine perdue. Ah, futurs parents ! Avant de sélectionner l'étiquette qui poursuivra votre héritier jusqu'à la fin de ses jours, ayez pitié, songez à l'irréparable traumatisme !

– C'est toi, Myron chéri ?

– Oui, maman.

– Je suis dans le salon.

En survêtement, en équilibre sur une patte – façon flamant rose –, elle suivait les instructions d'une cassette vidéo. « Et maintenant, on plie le genou, lentement. Et on inspire, à fond... » David Carradine avec un soupçon de Bruce Lee. Ah, bravo ! Où sont les mamies d'antan, qui se contentaient de tricoter et de confectionner des gâteaux ?

– Salut, m'man.

– Tu es en retard, Myron.

– Je ne savais pas que tu avais instauré un couvre-feu.

– Tu avais dit que tu serais de retour à sept heures. Il est neuf heures passées.

– Ce qui veut dire ?

– Je me suis fait un sang d'encre. Je regarde les infos, figure-toi. Cette jeune fille sur laquelle on a tiré, sur le stade. Tu étais là, n'est-ce pas ? Tu aurais pu te faire tuer, toi aussi.

Myron réprima un soupir.

– Et, bien sûr, ils ont annoncé ma mort. Ils ont aussi parlé d'une dizaine de corps non identifiés ? Ou bien ont-ils seulement mentionné une victime ?

– Tu sais bien que les journalistes racontent n'importe quoi.

– Ah bon ?

– Ça arrive tout le temps. La police leur ment, tant que les familles n'ont pas été prévenues.

– Mais tu es restée à la maison toute la journée.

– Tu veux dire qu'ils ont notre numéro ?

– Non, bien sûr que non, mais...

À quoi bon ? Myron renonça à la raisonner et préféra plaisanter :

– Promis. La prochaine fois qu'un crime a lieu dans un rayon de dix kilomètres autour de l'endroit où je me trouve, je t'appelle, sans faute.

– T'as intérêt, mon fils.

Elle éjecta la cassette du magnétoscope puis posa un coussin dans un coin de la pièce, y posa sa tête et se tint en équilibre, le corps à la verticale, mais à l'envers.

– Maman !

– Quoi ?

– Mais qu'est-ce que tu fabriques ?

– Tu le vois bien ! Ça s'appelle le poirier. C'est bon pour la circulation. Tu sais qui faisait ça tous les jours ?

– Non, mais je suis curieux de l'apprendre.

– David Ben Gourion.

– Je vois. Tu as raison, Dieu sait qu'il avait un look irrésistible. Un vrai tombeur !

– Ah, ah ! Cause toujours, mon pauvre garçon. Tu es jaloux, tout simplement.

La mère de Myron était un paradoxe ambulant. Elle avait été une brillante avocate durant une vingtaine d'années. Première d'une génération née aux États-Unis, de parents émigrés de Minsk ou d'un endroit du même genre, pour lesquels l'expression des droits de l'espèce humaine consistait à jouer du violon sur un toit. Durant les années 60, elle avait été ce qu'on appelait une « radicale », avait brûlé ses soutiens-gorge en public et expérimenté diverses substances hallucinogènes (d'où, sans doute, le choix de Myron comme prénom pour son premier et unique enfant). Elle ne faisait jamais la cuisine, ignorait délibérément l'endroit où l'on rangeait l'aspirateur, n'avait jamais côtoyé un fer à repasser. Dans les tribunaux, ses piques étaient légendaires et imparables. Elle était brillante, effroyablement intelligente, et très moderne.

Toutes ces qualités – ou défauts (question de point de vue) – ne lui avaient cependant jamais été d'un grand secours dès lors qu'il s'agissait de son rejeton. Rosa Luxemburg se transformait en Mère Courage doublée de Mamie Nova. Elle régressait littéralement, sautant plusieurs générations, devenant plus protectrice et plus étouffante que sa propre mère, sa grand-mère et son arrière-grand-mère réunies.

– J'ai envoyé ton père chez le Chinois. J'ai commandé tout ce que tu aimes.

– C'est gentil, m'man, mais j'ai pas faim.

– Du poulet au gingembre, Myron.

– Non, je te jure, m'man, j'ai pas faim.

– Du hareng à l'armoricaine, et des...

– Maman, je t'en prie !

– De chez Fong. Je sais que tu adores le hareng.

Inutile de lutter :

– Bon, d'accord. Mais juste un petit peu. D'accord ?

Toujours dans la position du poirier, elle se mit à siffloter. Puis, sans transition :

– Comment va Jessica ?

– Laisse tomber, m'man.

– Je ne faisais que poser une simple question, Myron.

– Eh bien, ma réponse est simple : laisse tomber, tu veux bien ?

– D'accord. Mais ne viens pas pleurnicher si les choses tournent mal.

Tu parles, Charles !

– Pourquoi ne vient-elle plus nous voir ? Qu'est-ce qu'elle fabrique ? Pourquoi ne donne-t-elle pas de ses nouvelles ?

– Écoute, maman, ça ne regarde qu'elle et moi, O.K. ?

– Je me fais du souci, mon grand. J'espère seulement qu'elle ne s'est pas fourrée dans un sale pétrin.

– Laisse tomber, je t'en prie.

– « Laisse tomber, laisse tomber », c'est tout ce que tu sais dire ! Un vrai perroquet ! J'aimerais bien savoir où elle est, tout de même. C'est normal, non ?

Myron ouvrit la bouche, puis se ravisa et courut se réfugier au sous-sol. Son antre. À bientôt trente-deux balais, il vivait encore chez ses parents. Enfin, officiellement. En fait, il n'y avait pas souvent mis les pieds, au cours de ces derniers mois. Il avait passé la plupart de ses nuits en ville, dans l'appartement de Jessica. Ils avaient même envisagé de vivre ensemble, mais n'avaient pas voulu brusquer les choses. C'était le moins qu'on puisse dire : à force de prendre leur temps pour y réfléchir, ils s'étaient habitués à un statu quo bancal mais rassurant. Une communauté ratée, c'est irréversible. Là, en revanche, ils pouvaient encore rêver. Pour l'instant, Jessica était en Europe. Dans quel pays exactement ? Myron n'en savait rien. Mais il était sûr d'une chose : elle lui manquait terriblement.

Quelqu'un sonna.

– C'est ton père, décréta Mme Bolitar. Il a encore oublié ses clés, comme d'habitude. Franchement, Myron, je me demande parfois s'il n'est pas en train de nous faire un début d'Alzheimer !

Quelques secondes plus tard, Myron entendit sa mère qui ouvrait la porte d'entrée. Puis elle revint, lui fit signe d'approcher avec des airs de conspiratrice.

– Il y a une jeune dame qui souhaite te parler, chuchota-t-elle. Elle est... euh... elle est noire.

– Mon Dieu ! dit Myron en portant la main à

85

son cœur. J'espère que les voisins n'ont pas appelé la police !

– Ce n'est pas ce que je voulais dire, et tu le sais. Nous avons des familles de couleur parmi nos voisins. Les Wilson, par exemple. Ce sont des gens très bien. Ils habitent sur Coventry Drive. Ils ont racheté la maison des...

– Je sais, maman.

– Je voulais juste te prévenir, Myron. Comme j'aurais dit « elle est blonde, elle a un charmant sourire. Ou un bec-de-lièvre ».

– Bien sûr.

– Ou elle est grande, petite, ou un peu trop grosse. Ou encore...

– Ça va, maman, j'ai compris. Tu lui as demandé son nom, par hasard ?

– Euh... non. Je n'ai pas voulu paraître indiscrète.

Ah, les mères !

Myron émergea du sous-sol pour accueillir la visiteuse. C'était Wanda, la petite amie de Duane. Il ne fut pas surpris. Elle sourit, timidement.

– Je suis désolée de venir vous déranger chez vous, surtout si tard, mais...

– Aucun problème. Entrez, je vous en prie.

Il la guida vers le sous-sol, qu'il avait divisé en deux pièces. La première, qu'il n'utilisait pratiquement jamais, faisait office de salon et était relativement présentable. L'autre, exclusivement réservée à son usage personnel, tenait de la tanière de l'ours, du terrier de la marmotte, enfin de tous les gîtes des mammifères notoirement peu sociables.

Wanda parut surprise mais demeura polie.

– C'est ici que vous vivez ?

– Seulement depuis l'âge de seize ans.

– C'est super, d'habiter avec ses parents.

– Ah, vous croyez ? dit une voix venue d'en haut. Et c'est super pour qui, à votre avis ?

– Maman, ferme la porte, s'il te plaît.

Vlan !

– Asseyez-vous, je vous prie, dit Myron.

Wanda hésita, puis posa le bout de ses fesses sur une chaise. Genoux serrés, mâchoires crispées, elle malmenait un mouchoir entre ses mains. Elle déglutit péniblement et finit par lâcher quelques mots :

– Je me sens très bête. Je n'aurais jamais dû venir.

Myron lui sourit, façon animateur de télé-réalité, « allez-y, je suis ici pour vous aider, racontez-moi tout ».

– Duane vous aime beaucoup, commença-t-elle. Vraiment beaucoup.

– C'est réciproque.

– Les autres n'arrêtent pas de l'appeler. Tous les jours. Ils disent que vous n'êtes pas de taille. Que Duane peut gagner bien plus d'argent avec eux.

– C'est possible.

Wanda secoua la tête.

– Duane ne veut rien savoir. Et moi non plus.

– Je vous remercie. Ça fait toujours plaisir.

– Et vous savez pourquoi il refuse de rencontrer les autres agents ?

– Parce qu'il ne veut pas me faire de peine.

Wanda esquissa un sourire. L'autodérision, ça marchait toujours, avec les filles.

– Non. C'est parce que Duane a confiance en vous.

– J'en suis heureux. Ça me touche beaucoup, croyez-moi.

– On sait que ce qui compte pour vous, c'est pas seulement l'argent.

– Mais je gagne ma vie grâce à des jeunes comme Duane, Wanda. Vous en êtes consciente, n'est-ce pas ?

– Oui, bien sûr. Je ne suis pas totalement naïve. Mais Duane et moi, on pense que vous croyez en lui et c'est ça, le plus important. Pour vous, Duane Richwood est un être humain, pas seulement un tiroir-caisse. Mais peut-être qu'on se trompe ?

Myron ne répondit pas.

– Duane n'a pas beaucoup de gens sur lesquels il puisse compter, poursuivit Wanda. Il n'a plus de famille. Il a vécu dans la rue depuis l'âge de quinze ans. Il n'a pas toujours été clean, c'est vrai. Pour survivre il a fait des trucs dont il n'est pas très fier, mais il n'avait pas le choix, vous comprenez ? En tout cas, il n'a jamais fait de mal à personne, jamais rien de sérieux. Des conneries, oui, comme tous les mômes livrés à eux-mêmes. C'est la loi de la rue, vous savez.

Elle se tut, baissa les yeux, continua de triturer son mouchoir désormais en charpie.

– C'est Duane qui vous envoie ? demanda Myron.

– Non. Il ne sait pas que je suis ici.

– Où est-il ?

– Aucune idée. Il s'est tiré. Ça lui arrive, de temps en temps. Quand il est trop désespéré.

Nouveau silence.

– Enfin, reprit-elle au bout d'un moment, comme je vous le disais, Duane ne fait confiance à personne, sauf à vous. Et à Win, aussi, mais parce que c'est votre meilleur pote.

– Wanda, je suis très touché, mais je préfère que les choses soient claires entre nous : je ne travaille pas pour rien. Je suis comme tout le monde, j'ai besoin de gagner ma vie. Mes services ne sont pas gratuits, loin de là.

– Je sais. Mais vous, au moins, vous êtes humain. Pour vous, Duane n'est pas seulement un produit qui peut rapporter gros.

– Henry Hobman s'intéresse à Duane, lui aussi. Sans doute plus que moi : c'est son entraîneur, ils travaillent ensemble tous les jours.

– Oui, mais Henry n'a pas le choix. Il se fait vieux. Avec Duane il joue sa dernière carte. C'est triste mais c'est comme ça.

– Pas mal de gens pourraient dire la même chose de moi. Sauf en ce qui concerne la « dernière » carte. Moi je débute. Duane est ma première chance, en vérité. Mon premier vrai champion, mon premier joueur engagé dans l'US Open.

Wanda réfléchit un instant, puis hocha la tête :

– Peut-être. N'empêche, aujourd'hui, quand Duane s'est retrouvé dans la merde, c'est vers vous qu'il s'est tourné. Et moi, ce soir, je suis son exemple. Non pas bêtement, pour faire comme lui. Non. C'est une question d'instinct.

La porte entre le sous-sol et le rez-de-chaussée s'ouvrit.

– Dites-moi, jeunes gens, vous n'auriez pas une petite soif ?

– Oui, t'as raison, maman. C'est l'heure du dernier biberon !

Wanda ne put s'empêcher de rire.

– Tu te crois drôle, mon fils ? Je te signale néanmoins que tu manques à tous tes devoirs. Je suis sûre que ton amie aimerait grignoter quelques biscuits.

– Non, merci, madame ! cria Wanda. C'est très gentil, mais nous n'avons besoin de rien.

– Vous êtes sûre, mon petit ? répondit Mme Bolitar. Un café, peut-être ? Un soda ?

– Non, je vous assure, madame Bolitar. D'ailleurs, j'allais prendre congé. Excusez-moi de m'être imposée si longtemps.

– Quelques tranches de cake ? Il sort du four. Myron en raffole.

– Maman, s'il te plaît !

– D'accord, d'accord. Je sais me taire quand il le faut.

Ah oui ! Reine de la discrétion et de la subtilité, la reine mère ! Rouge comme un piment de Cayenne, Myron ne savait plus où se mettre.

– Elle est vraiment trop ! dit Wanda.

– Vous m'ôtez le mot de la bouche. D'ailleurs parfois je frôle l'overdose. Mais maintenant, venons-en aux choses sérieuses. Qu'attendez-vous de moi ?

Ayant fini de déchiqueter son mouchoir, elle se tordit les mains. Puis se décida enfin :

– Je m'inquiète pour Duane.

– Merci, j'avais compris. Si c'est au sujet de la visite de Roland Dimonte, rassurez-vous. Jouer les méchants fait partie de son job.

– Non, ce n'est pas ça. Mon problème, c'est Duane. C'est le plus gentil des garçons, il ne ferait pas de mal à une mouche. Je le connais, croyez-moi. Mais il y a quelque chose qui ne va pas, depuis quelque temps. Il est anxieux, il tourne dans l'appartement comme un ours en cage. Il sursaute au moindre bruit, réagit mal à la moindre remarque. Il s'emporte pour des broutilles. Il a changé, brusquement.

– Il est sous pression, en ce moment. Ses nerfs craquent.

– Non. Il a l'habitude de vivre sous pression. Il adore la compétition, vous êtes payé pour le savoir. Mais là, c'est différent. Il y a quelque chose qui lui pourrit la vie.

– Vous avez une idée ?

– Non.

Myron se pencha et la regarda dans les yeux :

– Je vais être direct. Duane a-t-il reçu un coup de fil de Valérie Simpson ?

Wanda réfléchit un instant.

– Je ne sais pas.

– La connaissait-il ?

– Je n'en sais rien non plus. Mais je connais Duane comme si je l'avais fait. On est

91

ensemble depuis trois ans. On avait dix-huit ans tous les deux quand on est tombés amoureux. Il vivait dans la rue. Moi j'étais privilégiée. Mon père était chiropracteur et gagnait correctement sa vie. Il avait tout fait pour nous tenir à l'écart des « mauvais éléments », comme il disait. Alors, évidemment, il a vu rouge quand il a su que je sortais avec un fugueur, un SDF.

Elle secoua la tête et se mit à rire à l'évocation de ce souvenir. Myron attendit la suite, attentif.

– Tout le monde disait que ça ne durerait pas, notre histoire. Ils se trompaient. J'ai arrêté mes études à la fac et ai trouvé un job pour qu'il puisse continuer le tennis. Maintenant c'est son tour. Il va me payer les cours à l'université de New York. On s'aime. On s'est aimés dès le premier jour, bien avant qu'il ne devienne une future star, et on s'aimera encore et toujours, même quand il aura raccroché sa raquette et pris sa retraite. Mais pour la première fois, je ne le comprends plus. J'ai l'impression qu'il m'échappe et je ne sais pas pourquoi.

– Pensez-vous que ça puisse avoir un rapport avec Valérie Simpson ?

Elle hésita.

– C'est possible.

– Comment ?

– Je ne sais pas. C'est juste une intuition.

– Encore une fois, qu'attendez-vous de moi, Wanda ?

Elle se leva, se mit à marcher de long en

large – toutes proportions gardées, vu la taille de la pièce.

– J'ai entendu les policiers discuter entre eux. Ils parlaient de vous. Ils disaient qu'après votre blessure, vous aviez travaillé pour le FBI. Vous et Win. Vous étiez des as, paraît-il. C'est vrai ?

– Win et moi avons bossé chez les fédéraux, c'est exact. Quant à savoir si nous étions des as... Les avis sont partagés. Nos supérieurs nous trouvaient plutôt nuls.

– Ce qui veut dire que vous étiez top, c'est bien ce que je pensais. C'est pourquoi je suis venue vous voir ce soir. C'est beaucoup demander, mais est-ce que vous... Enfin, je veux dire... accepteriez-vous de m'aider ?

– Vous voulez que j'enquête ? Sur Duane, l'homme que vous aimez ?

– Il a quelque chose à cacher et je veux savoir quoi.

– Vous n'aimerez peut-être pas ce que je vais découvrir, répondit Myron, plagiant Win.

– Rien n'est pire que le doute, répondit Wanda. Vous m'aiderez ? Dites oui, je vous en supplie.

– Je ferai ce que je peux.

7

Le téléphone sonna.

Surpris au beau milieu d'un sommeil quasi comateux, Myron tendit la main à l'aveuglette, décrocha le combiné et croassa un pénible « Allô ? ».

– Bonjour ! Je suis bien sur la ligne rose, code ELTH, Étalon Libre à Toute Heure ?

– Hein ? Quoi ?

– Oh, désolée. Je t'ai réveillé !

La douce voix de Jessica remit immédiatement ses neurones en place. Plus efficace qu'une douche glacée. Ou que le baiser du prince sur les lèvres de la Belle au bois dormant, si l'on accepte de renverser les rôles.

– Jess ? Qu'est-ce qui se passe ?

– Excuse-moi, tu dormais ?

Myron jeta un œil éteint sur les signes

digitaux et phosphorescents du radio-réveil, lesquels indiquaient 4:13.

– Tu plaisantes, mon amour ! J'étais justement en train de taper le carton avec des copains. Je sens que tu vas me porter chance.

– Désolée, Myron. J'avais oublié le décalage horaire.

Il s'assit sur son lit, soudain parfaitement lucide.

– Jess, où es-tu ?

– En Grèce. Tu me manques, mon amour.

– Ah bon ? Donc, les rumeurs à propos de Socrate, Platon & Co se confirment ?

– Arrête. Je ne plaisante pas. Tu me manques vraiment.

– Alors reviens.

– C'est ce que je compte faire.

Son cœur battait vite, bien trop vite, mais il réussit à maîtriser sa voix. L'avantage des dialogues à distance.

– On peut savoir quand ?

– Bientôt.

Jessica Culver. Princesse de l'équivoque, reine du défilé, impératrice du non-dit. Jessica, incurable maladie de son cœur. Multiples rémissions et autant de rechutes...

– Alors, raconte-moi, dit-elle. Quoi de neuf, de ton côté de l'Atlantique ?

– Bof, pas grand-chose. Juste un meurtre de plus, sur l'US Open.

– Oui, je sais. On reçoit CNN, à l'hôtel. Sont pas si rétrogrades que ça, dans le vieux monde.

Myron lui fit part des derniers détails à propos de la mort de Valérie Simpson.

95

– Et en quoi ça te concerne ? s'étonna-t-elle.

– Je viens de te le dire. Duane est impliqué, et Wanda.

– Et alors ? C'est leur problème, pas le tien. Laisse tomber. Ça sent l'arnaque à plein nez.

– Ah, parce que tu y étais, peut-être ?

– Non, mais je suis moins poire que toi. Donc, tu vas chercher le coupable ?

– Je vais essayer, en tout cas.

– En mémoire de Valérie, ou pour Duane et Wanda ?

– Les trois, je crois. Mais surtout pour Valérie. Tu aurais dû la voir, Jess. Elle se donnait tellement de mal pour avoir l'air indifférente, arrogante. Mais elle était si manifestement malheureuse. Elle n'avait que vingt-quatre ans, Jess. Quel gâchis !

– Tu as un plan ?

– Si on veut. D'abord, je vais aller voir sa mère, à Philadelphie.

– Ensuite ?

– Eh bien, je passe direct au plan I. « I » pour Improvisation. J'y réfléchis.

– Fais gaffe à toi.

– T'inquiète. Tu me connais, Superman et Batman à la fois. Tiens, à propos, tu savais que Joan Collins a joué dans *Batman* ?

– Bien sûr. C'était la sirène.

– Alors là tu me tues. Et Liberace ? Tu sais, l'animateur télé. Il jouait quel rôle ?

8

Myron se rendormit et rêva de Jessica, non-stop. Le lendemain matin, bien sûr, il fut incapable de se remémorer ces bienheureux moments, à part quelques bribes parfaitement décousues. Quelle importance, au fond ? Jessica était de nouveau présente dans sa vie, et ça, c'était un scoop. C'était trop nouveau, trop frais pour être vrai. Il n'osait pas y croire, il avançait sur la pointe des pieds, et à tâtons – n'ayons pas peur des mots –, s'attendant à sauter sur une mine au moindre faux pas. En vérité, il avait peur. Peur qu'une fois de plus elle ne lui piétine le cœur, comme elle savait si bien le faire. Elle était très douée pour ça, Jessica.

Allons donc, voilà qu'il se mettait à faire des vers, bientôt il écrirait des chansons pour la musique country, parlerait de sa blonde laissée au pays, dans le Kentucky (ou le Missouri, ou le Mississippi !). En l'occurrence, Jess était en Grèce. Il chercha en vain un État qui se terminât en « ès ». Il aurait pu délirer longtemps comme ça. Mais, contrairement à la plupart de ses ex-collègues, congénères et compatriotes, Myron n'avait jamais laissé le moindre dollar sur le divan d'un psy. Il se ressaisit, alla se planter devant le miroir de la salle de bains, rigola un bon coup et se rasa de près.

Cinq minutes plus tard, après une bonne douche, il était de nouveau lui-même.

Il sauta dans sa bonne vieille Taurus et mit le cap plein sud, via l'autoroute du New Jersey, célèbre pour ses bouchons. Il repéra très vite la Cadillac bleue au toit jaune, quatre voitures derrière lui. Ni lui ni son mystérieux admirateur ne risquaient de dépasser la vitesse légalement autorisée. Ils eurent largement le temps d'admirer le paysage, et même de compter les pétales des pâquerettes sur le bas-côté. Ils longèrent nonchalamment les abords de l'aéroport de Newark – hideux, comme il se doit. (Vous avez déjà vu un aéroport entouré de charmants bosquets, de prairies fleuries et de clairs ruisseaux d'où jaillissent de sémillantes truites ?)

Ensuite, Myron bifurqua et prit la bretelle qui mène au plat de résistance : le tronçon d'autoroute le plus tristement célèbre des États-Unis & Réunis. Entre la sortie 12 et la sortie 13, vous avez un concentré de l'enfer sur cette terre, une vision imprenable sur ce qui attend le pire des serial killers et de nous tous, coupables ou non. À côté, Terminator, c'est de l'eau de rose. Fumées opaques jaillissant de chaque orifice. Même en plein soleil, le ciel est noir, métallique, menaçant. Chape de plomb ? Oh, quel pauvre cliché ! Les hommes n'ont pas encore inventé les mots pour décrire une telle calamité, un autogénocide de cette ampleur.

Sur l'autoradio de Myron, un obscur groupe de rock – les *Motels* – répétait obstinément un subtil refrain : *Aimer c'est sourire et jouir, puis souffrir à n'en plus finir.* Pas mal vu, au fond. Primaire mais pas si bête. Les *Motels* ! Qu'étaient-ils devenus ? Renvoyés à l'anonymat, comme tant d'autres. Loupé le coche, comme disaient nos aïeux.

S'étant assuré qu'aucune patrouille ne patrouillait alentour, Myron composa un numéro sur son portable.

– Shérif Courter à l'appareil.

– Salut, Jake. C'est Myron.

– Désolé, vous avez dû faire un mauvais numéro. Au revoir !

– C'est le tien qu'est pas terrible, comme numéro ! Pas crédible pour trois sous ! Quand je pense qu'on t'a confié le rôle de Roméo pour la fête de fin d'année, au lycée !

– Bon, t'as gagné. Qu'est-ce que tu veux encore, sacré Myro ?

– Ben quoi, on n'a plus le droit d'appeler un vieux copain juste pour prendre des nouvelles ?

– Non, je n'en crois pas mes oreilles. Un coup de fil désintéressé ?

– Absolument.

– Et tu crois que je vais avaler ça ?

– Attends, t'es pas au bout de tes surprises. Qu'est-ce que tu dirais si je passais te prendre d'ici une heure ou deux, pour déjeuner ? C'est moi qui régale.

– Hum... Tu viens avec Win ?

– Non.

– Alors d'accord. Ce mec me file des boutons.

– Tu ne le connais même pas !

– Pourvu que ça dure ! Blague à part, qu'est-ce que tu veux, Myron ? Ça va peut-être t'étonner, mais j'ai besoin de gagner ma vie, comme tout le monde.

– T'as encore des potes à la Crim de Philadelphie ?

– Ouais.

– Y en aurait pas un qui pourrait te faxer un dossier d'homicide ?

– Un cas récent ?

– Euh... Pas exactement.

– Ça remonte à quand ?

– Six ans, dit Myron.

– Tu plaisantes ?

– Non, hélas. Et attends la suite...

– Je piaffe. De toutes mes oreilles.

– La victime s'appelait Alexander Cross.

– Le fils du sénateur ?

– Tout juste.

– Et pourquoi tu veux déterrer cette vieille histoire ?

– Je te le dirai quand elle sera sortie de terre.

– Y a des gens qui vont se poser des questions, tu sais. Je leur dis quoi ?

– Ce que tu veux. Invente n'importe quel bobard.

Silence au bout du fil. Enfin, pas tout à fait : Jake semblait mâchonner quelque chose. Une allumette ? Un bâton de réglisse ? Peut-être avait-il décidé d'arrêter de fumer.

– O.K., dit-il enfin. Quand est-ce que tu te pointes ?

– Vers treize heures. Je t'appelle pour confirmer.

– N'oublie pas l'ascenseur, Myron. Tu sais, celui qu'on renvoie quand on est bien élevé. Et là, j'te signale qu'il est au dernier étage.

– J'ai dit que le déjeuner était pour moi, non ?

Jake raccrocha.

Myron prit la prochaine bretelle de sortie. Le péage s'élevait à près de quatre dollars. Il fut tenté de payer pour la Cadillac bicolore qui lui filait toujours le train mais à ce tarif-là, non, franchement, ça faisait cher du kilomètre. Il tendit ses quatre billets au préposé.

– Vous savez, dit-il, je comptais seulement l'emprunter, cette autoroute. Je n'avais pas l'intention de l'acheter !

Dans sa guérite, l'employé resta de marbre. Pas le moindre sourire. C'est à ce genre de détail qu'on s'aperçoit qu'on se fait vieux, se dit Myron. On commence par râler parce que le péage est trop cher, et quelques années plus tard on reproche aux jeunes de prendre trop de douches parce que l'eau chaude, c'est pas donné.

Mine de rien, le trajet jusqu'aux banlieues résidentielles de Philadelphie lui prit deux bonnes heures. Gladwynne, Plymouth Rock : population huppée, clébards à pedigree, personnel stylé, voitures italiennes ou allemandes, gazon à l'anglaise. Pognon au-dessus de tout soupçon (il y a prescription, au bout de quatre ou cinq générations). À défaut d'aristocratie, on crée des dynasties. Ah, la côte Est ! Les gens de Philadelphie qui jalousent leurs cousins de Boston, lesquels tentent encore d'oublier que leurs ancêtres communs, à bord du Mayflower, ne furent jamais qu'une bande d'aventuriers, voire de fieffés gredins.

La demeure où avait grandi Valérie Simpson avait un petit côté Gatsby le Magnifique, dans le genre décadent. Le gazon avait besoin d'une bonne coupe, les haies idem. La peinture s'écaillait par endroits, le lierre qui habillait les murs était un peu trop touffu. Le domaine était immense. Myron se gara à l'entrée, si loin de la maison qu'il regretta qu'il n'y eût pas de navette pour l'emmener jusqu'au perron.

Alors qu'il arrivait, l'inspecteur Dimonte, flanqué de son sous-fifre Krinsky, apparut sur le seuil. Dire que l'accueil fut chaleureux serait exagéré. Fermement campé sur ses jambes, mains sur les hanches, Dimonte roula les mécaniques :

– Qu'est-ce que vous venez foutre ici ?

– Savez-vous ce que sont devenus les Beach Boys ? demanda Myron d'une voix suave.

– Les quoi ?

– Mon Dieu, soupira Myron, que la gloire est éphémère !

– Bon sang, Bolitar, je vous ai posé une question. Qu'est-ce que vous foutez ici ?

– Vous avez oublié votre caleçon chez moi, hier soir. Un modèle ravissant, avec des petits lapins.

Dimonte devint écarlate. La plupart des flics américains sont homophobes et très chatouilleux sur le sujet. C'est toujours un plaisir de les mettre en boîte : ils ne marchent pas, ils courent.

– Z'avez pas intérêt à fourrer votre sale nez de fouine dans cette affaire, mon vieux. C'est valable aussi pour votre pote le psychopathe de la haute.

Krinsky réprima un petit rire. « Psychopathe de la haute ! » Pas mauvaise, celle-là ! Faudrait qu'il la ressorte.

– De toute façon, poursuivit Dimonte, l'enquête est pratiquement bouclée.

– Mes compliments. Je serai fier de dire que je vous ai vu à l'œuvre, ironisa Myron.

– Et vous serez heureux d'apprendre que votre client n'est plus mon suspect numéro un.

– Oui, je sais. C'est Roger Quincy qui est sur la sellette, à présent.

– Et comment vous savez ça, ducon ?

– J'ai des yeux et des oreilles qui traînent partout, c'est bien connu.

– Hum... Quoi qu'il en soit, ça ne veut pas dire que votre champion est tiré d'affaire. Il n'est pas clair, ce Black. Vous le savez aussi bien que moi. Même Krinsky ici présent l'a compris.

Lequel hocha gravement la tête. Pas contrariant.

— Maintenant, reprit Dimonte, j'ai comme dans l'idée qu'il se la faisait, la jeune Valérie. En douce, comme ça, une petite gâterie entre deux portes.

— Vous avez des preuves ?

— Aucune importance. Je veux coincer celui qui l'a tuée, pas ceux qui la baisaient.

— Que c'est joliment dit, Rolly !

— Va te faire voir, mec. J'ai pas de temps à perdre avec ton humour à la con.

Sur ces mots d'une réelle intensité dramatique, Dimonte quitta les lieux, suivi de son fidèle larbin.

— Au revoir, dit Myron. Ravi d'avoir fait votre connaissance, mon cher Krinsky.

L'interpellé hocha la tête, un tantinet gêné.

Lorsqu'ils furent hors de vue, Myron sonna à la porte d'entrée. La mélodie résonna interminablement. Une vraie symphonie, qui n'était pas sans évoquer Tchaïkovski. Un homme d'une trentaine d'années vint ouvrir. Chemise rose style Oxford, avec les petits boutons sur le col. Pas de cravate. Fossette sur le menton. Cheveux noirs, gominés en arrière, façon Superman. Il toisa Myron comme s'il venait de découvrir un SDF en train de pisser sur son paillasson.

— Oui ? Que puis-je pour vous ?

— Je voudrais voir Mme Van Slyke, dit Myron.

C'était le nouveau patronyme de la mère de Valérie, qui s'était remariée.

– Je crains que le moment ne soit mal choisi, répondit Superman.

– Nous avons rendez-vous.

– Sans doute m'avez-vous mal compris, jeune homme. Mme Van Slyke n'est pas disponible.

– Dites-lui que Myron Bolitar désire la voir, insista Myron. Elle m'attend. Windsor Lockwood lui a parlé, hier soir. Je viens de sa part.

– Je vous répète que Mme Van Slyke ne reçoit personne aujourd'hui. Sa fille a été tuée hier.

– Oui, je suis au courant.

– Dans ce cas, vous comprendrez que...

– Kenneth ? dit une voix de femme, venant du premier étage.

– Tout va bien, Helen. Je maîtrise la situation.

– Qui est-ce, Kenneth ?

– Personne.

– Myron Bolitar, cria Myron.

Le dénommé Kenneth le fusilla du regard. Myron faillit lui tirer la langue mais se maîtrisa, juste à temps.

La maîtresse des lieux apparut sur le palier, toute de noir vêtue. Ses yeux étaient rouges, ses paupières aussi. C'était une belle femme, qui avait dû être plus belle encore vingt-quatre heures plus tôt, songea Myron. La quarantaine, mais bien conservée. Cheveux blonds agrémentés de quelques mèches platine, coupe et permanente impeccables.

– Entrez, je vous prie, monsieur Bolitar.

105

– Helen, je ne pense pas que ce soit une bonne idée, intervint Kenneth.

– Ne t'inquiète pas, mon chéri.

(« Mon chéri ? »)

– Rappelle-toi ce qu'a dit le médecin. Tu dois te reposer.

Elle descendit, impériale, tendit sa main, que baisa Myron.

– Je vous en prie, monsieur Bolitar. Veuillez pardonner mon mari. Il ne cherche qu'à me protéger.

Son mari ? Ce godelureau était son « mari » ?

– Suivez-moi, je vous prie.

Elle le guida vers une pièce à peine plus grande que l'Acropole. Au-dessus d'une gigantesque cheminée en marbre trônait le portrait en pied d'un ancêtre à rouflaquettes, plus moustachu qu'un morse, sourcil froncé, pas rigolo pour deux sous. En guise d'éclairage, des chandeliers un peu partout. Enfin, ils connaissaient tout de même la fée Électricité : les bougies étaient remplacées par des ampoules torsadées, en forme de bougies. À quatre-vingts watts l'unité, Myron préféra ne pas calculer la note. Le mobilier était à l'avenant. Authentiquement ancien, placage d'acajou légèrement écaillé. Ne manquait plus, sur le guéridon, qu'un service à thé en argent massif.

Myron posa le bout de ses fesses sur un fauteuil d'époque aussi confortable qu'un gradin du French Open. Kenneth l'avait à l'œil, des fois qu'il aurait mis une petite cuillère ou un cendrier dans sa poche.

Helen s'était assise sur un sofa, en face de

Myron. Debout derrière elle, son mari avait posé les mains sur ses frêles épaules. Une photo de famille plus vraie que nature. Soudain une petite fille de trois ou quatre ans pénétra dans la pièce.

– Je vous présente Cassie, dit Helen Van Slyke. La petite sœur de Valérie.

Myron sourit de toutes ses dents et se pencha vers la gamine.

– Hello, Cassie !

La gosse se mit à hurler comme s'il venait de lui planter un couteau dans le cœur et courut se réfugier dans les jupes de sa mère.

Helen rassura sa progéniture, laquelle finit par se calmer. Ses deux petits poings fermés devant ses yeux, la môme glissa un regard suspicieux vers l'intrus. Peut-être s'inquiétait-elle, à l'instar de Kenneth, pour les cuillères et les cendriers en argent. Ou pour son ours en peluche.

– Windsor m'a dit que vous êtes agent sportif ? s'enquit la belle Helen.

– C'est exact.

– Et vous étiez sur le point de signer avec ma fille ?

– Nous étions en pourparlers, en effet.

– Helen, ma chérie, vous ne croyez pas que cette conversation peut attendre ? intervint Kenneth.

Elle l'ignora et reprit :

– Alors, monsieur Bolitar, pourquoi souhaitiez-vous me voir ?

– J'ai simplement deux ou trois questions à vous poser.

De nouveau, Kenneth s'interposa.

– Quel genre de questions ?

Poli, mais méfiant. Protecteur à souhait. Helen le fit taire d'un geste.

– Continuez, monsieur Bolitar.

– Si mes renseignements sont exacts, Valérie a été hospitalisée il y a six ans.

– Quel rapport ? s'insurgea Kenneth.

– Laissez-nous seuls, mon ami.

– Mais, Helen...

– Je vous en prie. Pourquoi n'iriez-vous pas faire un tour dans le parc avec Cassie ?

– Vous êtes sûre ?

– Absolument.

Il faillit protester mais, de toute évidence, il n'était pas de taille. Elle ferma brièvement les yeux, lui signifiant son congé. À contre-cœur, il prit la petite fille par la main et sortit. Lorsqu'ils furent suffisamment loin, Helen commenta :

– Excusez mon époux. Il a tendance à se montrer un peu trop protecteur.

– C'est compréhensible, compte tenu des circonstances.

– Maintenant dites-moi, monsieur Bolitar, pourquoi le séjour de Valérie à l'hôpital vous intéresse-t-il ?

– J'essaie de comprendre, tout simplement.

Elle l'étudia un instant, sans dire un mot. Puis :

– Vous voulez démasquer l'assassin de ma fille, n'est-ce pas ?

– Oui.

– Puis-je vous demander pourquoi ?

– Pour plusieurs raisons.

– Une seule me suffira.

– Eh bien, il se trouve que Valérie a essayé de me joindre, juste avant sa mort. Elle a laissé trois messages à mon bureau.

– Ce qui ne vous rend pas responsable de cet horrible drame.

Myron ne répondit pas. Helen prit une profonde inspiration et reprit :

– Et vous pensez que son assassinat a quelque chose à voir avec sa dépression ?

– Je n'en sais rien.

– La police est convaincue que son meurtrier est un obsédé, un fan au vrai sens du terme. Complètement fanatique.

– Et vous, qu'en pensez-vous ?

Elle demeura immobile, sans même un battement de cils.

– Je ne sais pas. Roger Quincy me paraissait inoffensif. Mais, au fond, ils ont tous l'air d'innocents agneaux jusqu'au jour où ils révèlent leur vraie nature. Il lui écrivait des lettres d'amour tous les jours. Des déclarations enflammées, maladroites et touchantes. Un peu excessives, parfois, mais rien de bien alarmant.

– Vous les avez gardées ?

– Je les ai toutes remises à la police.

– Vous souvenez-vous de ce qu'elles disaient ?

– Ça variait, des compliments plutôt fleur bleue jusqu'à l'obsession. Parfois il l'invitait simplement à dîner, et d'autres fois il lui jurait un amour éternel et lui répétait qu'ils étaient destinés l'un à l'autre, depuis la nuit des temps.

– Comment Valérie réagissait-elle ?

– Ça dépendait de son humeur. Ça l'effrayait, ou bien ça l'amusait. Mais la plupart du temps, elle l'ignorait. Comme nous tous. Personne ne prenait ce pauvre garçon très au sérieux.

– Et Pavel ? Était-il inquiet ?

– Pas vraiment.

– Avait-il engagé un garde du corps pour la protéger ?

– Non. Il était résolument contre. Il pensait que ça l'aurait stressée.

Myron était perplexe. Selon Pavel, Valérie n'avait pas besoin de garde du corps alors qu'un dingue la harcelait. D'un autre côté, il craignait les parents trop possessifs et les chasseurs d'autographes. Bizarre, non ?

– J'aimerais qu'on parle de la dépression de Valérie, dit-il.

Mme Van Slyke se raidit, imperceptiblement.

– Je préfère ne pas aborder ce sujet, monsieur Bolitar.

– Pourquoi ?

– Ce fut une période très pénible. Vous n'imaginez pas à quel point nous avons souffert. Ma fille n'avait que dix-huit ans. Elle était belle, talentueuse. C'était une athlète professionnelle, elle allait de victoire en victoire. Tout lui souriait. Et puis soudain, elle a craqué, sans raison apparente. Nous avons tout fait pour l'aider, pour éviter que les médias ne s'emparent de l'affaire.

Elle s'interrompit, ferma les yeux.

– Madame Van Slyke ? Ça va ?

– Ce n'est rien. Excusez-moi.

Silence.

– Vous disiez que vous avez tout fait pour éloigner la presse ?

La mère de Valérie se ressaisit. Elle lissa les plis de sa jupe du plat de la main et esquissa un sourire.

– Eh bien... Je ne voulais pas que cet épisode ruine son avenir. Vous savez comment sont les gens, toujours avides de scandale. On l'aurait montrée du doigt et murmuré derrière son dos. Cette histoire l'aurait poursuivie toute sa vie. Je voulais à tout prix lui éviter cela. Et puis, oui, c'est vrai, j'étais embarrassée. J'étais encore très jeune, à l'époque. Je craignais que sa dépression ne rejaillisse sur les Brentman.

– Les Brentman ?

– C'est mon nom de jeune fille. Ce domaine, le « Brentman Hall », appartient à ma famille depuis des générations. Mon premier mari s'appelait Simpson. Une erreur de jeunesse – du moins de ma part. Il ne m'avait épousée que pour grimper dans l'échelle sociale, comme on dit. Kenneth est mon second mari. Je sais que notre différence d'âge fait beaucoup jaser, mais les Van Slyke sont l'une des plus anciennes familles de Philadelphie. Nos arrière-grands-pères étaient associés, voilà plus de cent ans.

Une excellente raison pour se marier, songea Myron.

– Et quand avez-vous épousé Kenneth ?

– Nous avons fêté notre sixième anniversaire en avril dernier.

– Je vois. Donc, vous vous êtes mariés à peu près à l'époque où Valérie a été hospitalisée.

Soudain méfiante, elle ne répondit pas tout de suite.

– Qu'essayez-vous d'insinuer, monsieur Bolitar ? dit-elle enfin.

– Rien du tout. Non, vraiment, je n'insinue strictement rien, chère madame. Quoique, maintenant que vous le dites... Si vous me parliez d'Alexander Cross ?

Elle sursauta, immédiatement sur la défensive.

– Que voulez-vous savoir ?

– Valérie et lui, c'était sérieux ?

– Monsieur Bolitar, Windsor Lockwood est un vieil ami de la famille et c'est l'unique raison pour laquelle j'ai accepté de vous recevoir. Vous vous êtes présenté en prétendant vouloir trouver le meurtrier de ma fille.

– C'est exact.

– Alors j'aimerais savoir en quoi Alexander Cross, la dépression de Valérie ou mon mariage vous intéressent.

– Je pars d'un principe très simple, madame Van Slyke. Je suis convaincu que votre fille n'a pas été tuée par hasard, ni par un inconnu. Ce qui veut dire que j'ai besoin d'en savoir un peu plus sur sa vie et sur ses proches. Croyez-moi, ça ne m'amuse pas une seconde de vous poser toutes ces questions. Mais il faut que je sache qui pouvait avoir peur de Valérie, qui avait des raisons de la haïr, à qui sa mort pouvait éventuellement profiter, etc. Ce qui implique de fouiller dans sa vie privée. De remuer la vase, si je puis dire.

Mme Van Slyke soutint le regard de Myron, puis baissa les yeux.

– Que savez-vous au juste, à propos de ma fille ?

– Pas grand-chose, en vérité. Enfant prodige du tennis, révélée lors du French Open alors qu'elle n'avait que seize ans. Tout le monde misait sur elle et puis elle a dégringolé de son piédestal à la vitesse grand V. À part ça, elle a été harcelée par un fan un peu fêlé nommé Roger Quincy, elle a été la petite amie du fils d'un éminent homme politique, lequel fiston a été assassiné dans des circonstances non élucidées. Puis elle a sombré dans la dépression – ce qui, entre nous soit dit, n'a rien d'étonnant, compte tenu du parcours que je viens d'évoquer. Maintenant, j'aimerais bien rassembler les pièces du puzzle.

– Il m'est extrêmement difficile de parler de tout cela, monsieur Bolitar.

– Je vous comprends, madame Van Slyke.

Voix douce, sourire compatissant.

– Je ne sais vraiment pas quoi vous dire, monsieur Bolitar. Je ne vois pas qui aurait pu vouloir du mal à ma petite fille.

– Peut-être pourriez-vous me parler de ces derniers mois. Comment se comportait-elle ? Avez-vous remarqué quelque chose d'inhabituel ?

Helen Van Slyke née Brentman se mit à jouer avec son collier, tortillant les perles autour de son index, jusqu'à ce qu'elles lui enserrent le cou au point d'y imprimer une marque rouge et menacent de l'étouffer. Puis elle lâcha le tout, retrouva sa voix :

– Finalement, elle a semblé aller mieux. Le tennis l'a beaucoup aidée : alors qu'elle n'avait plus touché une raquette depuis des années, elle y a repris goût. Hors compétition, juste pour le plaisir.

Et là, la façade se fissura, Mme Van Slyke fondit en larmes. Myron lui prit la main, qu'elle serra convulsivement.

– Je suis désolé, dit-il.

Elle secoua la tête, se força à parler :

– Valérie s'est remise à s'entraîner tous les jours. Ça la rendait plus forte, physiquement et émotionnellement. On a cru qu'elle avait vaincu ses démons, qu'elle prenait un nouveau départ. Et puis...

De nouveau elle s'interrompit, regarda fixement devant elle, les yeux vides.

– Et puis, ce salaud...

Myron pensa tout d'abord qu'elle parlait du meurtrier non identifié. Mais, quelque part, il sentit qu'il s'agissait d'autre chose. Ou de quelqu'un, qu'elle connaissait bien.

– Oui ? l'encouragea-t-il. Quel salaud ?

– Helen ? Tu es là, ma chérie ?

Kenneth était de retour. Il traversa la pièce au pas de course et prit sa femme dans ses bras. Myron eut l'impression – fugitive – qu'elle refusait cette étreinte. Mais sans doute avait-il imaginé la chose.

Par-dessus l'épaule de son épouse, Kenneth lui lança un regard peu amène :

– Vous êtes content de vous ? Sortez de ma maison, immédiatement.

Il en fallait davantage pour impressionner Myron.

– Madame Van Slyke, ça va aller ?

– Oui. Partez, je vous en prie, murmura-t-elle. Ça vaut mieux pour tout le monde.

– Vous êtes sûre ?

Kenneth revint à la charge. Carrément menaçant, cette fois :

– Vous, on vous a assez vu. Dehors ! Allez, ouste !

Myron le regarda, calmement. Ce n'était ni l'heure ni l'endroit de provoquer un scandale.

– Je suis désolé, madame Van Slyke. Veuillez accepter mes sincères condoléances.

Sur ces paroles politiquement correctes, il prit le chemin de la sortie.

9

Quand Myron arriva au poste de police, Jake était assis à son bureau, le menton maculé d'une substance rouge et visqueuse. Restes d'un beignet fourré à la confiture de framboises ou d'un hot dog au ketchup ? Les deux, sans doute.

Jake Courter avait été élu shérif de Reston, New Jersey, deux ans auparavant. Compte tenu du fait qu'il était noir au sein d'une communauté presque exclusivement composée de Blancs, son élection en avait choqué plus d'un. Jake, lui, n'avait pas été surpris. Reston était une petite ville universitaire – c'est-à-dire habitée par des intellectuels libéraux qui souhaitaient promouvoir un homme de couleur. Jake considérait que la teneur en mélanine de son épiderme avait été un handicap durant tant d'années qu'il était normal qu'elle lui serve enfin à quelque chose. « La blanche culpabilité », comme il disait. Le meilleur moyen de gagner des votes, de nos jours.

À cinquante ans et des poussières, il avait derrière lui une carrière de flic dans une demi-douzaine de grandes villes dont New York, Philadelphie, Boston, pour ne citer qu'elles. Puis, fatigué de traquer les voyous urbains, il s'était installé en banlieue résidentielle pour traquer des truands plus discrets. Myron et lui s'étaient rencontrés un an plus tôt, alors que tous deux enquêtaient sur la disparition de Kathy Culver, la jeune sœur de Jessica, alors étudiante à l'université de Reston.

– Salut, Myron.

– Comment ça va, vieux frère ?

Jake n'avait pas changé. Toujours le même look négligé. Tout dans son apparence laissait à désirer. Ses cheveux. Ses fringues. Son bureau était à son image : bordélique à souhait. On y trouvait toutes sortes de denrées à demi consommées et plus ou moins consommables : parts de pizza dans leur carton ramolli, crème glacée fondue au fond d'une coupelle en plastique, vestiges de sandwich thon-mayonnaise. Et, bien sûr, quelques sachets de Slim-Fast. Jake frôlait les cent trente kilos. Son pantalon lui allait comme des escarpins à un catcheur. Trop étroit pour sa vaste panse, trop large pour ses hanches. Il n'arrêtait pas de le réajuster, cherchant en vain l'endroit où sa ceinture tiendrait enfin en place. Vœu pieux s'il en fut.

– Si on allait se grignoter quelque chose ?

suggéra-t-il en s'essuyant le visage avec un mouchoir douteux. J'ai un petit creux.

Myron prit l'un des sachets de régime qui traînaient sur le bureau et lut les conseils diététiques imprimés au dos :

– « Une portion pour le petit déjeuner, une autre à midi, puis un dîner équilibré. Vous n'éprouverez aucune sensation de faim. Résultat garanti. Nous nous engageons à vous rembourser si vous n'avez pas perdu trois kilos au bout de sept jours ».

– Foutaises ! dit Jake. J'ai essayé. Ça ne marche pas, leur truc.

– T'as essayé pendant combien de temps ?

– Presque un jour. Nada. J'ai pas perdu un gramme. Un vrai piège à cons.

– Tu devrais les attaquer un justice.

– En plus, ce machin est franchement dégueu. Ça a un goût de punaise écrasée.

– À propos, tu m'as dégoté le dossier sur Alexander Cross ?

– Ouais, je l'emporte. Allez, on y va !

Myron suivit Jake jusque dans une gargote située en bas de la rue et pompeusement baptisée *The Royal Court*. Sous réserve de rénovation totale, l'endroit aurait peut-être pu prétendre rivaliser avec les toilettes d'une aire de repos d'autoroute, côté hygiène sanitaire.

Jake sourit, tel un enfant auquel on promet un tour de manège :

– Sympa, non ?

– Rien qu'à l'odeur, j'en ai l'eau à la bouche, dit Myron. Tu sais, l'eau qui te monte aux lèvres juste avant d'aller gerber.

– C'est de la bonne bouffe américaine, mec. Suffit de ne pas respirer par le nez.

Chacune des tables était équipée d'un juke-box. Les 45 tours ne dataient pas d'hier. De vrais collectors. Le hit le plus récent, c'était *Crocodile Rock* d'Elton John.

La serveuse était d'époque, elle aussi. La cinquantaine bien tassée et bien enrobée, les cheveux teints d'une couleur que la nature réprouve.

– Hello, Millie ! la salua Jake, jovial.

Elle leur tendit la carte sans un mot.

– C'est Millie, commenta Jake.

– Elle a l'air charmante. Maintenant, tu peux me montrer le dossier ?

– Commandons d'abord.

Myron saisit le menu. Sous plastique, plutôt collant. Très collant. Comme si quelqu'un avait renversé du sirop d'érable dessus. Avec des morceaux de bacon desséché dans les coins. Ou d'œufs brouillés ? Myron sentait son appétit diminuer à vue d'œil.

Trois secondes plus tard, Millie se repointa et demanda, avec un profond soupir :

– Et pour ces messieurs, ce sera ?

– Pour moi, un cheeseburger spécial, annonça Jake. Avec double portion de frites à la place du chou en salade. Et un Coca light.

Millie se tourna alors vers Myron, l'air excédé, telle la maîtresse d'école qui interroge le cancre de la classe. Myron osa se lancer vers des terres inconnues :

– Avez-vous un menu végétarien ?

– Un quoi ?

– Arrête de faire chier le monde, intervint Jake.

– Bon, un croque-monsieur, s'il vous plaît. C'est possible ?

– Avec des frites ?

– Non, merci.

– Et comme boisson ?

– Un Coca light. Je suis au régime, comme mon pote ici présent.

Millie détailla Myron de la tête aux pieds.

– On t'a déjà dit que t'étais plutôt beau gosse ?

Pris au dépourvu, Myron resta sans voix. Puis se ressaisit et gratifia Millie de son célèbre sourire à la fois modeste et charmeur.

– Et ta tête me dit quelque chose, poursuivit Millie.

– Oui, on me le dit souvent. Je dois être terriblement lambda. Mignon mais très courant.

– Ah, ça me revient. T'es sorti avec l'une de mes filles, pas vrai ? Gloria. Elle travaille ici, de nuit.

– Non, je ne pense pas, madame Millie.

Elle le détailla de nouveau, avec attention.

– T'es marié ?

– Non, mais j'ai une fiancée.

– C'est pas ce que je te demande. T'es marié, oui ou non ?

– Non.

– Parfait.

Elle tourna les talons, apparemment satisfaite.

– Qu'est-ce que c'est que ce cirque ? demanda Myron.

Jake haussa les épaules.

– Elle cherche à caser sa fille Gloria. Avec un mec comme moi, mais version albinos, avec la thune en plus.

– Je me sens flatté.

– Tu vois toujours Jessica Culver ?

– Plus ou moins.

– C'est une fille très spéciale, tu sais. Une vraie perle.

– Oui, j'en suis conscient.

– T'étais vraiment accro, n'est-ce pas ?

– Oui. On peut dire ça comme ça.

– Y a pire, mec.

– Je ne dirai pas le contraire.

Millie revint avec leurs deux boissons allégées. Cette fois, elle faillit sourire.

– Un beau gars comme vous ne devrait pas rester seul, dit-elle à Myron.

– Je suis très demandé, aux quatre coins du pays. Mon portrait est affiché devant tous les commissariats. Ma tête est mise à prix, chère madame. Cinquante mille dollars, ça vous va ?

Millie ne sembla pas découragée pour autant. Elle se contenta de hocher la tête et tourna les talons. Myron s'adressa de nouveau à Jake :

– Bon, trêve de plaisanteries. Tu me files le dossier ?

Jake posa la chemise sur la table, l'ouvrit, puis tendit à Myron la photo d'un jeune homme bronzé, en pleine forme, vêtu d'un short immaculé. Myron avait déjà vu cette image dans les journaux, juste après le meurtre.

– Je te présente Alexander Cross, dit Jake. Mort à vingt-quatre ans. Diplômé de Wharton. Fils de Bradley Cross, sénateur de l'État de Pennsylvanie. Durant la nuit du 24 juillet, il y a six ans de cela, il s'est rendu à une soirée organisée par son club de tennis. Dans un endroit qui s'appelle Old Oaks, dans la petite bourgade de Wayne, toujours en Pennsylvanie. Bourgade est un bien grand mot, ou bien petit. Il s'agissait plutôt d'un lieu-dit, point de rassemblement de nos élus nantis. Notre éminent sénateur était présent. Le champagne coulait à flots, le caviar se dégustait à pleines cuillerées. Des courts de tennis étaient aménagés un peu partout – terre battue, gazon, surface dure, de nuit ou de jour... Le grand jeu, quoi.

– Je vois. Et après ?

– Après, je ne sais plus trop quoi dire. Tout ce que je sais, c'est qu'Alexander Cross et trois de ses potes sont allés se promener aux alentours.

– En pleine nuit ? Au beau milieu d'un match ?

– Ça s'est déjà vu.

– Oui, mais t'avoueras que c'est peu courant.

Jake haussa les épaules.

– Quoi qu'il en soit, ils ont entendu un bruit qui venait du côté ouest du club. Ils sont allés voir ce qui se passait et sont tombés sur deux jeunes qui n'avaient pas l'air très clair.

– « Pas l'air très clair » ? Tu peux préciser ?

– Eh bien, euh... Disons qu'ils étaient... un

peu typés. Du genre Afro-Américain. C'est bien comme ça qu'on dit, maintenant ?

– Je vois, dit Myron. Et j'imagine que l'université n'a pas beaucoup d'athlètes noirs ?

– Bingo. Pas un seul. C'est un foutu club privé.

– Ce qui veut dire que ni toi ni moi ne pourrions en faire partie ? Toi parce que t'es coloré, et moi parce que je suis fauché ?

– T'as tout compris, mon frère.

– Bon. Alors qu'est-ce qu'on fait ? Raconte-moi la suite.

– D'après les témoins, il y a eu une altercation entre les Blancs et les Noirs, genre *West Side Story*, tu vois ? L'un des jeunes Blacks – un certain Errol Swade – a sorti son couteau. Un cran d'arrêt.

Myron fit la grimace.

– Un cran d'arrêt ?

– Oui, je sais, ça fait un peu ringard. N'empêche... Alexander Cross se l'est pris en plein dans le bide. Les deux gamins se sont tirés. Quelques heures plus tard, la police les a retrouvés, au nord de la ville, à deux pas de chez eux. Enfin, de chez leurs parents. Au cours de l'arrestation, l'un des gamins a sorti un flingue. Il s'appelait Curtis. Curtis Yeller. Il avait tout juste seize ans et un flic venait de tirer sur lui. Sa mère était sur place. Elle le berçait tandis qu'il mourait dans ses bras. Tu te rends compte ?

– A-t-elle vu qui a tiré ?

Jake haussa les épaules.

– Qui sait ?

– Et Errol Swade ? Qu'est-il devenu ?

– Il s'est échappé. Il y a eu une chasse à l'homme, au niveau national. Portrait-robot et tout le bazar. Normal : la victime n'était pas n'importe qui. Le fils d'un sénateur, t'imagines ? Et c'est là que ça devient intéressant.

Tout ouïe, Myron en avala son Coca light d'un seul trait.

– Ils n'ont jamais retrouvé Errol Swade, conclut Jake.

– Tu plaisantes ?

– J'en ai l'air ?

– Tu veux dire qu'il court encore ?

– Y a des chances.

– Quel âge avait-il, à l'époque ?

– Dix-neuf ans.

Myron réfléchit un instant.

– Ça veut dire qu'aujourd'hui il doit avoir dans les vingt-cinq ans, à peu de chose près.

– Bravo ! Vachement doué en maths, Mister Bolitar !

Myron ne daigna même pas sourire. Millie apporta leur commande, assortie d'un commentaire qui lui passa largement au-dessus des mandibules. Vingt-cinq... Ces deux chiffres lui trottaient dans les oreilles, lui titillaient les tympans. Non, allez, assez gambergé ! Cette folle idée qui venait de germer dans son esprit avait même quelque chose de révoltant. Il en vint à se traiter de raciste. N'empêche... Vingt-cinq ans... Duane prétend n'avoir que vingt et un ans, mais comment savoir ?

Arrête de délirer, se dit-il. Pourquoi ton poulain t'aurait-il raconté des craques ?

Myron s'enfila une gorgée de soda qui, désormais, avait perdu la plupart de ses bulles.

— Que sais-tu à propos d'Errol Swade ? demanda-t-il.

— Sacré pedigree. Incarcéré à trois reprises. Vol de voitures dès l'âge de douze ans. Puis le parcours classique. Agressions de vieilles dames, vols à l'arraché, braquages de stations-service, de banques, enfin, trafic de drogue. La totale, quoi. Membre d'un gang ultraviolent. Qui s'appelle, je te le donne en mille...

— Les Pussy Cats ? Blanche-Neige et les sept nains ?

— T'es pas tombé loin. Enfin, pas très loin. Ils s'appellent les Taches. Leur uniforme, c'est un T-shirt taché du sang de leurs victimes.

— Charmant, dit Myron.

— Par ailleurs, Errol Swade et Curtis Yeller étaient cousins. Swade s'était installé chez les Yeller à sa sortie de prison, un mois plus tôt. Voyons, qu'avons-nous d'autre ? Swade s'est fait virer du lycée. Accro à la coke (encore un scoop !) Sans compter que c'était un débile de première classe.

— Mais comment a-t-il pu échapper à la police ? demanda Myron.

Jake engloutit la moitié de son hamburger d'un solide coup d'incisives, puis marmonna :

— Non, impossible.

— Tu peux répéter ?

— Non. Il est impossible qu'il soit passé entre les mailles du filet.

– Arrête ! J'ai raté un épisode, ou quoi ?

– Écoute, dit Jake, officiellement, la police le recherche encore, mais tout le monde sait qu'il est mort. Ce môme était une catastrophe ambulante. Il n'aurait pas pu faire la différence entre son cul et une clé à molette. Alors, de là à échapper au FBI !

– Alors, que s'est-il passé, à ton avis ?

– Hum...

– Allons, accouche !

– Ce ne sont que des rumeurs, avoua Jake. Et, ne l'oublie jamais : toi et moi, on ne se connaît pas. Je ne t'ai rien dit.

– D'accord. Promis, juré. Et maintenant, tu vas cracher le morceau, oui ou non ?

– Eh bien... Certains esprits malintentionnés murmurent que la Mafia devait un retour d'ascenseur à notre cher sénateur.

– Un contrat ? Le sénateur Cross aurait fait éliminer Swade ?

– Ne me dis pas que ça t'étonne. Ce type est un politicien – ce qui le place à peu près un degré au-dessous des violeurs d'enfants, sur l'échelle de la moralité.

– Dis donc, ôte-moi d'un doute : en tant que shérif, t'aurais pas été élu, toi aussi ?

Jake hocha la tête :

– Je l'attendais, celle-là !

Myron se risqua à mordre dans son sandwich. La chose avait la texture et le goût d'une éponge imbibée d'eau de vaisselle.

– On sait à quoi ressemble – ou ressemblait – Errol Swade ? demanda-t-il, se prenant à espérer une réponse négative.

126

– Mieux que ça. J'ai sa tronche sur papier glacé.

Jake essuya ses mains graisseuses sur sa chemise, sortit une photo du dossier et la tendit à Myron. Lequel tenta de réprimer un soupir de soulagement.

Ce n'était pas Duane.

Strictement rien à voir avec son jeune champion, même en tenant compte des miracles de la chirurgie esthétique. Le crâne de Swade était pratiquement carré, comme taillé à la serpe, très différent de celui de Duane, avec les yeux trop écartés. Par ailleurs, les données anthropométriques imprimées sous la photo indiquaient quinze centimètres excédentaires. On peut se faire rectifier le portrait, mais c'est pas si facile de se faire raccourcir.

Myron se retint d'exprimer sa joie.

– Est-ce que le nom de Valérie Simpson apparaît dans le dossier ?

Une étincelle s'alluma au fond des prunelles de Jake.

– Qui ça ?

– Tu m'as très bien entendu.

– Seigneur, Myron, tu ne veux tout de même pas parler de cette même Valérie Simpson qui a été tuée hier ?

– Par une étrange coïncidence, il se trouve que si. Son nom figure dans le dossier, oui ou non ?

Jake lui tendit la moitié du dossier :

– Je n'en sais foutrement rien. Allez, tu m'aides à chercher ?

Ils passèrent toutes les feuilles en revue.

Valérie n'était mentionnée qu'une fois. Sur une liste d'invités, lors d'une soirée. Un nom parmi une centaine d'autres. Myron nota les identités et coordonnées des témoins du meurtre – trois amis d'Alexander Cross. À part ça, le dossier ne contenait rien de bien intéressant.

– Maintenant, dis-moi, s'enquit Jake, qu'est-ce que la jeune, jolie et défunte Valérie Simpson a à voir dans cette histoire ?

– Aucune idée.

– Tu te fous de ma gueule ?

– Pas du tout.

– Arrête, vieux. Qu'est-ce que tu sais, exactement ?

– Pratiquement rien. J'suis dans le bleu.

– Ouais, c'est aussi ce que tu disais à propos de Kathy Culver.

– Mais cette fois ce n'est pas ton enquête, Jake.

– Et alors ? Je peux t'aider, peut-être ?

– Je patauge, je te jure. Je ne sais rien. Mais alors nib ! Valérie Simpson est venue dans mon bureau il y a quelques jours. Elle espérait revenir jouer dans la cour des grands. En fait de come-back, elle a fait ses adieux, et définitifs. Je veux savoir qui l'a tuée, c'est tout.

– Tu es immonde, Myron.

– Non. Simplement réaliste.

– La télé a parlé d'un fan un peu dingue, reprit Jake.

– C'est possible.

Silence.

– Toi, mon salaud, tu me caches quelque chose, comme pour Kathy Culver.

– Secret-défense.

– Tu ne veux rien me dire ?

– C'est confidentiel, je te dis.

– Je vois. T'as encore je ne sais quel gus à couvrir...

– Je te le répète, c'est top secret. Je n'y peux rien.

– Comme tu voudras, soupira Jake. Et ton sandwich, ça va ? L'est à ton goût ?

– Aussi délicieux que ce boui-boui. Surtout côté odeur.

Jake s'esclaffa.

– Espèce d'enfoiré ! Au fait, t'as des tickets pour l'Open ?

– Bien sûr.

– Ça te gênerait de m'en filer deux ?

– Pour quand ?

– Le dernier samedi.

Les demi-finales hommes et la finale dames. Très recherché.

– Ça va pas être facile, dit Myron.

– Mais un jeu d'enfant, pour un ponte tel que toi.

– Bon, et on dira qu'on est quittes ?

– D'accord.

– Je laisserai les billets à l'entrée.

– T'as intérêt à ce qu'on ait de bonnes places !

– Pourquoi ? T'emmènes ta nouvelle co-pine ?

– Non. Mon fils, Gerard.

Myron avait joué au foot-ball avec ledit Gerard, à l'université. Avec, ou plutôt contre lui. Il en gardait quelques souvenirs...

contondants. Aucune finesse dans le jeu de ce garçon. Un vrai bulldozer.

– À propos, comment va ton fiston ? Il bosse toujours à la Crim, à New York ?

– Affirmatif.

– Il pourrait pas me rendre un petit service ?

– Merde ! Quoi encore ? Tu fais vraiment chier, tu sais. Tu le sais ?

– Le flic chargé de l'enquête sur Valérie est un crétin fini.

– Et tu voudrais que mon fils se mouille pour toi ?

– On peut dire ça comme ça, admit Myron.

– Désolé, mec. Secret-défense. Confidentiel.

– Arrête ton char !

– Bon, d'accord. Je lui passerai un coup de fil. C'est bien parce que c'est toi !

10

– Salut, Esperanza, ma belle. Des messages ?
– Environ un million.
Myron passa en revue la pile de Post-it.
– Des nouvelles d'Eddie Crane ?
– Vous dînez avec lui et ses potes.
– Quand ?
– Ce soir. Dix-neuf heures trente. J'ai réservé à *La Réserve,* comme d'hab. Au nom de Win, comme d'hab.

Myron appréciait Esperanza pour son sens de l'humour – entre autres qualités. En l'occurrence, cependant, il n'y avait là aucun jeu de mots volontaire : *La Réserve* se trouvait être l'un des meilleurs restaurants du quartier, et l'un des repaires favoris de Windsor Horne Lockwood, troisième du nom.

– Esperanza, vous savez que vous êtes géniale ?

– Oui, patron.

– À propos, vous venez aussi.

– Je vous remercie, mais je ne suis pas libre. J'ai école.

Esperanza suivait des cours du soir à la fac de droit.

– Est-ce que Pavel Menansi est toujours l'entraîneur d'Eddie ? demanda Myron.

– Oui, pourquoi ?

– Lui et moi avons eu une discussion intéressante, hier soir.

– À quel propos ?

– Figurez-vous que c'était aussi le coach de Valérie.

– Ah bon ? Et j'imagine que vous en avez profité pour lui tirer les vers du nez...

– On ne peut rien vous cacher.

– J'en déduis qu'avec Eddie c'est râpé ?

– Pas nécessairement. S'il était aussi proche que ça de Pavel, il aurait déjà signé avec TruPro, à l'heure qu'il est. À mon avis, y a de l'eau dans le gaz.

– Oh, j'allais oublier, dit-elle en lui tendant trois ou quatre feuillets. Ça vient d'arriver par fax. Ils veulent votre signature immédiatement.

Un contrat avec Sandy Repo, un jeune espoir du base-ball. Un sacré lanceur, que les Astros de Houston lorgnaient avec concupiscence. Myron survola le projet de contrat, dont il avait oralement négocié les grandes lignes la veille. Entre-temps, un nouveau paragraphe avait fait son apparition, en minuscules caractères, au bas de l'avant-dernière page.

– Ils sont vraiment gonflés ! dit-il.

– Qui ?

– Appelez-moi Bob Wasson. Le manager des Astros.

Esperanza saisit le téléphone, composa les premiers chiffres et s'interrompit :

– Au fait, n'oubliez pas que vous avez rendez-vous avec Burger City demain après-midi.

– En même temps que le match de Duane ?

– Oui, j'en ai peur.

– Soyez un ange, tâchez de m'arranger ça.

– Ils ne vont pas apprécier de discuter avec une simple réceptionniste.

– Mon associée, rectifia Myron. Ma précieuse et inestimable associée.

– C'est gentil, patron, mais ils s'en foutent. Ils veulent parler au grand homme. Myron Bolitar en personne. L'irremplaçable.

– Personne n'est irremplaçable. À part vous, ma belle.

Elle leva les yeux au ciel, recomposa le numéro, évitant soigneusement de croiser le regard de Myron.

– Vous êtes sûr que je suis capable de traiter avec eux à votre place ? En votre nom ?

Son ton était indéchiffrable. Sarcastique ou mort de trouille ? Les deux, probablement.

– Ils vont vouloir Duane pour leur nouvelle promo, dit-il. Mais Duane préfère attendre un événement de portée nationale. Essayez de leur fourguer un petit jeune, en attendant.

– Compris.

Sur ce, Myron alla se réfugier dans son

propre bureau. Il y jouissait d'une imprenable vue sur Manhattan, horizon hérissé de fantastiques constructions.

Win, évidemment, s'était réservé la part du lion – un bureau d'angle – mais Myron, deux étages au-dessous, n'était pas mal installé non plus. Sur l'un des murs étaient accrochées des affiches de cinéma. D'époque : Bogart et Bacall, Woody et Diane... En face trônaient les comédies musicales des beaux jours de Broadway. De Fred et Ginger à Andrew Lloyd Webber, en passant par Hammerstein. Compte tenu de la baie vitrée, il ne restait plus qu'un mur, lequel était consacré aux photos des clients de Myron, athlètes pris sur le vif, en pleine action. Myron s'attarda sur un cliché en noir et blanc de Duane, corps arqué, bras tendu, visage crispé. Un service mémorable, deux cent trente à l'heure.

– Qu'est-ce que tu fabriques, Duane ? murmura Myron. Qu'est-ce que tu me caches ?

La photo ne lui apprit rien. Les photos sont lettre morte, la plupart du temps.

La sonnerie du téléphone le fit redescendre sur terre.

– J'ai Bob Wasson au bout du fil, annonça Esperanza.

– D'accord. Passez-le-moi.

– Je peux le faire patienter, le temps que vous finissiez de parler aux murs.

– Non, je le prends.

Tu parles d'une assistante ! Décidément, Esperanza le connaissait un peu trop bien.

– Allô, Bob ?

– Alors, Bolitar ? On a la grosse tête, on ne sait plus composer son numéro tout seul ? On passe par la secrétaire, maintenant ? Mais, bon, que me vaut cet honneur ?

– J'ai reçu le contrat de Sandy.

– Je parie que vous êtes fou de joie. C'est pas compliqué, n'est-ce pas ? Premièrement, vous signez là où j'ai mis des croix. Jusque-là, vous me suivez ? Je vous ai facilité le travail, j'ai fait taper votre nom en dessous, des fois que vous auriez des doutes quant à l'orthographe. Et prenez un stylo – encre bleue ou noire, peu importe – mais pas de crayon, s'il vous plaît. Deuxième étape : insérez le contrat dans l'enveloppe autocollante jointe à cet effet. Vous me suivez toujours ?

Sacré vieux Bob ! Toujours le mot pour rire.

– Je vous reçois dix sur cinq, Bob. Mais j'ai un léger blème.

– Un quoi ?

– Un problème.

– Écoutez, Bolitar, si vous essayez de m'entuber, vous l'avez dans l'os.

– Chapitre 37, paragraphe C.

– Pardon ?

– Myron lut à voix haute :

Le joueur s'engage à n'exercer aucun sport susceptible de mettre en danger sa santé ou sa sécurité, notamment la boxe ou la lutte professionnelles, les compétitions motorisées (cycle ou auto), le parachutisme et activités y afférentes, le ski, les sports de glisse, la chasse, etc.

– Oui, et alors ? Ce sont les clauses classiques. On a repris celles de la NBA.

– C'est là que le bât blesse, mon cher Bob. Aucune compagnie d'assurance n'interdit aux basketteurs de pratiquer la chasse.

– Hein ? Quoi ?

– Je vous en prie, Bob, ne me prenez pas pour un débile mental. Cette exclusion, c'est vous qui l'avez ajoutée. Entre deux lignes, en catimini.

– Où est le problème ? Tous les garçons aiment aller à la chasse. Y compris vos petits champions. Si je me souviens bien, l'un d'eux s'est chopé une volée de chevrotines dans les miches, voici deux ans. Ça lui a fait perdre un semestre à la fac. D'où cette clause. Nous ne souhaitons pas qu'un tel incident se reproduise.

– Dans ce cas, vous lui devez une compensation.

– Arrêtez de me casser les couilles, Bolitar. Si le gamin se blesse, vous voulez qu'on casque, pas vrai ?

– Je n'aurais su mieux dire.

– Donc, nous on ne veut pas qu'il chasse. C'est aussi simple que ça. Imaginons qu'il se tire dans le pied, par hasard, par inadvertance. Ou qu'un petit connard le confonde avec un cerf. Vous voyez ce que ça nous coûterait ?

– Votre sens de la compassion me va droit au cœur, dit Myron.

– Oh, mille excuses ! Môssieur est un sensible. Môssieur pense qu'on devrait faire dans la philanthropie.

– Un point pour vous. Oubliez ce que j'ai dit.

– Et moi c'est vous que je voudrais oublier. Et maintenant, si vous le permettez...

– Attendez ! Je n'ai pas fini. Mon client adore la chasse. Ça compte beaucoup pour lui.

– Pour nous, l'un de ses putains d'abattis compte bien davantage.

– C'est pourquoi je vous propose un compromis.

– Ah bon ? Je vous écoute.

– S'il renonce à la chasse, vous lui versez vingt mille dollars.

– Vous rigolez ?

– Pas du tout. Si vous n'êtes pas d'accord, vous annulez cette clause, qui est illégale et que nous réfutons de toute façon.

Un ange passa.

– Cinq mille. Pas un dollar de plus.

– Quinze.

– Allez vous faire voir, Myron. Huit.

– Quinze. Pas un penny de moins.

– J'ai l'impression que vous avez oublié les règles du jeu, Bolitar. Je mets la barre un peu haut, vous la mettez un peu plus bas. Finalement, on se met d'accord sur fifty-fifty. C'est comme ça que ça marche. Ça s'appelle un compromis. Un *gentlemen's agreement*, si vous préférez.

– Quinze mille. À prendre ou à laisser. Parole de gentleman.

C'est ce moment que choisit Win pour faire son entrée. Discrète. Il s'assit en tailleur sur la moquette, posa sa cheville droite sur sa cuisse

137

gauche et se mit à examiner ses ongles impeccablement manucurés.

– Dix, proposa Bob.

– Quinze, maintint Myron.

La négociation se poursuivit. Win se leva et alla admirer son reflet dans le miroir fixé derrière la porte. Cinq minutes plus tard, quand Myron raccrocha, il remettait encore en place quelques mèches blondes qui n'étaient rebelles que dans son imagination.

– Alors, quel est le score final ? demanda-t-il.

– Treize mille cinq.

– Tu sais ce que je pense ?

– Je me suis fait avoir, n'est-ce pas ?

– Mon Dieu, que ce garçon est laid ! Ça doit être épouvantable, d'avoir une telle tronche tous les matins devant sa glace !

– Oui, sûrement. Mais tu ne pourrais pas faire abstraction de ton narcissisme pendant deux ou trois secondes ?

– S'il le faut ! soupira Win. À part ça, quoi de neuf ?

– La Cadillac bleu et jaune me file toujours le train.

Win se fendit de son sourire le plus carnassier :

– Et je parie que tu veux que je m'occupe de son propriétaire ? Ou de son conducteur ?

– Y a de ça, en effet.

– C'est comme si c'était fait.

– Oui, mais... Écoute, Win, cette fois, je veux être là.

– Pourquoi ? T'as pas confiance en moi ?

– Non, c'est pas ça. Disons que je me méfie de ton... enthousiasme. De tes impulsions, dirons-nous. Je préfère être là, c'est tout.

Il fallait bien avouer que Win, derrière son look de jeune premier romantique, cachait des muscles d'acier et une âme de justicier à l'emporte-pièce. Un étrange croisement entre Superman et Peter Pan. Schwarzy et Di Caprio réunis en un seul. D'où sa réputation de psychopathe, pas totalement injustifiée.

– Alors, qu'a donné ta visite chez les Van Slyke ? demanda-t-il.

– J'ai rencontré Kenneth. Entre nous deux, ça a été le coup de foudre.

– Oui, j'imagine.

– Tu le connais ?

– Comme si je l'avais fait.

– Il est aussi con qu'il en a l'air, ou c'est moi qui me fais des idées ?

– Pour une fois, ton intuition ne te trompe pas, ma poule. Il est d'une connerie incommensurable. Quasiment biblique.

– À part ça, que sais-tu de lui ?

– Rien de bien passionnant.

– Tu pourrais creuser un peu ?

– Bien sûr. Qu'est-ce que tu veux savoir ?

Myron lui raconta en détail ce qu'il avait pu glaner chez les Van Slyke, et auprès de Jake.

– « Bizarre, vous avez dit bizarre ? » commenta Win.

– Je ne te le fais pas dire.

– Bon, et maintenant, qu'est-ce qu'on fait ?

– J'ai envie d'attaquer sur plusieurs fronts à la fois.

– C'est-à-dire ?

– Le psy de Valérie, pour commencer.

– Qui va te noyer le poisson sous couvert de secret médical et tout le bazar. Tu vas perdre ton temps. Quoi d'autre ?

– La mère de Curtis Yeller était là, quand son fils a été tué. En plus, c'est la tante d'Errol Wade. Peut-être qu'elle a une petite idée sur la question.

– Par exemple ?

– Peut-être qu'elle a des choses à dire sur ce qui est arrivé à Errol.

– Et tu penses qu'elle va te faire des confidences ?

– Qui sait ?

Win fit la grimace.

– Si je comprends bien, ton plan consiste à fureter de-ci, de-là ? Au pif, quoi.

– Oui, j'en ai peur. Mais j'ai aussi l'intention d'interviewer le sénateur Cross. Tu pourrais m'arranger ça ?

– Je peux toujours essayer, répondit Win. Mais le résultat est couru d'avance. Tu n'obtiendras rien de lui.

– Ben bravo ! Ton optimisme me réjouit.

– Je te dis simplement les choses telles qu'elles sont.

– Et de ton côté, t'as appris des choses, au Plaza ?

– En fait, oui.

Ménageant le suspense, Win se carra dans son fauteuil et joignit les mains, les dix doigts pointés vers le haut. L'un de ses gestes favoris, quand il jouait au pédégé.

140

– Durant les trois derniers jours, Valérie n'a passé que quatre coups de fil. Tous à ton bureau.

– L'un pour prendre rendez-vous avec moi, dit Myron. Les trois autres doivent dater du jour de sa mort.

– Waouh ! Tu m'impressionnes, camarade. D'abord, tu piges du premier coup d'œil que Kenneth n'est qu'un pauvre con. Et maintenant, là, je suis littéralement bluffé.

– Ouais, je sais. Y a des fois, je m'étonne moi-même. À part ça, t'as autre chose à me dire ?

– Un portier du Plaza se souvient assez bien de Valérie. Ça m'a coûté vingt dollars, mais il a fini par se souvenir qu'elle avait tendance à aller et venir, un peu trop fréquemment. Ça a attiré son attention parce que lorsque ses clients quittent leur chambre, ils ou elles s'absentent durant quelques heures, et non pour une ou deux minutes.

Myron sentit naître en lui la petite poussée d'adrénaline qu'il connaissait si bien. L'odeur du sang que renifle le prédateur à mille lieues à la ronde.

– Elle allait téléphoner d'une cabine.

– Bingo. J'ai appelé ma copine Lisa, qui bosse à la compagnie des Téléphones. Au fait, je lui ai promis deux billets pour l'US Open, de ta part...

– Pas de problème. Qu'est-ce qu'elle a découvert ?

– La veille du meurtre, il y a eu deux appels à partir d'une cabine située à l'angle de la

Cinquième Avenue et de la 59ᵉ. Les deux pour un certain Duane Richwood.

– Merde ! dit Myron.

– Oui, on peut dire ça comme ça.

– Non seulement Valérie appelle mon client, mais en plus, elle fait tout pour que ça ne se sache pas.

– Ça m'en a tout l'air.

Silence.

– Ça serait bien que tu lui en causes.

– Je sais.

– Attends la fin du tournoi, lui conseilla Win. Entre l'Open et la grande campagne pour Nike, t'as pas intérêt à le perturber. De toute façon, il va pas s'envoler.

Myron secoua la tête :

– Je vais lui parler demain. Après le match.

11

François, le maître d'hôtel de *La Réserve*, virevoltait autour de leur table tel un vautour autour d'une charogne. Depuis qu'il avait découvert que Myron était un pote de Windsor Horne Lockwood III, François l'avait pris sous son aile – si l'on peut dire.

Il recommanda le saumon en entrée, puis l'églefin à la façon du chef. Myron suivit les deux suggestions, imité par Mme Crane. Son époux choisit une soupe à l'oignon et le confit de canard au foie gras et à l'ail. Myron n'était pas près de l'embrasser sur la bouche... Eddie, quant à lui, opta pour des queues de homard. Le gamin apprenait vite.

– Puis-je me permettre de suggérer un vin, monsieur Bolitar ? s'enquit François.

– Faites donc.

François apporta la bouteille avec autant de

délicatesse que s'il s'agissait d'un prématuré tout juste sorti de sa couveuse. Et vlan, songea Myron, quatre-vingt-cinq dollars qui finiraient d'une manière ou d'une autre dans la cuvette des W.-C. !

M. Crane goûta le nectar des dieux, approuva d'un hochement de tête. Il n'avait pas encore souri une seule fois. Heureusement, Eddie était un garçon sympathique. Intelligent. Poli. Sens de la repartie. Hélas, chaque fois que son père s'éclaircissait la gorge – comme en ce moment –, le fiston se repliait sur lui-même et devenait plus muet qu'une carpe.

– Je me souviens de vos exploits de basketteur à l'université de Duke, monsieur Bolitar, commença Crane senior.

– Je vous en prie, appelez-moi Myron.

Dans ces cas-là, les conventions sociales veulent que votre interlocuteur vous autorise le même degré de familiarité à son égard, du genre : « Entendu, et moi c'est John. » En l'occurrence, M. Crane fronça les sourcils. Lesdits sourcils étaient d'ailleurs le trait dominant de son visage. Étonnamment drus et fournis, ils semblaient onduler en permanence, comme deux petits furets occupés à creuser leur terrier sur son front.

– Vous avez été capitaine, n'est-ce pas ?

– Pendant trois ans.

– Et vous avez remporté deux fois les championnats universitaires de la NCAA ?

– Mon équipe a eu cet honneur, en effet.

– Je vous ai vu jouer à plusieurs reprises. Vous étiez bon, je dois le reconnaître.

144

– Merci.

M. Crane se pencha, sourcils en avant, plus menaçant que jamais.

– Si je me souviens bien, ensuite vous avez été engagé par les Celtics ?

– Vous vous souvenez bien.

– Et pendant combien de temps avez-vous joué pour eux ? Ce fut bref, il me semble.

– J'ai été blessé lors d'un match d'entraînement, dès ma première année en tant que professionnel. Le genou.

– Et vous n'avez plus jamais rejoué ?

Cette fois, c'était Eddie qui avait posé la question. D'un ton anxieux.

– Jamais.

Les leçons de la vie valent tous les sermons du monde, pas vrai ? Comme de voir un copain de lycée mourir au volant parce qu'il conduisait en état d'ivresse.

– Et ensuite, qu'avez-vous fait ? poursuivit Crane Père.

L'interview de rigueur. Ça faisait partie des règles du jeu. Sauf que ce n'est pas si facile quand vous êtes un ex-athlète : tout le monde pense que la tête et les jambes, c'est incompatible. Si vous êtes sportif, vous êtes forcément con.

– J'ai été en rééducation durant des mois, dit Myron. Je pensais que les médecins se trompaient, que je pourrais revenir au top. Quand j'ai finalement compris que c'était fichu, je me suis inscrit en fac de droit.

– Laquelle ?

– Harvard.

– Très impressionnant.

Myron prit son petit air modeste. Il fut même tenté de battre des cils (faute de pouvoir onduler des sourcils).

– Vous avez votre doctorat ?

– Non. Je me suis arrêté à la licence.

– Qu'avez-vous fait après votre diplôme ?

– J'ai fondé ma propre agence.

M. Crane refronça ses augustes sourcils.

– Combien de temps vous a-t-il fallu pour obtenir votre licence en droit ?

– Cinq ans.

– Pourquoi si longtemps ?

– Je devais aussi travailler pour gagner ma vie.

– Quel genre de job ?

– Fonctionnaire.

Passe-partout, sans prétention. Myron espérait que Crane n'irait pas chercher plus loin.

– Je vois, dit ce dernier, lèvres pincées, front plissé, plus renfrogné que jamais. Et qu'est-ce qui vous a poussé à choisir la carrière d'agent sportif ?

– Parce que j'aime le sport. Et je pensais avoir quelques capacités dans ce domaine.

– Votre agence n'est pas très connue.

– C'est vrai.

– Vous n'avez ni les relations ni le pouvoir d'ICM, de TruPro et de bien d'autres.

– C'est également vrai.

– Vous ne comptez pas beaucoup de champions dans votre écurie.

– Je ne le nie pas.

Tout, dans le visage de Crane, exprimait la plus profonde désapprobation.

– Alors donnez-moi une seule bonne raison de vous confier nos intérêts, monsieur Bolitar.

– Je suis irrésistible, en société. On m'invite pour faire le clown.

M. Crane ne daigna pas sourire. Son fils, en revanche, mit la main devant sa bouche pour masquer son hilarité.

– C'est censé être drôle ? dit Crane.

– Laissez-moi vous poser une question, monsieur Crane. Vous vivez en Floride, n'est-ce pas ?

– Oui.

– Comment êtes-vous venu jusqu'à New York ?

– Un vol direct, évidemment.

– Non, je veux dire : qui a payé vos billets d'avion ?

Le père et le fils échangèrent un regard incertain.

– Vous avez voyagé avec les compliments de TruPro, n'est-ce pas ?

M. Crane hocha la tête et, de nouveau, tricota des sourcils.

– Et je parie qu'une limousine vous attendait à l'aéroport, poursuivit Myron.

Derechef, le patriarche opina du chef. Myron se tourna alors vers la mamma :

– C'est une très jolie veste que vous avez là, madame. Elle est neuve, ou je ne m'y connais pas.

– Euh... oui.

147

C'était la première fois que l'épouse ouvrait la bouche.

– Laissez-moi deviner : un cadeau de votre mari ? Non, sûrement pas. TruPro vous a fait visiter la ville et vous a emmenée faire un peu de shopping. Et ils ont payé l'addition. Je me trompe ?

– C'est vrai. Ils ont été charmants.

– Ça suffit, monsieur Bolitar, intervint Crane. Où voulez-vous en venir ?

– Je ne fonctionne pas comme ça.

– C'est-à-dire ?

– Je ne suis pas du genre lèche-bottes. Ce n'est pas mon truc. Je n'ai jamais acheté personne. Ni mes poulains, ni leurs parents. Eddie, ajouta-t-il en se tournant vers le gamin, je voudrais te poser une question.

– Oui ?

– Les grandes agences t'ont promis une chambre cinq étoiles pour chaque match, n'est-ce pas ? Et aussi un coach qui ne te quittera pas d'une semelle, t'apportera ton petit déjeuner au lit et te bordera le soir ?

– Oui, et même plus.

– Pas moi. Si tu as besoin de moi je suis disponible vingt-quatre heures sur vingt-quatre, sept jours sur sept. Mais ça ne veut pas dire que je serai là physiquement, à toute heure du jour ou de la nuit. Si tu veux quelqu'un qui te tienne la main avant chaque match pour faire comme Chang ou Agassi, ne compte pas sur moi, signe avec l'un de leurs agents, ils font ça mieux que moi. Si tu veux quelqu'un pour t'acheter une pizza ou porter ton linge au pressing, idem. Je ne serai jamais ton larbin.

Les Crane – père, mère & fils – échangèrent un regard familial. Triangulaire, en quelque sorte.

– Bien, dit finalement le père. Vous venez de nous faire part de votre point de vue, monsieur Bolitar. Lequel confirme votre réputation.

– Vous vouliez savoir ce qui me différencie de mes concurrents, non ?

– En effet.

Myron reporta son attention sur Eddie :

– Si mon agence n'est pas encore très connue, moi je connais par cœur ce milieu pourri. Je m'engage à négocier tous les contrats au mieux de tes intérêts. Tournois, sponsors, pub et le reste. Je ne signerai jamais quoi que ce soit sans ton accord. Sans que tu aies tout compris et approuvé en connaissance de cause. Jusque-là, tu me suis ?

Eddie acquiesça.

– Comme ton père l'a fait remarquer, je ne suis pas docteur en droit. Mais mon associé l'est, et plutôt deux fois qu'une. Win Lockwood est considéré comme l'un des meilleurs conseillers financiers de ce pays. Lui et moi partageons les mêmes valeurs. À savoir : nous voulons que nos clients comprennent et approuvent chacun des investissements que nous faisons en leur nom. C'est pourquoi je tiens à ce que tu le rencontres au moins cinq fois par an – et plus souvent, si possible. Je veux que tu saches à tout moment où va ton argent et ce qu'il te rapporte. Trop d'athlètes se retrouvent sur la paille pour avoir fait confiance à des escrocs. Ou à des nuls, tout simplement. Avec mon agence, ça ne risque pas d'arriver. Parce que toutes les décisions t'appartiendront. À toi seul. Ni moi, ni Win, ni tes parents ne pourront aller contre ta volonté.

Ce fut cet instant précis que choisit François pour se pointer avec les entrées, avec un sens inné de l'à-propos, façon pieds dans le plat. Sourire servile réservé aux clients, œil assassin destiné aux pingouins qui, serviette sur le bras et la main sur la couture du pantalon, venaient déposer les assiettes sur l'immaculée nappe. François proféra quelques ordres en français, d'un ton sans réplique, comme si les pauvres eussent été incapables d'accomplir leur tâche sans avoir un chef sur le dos.

– Et avec ça, messieurs dames ?

– Ça ira, merci, dit Myron, très grand seigneur. Vous pouvez disposer.

François esquissa une sorte de petite révérence.

– Si je puis vous être utile en quoi que ce soit, monsieur Bolitar, n'hésitez pas à m'appeler.

Myron jeta un œil à ses tranches de saumon fumé.

– Oui, maintenant que vous le dites. Vous auriez du ketchup ?

François blêmit.

– Euh... Je vous demande pardon, monsieur ?

– Je plaisantais, François.

– Ah oui. Bien sûr, monsieur Bolitar. Très

drôle, en effet. Si vous voulez bien m'excuser, on m'attend en cuisine.

– Et parlez-moi donc de la jeune personne que j'ai eue au téléphone, dit Crane. Mlle Diaz, qui a organisé ce dîner. Quelles sont ses fonctions au sein de votre agence ?

– Esperanza est mon assistante. Mon bras droit, en vérité.

– Vraiment ? Et quel est son cursus ?

– Vous voulez dire son CV ? Eh bien, elle suit des cours du soir à la fac de droit. C'est d'ailleurs la raison pour laquelle elle n'a pu se joindre à nous. Auparavant, elle était lutteuse professionnelle.

Eddie dressa l'oreille :

– C'est vrai ? C'était quoi, son nom de scène ?

– « Pocahontas ».

– La princesse indienne ? Non mais, j'y crois pas ! Dites-moi que je rêve ! Vous la connaissez vraiment ? Elle bosse pour vous ? Non, vous rigolez !

– Pas du tout.

– J'vous crois pas, mec. Elle est... Elle est tellement trop ! Non mais c'est pas vrai !

– Eh bien si, Eddie. Le monde est petit.

Mme Crane picorait son saumon du bout des quatre dents de sa fourchette à poisson. Son seigneur et maître laissait refroidir sa soupe à l'oignon qui se figeait à vue d'œil.

– Dites-moi, jeune homme, quelle stratégie auriez-vous en tête, pour promouvoir la carrière de mon fils ?

151

– Ça dépend. Il n'y a pas de recette magique. Nous devons tenir compte de deux
facteurs contradictoires. D'un côté, Eddie
n'a que dix-sept ans, ce n'est encore qu'un
enfant. Le tennis ne doit pas lui voler son
adolescence. Il a le droit de s'amuser, comme
tous les gamins de son âge. D'un autre côté, le
tennis n'est pas un jeu, contrairement à ce
qu'on pourrait penser. Du moins à ce niveau-
là. Si Eddie se lance dans la compétition, il met
une croix sur pas mal de choses. Il ne sera
jamais un gosse « normal ». Tout ça tourne
autour de l'argent. Et, soyons clairs, il s'agit de
sommes énormes. Si Eddie se débrouille bien,
s'il est d'accord pour consacrer les quatre ou
cinq ans à venir au tennis – et uniquement au
tennis –, s'il nous fait confiance, à moi et à
Win, il prend une retraite dorée à trente ans.
Pour lui c'est un choix, pour moi c'est un pari.
J'ai autant à perdre ou à gagner que lui.

Les sourcils de Mister Crane se rapprochèrent
l'un de l'autre. Signe d'approbation ou d'intense
réflexion ? Myron se tourna vers Eddie :

– Tu veux gagner un max, et le plus vite
possible. T'as raison, parce qu'on ne sait
jamais ce que l'avenir nous réserve. Je suis
payé pour le savoir. Mais je ne voudrais pas
que des salopards profitent de toi. C'est dur de
dire « non » quand on te propose des tonnes de
pognon. Réfléchis un peu, tout de même. Qui
fait quoi ? Pourquoi ils s'intéressent à toi ?
Que sont-ils, sans toi ? À toi de décider. C'est
ta vie, pas la mienne. C'est ton argent et ton
avenir. Si tu veux participer à tous les tournois,

tous les matches exhibition, tous les clips...
libre à toi. Tu auras une carrière éclair et tu
retomberas dans l'oubli, comme tant d'autres.
Moi, ce qui m'intéresse, c'est le tennis. Tu es
doué, Eddie, et t'as la tête sur les épaules. Mais
si tu veux y aller trop vite, tu vas droit dans le
mur. J'ai vu ça trop souvent. Je souhaite que tu
réussisses, mais je ne veux pas que tu te
transformes en machine à sous. Je veux que
tu profites de ta jeunesse, que tu comprennes à
quel point la vie est courte et précieuse.

La famille Crane écoutait, bouche bée.

– Bon, Eddie, excuse-moi, poursuivit
Myron. Je ne voulais pas te casser la baraque.
Tu fais comme tu veux. Tu te feras sans doute
plus de fric et plus rapidement avec d'autres
agences. Mais, à long terme, je suis sûr de
pouvoir gérer ta carrière intelligemment et
honnêtement. En fin de compte, tu t'en sorti-
ras mieux avec MB Sports. MB pour Myron
Bolitar. Une petite agence qui ne paie pas de
mine mais n'a pas dit son dernier mot. Parce
que son manager aime le sport et croit en toi.

Myron se tourna vers Mister Sourcils :

– Voilà, monsieur. Je n'ai rien d'autre à dire.

Crane souleva son verre, étudia la couleur
du vin, en dégusta une gorgée. Puis refit jouer
les poils qui ombraient ses orbites.

– Vous nous avez été vivement recom-
mandé, monsieur Bolitar. Ou plutôt à mon
fils, devrais-je dire.

– Ah bon ? Et par qui ?

Eddie détourna les yeux. Sa mère posa la
main sur son bras, comme pour le rassurer.

– Par Valérie Simpson.

Myron n'en crut pas ses oreilles.

– Pardon ? Valérie vous a parlé de moi ?

– Elle était convaincue que vous seriez un excellent agent pour Eddie.

– Elle vous a dit ça ?

– Mot pour mot.

Myron se tourna vers Eddie. Le jeune homme était au bord des larmes.

– Qu'est-ce qu'elle a dit d'autre, Eddie ? demanda Myron.

– Elle pensait que vous étiez honnête. Que vous ne chercheriez pas à m'arnaquer.

– Mais comment l'as-tu connue ?

– Ils se sont rencontrés en Floride, au camp organisé par Pavel, expliqua le paternel. Elle avait seize ans. Eddie n'était qu'un petit garçon de neuf ans. Je crois savoir qu'elle s'est occupée de lui.

– Ils étaient très proches, dit Mme Crane. Quelle tragédie !

– Eddie, a-t-elle dit autre chose ? insista Myron.

Le gamin haussa les épaules. Puis releva les yeux et osa affronter le regard de Myron.

– C'est important, Eddie. Dis-moi la vérité.

– Elle m'a dit de ne pas signer avec TruPro.

– Pourquoi ?

– J'en sais rien.

– À mon avis, intervint Crane, elle les tenait pour responsables de l'échec de sa carrière.

– Et toi, Eddie, qu'en penses-tu ? demanda Myron.

– Peut-être. Je sais pas.

– Mais c'est possible ?

Silence.

Pour la première fois, Mme Crane intervint avec véhémence, mère poule défendant son poussin :

– Bon, je crois que nous devrions changer de sujet de conversation. La mort de Valérie a déjà suffisamment perturbé mon fils.

Effectivement, ils parlèrent d'autre chose, d'un accord tacite. Mais le jeune Eddie tirait la tronche. De temps à autre il ouvrait la bouche, puis la refermait aussi sec. Quand ils se levèrent de table, il se pencha vers Myron et lui chuchota à l'oreille :

– Pourquoi Valérie vous intéresse tant ?

Myron opta pour la vérité :

– Parce que je veux savoir qui l'a tuée.

Le gamin ouvrit de grands yeux, se retourna. Ses parents prenaient congé de François, lequel baisait la main de Mme Crane, comme le font tous les Français, c'est bien connu.

– Je pense que tu pourrais m'aider, dit Myron.

– Moi ? Mais... mais pourquoi moi ? balbutia Eddie. Je ne sais rien.

– C'était ton amie. Vous étiez très liés, non ?

– Eddie ? (Voix de M. Crane, rappelant son fiston à l'ordre.)

– Excusez-moi, monsieur Bolitar. Merci pour tout.

– Oui, merci, cher monsieur. (Toujours M. Crane.) Nous avons quelques autres agents à contacter, mais nous vous tiendrons au courant.

Après le départ du trio Crane, François vint présenter l'addition.

– Très jolie cravate, monsieur Bolitar.

Dans le genre lèche-cul, le mec se posait là. Un orfèvre en la matière.

– Vous avez raté votre vocation, François. Vous auriez fait un excellent agent sportif.

– Merci, monsieur.

Myron lui tendit sa carte Visa, rebrancha son portable. Un message de Win, qu'il rappela aussitôt.

– Où es-tu ?

– Sur la 26e, près de la Huitième, répondit Win. Y avait deux gentlemen dans la Cadillac. Quand je dis « gentlemen », c'est une figure de style. Bref, ils t'ont suivi jusqu'à *La Réserve*. Ils sont restés planqués là pendant un bon moment, et puis ils se sont tirés y a environ une demi-heure. Ils viennent d'entrer dans un bar un tantinet louche.

– Louche, ou pas louche ? Arrête tes figures de style !

– Ça s'appelle *Au Joyeux Castor*. Tu connais la blague à propos des castors ? Ils ont la queue plate mais travailleuse.

– Arrête. Tu les files.

– Je les enfile ?

– Arrête, je t'ai dit. J'arrive.

12

Win attendait en face du *Joyeux Castor*. La rue était calme, le silence à peine troublé par quelques échos de la musique provenant du bar. Une enseigne au néon annonçait : TOPLESS.

– Ils sont deux, dit Win. Le conducteur est un Blanc, dans les un mètre quatre-vingt-dix. Beaucoup de gras mais costaud. Je pense que tu vas aimer son style vestimentaire.

– C'est-à-dire ?

– Tu verras. Son pote est noir, un mètre quatre-vingts, méchante cicatrice sur la joue droite. Nerveux, sec comme un pruneau.

– Ils sont garés où ? demanda Myron en balayant la rue du regard.

– Dans un parking sur la Huitième.

– Pourquoi pas ici ? Y a plein de places libres.

– J'ai l'impression que notre homme est très

attaché à sa caisse de clown. Je parie qu'il serait très chagriné s'il lui arrivait quelque chose.

– C'est dans tes cordes ?

Win parut sincèrement offensé :

– Ça t'amuse de m'insulter ?

– Excuse-moi. Tu t'occupes de la bagnole et moi du bar, O.K. ?

– Ça marche.

Ils se séparèrent, Win se dirigeant vers le parking et Myron vers l'entrée de l'établissement. Myron aurait préféré échanger les rôles – d'autant que les deux gus devaient connaître sa tronche –, mais à chacun sa spécialité : Win était nettement plus doué que lui en mécanique, forçage de serrures, effractions discrètes, etc.

Il pénétra dans le bar en pékin moyen, plutôt profil bas, au cas où. Précaution inutile : personne ne fit attention à lui. Rapide regard alentour. Un mot lui vint à l'esprit pour qualifier l'endroit : « bouge ». Aux deux sens du terme, dont le plus moderne : « bouge-toi de là ». Le décor était entièrement axé sur la bière. Au mur, des affiches des années 50 vantant diverses marques aujourd'hui disparues. La surface du comptoir et des tables était maculée de cercles concentriques et superposés qui formaient comme une croûte et rappelaient les milliers de verres et de chopes posés là par des générations d'amateurs de houblon. Derrière le bar trônaient des pyramides de bouteilles couvertes de poussière et d'étiquettes venant de toutes les brasseries du pays et d'ailleurs.

Les inévitables « danseuses » topless agrémentaient le tout. Elles se trémoussaient consciencieusement sur une plate-forme exiguë disposée au centre de la salle. Elles étaient franchement pitoyables, pour la plupart. De toute évidence, le culte du corps n'était pas encore parvenu jusqu'au *Joyeux Castor*. Les chairs flageolaient au rythme de la musique. Le Temple de la Cuisse Molle et de la Cellulite. De quoi vous dégoûter à tout jamais du sexe faible.

Myron alla s'installer à une table en coin et observa l'assistance. La clientèle comptait quelques cadres mais se composait principalement d'employés et d'ouvriers. Les nantis de la région se payaient des topless un peu plus représentatives, chez *Goldfingers* ou *Score*, où les filles étaient esthétiquement plus plaisantes – chirurgie oblige.

Deux hommes étaient attablés près de la minuscule scène et semblaient apprécier le spectacle. Un Noir et un Blanc, qui correspondaient à la description de Win. À la fin du numéro, l'une des danseuses descendit du piédestal. L'heure de sa pause, sans doute. Myron vit les deux mecs négocier avec elle. Dans les clubs un peu plus sélects, le tarif est de vingt ou vingt-cinq dollars pour une danse « sur la table ». Ça dit bien ce que ça veut dire : la nana gigote sous votre nez pendant environ cinq minutes. Mais pas le droit de toucher. Au *Joyeux Castor*, le plat du jour était plus corsé. Le dernier truc à la mode, la « chevauchée fantastique », était pratiqué dans un coin discret du bar. Les ados appellent ça « Le piège à pine ». La fille se tortille au-dessus du client et se frotte contre lui jusqu'à ce qu'il décharge dans son jean. Myron n'avait rien d'un pudibond mais s'était souvent interrogé sur l'aspect technique d'un tel divertissement. Par exemple, que faisait le gamin durant le reste de la soirée, l'entrejambe plein de sperme séché ? Plutôt inconfortable, non ? Tant de questions, et si peu de temps pour y répondre...

La fille et les deux candidats à l'éjaculation sans risques se dirigèrent vers le coin où créchait Myron. Lequel comprit alors ce qu'avait voulu dire Win, avec son histoire vestimentaire. Le grand Blanc était adipeux, en effet, mais ses bras ressemblaient à des cuisses. Balèze, le mec, et son estomac protubérant aurait pu passer pratiquement inaperçu s'il avait su choisir ses fringues. Or il arborait une chemise très près du corps. Enfin, pas vraiment une chemise. Plutôt un filet de pêche. Un truc ajouré, genre bas résille. Les poils de son poitrail, longs et frisés, émergeaient de chaque trou et s'emmêlaient avec les chaînes en or qu'il portait autour du cou. Il passa devant la table de Myron qui se retourna pour le suivre des yeux, abasourdi. Le verso était à l'image du recto. En plus poilu et plus graisseux. Une vision d'horreur. Myron, soudain, sentit sa bière lui remonter le long de l'œsophage et venir lui chatouiller la glotte.

– Quinze dollars pour les dix premières minutes, dit la fille. C'est le tarif syndical.

– Tu te fous de notre gueule, espèce de pute ? dit Gras-du-bide à résille. On est deux. Deux pour le prix d'un.

– Ouais, renchérit son copain black. Tu nous fais un prix de gros, hi, hi !

– Je peux pas. Soyez raisonnables, les mecs.

Si elle s'était sentie insultée par le terme de « pute », elle n'en laissa rien paraître. Elle semblait tout simplement fatiguée, résignée. Comme une serveuse qui vient de terminer son service, qui en a plein les bottines et ne rêve que de rentrer chez elle pour dormir un peu.

Mister Résille ne l'entendait pas de cette oreille.

– Écoute, salope, tu fais ce qu'on te dit, ou tu vas dérouiller.

– Arrêtez ou j'appelle le gérant, protesta la pauvre fille.

– Oui, c'est ça. Appelle ton mac ! De toute façon, tu partiras pas d'ici tant que tu m'auras pas vidangé les burettes, connasse !

– Ouais, approuva l'acolyte. Moi aussi, connasse !

– Écoutez, quand y a agression verbale, c'est plus cher.

– Quoi ? Tu peux répéter ?

– Si c'est ça qui vous branche, on peut s'arranger. Vous pouvez me traiter de tous les noms, mais y a un supplément.

– Tu rigoles, poufiasse ? T'es peut-être pas au courant, mais ici on est aux États-Unis d'Amérique, ma grande. Le pays des hommes qui ont des couilles au cul, bordel de merde ! La liberté d'expression, tu connais ?

Sapristi ! songea Myron. Un défenseur des Droits de l'Homme ! Où va se loger le patriotisme, de nos jours !

– Je suis désolée, dit la fille. Le prix c'est douze dollars pour cinq minutes, et vingt pour dix minutes. Plus le pourboire. C'est comme ça, c'est pas moi qui décide.

– Bon, j'te propose un deal, ma grande. Vingt billets pour mon pote et moi.

– Quoi ?

– Tu me suces et tu le branles. Ça te va, salope ?

– Ouais, salope ? dit le perroquet noir.

– Non, les mecs, c'est pas possible. Ça marche pas comme ça, ici. Y a pas de contrats en double. Mais je vais chercher une copine. On s'occupera bien de vous, j'vous jure.

Myron jugea qu'il était temps d'intervenir.

– Est-ce que je pourrais faire l'affaire ?

Ça jeta comme un froid.

– Mon Dieu, s'exclama-t-il. Ils sont tellement mignons, tous les deux ! Vraiment, je ne sais lequel choisir !

Interloqués, les deux malfrats échangèrent un regard dénué d'expression. Myron se tourna vers la jeune femme :

– T'as une préférence, chérie ?

Elle secoua la tête, un peu perdue.

– Alors je prends le gros Blanc. Je sens que je lui plais. Regarde, il a les tétons qui se dressent.

– Hé, qu'est-ce qu'il fout ici, çui-là ? demanda le Black.

162

Gras-du-bide le fusilla du regard. C'était lui le chef, de toute évidence.

– J'veux dire, c'est qui, ce mec ? insista le petit Noir.

– Ouais, qu'est-ce que tu veux, ducon ? s'enquit fort civilement le gros à résille.

– En fait, j'ai menti, avoua Myron.

– Quoi ?

– Si j'ai deviné que j'étais votre type, ce n'est pas seulement à cause de vos tétons – bien qu'ils vous trahissent, cher ami. Vous devriez éviter les vêtements ajourés.

– Mais de quoi tu causes, enfoiré ?

– J'ai tout compris quand je me suis aperçu que vous me suiviez depuis deux jours. La prochaine fois, vous devriez la jouer plus classique. Envoyer des fleurs, par exemple, de la part d'un « admirateur secret ». Ce genre d'attention, ça plaît toujours.

– Mais il est barge, ce gus ! Viens, Jim, on se tire !

– Et moi ? intervint la fille.

– Tu vas te faire voir ailleurs. Nous, on met les voiles.

– Mais faut me payer quand même, les gars. Sinon le patron va me faire ma fête.

– Dégage, connasse, ou c'est moi qui t'en colle une.

– Bigre, vous savez parler aux femmes ! dit Myron.

– Écoute, mec, j'ai rien à faire avec toi. Alors tu la boucles, compris ?

– Et ma chevauchée fantastique ? Je m'assois dessus ?

– T'es à la masse, man.

– Je vous fais un prix, proposa Myron.

Gras-du-bide serra les poings. Il avait été engagé pour filer Myron, pas pour se faire enculer et castagner en prime.

– Allez, Jim, on se casse.

– Pourquoi me suiviez-vous ? insista Myron.

– Je sais pas de quoi tu parles.

– C'est mon fascinant regard bleu qui vous a tapé dans l'œil, hein ? Mon physique de jeune premier ? Mon joli petit cul ? À propos, que pensez-vous de mon jean ? Pas trop moulant ?

– Va te faire voir, pauvre pédale !

– Eh bien justement, puisqu'on en cause...

Black & White repoussèrent Myron et se précipitèrent vers la sortie.

– Hé, les mecs ! cria Myron. Vous me dites pour qui vous bossez et ça restera entre nous ! Promis, juré !

Peine perdue. Les deux zozos étaient déjà dans la rue, la main crispée sur leurs précieux bijoux de famille. Myron avait toujours eu le chic pour se faire des amis.

Il les suivit des yeux. Ils allaient vers l'ouest, au pas de course. Win sortit de l'ombre.

– Par ici, ordonna-t-il.

Myron obéit, s'engagea derrière lui dans une ruelle assez glauque et apparemment méconnue du grand public. Excellent raccourci, néanmoins : ils atteignirent le parking avant les deux pieds nickelés. C'était un parking en plein air. Le gardien, enfermé dans une cahute vitrée, regardait une rediffusion des *Feux de l'Amour* sur une minuscule télé en noir et blanc. Win pointa l'index sur la Cadillac. Ils s'accroupirent derrière une Oldsmobile garée à deux voitures de là et attendirent.

Gras-du-bide et Jim s'approchèrent de la cabine du gardien, tout en surveillant leurs arrières. Jim semblait paniqué.

– Comment ils nous ont retrouvés, Lee ? Hein ? Dis-moi comment !

– J'en sais rien.

– Et maintenant, qu'est-ce qu'on va faire ?

– Rien. On va changer de tire, c'est tout.

– T'en as une autre, Lee ?

– Non. On va en louer une.

Ils présentèrent leur ticket, payèrent et récupérèrent les clés de la Cadillac.

– Je sens qu'on va s'amuser, dit Win.

Quand ils arrivèrent devant leur précieux véhicule jaune et bleu, le gros Blanc mit la clé dans la serrure, eut un instant d'hésitation, baissa les yeux et poussa un cri de douleur et de rage.

– Putain de bordel de merde !

Myron et Win choisirent cet instant pour se montrer.

– Allons, dit Myron. Vous devriez surveiller votre vocabulaire.

Incrédule, le dénommé Lee constata l'étendue des dégâts. Win avait carrément foré un trou dans la carrosserie, « oubliant » pour l'occasion son légendaire savoir-faire. Outre ce crime de lèse-Cadillac, il avait « accidentellement » rayé les portières avant et arrière, infligeant au flanc gauche de sa victime une profonde et indélébile cicatrice.

– Vous ! hurla le gros, au bord de l'apoplexie. Vous...

Il s'adressait à Myron. Win commenta :

– Tu as raison. Il devrait non seulement surveiller, mais aussi diversifier son vocabulaire.

– Mais il fait des progrès, nota Myron : il vient de me vouvoyer !

– Espèce de... Espèce d'assassin !

– Ce n'est pas lui, dit Win. C'est moi. Tout seul, comme un grand. Et je dois reconnaître que je vous tire mon chapeau. Vous la bichonnez, votre caisse à roulettes. Y compris l'intérieur. Ça m'a presque fendu le cœur, quand j'ai renversé du sirop d'érable sur ce beau cuir rouge. Par inadvertance, cela va sans dire.

Lee écarquilla les yeux, lesquels faillirent jaillir de leurs orbites respectives. Il se pencha, posa ses mains sur le siège du conducteur. Son cri, cette fois, fut déchirant. Si assourdissant que le gardien du parking fut tenté d'arrêter sa télé.

– Du sirop d'érable ? s'étonna Myron.

– *Log Cabin*. C'est le meilleur.

– Personnellement, je préfère *Aunt Jemima*. Un peu moins sucré.

– Chacun ses goûts.

– À part ça, t'as trouvé quelque chose d'intéressant, dans la bagnole ?

– Pas vraiment. Quelques tickets de parking, dans la boîte à gants.

Il les tendit à Myron, qui y jeta un rapide coup d'œil.

– Bon, les gars, pour qui travaillez-vous ?

Gras-du-bide fit le tour de sa voiture en gémissant.

– Mais qu'est-ce qu'ils t'ont fait ! J'y crois pas ! Oh, mon Dieu !

Win soupira.

– Bon, ça va, les lamentations. On peut passer aux choses sérieuses ?

– Toi, le blondinet, tu...

Il serra les poings, mais sérieusement, cette fois. Se rapprocha de Win, sourire aux lèvres. Un sourire qui n'avait rien de très civilisé.

– Toi, je vais te casser ta petite gueule de pédé, gronda-t-il, babines retroussées.

– Il a dit « pédé » ? s'étonna Win, prenant Myron à témoin.

Myron haussa les épaules.

Le fidèle Jim se tenait aux côtés de son chef. Aucun des deux n'était armé, jugea Myron. Tout juste un cran d'arrêt planqué le long du mollet, pas de quoi s'inquiéter.

Lee se rapprocha de Win, l'air menaçant. Le truc classique. Les voyous s'attaquaient toujours à Win en premier. Il avait une bonne vingtaine de centimètres et trente kilos de moins que Myron. En outre, il avait ce look de gosse de riche, de fils à papa qui depuis sa plus tendre enfance n'a eu qu'à lever le petit doigt pour que le majordome fasse les choses à sa place. En bref, le punching-ball de rêve, la victime toute désignée.

Lee se rapprocha d'un pas, les poings plus

serrés que ça tu meurs. Tellement prévisible !
On se demande parfois où ces gorilles ont
appris le métier.

Le direct du droit rata de peu l'appendice
nasal de Win. Belle esquive. Parfois, Myron
soupçonnait Win de n'être pas humain mais
félin. Il avait tort. Win, en fait, appartenait à
la race des fantômes. Il était là, et une nanoseconde plus tard, il se retrouvait à dix centimètres de son adversaire. Pile-poil les dix
centimètres qui faisaient toute la différence.
Lee relança son poing, avec la subtilité d'un
bulldozer. Cette fois, Win para l'attaque.
D'une main, il lui bloqua le poignet. De
l'autre, il lui scia la troisième cervicale. Le
coup du lapin. Imparable. Gras-du-bide s'étala
sur le dos, K.O. Jim s'avança pour venir en
aide à son chef.

– Je ferais pas ça, si j'étais toi, dit Myron.

Jim prit ses jambes à son cou. Et voilà.
Myron Bolitar, l'Intimidateur ! Exterminator
n'avait plus qu'à aller se rhabiller.

Mais le gros Blanc résillé, pendant ce temps-
là, avait recouvré ses esprits. Il se releva et
chargea, bille en tête. Erreur fatale. Win le
prenait assez mal, quand un adversaire tentait
d'utiliser sa simple masse corporelle contre
lui. Spécialiste des arts martiaux, c'était un
non-violent. Enfin, quand on ne lui cherchait
pas des poux dans la tête.

– Aaaarrrghh ! hurla Lee, se prenant soudain pour Bruce Lee.

Win esquiva avec aisance, une fois de plus,
tel le toréador face au plus mastoc des tau-

reaux. Puis ce fut l'estocade, en plein plexus solaire. Lee vit trente-six chandelles, pour rester dans les métaphores stellaires. Win l'acheva d'un splendide uppercut. On entendit comme un craquement de cartilages et le sang gicla de son nez comme la lave d'un volcan en éruption.

Win le Terminateur se pencha vers sa victime :

– Et maintenant, cher ami, vous allez me dire pour qui vous travaillez ?

Lee ôta de sa face sa main ensanglantée.

– Tu m'as cassé le pif, enfoiré ! gémit-il d'une voix nasillarde.

– Bon. On recommence. Je vais vous poser la question autrement. Qui vous emploie ?

– Va te faire foutre !

Win se pencha, saisit l'appendice du suspect entre le pouce et l'index. Myron eut pitié :

– Non, arrête !

Win leva les yeux :

– Je ne te retiens pas, ma poule.

Puis il reporta son attention sur l'homme étendu à ses pieds.

– C'est ta dernière chance, Lee. Ensuite, je te tournicote les narines. Pour qui travailles-tu ?

Le supplicié se tint coi. Win accentua la pression, d'un quart de tour. On entendit craquer quelques cartilages. Ça faisait comme le bruit de la pluie sur les ardoises, dans une maison de campagne. Gras-du-bide, au bord de l'agonie, ne voulait toujours pas parler.

169

– Ça suffit, dit Myron.

– Mais tu rigoles ? Laisse-moi une petite heure et il crache le morceau.

– Sauf qu'on est des mecs bien, tu te souviens ?

– Arrête. J'ai l'impression de parler à un défenseur des Droits de l'Homme. Ici on est aux États-Unis, je te signale.

– Justement. De toute façon, il n'a rien à dire.

– Ce qui veut dire ?

– C'est qu'un pauvre mec qui vendrait sa mère pour deux cacahuètes.

– Je vois toujours pas.

– Ça veut dire qu'il est terrifié. Tu pourras toujours le tabasser, il ne dira jamais rien.

Win sourit :

– J'ai les moyens de le faire parler.

– C'est ce que tu crois, mon grand.

Myron sortit de sa poche quelques tickets de parking.

– Cet endroit appartient à TruPro. Notre petit copain, ici présent, travaille pour les frères Ache. Eux seuls sont capables de foutre la trouille à un malabar tel que lui.

Gras-du-bide, qui écoutait la conversation, avait viré au blême.

– Ou Aaron, suggéra Win. Ils ont pu faire appel à ses services.

– Mais il ne travaille plus pour eux, dit Myron. Du moins à ma connaissance.

Win se pencha vers le gros Blanc à résille :

– Aaron, ça te dit quelque chose ?

– Non ! Rien du tout !

Il avait répondu très vite. Bien trop vite.

À son tour, Myron se pencha vers lui, sans agressivité.

– Tu vas parler, mon grand. Sinon, je dis à Frank Ache que tu nous as tout raconté.

– J'ai pas rien dit à aucun Frank Ache !

– Triple négation ! s'exclama Win, goguenard. Sachant que deux négations égalent une affirmation, ça nous donne quoi, in fine ?

Il y avait deux frères Ache. Herman et Frank. Herman, l'aîné, était le chef, sociologiquement responsable de pas mal de misère, de suicides et de meurtres impunis. Mais, comparé à son cadet, Herman était une sorte de Mary Poppins. Un philanthrope. Hélas, Frank était le patron de TruPro.

– J'ai rien dit, répétait Lee, tout en caressant son nez tuméfié comme s'il se fût agi d'un jeune chiot tout juste rescapé de la SPA. J'ai rien dit. Pas un mot.

– Oui, bien sûr, le rassura Myron. Mais qu'en pensera Frank ? Surtout quand je lui dirai que tu t'es mis à table. Tu sais quoi ? J'ai comme l'impression qu'il aura tendance à me croire. Sinon, comment aurais-je pu deviner que c'est lui qui t'a engagé ?

De blanc, le teint du gros Lee vira au verdâtre.

– Mais si tu coopères, poursuivit Myron d'une voix insidieuse, on va dire que cette conversation n'a jamais eu lieu. Que je n'ai jamais vu votre voiture derrière la mienne. Frank n'a pas besoin de savoir que vous avez tout foiré, Jim et toi. Qu'en penses-tu, Lee ?

Le mec n'était pas aussi obtus qu'il en avait l'air.

– Qu'est-ce que vous voulez, en échange ?

– C'est l'un des frères Ache qui vous a embauchés, n'est-ce pas ?

– Oui.

– Aaron ?

– Non. Je connais pas ce nom-là.

– Et que deviez-vous faire ?

– Filature. Lui dire tout ce que vous faisiez. Un job classique, quoi.

– Pour quelle raison ?

– Aucune idée.

– Quand vous a-t-il embauchés ?

– Hier après-midi.

– À quelle heure ?

– Vers deux, trois heures. Je savais que vous deviez assister au match et je devais commencer mon job juste à ce moment-là.

C'est-à-dire au moment où Valérie se faisait assassiner...

– J'en sais pas plus. Je vous l'jure, sur la tête de ma mère.

– Ben voyons ! dit Win. Et moi je suis l'Immaculée Conception !

Myron le fit taire d'un geste.

– Allez, fiche-lui la paix ! Tu vois bien qu'il n'en dira pas plus.

13

Myron se réveilla plus tôt que d'habitude. Les yeux encore embués, le cerveau mal dégrossi, il saisit un carton de céréales, s'en versa une giclée dans un bol qui traînait par là, y ajouta du lait et lut la pub imprimée sur le paquet. Super ! Nutri-trucmuche. Les fibres et tout le bazar. Glucides, lipides... Ça ressemblait à une ordonnance. Il songea aux céréales de son enfance. À l'époque, on avait droit à un bon à coller soigneusement sur une feuille qui durait des mois. Fallait en avaler, des céréales, pour enfin récolter la figurine à trois sous dont on avait tant rêvé ! C'était le bon temps. Savoir attendre, n'est-ce pas la clé du bonheur ?

Il soupira. La nostalgie est un luxe. Il était encore trop jeune pour se l'offrir, Dieu merci.

Esperanza n'était pas restée inactive et avait

déniché l'adresse de Mme Yeller, la mère de Curtis. Deanna Yeller vivait seule, dans une maison qu'elle avait récemment achetée à Cherry Hill. Proche banlieue – presque résidentielle – de Philadelphie.

Myron grimpa dans sa voiture. En partant dès maintenant, il avait le temps d'aller jusqu'à Cherry Hill, de rencontrer la mère de Curtis puis de regagner New York pour assister au match de Duane. Parfait timing, non ?

Oui, à condition que Deanna Yeller soit chez elle. Mieux valait s'en assurer. Il composa le numéro sur son portable. Une voix de femme répondit. Mme Yeller, sans doute.

– Allô ?

– Bonjour. Pourrais-je parler à Orson ?

– Désolée, vous avez dû faire un faux numéro.

Clic. Parfait. Admirez la technique : Mme Yeller était chez elle.

Cherry Hill était une banlieue sans histoire. Toutes les maisons se ressemblaient, à part la couleur des volets qui variait parfois. La cuisine était peut-être à gauche chez les uns et à droite chez les autres, mais génétiquement, ces bicoques étaient des clones. Coquettes, bien entretenues, avec des bicyclettes adossées aux murs. Des gamins jouaient dans la rue, quelques écureuils batifolaient sur des carrés de pelouse fraîchement tondue. Rien à voir avec la banlieue ouest de Philadelphie. Étrange, songea Myron.

Il remonta la petite allée pavée de briques et frappa à la porte. Une femme afro-américaine extrêmement séduisante lui ouvrit, un sourire engageant aux lèvres. Ses cheveux étaient tirés en arrière et noués en un chignon sévère, ce qui mettait en valeur l'ovale parfait de son visage aux pommettes saillantes. Quelques rides autour des yeux et de la bouche, à peine visibles. Elle était bien habillée, dans un style plutôt classique. Quelques bijoux, discrets. Impression générale : cette femme avait de la classe.

Son sourire se figea quand elle vit Myron.

– Puis-je vous aider ?

– Madame Yeller ?

Elle hocha lentement la tête, comme si elle n'était pas sûre de la réponse.

– Je m'appelle Myron Bolitar. J'aimerais vous poser quelques questions.

Le sourire disparut totalement.

– À quel sujet ?

L'accent était différent, à présent. Moins policé. Plus faubourien, avec une pointe de méfiance.

– Votre fils.

– Je n'ai pas de fils.

– Curtis, dit Myron.

Son regard se durcit.

– Vous êtes flic ?

– Non.

– Je n'ai pas le temps. J'allais sortir.

– Ça ne vous prendra qu'une minute, madame Yeller.

Elle posa les mains sur ses hanches.

– Et à quoi ça me servira ?

– Pardon ?

– Curtis est mort.

– Oui, je sais.

– Alors à quoi bon en parler ? Ça ne va pas le ressusciter, n'est-ce pas ?

– Je vous en prie, madame. Accordez-moi juste un instant. C'est important.

Elle hésita une seconde ou deux, regarda autour d'elle puis haussa les épaules, résignée. Rapide coup d'œil à sa montre, néanmoins. Une Piaget, nota Myron. Peut-être une contre-façon, mais il en doutait.

À l'intérieur, décor basique. Murs blancs, meubles en hêtre teinté. Très Ikea. Pas de photos encadrées sur les étagères ou la table basse. Aucun objet personnel. Deanna Yeller ne s'assit pas, ne proposa pas de siège à son hôte.

Myron la gratifia de son sourire le plus enjôleur, mi jésuite, mi animateur de télé.

– Qu'est-ce qui vous fait ricaner ? demanda-t-elle en croisant les bras.

Bravo, Myron, tu fais un tabac ! Dans une minute elle va te manger dans la main !

– Je voudrais que vous me parliez de la nuit où Curtis est mort.

– En quoi ça vous regarde ?

– Je mène une enquête.

– Vous êtes flic ?

– Non, pas du tout.

Silence.

– Je vous donne deux minutes, pas une de plus.

– Selon la police, votre fils a tiré sur un de leurs hommes.

– C'est ce qu'ils disent.

– C'est vrai ?

Elle haussa les épaules.

– Je suppose.

– Est-ce que Curtis possédait une arme ?

Re-haussement d'épaules.

– Je suppose.

– L'avait-il avec lui, ce soir-là ?

– C'est possible. Je n'en sais rien.

On avance à grands pas, se dit Myron. Un vrai plaisir !

– À votre avis, pourquoi votre fils et Errol auraient-ils voulu s'introduire dans le club ?

– Vous rigolez ?

– Pas du tout.

– Qu'est-ce que vous croyez ? Pour piquer la caisse, évidemment.

– Ça lui arrivait souvent ?

– Quoi donc ?

– De voler.

Troisième haussement d'épaules.

– Bof, c'était tout ce qu'il savait faire. Vols à la tire, sacs à main, stations-service, cambriolages...

Le ton était neutre. Ni honte, ni gêne, ni révolte.

– Pourtant, Curtis n'avait pas de casier judiciaire.

Quatrième haussement d'épaules. Ou bien c'était un tic, ou elle n'allait pas tarder à avoir des courbatures au niveau des cervicales.

– Faut croire qu'il était futé. Jusqu'à cette nuit-là, en tout cas.

De nouveau, elle consulta sa montre. Ostensiblement, cette fois.

– Bon, c'est pas que je m'ennuie...

– Madame Yeller, avez-vous eu des nouvelles de votre neveu Errol, récemment ?

– Non.

– Savez-vous où il est allé après la fusillade ?

– Non.

– D'après vous, que lui est-il arrivé ?

– Il est mort.

Ton toujours aussi détaché. Cette femme était étonnante.

– Écoutez, reprit-elle, je ne sais pas ce que vous cherchez, mais cette histoire est terminée depuis longtemps. Ça n'empêche personne de dormir.

– Et vous, madame Yeller ? Vous dormez en paix ?

– Affaire classée, je vous dis.

– Étiez-vous là quand la police a tiré sur votre fils ?

– Non. Je suis arrivée juste après.

Enfin, sa voix avait tremblé, très légèrement.

– Et vous l'avez vu étendu sur le sol ?

– Oui.

Myron lui tendit sa carte.

– Si jamais un détail vous revient...

– Ça risque pas.

– Mais au cas où...

– Curtis est mort et enterré. On ne peut rien y changer, pas vrai ? Alors le mieux c'est d'oublier.

– Est-ce si facile ?

– Ça fait six ans, monsieur. Et Curtis ne manque à personne.

– Pas même à vous ?

Elle ouvrit la bouche, la referma, se décida enfin :

– Ce gosse ne m'a jamais causé que des soucis.

– Ça ne veut pas dire qu'il méritait de finir ainsi, dit Myron.

Elle leva les yeux, soutint son regard.

– Ça n'a plus d'importance, maintenant. Quand on est mort on est mort, pas vrai ?

Devant une telle évidence, Myron ne sut quoi répondre.

– Vous croyez que vous pouvez y changer quelque chose, monsieur Bolitar ?

– Non, en effet.

Deanna Yeller hocha la tête, saisit son sac.

– Bon, faut que j'y aille. Et vous aussi.

14

Henry Hobman était seul dans le box réservé aux professionnels.

– Salut, Henry ! dit Myron.

Aucun joueur à l'horizon, mais Henry avait toujours sa casquette d'entraîneur mentalement vissée sur le crâne.

– On m'a dit que vous aviez rencontré Pavel Menansi hier soir, marmonna-t-il, sans quitter des yeux le court pourtant désert.

– En effet.

– Vous êtes mécontent de mon travail avec Duane ?

– Pas du tout.

Henry eut un imperceptible hochement de tête que l'on eût pu interpréter comme un signe de satisfaction. Fin de la conversation.

Duane et son adversaire – Jacques Potiline, un jeune Français finaliste de l'Open – entrèrent dans l'arène. Duane était fidèle à lui-même : parfaitement cool. Il salua Myron et Henry au passage, leur dédiant un sourire éclatant. Penser à contacter les marchands de pâte dentifrice, se dit Myron. Le temps était idéal. Soleil, ciel d'azur, petite brise rafraîchissante.

Myron se tourna vers les gradins. Dans le box adjacent au leur se tenait une blonde plutôt canon, joliment empaquetée dans un bustier blanc qui avait du mal à contenir ses... débordements. C'est la mode, de nos jours. On expose la marchandise. Tout autre que Myron eût lorgné sans vergogne, mais pas lui. Question d'éducation. Il était trop bien élevé pour s'abaisser à ce genre de voyeurisme. Miss Bimbo, en revanche, n'était pas aussi inhibée. Croisant son regard, elle lui décocha un sourire des moins équivoques. Myron le lui rendit. Après tout, pourquoi se priver ? La vie est si courte !

Soudain, il s'aperçut que Win venait de prendre place à côté de lui.

– T'as vu, dit celui-ci. J'ai un super-ticket.

– Rêve toujours, mon frère.

– Je t'assure, dit Win. Les femmes me trouvent irrésistible. Dès qu'elles me voient elles me veulent. C'est ma croix, j'ai appris à vivre avec.

– Arrête, tu vas me faire pleurer.

– T'es jaloux, c'est tout. C'est un vilain défaut, tu sais ?

– Jaloux, moi ? Je te la laisse. Allez, vas-y, montre ce que tu sais faire.

Win examina la fille.

– Non. C'est pas mon type.

– Quoi ? Depuis quand tu ne flashes plus sur les jolies blondes ?

– Celle-ci est trop siliconée. J'ai une nouvelle théorie, là-dessus.

– Ah bon ?

– Plus les seins sont gros, plus on s'emmerde au lit.

– Tu peux m'expliquer ?

– Réfléchis deux secondes. Les nanas bien développées ont tendance à se reposer sur leurs... lauriers, si on peut appeler ça comme ça. Du coup, elles ne font plus aucun effort. Au pieu elles sont nulles. Crois-en mon expérience.

Sceptique, Myron secoua la tête :

– J'avais déjà ma petite idée, et ça se confirme.

– C'est-à-dire ?

– Tu n'es qu'un vil porc lubrique.

Win le prit pour un compliment. C'en était un, d'ailleurs.

– Bon, dis-moi, comment s'est passée ta visite chez Mme Yeller ?

– Elle n'est pas claire.

– Oui, elle est noire. On le savait depuis le début.

– Arrête, Win. T'es pas drôle.

– D'accord. Si tu veux mon avis, y a qu'une seule chose qui puisse faire taire une mère éplorée.

– Ah oui ? Laquelle ?

– Le pognon. Cash. Et un joli paquet.

Sacré Win ! Toujours aussi romantique ! Mais, en vérité, l'idée avait traversé l'esprit de Myron.

– Deanna Yeller habite à Cherry Hill depuis peu. Dans une jolie petite maison dont elle est propriétaire. Réfléchis trois secondes, Myron. Une veuve qui vient des bas-fonds de Philadelphie et se paie une baraque à Cherry Hill ? Tu crois aux miracles, toi ? Où est-ce qu'elle a trouvé la thune ?

– Tu penses vraiment qu'on l'a achetée ?

– Tu vois une autre explication ? D'après ce qu'on sait, cette femme n'a aucun soutien financier, de la part de qui que ce soit. Elle grandit dans la misère, et d'un seul coup de baguette magique, elle pose pour *Ma maison et mon jardin* ?

– Y a peut-être autre chose.

– Quoi, par exemple ?

– Un mec.

Win émit un son à mi-chemin entre le ricanement et le reniflement.

– Non mais, tu rigoles ! Elle a quarante-deux balais, je te signale. Elle vient du ghetto. C'est pas Cendrillon. Ni Naomi Campbell. Ton conte de fées, tu peux le mettre dans ton froc et refermer ta braguette !

Myron n'avait pas grand-chose à ajouter.

– D'un autre côté, poursuivit Win, imagine Kenneth et Helen Van Slyke. Parents désespérés, qui eux aussi viennent de perdre un enfant.

– Quel rapport ?

– Je me suis renseigné. Situation financière désastreuse. La famille de Kenneth était déjà au bord de la banqueroute quand ils se sont mariés. Quant à Helen... Sa « dot » est partie en fumée grâce aux investissements fumeux de son cher époux.

– Tu veux dire qu'ils sont sur la paille ?

– Plus fauchés que les blés. Alors dis-moi, par quel miracle peuvent-ils encore assumer Brentman Hall ?

Myron était perplexe.

– Il doit y avoir une autre explication.

– Laquelle ?

– Une mère dont on achète le silence à propos de la mort de son enfant, je veux bien, à la rigueur. Mais deux ? Tu crois pas que tu pousses un peu loin le bouchon ?

– Mon pauvre Myron, t'as vraiment une vision très rose de la nature humaine !

– Et toi tu vois tout en noir.

– C'est bien pourquoi j'ai raison la plupart du temps.

Myron fronça les sourcils.

– Quoi qu'il en soit, je ne comprends pas ce que TruPro vient faire là-dedans. Le gros Lee a reçu l'ordre de me suivre juste après le meurtre. Pourquoi ?

– Les frères Ache commencent à bien te connaître, mon vieux. Ils avaient sans doute peur que tu ne mènes ta petite enquête.

– Et alors ? En quoi ça les concerne ?

Win réfléchit :

– C'était TruPro qui représentait Valérie, non ?

– Mais c'était il y a six ans. Les deux frères n'avaient même pas encore racheté l'agence.

– Hum. Peut-être que tu cours après le mauvais lièvre.

– Que veux-tu dire ?

– Peut-être qu'il n'y a aucun rapport entre la filature et la mort de Valérie. Frank Ache aimerait bien signer avec Eddie Crane, n'est-ce pas ?

– Oui.

– Or le coach d'Eddie – ce Pavel Machin Chose – est en cheville avec TruPro. Ils n'ont sans doute pas envie que tu marches sur leurs plates-bandes.

Possible. Myron se leva, se dégourdit les jambes tout en cogitant. Non, il y avait quelque chose qui ne collait pas.

– Oh, j'allais oublier, dit Win.

– Quoi encore ?

– Aaron est en ville.

Myron sentit un frisson glacé lui parcourir l'échine.

– On sait ce qu'il vient faire ?

– Aucune idée.

– Bof, probablement une coïncidence.

– Si tu le dis...

Silence.

Myron vint se rasseoir à côté de Win et d'Henry. Le match venait de commencer.

Duane se surpassa. Il emporta le premier set dans un fauteuil : 6-2. Eut un petit passage à vide au cours de la deuxième manche, mais épuisa son adversaire à l'issue d'un tie-break. Jacques Potiline, en tout cas, se fit massacrer au troisième set : 6-1.

Tandis que les joueurs quittaient le court,

Henry Hobman se leva, la mine toujours aussi constipée.

– En progrès, décréta-t-il, mais peut mieux faire.

– Arrêtez de bouder, Henry, ça en devient ridicule !

Ned Tunwell dévala les gradins en direction de Myron, décrivant des moulinets avec ses bras comme un gosse dans la cour de récréation. Il était suivi de près par quelques cadres supérieurs de chez Nike, nettement moins démonstratifs. Ned avait les larmes aux yeux.

– Je le savais ! s'exclama-t-il, fou de joie.

Il secoua la main de Myron, lui donna l'accolade, lui tapa dans le dos, puis se tourna vers Win dont il serra les phalanges avec énergie. Win retira promptement sa main et l'essuya sur son pantalon.

– Je le savais ! répéta Ned.

Myron se contenta de hocher la tête.

– La campagne du siècle ! exulta Mister Nike. Tout le monde va connaître le nom de Duane Richwood ! Ce gamin est fantastique, absolument fantastique ! Je n'arrive pas à y croire. Je n'ai jamais été aussi excité de ma vie !

– Encore proche de l'orgasme, Ned ? Faites gaffe, vous allez mouiller votre caleçon.

– Oh ! gloussa Ned, lançant un coup de coude complice dans les côtes de Win. Notre ami Myron est un sacré plaisantin, n'est-ce pas ?

– Il a toujours le mot pour rire, convint Win, sérieux comme un pape.

Ned lui assena une tape virile sur l'épaule.

Win eut un mouvement de recul mais ne broncha pas.

– Écoutez, les gars, poursuivit Ned. J'adorerais rester ici avec vous pour bavarder, mais le devoir m'appelle.

Win parvint à feindre une légère déception.

– Bon, Myron, on se téléphone, d'accord ?

– Bien sûr.

– Alors ciao, à plus !

Sur cet adieu touchant, Ned vola littéralement jusqu'en haut des marches, tel Superman au mieux de sa forme.

Win observa ce départ spectaculaire d'un œil perplexe, pour ne pas dire horrifié.

– Dis-moi que je rêve.

– Non, hélas. J'appellerais ça plutôt un cauchemar. Je te raconterai plus tard. On se retrouve au bureau ?

– Où vas-tu ?

– Il faut que je parle à Duane. J'ai quelques questions à lui poser, à propos du coup de fil de Valérie.

– À ta place, j'attendrais la fin du tournoi.

– Non. C'est trop important.

15

Myron attendit la fin de la conférence de presse, qui dura plus longtemps que prévu. Duane joua son rôle, parfaitement à l'aise. Les médias tenaient une nouvelle idole. Duane Richwood, charmeur sans ostentation, sûr de lui mais poli et souriant. Beau garçon. Très américain.

Quand les hordes de journalistes furent à court de questions, Myron accompagna son poulain jusqu'aux vestiaires. Il s'assit sur un banc près du casier de Duane. Ce dernier ôta ses lunettes de soleil qu'il posa sur l'étagère du haut.

– Sacré match, hein ?

Myron acquiesça d'un signe de tête.

– Hé, cette victoire devrait faire plaisir aux mecs de Nike, non ?

– Ils ont pris leur pied, en effet.

– Le clip va passer à l'antenne avant mon prochain match, n'est-ce pas ?

– Exact.

Duane secoua la tête :

– J'suis en quart de finale à l'US Open ! J'arrive pas à y croire, Myron. Et c'est que le début. Ils sont pas au bout de leurs surprises.

– Duane ?

– Ouais ?

– Je sais que Valérie t'a appelé.

Duane blêmit.

– Quoi ?

– Elle t'a appelé chez toi. Deux fois. D'une cabine, près de son hôtel.

– Je ne vois pas de quoi vous parlez.

Duane tâtonna dans son casier, retrouva ses Ray-Ban et les reposa sur son nez.

– Je ne cherche qu'à t'aider, Duane.

– J'ai pas besoin d'aide.

– Duane, écoute...

– Foutez-moi la paix.

– Non, ça, c'est impossible.

– Vous êtes mon agent, oui ou non ? Alors vous devez savoir que j'ai vraiment pas besoin qu'on vienne m'emmerder en ce moment. J'ai d'autres choses à penser.

– Valérie est morte, Duane. Elle a été assassinée. Ce n'est pas le genre de truc qu'on peut simplement mettre entre parenthèses.

Le jeune homme enleva son T-shirt Nike et s'épongea le torse.

– C'est un fan complètement dingue qui l'a tuée. C'est ce qu'ils ont dit au JT. J'ai rien à voir là-dedans.

– Duane, pourquoi t'a-t-elle appelé ?

Le jeune champion serrait et desserrait les poings, visiblement mal à l'aise.

– Vous êtes censé bosser pour moi, n'est-ce pas ?

– En principe.

– Alors laissez tomber, ou vous êtes viré.

– Pas question.

Duane se laissa choir sur une chaise en plastique et courba la tête, le front dans ses mains jointes.

– Merde, c'est pas ce que je voulais dire, Myron. Excusez-moi. C'est juste la pression. Le tournoi, et ce flic, Dimonte, qui ne me lâche pas d'une semelle, comme si j'étais coupable de je ne sais quoi. Écoutez, on oublie tout, d'accord ? On n'a jamais eu cette conversation.

– Non. Je ne suis pas d'accord.

– Pardon ?

– Pourquoi Valérie t'a-t-elle appelé ?

– Mais y en a marre, à la fin ! Vous êtes sourd, ou quoi ?

– Un peu dur d'oreille, je l'avoue.

– Restez en dehors de tout ça, Myron.

– Certainement pas.

– Ça n'a rien à voir avec la mort de Valérie.

– Donc, tu reconnais qu'elle t'a appelé ?

Duane se leva, tourna le dos à Myron, s'appuya contre son casier.

– Duane ? Tu peux tout me dire. Fais-moi confiance.

– Eh bien... C'est vrai. Elle m'a appelé. Mais qu'est-ce que ça prouve ?

– Vous étiez... intimes ?

– En quelque sorte. Mais rien de bien sérieux. Juste une fois ou deux.

– Ça a commencé quand ?

– Il y a quelques mois.

– Comment vous êtes-vous rencontrés ?

– Lors d'un tournoi.

– Lequel ?

– Je ne sais plus trop. New Haven, peut-être. Mais ça n'a pas duré longtemps.

– Alors pourquoi as-tu menti à la police ?

– Non mais, vous rigolez ? Wanda était là. Je l'aime, figurez-vous. J'ai fait une erreur, d'accord, mais c'est de l'histoire ancienne. Je ne voulais pas faire souffrir Wanda. Ça vous étonne ?

– Non, je te comprends. Mais pourquoi ne pas m'en avoir parlé ?

– Pardon ?

– Quand je t'ai posé la question, juste maintenant. Pourquoi m'avoir caché la vérité ?

– Pour la même raison.

– Mais Wanda n'est pas là. C'était entre toi et moi.

– J'avais honte.

– Honte de quoi, bon sang ?

– C'est que... je suis pas très fier de ce que j'ai fait.

Myron l'examina plus attentivement. Caché derrière ses lunettes noires, Duane avait quelque chose d'inhumain. Genre humanoïde. Robocop & Co. Pourtant, Myron sentit une faille derrière cette carapace. Le garçon demeurait fragile.

– S'il n'y avait plus rien entre Valérie et toi, pourquoi est-ce toi qu'elle a appelé ?

– J'en sais rien. Elle voulait me revoir une dernière fois, je suppose.

– Et tu as accepté ?

– Non. Je lui ai dit que tout était fini entre nous.

– Quoi d'autre ?

– Rien du tout.

– Et elle ? Qu'a-t-elle dit ?

– Ben... rien.

– Tu en es sûr ? Réfléchis bien. Elle n'a rien dit ?

– Non. Franchement non.

– À ton avis, elle avait l'air perturbée ? Inquiète ?

– Je crois pas.

À cet instant, la porte des vestiaires s'ouvrit, les joueurs envahirent la place et se regroupèrent autour de Duane. Les félicitations furent aussi polies que glaciales. Dans ce monde « exclusif », le gagnant était plutôt mal vu. Rivalité avant tout. Quand il y a des millions de dollars à la clé, c'est chacun pour soi. Le copain d'hier est l'ennemi de demain. Ainsi va la vie.

Soudain, Duane sembla très seul.

– T'aurais pas une petite faim ? lui demanda Myron.

– J'ai les crocs.

– Qu'est-ce qui te tente ?

– Une pizza. Avec plein de fromage et des poivrons.

– Bon. Va te rhabiller. Je t'attends dehors.

16

– Myron Bolitar ?

Myron venait tout juste de larguer Duane en bas de chez lui. Il était au volant, savait qu'il était interdit de téléphoner en voiture, mais, bon...

– Oui ?

– Gerard Courter à l'appareil. De la police de New York. Je suis le fils de Jake.

– Ah, je vois. Comment va, Gerard ?

– Pas mal. Je doute que vous en ayez gardé le moindre souvenir, mais nous avons joué l'un contre l'autre, autrefois.

– L'équipe du Michigan, dit Myron. Je m'en souviens très bien. J'en garde quelques bleus !

Gerard éclata de rire, et Myron se revit, quelques années plus tôt.

– Ravi d'apprendre que j'ai laissé quelques traces, dit Gerard.

– Indélébiles.

– Bon, oublions le passé et venons-en aux faits. Mon père me dit que vous cherchez des infos à propos du cas Simpson.

– Oui. On peut dire ça comme ça.

– Vous n'êtes pas sans savoir que nous avons un suspect dans cette affaire. Un dénommé Roger Quincy.

– Le fan fou ?

– Exactement.

– Avez-vous la moindre preuve contre lui ? À part le fait qu'il était raide dingue amoureux de la victime.

– Tout d'abord, il a pris la fuite. Quand nos hommes ont débarqué chez lui, il avait disparu. Personne ne sait où il est.

– Peut-être qu'il a pris peur, tout simplement.

– À juste titre.

– Pourquoi ?

– Roger Quincy était sur les lieux, au moment du crime.

– Vous avez des témoins ?

– Des dizaines.

Myron ne s'attendait pas à ça. Il se raccrocha aux branches :

– Quoi d'autre ?

– La victime a été abattue par un 38. À bout portant. On a retrouvé l'arme du crime à deux pas de là, dans une poubelle. Smith & Wesson. Dans un petit sac de sport sur lequel était inscrit le logo de Feron. Le sac était perforé et le trou correspond à la balle qui a tué Valérie Simpson. Cela dit, nous attendons les conclusions des services balistiques, évidemment.

Feron... Encore un « sponsor ». Un groupe puissant, qui avait négocié le rachat de tous les droits dérivés. De la casquette au T-shirt, sans compter les chopes à l'effigie des joueurs, les badges et tout le reste. Feron avait dû vendre des milliers de sacs de sport. Impossible de retrouver celui du tueur.

— Alors, dit Myron, ce malade s'est pointé avec son sac, a tiré sur elle et s'est évanoui dans la nature ? Après avoir jeté l'arme dans une poubelle ?

— Oui, malheureusement, confirma Gerard.

— Ça veut dire que n'importe qui pourrait faire la même chose ? Ça ne vous laisse pas perplexe ?

— Si.

— Et alors ? Vous allez rester là, les bras croisés ? Y avait des empreintes, sur le flingue ?

— Non. Aucune.

— Des témoins ?

— Des centaines. Malheureusement, tous les témoignages concordent. Ils ont entendu le coup de feu, ont vu Valérie s'écrouler, mais rien d'autre.

Myron n'en croyait pas ses oreilles.

— Ce mec est censé avoir tué une jeune fille en direct live et personne n'a rien vu ?

— Oui, le culot, ça paie.

— À part ça ?

— Une dernière question, dit Gerard. Vous nous avez dégoté de bonnes places, pour le match de samedi ?

17

Esperanza avait réuni sur deux piles tous les articles de presse parus depuis les six dernières années. Dans la pile de droite – la plus haute –, tout ce qui se rapportait au meurtre d'Alexander Cross. À gauche, quelques rares entrefilets à propos de l'hospitalisation de Valérie Simpson.

Myron décida d'ignorer la troisième pile, sur laquelle Esperanza avait inscrit « Messages Perso. Urgent ». Il se jeta sur le dossier concernant Valérie. Rien de bien nouveau. Sa mère avait déclaré que la gamine traversait une période « difficile » propre à toutes les adolescentes. Les médias, néanmoins, avaient creusé plus avant et découvert que la future star du tennis était suivie par le Dr Dilworth. Un ponte, à l'époque. Le psy en vogue. La famille avait nié la chose, dans un premier temps. Puis, quand la presse people avait publié une photo de Valérie en peignoir, déambulant dans les jardins de la clinique du Dr Dilworth, le scandale avait éclaté. Enfin, disons que quelques feuilles de chou en avaient fait leurs choux gras, durant quelques semaines. La famille avait fait publier un démenti, selon lequel « Valérie avait dû prendre quelques semaines de repos, suite au stress provoqué par de trop nombreux tournois ». En fait, tout le monde s'en foutait déjà : Valérie avait cessé d'intéresser le monde du tennis et, a fortiori, le grand public. Malgré tout, quelques tabloïdes se penchaient encore sur son cas. On parlait de viol, à mots couverts. Un autre torchon accusait carrément Valérie d'avoir commis un meurtre de sang-froid, sans toutefois citer le nom de la présumée victime, et sans avancer l'ombre d'une preuve. Parmi toutes ces rumeurs, l'une d'elles retint l'attention de Myron. Elle était parue dans deux canards différents. Selon des sources « autorisées » mais non publiables, Valérie Simpson se serait retirée de la compétition tennistique pour cause de grossesse (non désirée, cela va de soi).

Pourquoi pas ? Quand une jeune athlète arrête la compète sans raison officielle, on ne peut s'empêcher d'y penser. D'un autre côté...

Myron laissa tomber ce dossier et se pencha sur celui d'Alexander Cross. Esperanza avait limité ses recherches aux quotidiens et périodiques de la région de Philadephie. Mine de rien, ça faisait pas mal de paperasse à compulser. Globalement, les journaux ne faisaient que reprendre la version officielle. Alexander Cross assistait à une soirée organisée par son club de tennis. Le truc chic, nœud pap & Co. Et voilà qu'il tombe sur deux petits voyous : Errol Swade et Curtis Yeller. Tellement stupides qu'ils décident de faire un casse un soir de réception, quand tout le gratin est présent. Bref, Alexander se défend, mais est poignardé en plein cœur. Il meurt sur le coup.

Ni le sénateur Cross ni sa famille ne réagissent. Selon leur porte-parole, ils sont « sous le choc », et font « confiance à la justice ».

À l'époque, la presse a un bouc émissaire : Errol Swade. On va le capturer, ce n'est qu'une question d'heures. Mais les heures s'additionnent, deviennent des jours, puis des semaines. Les journaux fustigent la police. Un garçon de dix-neuf ans, drogué, et qui court toujours ? Mais où va-t-on, je vous le demande !

Curieusement, la famille Cross ne s'insurge pas. La presse s'empare de l'affaire. Pourquoi, s'interrogent les éditorialistes, pourquoi a-t-on libéré sous caution un tel individu ? Un rebut de la société ?

Et puis les choses se calment, comme d'habitude. D'autres scandales occupent la une. L'affaire Cross passe de la première à la dernière page, puis disparaît.

Myron refeuilleta le dossier préparé par Esperanza. Étonnant. Pas le moindre entrefilet à propos de Curtis Yeller. Sa mort était pour le moins suspecte. Une bavure, en quelque sorte. Un môme qui se fait tuer par un officier de police, on appelle ça comment ? Surtout quand le môme en question est black et le flic blanc. D'habitude, ça fait jaser dans les chaumières. Mais là, nada. Pas une ligne. Pas même dans la gazette locale.

Myron saisit son téléphone. Puis le reposa. Il venait de tomber sur un détail qui lui avait tout d'abord échappé parce que c'était paru dès le lendemain du meurtre. L'édition avait probablement été imprimée et distribuée avant que le sénateur Cross n'ait le temps de faire le ménage, se dit Myron, parano comme toujours.

C'était un bref article au bas de la page 12, dans la rubrique des faits divers. Myron le relut trois fois. Il n'y avait aucun élément sur la fusillade ni sur le rôle de la police. Non, le journaliste parlait uniquement de la personnalité de Curtis Yeller, qui était décrit comme un brillant étudiant. Pas vraiment surprenant : rien de tel que la mort, surtout prématurée, pour vous transformer un voyou avec le QI d'un citron pressé en futur prix Nobel. Mais là, l'histoire se corsait. Mme Lucinda Elright, le professeur d'histoire de Curtis, déclarait que c'était son meilleur élève. Même son de cloche de la part de M. Bernard Johnson, le prof de littérature : Curtis était doté d'une vive intelligence et d'un esprit curieux, particulièrement mature. « Je le considérais comme mon fils », concluait le brave homme.

La nécrologie est un art subtil... Pourtant, en l'occurrence, le dossier scolaire du défunt confirmait les dires des enseignants. Pas le moindre passage en conseil de discipline, pas d'absentéisme. Excellentes notes dans toutes les matières principales. Les deux professeurs le pensaient incapable d'un quelconque acte de violence. Mme Elright était convaincue que le seul à blâmer était Errol Swade, le fameux cousin, mais l'article n'en disait pas plus long.

Myron se laissa aller contre le dossier de son fauteuil et se plongea dans la contemplation d'une affiche de Casablanca, sur le mur d'en face. La scène où les nazis font irruption tandis que Boggie et Bergman écoutent de la musique et qu'Ingrid lui lance l'un de ses célèbres regards. Myron se demanda si le jeune Curtis avait jamais eu l'occasion de voir ce film et les yeux embués de la sublime Suédoise sur fond d'aéroport embrumé.

Il attrapa le ballon de basket posé derrière son bureau et se mit à le faire tourner sur son index, telle une otarie sur le bout de son museau. Il faisait ça avec une réelle maîtrise, accroissant la vitesse de rotation sans pour autant faire dévier la balle de son axe. Un vrai numéro de cirque. Il s'imagina un instant qu'il avait en face de lui une boule de cristal dans laquelle il crut voir un autre univers, où une version juvénile de lui-même venait de marquer un impeccable panier, pile-poil à la fin du match. L'image resta imprimée sur sa rétine durant quelques secondes, refusant de s'effacer. Ainsi va la nostalgie. Fugace mais indélébile.

Esperanza choisit cet instant pour pénétrer dans le bureau. Elle s'assit et attendit en silence.

Le ballon cessa de pivoter sur le doigt de Myron. Ce dernier le reposa et tendit l'article à son assistante :

– Qu'en pensez-vous ?

Elle le parcourut des yeux.

– Oui, et alors ? Deux profs disent du bien d'un de leurs anciens élèves qui s'est fait assassiner. Ça ne prouve rien. De toute façon, les journalistes déforment tout ce qu'on leur dit.

– Mais là ça va plus loin. Rien ne colle – ou tout concorde, comme on veut. Curtis Yeller n'avait jamais eu affaire à la police. Avait toujours eu d'excellentes notes. Pas le moindre problème de discipline. Déjà, c'est assez rare. Mais pour un gamin issu des bas-fonds de Philadelphie, c'est suspect, avouons-le.

Esperanza haussa les épaules.

– Que Curtis ait été Albert Einstein ou un débile profond, quelle différence ?

– Aucune. Mais pourquoi sa mère m'a-t-elle dit que son rejeton était un vaurien ?

– Peut-être qu'elle le connaissait mieux que ses profs.

Myron n'était pas convaincu. Il songea à Deanna Yeller, la femme belle et fière qui lui avait ouvert la porte. Puis à son changement d'attitude, dès qu'il avait mentionné le nom de Curtis.

– Elle mentait, j'en suis sûr.

– Dans quel but ?

– Je ne sais pas. Win pense qu'on l'a achetée.

– Possible, dit Esperanza.

– Une mère capable d'accepter de l'argent pour protéger le meurtrier de son fils, vous y croyez ?

– Ça s'est déjà vu.

– Non, j'ai du mal à y croire. C'est pas...

Myron s'interrompit. Esperanza demeura parfaitement impassible. Encore une qui voyait tout en noir, à commencer par l'âme humaine ! Décidément, Win et elle faisaient la paire.

– Franchement, ça ne tient pas la route, insista Myron. Curtis Yeller et Errol Swade pénètrent par effraction dans ce tennis-club plutôt chicos. En pleine nuit. Pour voler quoi ? Qu'espéraient-ils trouver ? Des portefeuilles oubliés dans les vestiaires ? Ou alors, peut-être qu'ils avaient l'intention de faire le plein de vieilles raquettes et de T-shirts usagés. C'est se donner beaucoup de mal pour pas grand-chose.

– De l'équipement stéréo ? suggéra Esperanza. Le club devait avoir quelques télés grand écran, des magnétoscopes, lecteurs de DVD et tout le bazar.

– D'accord. Mais les garçons sont venus à pied. Comment comptaient-ils remporter leur butin ?

– Ils avaient peut-être l'intention de voler une voiture sur place.

– Ah oui, un cabriolet connu de toute la ville ?

– Pourquoi pas ? Mais, bon, ça vous embête si je change de sujet une seconde ?

– Je vous en prie.

– Comment ça s'est passé, avec Eddie Crane, hier soir ?

– C'est un fan de Pocahontas. Il la trouve « chaude ».

– « Chaude », hein ?

– Je ne fais que le citer.

– Au moins, il a du goût.

– En plus il est sympa. Intelligent, la tête sur les épaules. Ce gamin me plaît bien.

– Vous avez l'intention de l'adopter ?

– Euh... pas pour l'instant.

– De devenir son agent ?

– Ils ont promis de me contacter.

– Sérieusement ?

– Difficile à dire. Le môme m'aime bien, je l'ai senti. Les parents aussi, mais ils ont peur de rater le coche. Ils pensent que je ne fais pas le poids. Et vous ? Quoi de neuf, du côté de Burger City ?

Esperanza lui tendit un dossier.

– Projet de contrat avec Phil Sorenson.

– Pub ?

– Oui, mais faudrait qu'il accepte de se déguiser en condiment pour hamburgers.

– Quel genre ?

– Ketchup, je crois. On en est aux pour-parlers.

– Parfait. Tâchez seulement d'éviter la mayonnaise ou les cornichons.

Myron se pencha sur le contrat.

– Pas mal.

Esperanza se contenta de le fixer, l'œil assassin.

– Oui, bon, c'est excellent, admit-il. Bravo.

– C'est là que je suis censée jouer les assistantes dociles et vous remercier pour avoir su reconnaître mes mérites professionnels ?

– Bon, d'accord. Vous êtes douée, Esperanza. Je ne sais pas ce que je ferais sans vous.

– Ah, quand même ! Mais c'est pas tout, dit-elle en poussant vers lui une pile de papiers. J'ai réussi à retrouver la psy de Valérie, à l'époque de son hospitalisation chez Dilworth. Elle s'appelle Julie Abramson, a un cabinet privé sur la 73e. Refuse de vous recevoir, évidemment. Secret professionnel.

– *Une* psy... dit Myron en croisant les mains derrière sa nuque. Avec mon charisme et mon physique notoirement irrésistible, je devrais avoir mes chances...

– Sans doute. Mais au cas où elle ne serait ni sourde ni aveugle, j'ai prévu un plan B.

– Dites toujours.

– J'ai rappelé son cabinet, ai changé ma voix et vous ai pris un rendez-vous. En tant que patient. Demain matin, neuf heures.

– Et je souffre de quoi, exactement ?

– Priapisme chronique, dit Esperanza. C'est la première chose qui m'est venue à l'esprit.

– Très drôle.

– En fait, j'ai l'impression que vous allez beaucoup mieux depuis que Miss Qui-vous-savez a quitté la ville.

La Miss en question, c'était Jessica, qu'Esperanza avait bien connue. Esperanza n'appréciait que moyennement l'amour de la vie de son patron et associé. Un observateur objectif aurait pu déceler dans cette réaction

204

une pointe de jalousie. Que nenni ! Esperanza était une splendide jeune femme, d'une rare beauté. Certes, il y avait eu entre Myron et elle quelques moments de tentation, mais l'un et l'autre avaient eu la sagesse d'y renoncer. Tous deux étaient fermement convaincus que le plaisir et le business font rarement bon ménage. En outre, un léger écueil s'élevait entre ces deux-là. Esperanza n'avait rien contre les blonds ni contre les bruns, contre les gros ou les minces, les noirs, les jaunes, les verts ou les mûrs. Elle n'avait rien contre les hommes, en vérité. Mais elle n'était pas libre : en ce moment, elle sortait avec une photographe prénommée Lucy, dont elle était très amoureuse.

En fait, elle détestait Jessica pour une raison très simple : elle était aux premières loges quand Jess avait largué Myron, et elle avait ramassé les morceaux, à la petite cuillère. Elle n'était pas près d'oublier le désastre.

Myron préféra en revenir à la question initiale.

— Alors, je suis censé souffrir de quelle psychose ?

— Je suis restée vague, dit Esperanza. Vous entendez des voix. Paranoïa, schizophrénie, hallucinations...

— Et comment avez-vous réussi à m'obtenir un rendez-vous aussi rapidement ?

— Rien de plus simple. Vous êtes une star de Hollywood.

— On peut savoir laquelle ?

— J'ai pas pu dévoiler votre nom, avoua Esperanza. Vous êtes bien trop connu...

18

Le cabinet du Dr Julie Abramson était situé au coin de la 73ᵉ Rue et donnait sur Central Park, côté ouest. Adresse plutôt rupine. Un peu plus au nord s'élevait l'immeuble San Remo, où créchaient Dustin Hoffman et Diane Keaton. Madonna avait tenté de s'y installer, mais le conseil syndical avait décidé qu'elle ne répondait pas aux critères de sélection. Win habitait un pâté plus au sud, dans l'immeuble Dakota où John Lennon avait vécu et été assassiné, à cent mètres près. Incrustée dans le bitume, une plaque commémorait le tragique événement. Chaque fois que Myron posait le pied dessus, il ne pouvait s'empêcher d'observer trois secondes de silence.

La porte du Dr Abramson était doublée d'une grille en fer forgé. Décoration ou protection ? Myron n'aurait su le dire, bien que l'idée que le cabinet d'un(e) psy fût bardé de fer lui parut non dénuée d'ironie. Mais, après tout, les confessionnaux n'étaient-ils pas grillagés, eux aussi ? Les parloirs des prisons idem. Depuis que les hommes ont inventé des endroits où l'on chuchote des choses inavouables...

Il appuya sur la sonnette. Buzz, il entra. Il avait ressorti pour l'occasion ses lunettes de soleil, malgré le ciel grisâtre. Les stars de cinéma en portent toujours, s'était-il dit.

Le réceptionniste, habillé classique, portait lui aussi des lunettes, mais pas noires. Allergique aux lentilles, sans doute.

– Vous avez rendez-vous ?

Ton rassurant mais voix de crécelle, à vous faire grincer les molaires.

– Oui, avec le Dr Abramson. À neuf heures.

– Ah, je vois.

Il osa lever le nez et dévisagea carrément Myron, mort d'envie de découvrir l'identité de la big star. Myron réajusta ses lunettes mais ne les ôta pas. Le réceptionniste faillit lui demander son nom mais s'abstint, discrétion oblige. Il tenait à garder son job.

– Pourriez-vous avoir l'obligeance de remplir cette fiche, tandis que je préviens le Dr Abramson ?

Myron fit son possible pour avoir l'air ennuyé.

– Simple formalité, s'empressa d'expliquer le larbin.

– S'il le faut... soupira Myron.

Quand le questionnaire fut rempli, le fidèle préposé tenta de le récupérer.

– Je préfère le donner en main propre au Dr Abramson, objecta Myron.

– Mais, monsieur, je puis vous assurer que...

– Je n'ai pas dû être assez clair.

Odieux, Bolitar. Plus vrai que nature, dans le rôle de la star qui s'y croit. Le pauvre employé se renfrogna et bouda dans son coin, en silence.

Quelques minutes plus tard, l'intercom résonna. Le réceptionniste décrocha immédiatement, écouta le message puis raccrocha, soudain soulagé.

– Le docteur vous attend. Suivez-moi, je vous prie.

Julie Abramson était minuscule. Un mètre cinquante sur talons hauts, quarante kilos tout habillée et mouillée. Tout en elle semblait miniaturisé. Sauf ses yeux. Deux grands phares qui vous transperçaient l'âme d'un seul regard, vous hypnotisaient, vous clouaient sur place.

Elle tendit sa menotte de poupée vers Myron. Poigne étonnamment ferme.

– Asseyez-vous, je vous prie.

Myron obéit. Le Dr Abramson prit place en face de lui. Ses pieds touchaient à peine le sol.

– Puis-je avoir votre fiche ? demanda-t-elle.

– Euh... oui, bien sûr.

Elle y jeta un bref coup d'œil.

– Ainsi, vous êtes monsieur Bruce Willis ?

Myron lui lança son sourire en coin.

– Oui, c'est vrai, les lunettes, ça change, n'est-ce pas ?

– Avec ou sans...

– Vous avez raison. J'avais pensé à Harrison Ford, mais il est un peu trop vieux pour moi.

– Pas tant que ça.

Elle l'observa, puis le verdict tomba :

– Humphrey Bogart.

Curieusement, elle n'avait pas l'air fâché. Mais, bien sûr, en tant que psychiatre et psychanalyste, elle avait dû croiser plus d'un fêlé sur sa route.

– Bon, dit-elle, si on arrêtait de jouer ? Comment vous appelez-vous ?

– Myron Bolitar.

Son petit visage s'éclaira.

– Je savais bien que je vous avais reconnu ! La star du basket, bien sûr !

– Ben... « star », c'est beaucoup dire, balbutia Myron, rougissant.

– Je vous en prie, monsieur Bolitar, ne soyez pas si modeste. Je connais votre palmarès. Capitaine de la meilleure équipe des États-Unis trois années de suite, deux coupes de la NCAA, j'en passe, et des meilleures.

– C'est pas vrai ! Vous êtes une fan ?

– Et vous, très observateur.

Elle se balança dans son fauteuil, telle une toute petite fille dans un rocking-chair.

– Si je me souviens bien, vous avez fait la couverture de *Sports Illustrated*. Deux fois. En plus de ça, vous étiez doué pour les études, populaire, et plutôt joli garçon. Le rêve américain, en deux mots. Dites-moi si je me trompe.

– Non, vous avez raison. Sauf pour le « plutôt ». Je n'étais pas « plutôt » joli garçon, j'étais beau comme un dieu.

Elle s'esclaffa et ce rire spontané, franc et massif, sembla se propager et secouer tout son petit corps.

– Et maintenant, monsieur Bolitar, si on en venait aux choses sérieuses ? Pourquoi êtes-vous ici ?

– Appelez-moi Myron, s'il vous plaît.

– D'accord. Et vous pouvez m'appeler docteur. Alors, quel est votre problème ?

– Moi, ça va.

– Je vois.

Myron sentit qu'elle se payait sa tête.

– Donc, Myron, on va dire que c'est un de vos amis qui a un grave problème. Je vous écoute. Dites-moi tout.

– Mon « ami » s'appelle – s'appelait – Valérie Simpson.

La psy haussa les sourcils.

– Pardon ?

– Je suis venu vous voir parce que je veux vous parler de Valérie Simpson.

Elle se referma comme une huître.

– Vous êtes journaliste ?

– Bien sûr que non ! Quelle idée !

– J'ai lu quelque part que vous étiez agent sportif.

– Oui, c'est vrai. Valérie était sur le point de signer avec moi.

– Vraiment ?

– Quand l'avez-vous vue pour la dernière fois ? demanda Myron.

– Je n'ai pas le droit de vous répondre. La déontologie m'interdit même de vous dire si elle a jamais été l'une de mes patientes.

– Ne vous fatiguez pas. Je sais qu'elle l'a été.

– Je vous le répète : je ne peux ni vous le confirmer ni le nier. Je suis liée par le secret professionnel. Mais vous ? Si vous me disiez en quoi cette histoire vous intéresse ?

– Je viens de vous le dire. Valérie m'avait choisi comme agent.

– Ça n'explique pas pourquoi vous êtes venu me voir, incognito.

– J'enquête sur sa mort.

– Vous enquêtez ?

– Oui.

– Pour qui ?

– Personne.

– Je ne comprends pas. Quel est votre intérêt ?

– J'ai mes raisons.

– Quelles sont-elles, Myron ? J'aimerais savoir.

Ah, les psy ! Veulent toujours tout savoir !

– Oui, c'est ça. Et vous voudriez aussi que je vous dise ce que j'ai ressenti quand pour la première fois j'ai surpris mon papa et ma maman en train de faire l'amour ?

– Oui, dites-moi. Qu'avez-vous ressenti ? Jalousie ? Honte ? Haine ? Sentiment d'exclusion ? D'abandon ? Ils s'amusaient sans vous !

– Là n'est pas la question. Ce que je veux savoir, c'est pourquoi Valérie a pété les plombs.

211

La réponse du Dr Abramson fut répétitive, pour le moins.

– Je ne peux rien dire.

– Ah, arrêtez cette histoire de secret professionnel à la con ! Valérie est morte, bordel !

– Oui, mais ça ne change en rien le fait que je sois médecin. Liée par le serment d'Hippocrate.

– Elle a été assassinée ! Tuée de sang-froid !

– Je sais. C'est dramatique, mais je n'y peux rien.

– Mais peut-être êtes-vous au courant de certains détails qui pourraient nous aider.

– Vous aider à quoi faire ?

– À trouver le meurtrier, bien sûr !

Elle posa ses petites mains sur ses genoux. Croisa les doigts comme une gamine à l'église.

– C'est votre seul but ? Retrouver le meurtrier ?

– Absolument.

– Et la police ? À quoi sert-elle, à votre avis ? J'écoute les nouvelles, figurez-vous. Ils ont un suspect, n'est-ce pas ?

– Je n'y crois pas une seconde.

– Vraiment ?

– Non. Et c'est pour ça que j'enquête. Je crois en la justice, et je veux connaître la vérité.

Le Dr Abramson le fixa de ses grands yeux noirs qui lui mangeaient tout le visage.

– Non, Myron.

– Pardon ?

– Vous souffrez du complexe du justicier. Zorro. Robin des Bois. D'Artagnan. Vous

212

voulez jouer les héros, tout le temps. Votre armure est d'argent, vous pensez être investi d'une mission quasiment divine. Qu'en pensez-vous, Myron ?

– J'en pense qu'on pourrait remettre mon analyse à plus tard, docteur. Pour l'instant, j'ai d'autres chats à fouetter, si vous voulez bien m'excuser.

Elle secoua ses frêles épaules.

– Je ne faisais que vous donner mon opinion. Vous êtes gravement atteint, Myron. Mais je ne vous compterai que le tarif de base.

– D'accord.

Puis les mots creusèrent leurs circuits au sein de ses neurones.

– Hein, quoi ? Le *tarif de base* ? Non mais, ça va pas ? Vous ne croyez tout de même pas que je vais vous verser un rond pour de telles conneries ? Ce qui m'intéresse, moi, c'est que la police a arrêté un innocent.

– Ce n'est pas mon problème, Myron.

– Ben tant pis. J'espérais que vous auriez pu m'aider. Valérie a dû vous parler de Roger Quincy. Une nana qu'a des problèmes, qui est harcelée par un déjanté, elle en parle à sa psy, non ?

– Pour la dernière fois, je ne peux ni confirmer ni nier que Valérie...

– Pour la dernière fois, je m'en contrefous. Je ne vous parle pas de Valérie, mais de Roger Quincy. Le connaissez-vous ? L'avez-vous déjà rencontré ?

– Ce nom ne me dit rien.

– Vous êtes très bonne, à ce petit jeu.

213

Comme pour moi. Bruce Willis, hein ? Dès le début vous saviez qui j'étais.

– Désolée.

– Vous êtes résolue à ne rien dire, n'est-ce pas ?

– En ce qui concerne mes patients, jamais.

– Même si j'obtiens l'accord des parents ?

– À votre place je n'y compterais pas.

Myron attendit, l'observa. Elle était très forte. Visage de pierre. Mais elle s'était trahie. Une phrase de trop.

– Comment le savez-vous ?

Elle demeura silencieuse, baissa les yeux.

– Les parents vous ont déjà appelée, n'est-ce pas ?

– Je n'ai pas le droit d'en parler avec vous. Je vous répète que...

– La famille vous a appelée. À fait pression sur vous.

– Jamais je ne confirmerai que...

– Ça suffit. Le corps est à peine froid et déjà ils couvrent leurs arrières. Ça ne vous gêne pas trop, déontologiquement ?

Le Dr Abramson s'éclaircit la gorge.

– Je ne vois pas de quoi vous voulez parler, monsieur Bolitar, et je ne veux pas le savoir. Néanmoins, jamais je ne condamnerai une famille qui a tout simplement souhaité préserver la mémoire de son enfant, la mémoire d'une fille qu'ils chérissaient plus que tout au monde.

– Protéger sa mémoire ?

Myron se leva et joua des manchettes, très avocat de la défense. Pas facile, vu qu'il ne portait qu'une chemise à manches courtes.

— Protéger sa mémoire, ou son meurtrier ?

— Asseyez-vous, monsieur Bolitar, et calmez-vous. Vous n'êtes pas au prétoire, et vous n'iriez tout de même pas jusqu'à accuser la famille de la victime ?

Myron se rassit, hocha la tête, puis revint à la charge.

— La fille d'Helen Van Slyke se fait assassiner. Dans les heures qui suivent, la maman éplorée vous appelle pour s'assurer que vous ne direz rien de ce que vous savez. Bizarre, non ?

— Je ne suis pas habilitée à vous répondre.

— C'est pas grave, je suis habitué à ce genre de réponse. Donc, vous n'avez jamais entendu parler de Mme Van Slyke. Et vous pensez, en votre âme et conscience de psy, que tout est bien qui finit bien ? On met son mouchoir par-dessus et basta ? Non, ce n'est pas possible, doc. Ça doit tout de même vous interpeller au niveau du vécu ? Vous titiller derrière les oreilles ?

Elle demeura coite.

— Votre patiente est morte, cher docteur. Ne croyez-vous pas que vous lui devez la vérité ? À elle, pauvre victime, plutôt qu'à sa mère ?

Julie Abramson croisa les doigts, les entrelaça. Puis, soudain, elle cessa ce petit manège et prit une profonde inspiration.

— Eh bien, disons — et ce n'est qu'une supposition –, disons que si j'avais suivi cette jeune fille, en tant que psychiatre, je n'aurais pas eu le droit de révéler à quiconque ce qu'elle aurait pu me confier, n'est-ce pas ?

Or, étant tenue par le secret professionnel de son vivant, ne le serais-je toujours pas après sa mort ?

Myron la fixa droit dans les yeux. Elle soutint son regard, sans sourciller.

– Joli discours, dit-il. Chapeau. Mais si Valérie était encore là, peut-être aurait-elle autre chose à nous dire. Et c'est sans doute pour ça qu'on l'a tuée. Pour l'empêcher de parler.

Les yeux de jais du Dr Abramson lancèrent quelques éclairs.

– Je pense que vous devriez partir, à présent.

Elle pressa sur un bouton de son intercom. Trois secondes plus tard, le réceptionniste se pointait sur le seuil, bloquant la sortie. Bras croisés, biceps gonflés. Très impressionnant.

Myron se leva, cool. Il avait planté une petite graine, y avait plus qu'à la laisser germer.

– Pensez à ce que je vous ai dit, doc.

– J'y pense. Allez, on s'appelle ?

Sur un clin d'œil de la psy lilliputienne, le gorille en livrée s'écarta fort civilement pour laisser passer Myron.

19

Des trois témoins du meurtre d'Alexander Cross – tous copains de fac –, un seul habitait non loin de New York. Gregory Caufield Jr., désormais jeune associé dans le cabinet paternel. Stillen, Caufield & Weston. Avocats d'affaires avec les trois « P » : Pognon, Pouvoir, Prestige. Dans l'ordre ou le désordre. Succursales dans tout le pays, antennes en Europe, en Afrique et au Moyen-Orient.

Myron composa le numéro, se paya trois ou quatre secrétaires et Vivaldi durant un bon quart d'heure, puis une jeune femme le reprit en ligne et le rassura :

– Ne quittez pas, je vous passe M. Caufield Junior.

Clic. Puis une sonnerie. Et, enfin, une voix enthousiaste :

– Hé, salut, vieille branche !

– Euh... Je voulais parler à Gregory Cau-field.

– Ouais, c'est moi. Qu'est-ce que je peux faire pour toi ?

– Eh bien, je... je m'appelle Myron Bolitar.

– Oui ?

– J'aurais voulu prendre rendez-vous.

– Ouais. Quand ?

– Le plus tôt possible. C'est assez urgent.

– Okido. Dans une demi-heure, ça te va ?

– Euh... pas de problème. Merci ! Mais...

– Super, Myron. À toute.

Clic. *Okido ? Super ? À toute ?* Décidé-ment, les fils à papa ne sont plus ce qu'ils étaient...

Quinze minutes plus tard, Myron remontait Park Avenue au pas de course, passait devant les marches de la mosquée où Win et lui aimaient bien se payer un hot dog et mater les filles, les jours d'été. Tôt ou tard, les plus belles filles du monde atterrissent à New York, c'est bien connu. De ce côté-là, Los Angeles peut aller se rhabiller. À New York, les filles ont de la classe. En tailleur, robe du soir et même en jean, rien à voir avec les bimbos des plages de Malibu. Ce jour-là, cependant, Myron se tailla une superbe veste. Aucune de ces pretty women ne se retourna sur lui. À cause des lunettes de soleil, sans doute, qui masquaient ses superbes yeux bleus.

De toute façon, la drague n'étant pas fran-chement à l'ordre du jour, il coupa court vers l'ouest, direction Madison Avenue. Passa de-vant les inévitables boutiques de matériel électronique en faillite depuis plus d'un an. Elles avaient toutes opté pour le même look – lettres noires sur fond blanc –, à tel point que ça en devenait déprimant. Le quartier tout entier vous en prenait un petit air de deuil, on en aurait eu presque la larme à l'œil, sauf si l'on savait, comme Myron, que ces officines ne mouraient que pour mieux renaître ailleurs, du côté de la 42e.

Sur le trottoir, un pseudo-aveugle était assis à côté d'une casquette de base-ball qui lui tenait lieu de sébile. Son chien, une espèce de bâtard vaguement berger et sûrement pas allemand, avait l'air bien plus malvoyant que son maître. À deux pas de là, deux flics plaisantaient et bouffaient des croissants. Oui, des croissants, et non les classiques doughnuts. Mais où va le monde ? Tout fout le camp, ma bonne dame.

Au pied de l'immeuble se tenait un vigile.

– Hé, mec, tu vas où, comme ça ?

Ah, au moins, je suis en Amérique, se dit Myron.

– Euh... Je m'appelle Myron Bolitar. Je viens voir Gregory Caufield.

– C'est au vingt-deuxième.

Pas de coup de fil. Pas de liste. Pas de fouille. Bizarre. Myron se sentit très mal à l'aise, tout à coup. Paranoïaque, plus que jamais.

Les portes de l'ascenseur s'ouvrirent et une charmante jeune femme blonde l'accueillit :

– Bonjour, monsieur Bolitar. Si vous voulez bien me suivre...

Interminable couloir. Carpette dans les

tons orange, murs blancs, lithograhies de McKnight. Aucun bruit, à part le doux ronronnement d'une imprimante laser, quelque part. Et, peut-être, le lointain crissement d'un télécopieur en train de dialoguer avec un autre télécopieur. On a beau faire, e-mail ou pas, le bon vieux fax sévit encore.

Au bout du couloir, une autre jeune femme fort avenante prit le relais. Sourire étincelant, cheveu blond, prunelle bleue. L'exacte réplique de la précédente. Des clones ?

– Bonjour, monsieur Bolitar.

– Oui, enchanté, moi aussi.

– Monsieur Caufield vous attend dans la salle de conférences C.

Cela dit sur le ton de la confidence, comme si la pièce en question était un endroit secret du Pentagone réservé à quelques rares élus, dont Myron.

La clone n° 2 le guida vers une porte qui ressemblait à toutes les autres, à part le fait qu'elle était ornée d'un grand « C » en bronze. En une nanoseconde, Myron en déduisit qu'il s'agissait de la fameuse Salle de conférences C. Sacré Sherlock ! Ou bien le « C », c'était pour Caufield ?

Sésame s'ouvrit, de l'intérieur. Souriant, tout plein de cheveux partout, y compris derrière et dans les oreilles, un jeune homme serra Myron dans ses bras.

– Ah, mon ami !

– Moi, c'est Myron.

– Et moi Gregory.

– Enchanté, balbutia Myron.

– Viens, my friend ! Je veux te présenter quelqu'un qui est très cher à mon cœur !

Myron se fondit tout de suite dans l'ambiance. Table en noyer massif, du genre cinq mètres de long. Canapés et fauteuils en cuir pleine peau. Du veau mort-né (le plus souple). Des portraits de famille, accrochés ici et là. En fait, la pièce était vide. À part un personnage, debout à l'autre extrémité de la table. Ils n'avaient jamais été présentés, mais Myron le reconnut d'emblée.

Monsieur le sénateur Bradley Cross.

Le jeune Gregory se retira, refermant la porte derrière lui. Le sénateur resta campé sur ses pieds. Il n'avait rien, en cet instant, de l'homme que l'on avait élu pour sa générosité, sa compréhension, sa grandeur d'âme. On dit que, par un étrange phénomène de mimétisme, les gens finissent par ressembler à leurs animaux familiers. (Et non l'inverse, Dieu merci !) Finalement, y a du vrai, se dit Myron. Le sénateur Cross était l'heureux propriétaire d'un basset artésien. Il en avait hérité toutes les qualités. Pataud, court sur pattes (arquées), grands pieds, oreilles pendantes, paupières larmoyantes... bref, tout pour plaire. Sauf que toutes les dames étaient folles de son chien mais pas de lui. Il faut dire que 1) le chien ne portait pas de lunettes ; 2) pas de fausses dents. D'un autre côté, ils avaient en commun cette bonne tronche qui inspire confiance, et c'est sans doute pourquoi n'importe quel ami des animaux eût adopté le clébard à la

SPA et voterait pour son maître aux prochaines élections.

– Désolé, dit le sénateur. J'eusse préféré vous rencontrer en de plus agréables circonstances. Monsieur Bolivar, je présume ?

– Non, docteur Livingstone.

– Pardon ?

– Je plaisantais. Mon nom est Bolitar, avec un « t ». Myron Bolitar.

– Excusez-moi. Prenez un siège, je vous en prie. Puis-je vous offrir quelque chose ? Un café, peut-être ?

– Non, je vous remercie.

Ils restèrent un moment assis l'un en face de l'autre. Myron attendit sagement. Le grand homme semblait embarrassé. Il toussota deux ou trois fois, ce qui fit trembloter ses bajoues.

– Vous vous doutez sans doute de la raison pour laquelle j'ai souhaité cette entrevue.

– Pas le moins du monde, répondit Myron.

– J'ai cru comprendre que vous posiez pas mal de questions à propos de mon fils, ces derniers temps. Et, plus précisément, à propos de son décès.

– Qu'est-ce qui vous fait dire ça ?

– La rumeur. J'ai mes informateurs, figurez-vous.

Il pencha la tête, exactement comme un basset de pure race qui tente d'attendrir son maître.

– J'aimerais savoir pourquoi, conclut-il.

– J'étais sur le point de signer avec Valérie Simpson.

– C'est ce qu'on m'a dit.

– Alors je veux savoir qui l'a tuée, et pourquoi.

– Et vous pensez qu'il peut y avoir un lien
quelconque entre la mort de cette infortunée
jeune femme et celle de mon fils ?

Myron haussa les épaules.

– Alexander a été sauvagement assassiné
dans une ruelle de Philadelphie, par un membre de je ne sais quel gang, il y a six ans. Valérie
Simpson vient de mourir lors de l'US Open,
à New York. Quel rapport pourrait-il y avoir
entre ces deux drames ?

– Peut-être aucun, admit Myron.

Le sénateur sembla se relaxer, se mit à faire
craquer ses phalanges.

– Je souhaite jouer franc jeu avec vous,
Myron. Je me suis renseigné à votre sujet. Je
connais vos antécédents. Les détails ne m'intéressent pas, votre réputation me suffit. Je ne
cherche pas à vous influencer – ce n'est pas
mon style. Je suis un homme honnête.

Son sourire était touchant, il y avait comme
des trémolos dans sa voix.

– À présent, je vous parle non pas en tant
que sénateur des États-Unis d'Amérique, mais
en tant que père. Un père qui pleure encore la
perte de son fils unique et souhaite que son
enfant repose en paix. C'est pourquoi je vous
demande de renoncer à vos agissements.

Il avait l'air très sincèrement affligé. Myron
n'avait pas prévu une réaction aussi émotion-
nelle de sa part.

– Je ne suis pas sûr que ce soit aussi simple
que ça, monsieur.

Le sénateur se passa la main sur le front, d'un geste fatigué, puis soupira :

– Imaginez un jeune homme et une jeune fille... Ils ont tous deux le monde devant eux. Ils sont amoureux, pratiquement fiancés, rêvent d'une merveilleuse vie ensemble. Et que se passe-t-il ? Ils sont assassinés, l'un après l'autre. Mais six ans séparent ces deux tragédies. Malgré tout, vous y voyez plus qu'une cruelle coïncidence. C'est bien cela, n'est-ce pas ?

– Vous avez tout compris.

– Alors vous décidez – mieux vaut tard que jamais – de mener votre petite enquête. Un double meurtre, c'est troublant, non ? Et, chemin faisant, vous découvrez quelques détails qui vous perturbent.

– Je ne vous le fais pas dire.

– De là à imaginer que les deux affaires sont liées... Je me trompe ?

– Pas totalement.

Bradley Cross leva les yeux au ciel et posa l'index de sa main droite sur sa lèvre supérieure.

– Si je vous dis que la mort de mon fils n'a rien à voir avec celle de Valérie Simpson, me croirez-vous ?

– Franchement ? Non. Pas une seconde.

Le sénateur hocha la tête.

– Je m'en doutais un peu, dit-il. Vous n'avez pas d'enfants, n'est-ce pas ?

– Pas que je sache.

– Peu importe. Même les pères de famille sont incapables de comprendre. Ce n'est pas seulement le chagrin, la peine incommensurable... Perdre la chair de sa chair, c'est la pire des choses qu'on puisse imaginer. Mon épouse ne s'en est jamais remise. Elle est sous tranquillisants depuis ce jour fatal. Elle n'est plus que l'ombre d'elle-même. C'est un calvaire, de la voir dans cet état.

– Excusez-moi, monsieur le sénateur. Je ne voulais pas réveiller ces anciennes blessures.

– Mais vous n'avez pas non plus l'intention de cesser de nous harceler. Et, quoi que vous fassiez, la chose sera étalée sur la place publique.

– Je suis toujours discret. Ça fait partie de mon métier.

– Mais vous savez très bien que les médias nous attendent au tournant.

– Désolé, monsieur. Je n'y peux rien.

Le sénateur s'épongea le front du revers de la main, soupira une fois de plus :

– Vous ne me laissez pas le choix, jeune homme. Je vais vous dire ce qui s'est réellement passé. Ensuite vous déciderez, en votre âme et conscience.

Myron attendit.

– Vous êtes juriste, n'est-ce pas ?

– Oui.

– Membre du barreau, à New York ?

– En effet.

Bradley Cross glissa la main dans la poche intérieure de son veston, en sortit un carnet de chèques.

– Je vous engage, dit-il. Cinq mille dollars, ça vous va, à titre d'acompte ?

– Je... Je ne comprends pas.

– Si vous acceptez d'être mon avocat, vous êtes tenu par le secret professionnel, n'est-ce pas ? Vous ne pourrez rien répéter de ce que je vais vous dire.

– Vous n'avez pas besoin de m'engager pour ça.

– J'aimerais autant.

– Comme vous voudrez. Mais mes honoraires sont bien plus modestes. Cent dollars la journée. Frais non compris, bien sûr.

Le sénateur remplit un chèque et le tendit à Myron.

– Mon fils se droguait, dit-il, sans préambule. Cocaïne, au début, et puis l'escalade. Il était en train de devenir accro à l'héroïne. J'avais bien compris qu'il y avait un problème mais, franchement, je ne pensais pas que c'était si grave. Je l'ai parfois vu se comporter de façon un peu étrange, mais j'étais convaincu qu'il ne s'agissait que d'un petit joint de temps en temps. Bon sang, ça n'a jamais fait de mal à personne ! Moi-même, quand j'étais jeune...

Sourire contrit. Myron sourit aussi, un peu gêné.

– Ce soir-là, Alexander et ses amis n'avaient pas l'intention de simplement se promener aux alentours du club. Ils voulaient « s'éclater », comme disent nos jeunes. La police a trouvé une seringue dans sa poche. Et des sachets de cocaïne dans les buissons alentour. Lors de l'autopsie, le légiste a relevé des traces de drogue dans le corps de mon fils. Non seulement dans son sang, mais aussi dans tous les tissus. Ce qui, m'a-t-il dit, tendait à prouver qu'Alex était dépendant depuis longtemps.

– Je croyais qu'il n'y avait pas eu d'autopsie, dit Myron.

– J'ai fait en sorte que cela ne se sache pas. Quelle importance, de toute façon ? Mon fils n'a pas succombé à une overdose mais à un coup de couteau. Le fait qu'il faisait usage de substances illicites n'a rien à voir là-dedans.

Ah bon, et tu voudrais me faire avaler ça, mon gars ? songea Myron. Tu me prends vraiment pour un con ! Mais il demeura impassible, attendant la suite.

Le sénateur Cross était parti dans ses pensées mais se ressaisit très vite.

– Excusez-moi. Où en étais-je ?

– Votre fils et ses potes avaient l'intention de se défoncer.

– Ah, oui. Le reste de l'histoire est tristement classique. Ils sont tombés sur Errol Swade et Curtis Yeller. Tous les journaux ont relaté l'incident. Alexander a voulu jouer les héros, mettant en péril sa propre vie. En fait, il n'était pas dans son état normal. Il s'est pris pour Superman. L'un des voleurs – ce Yeller, que les policiers ont abattu par la suite – a laissé tomber son butin et a réussi à s'enfuir. Mais l'autre, Errol Swade, était plus coriace. Il a sorti son cran d'arrêt et a poignardé mon fils. Froidement, selon la police. Sans la moindre hésitation.

Le sénateur Cross s'interrompit. Myron

227

attendit qu'il reprenne son souffle. Mais non. Silence. Fin de la saga.

– Mais pourquoi étaient-ils venus au club ? demanda Myron au bout d'un moment.

– Qui ça ?

– Swade et Yeller.

Le sénateur parut surpris :

– Eh bien, il s'agissait de petits voyous, non ?

– Qu'en savez-vous ?

– Pour quelle autre raison seraient-ils venus ?

– Pour vendre de la drogue à votre fils, peut-être ? Les dealers, vous connaissez ? Ça paraît plus plausible qu'un cambriolage dans un club de tennis !

Cross secoua la tête.

– Non. Ils ont été pris sur le fait. Ils ont volé des raquettes et des balles.

– Selon qui ?

– Gregory, et les autres. D'ailleurs on a retrouvé leur butin.

– Des raquettes et des balles ?

– Il y avait aussi d'autres choses. Je ne m'en souviens plus très bien.

– Alors ces garçons auraient risqué la prison – voire leur vie – pour quelques accessoires de sport ? Vous y croyez ?

– D'après la police, mon fils les a dérangés alors qu'ils s'apprêtaient à emporter autre chose.

– Mais, toujours d'après la police, votre fils a été tué à l'extérieur. S'ils avaient tenté de piquer du matériel et avaient été interrompus, on aurait retrouvé des traces, non ?

– Que voulez-vous insinuer ? Que mon fils a été tué lors d'un deal qui s'est mal terminé ?

– Je n'insinue rien. Je cherche la vérité, tout simplement.

– Et s'il s'agissait effectivement d'une histoire de drogue, en quoi ça aurait un quelconque rapport avec le meurtre de Valérie ?

– Aucune idée.

– Alors, en quoi cela vous concerne-t-il ?

– Personnellement ? J'en ai rien à cirer. Simple curiosité intellectuelle. Que s'est-il passé, juste après le meurtre ?

Le sénateur détourna le regard, vers l'un des portraits de famille, mais Myron aurait pu jurer qu'il ne le voyait pas.

– Gregory et les autres sont revenus vers la maison, dit-il d'une voix blanche. Je me suis précipité. Du sang coulait de la bouche d'Alexander. Quand je me suis penché vers lui, il était déjà mort. MORT, vous comprenez ? Mon fils était mort.

Silence.

– Inutile de vous raconter la suite. Je suis passé sur pilotage automatique. Un vrai zombie. Les secours et la police se sont occupés de tout. Et aussi le père de Gregory – c'est l'un de mes associés. Moi je suis resté là, les bras ballants, complètement anéanti. J'étais conscient, néanmoins. Je devinais ce qui s'était passé. Mais il n'y a rien de plus égoïste qu'un politicien. Je songeais à mon image de marque. Oui, je l'avoue : devant le corps sans vie de mon fils, je m'inquiétais pour ma carrière.

– Et maintenant ? dit Myron. Si la vérité éclatait maintenant ?

Cross eut un sourire sans joie.

– Ça me détruirait, sans doute. Mais cela ne m'effraie plus. Du moins, je ne le crois plus. Enfin, qui sait ? Ma femme, en revanche, n'a jamais su la vérité. J'ignore comment elle réagirait. Alexander était un bon garçon, monsieur Bolitar. Je ne veux pas qu'on donne sa mémoire en pâture aux médias. La drogue est un fléau qui menace chacun de nos enfants. En fin de compte, Errol Swade et Curtis Yeller ne sont pas plus coupables que ne l'était mon fils.

Myron prit une profonde inspiration. Waouh ! Quel talent, ce mec ! Puis il lança la question qui tue :

– Parlez-moi de Deanna Yeller.

– Pardon ?

– La mère de Curtis Yeller.

– Oui ?

– Vous la connaissez, n'est-ce pas ?

– Non. Pourquoi ? Je devrais ?

– Donc, vous ne l'avez jamais « récompensée » en échange de son silence ?

– Je ne vois pas ce que vous voulez dire.

– Vous ne l'auriez pas un peu aidée à oublier la mort de son fils, moyennant quelques billets ?

– Oublier quoi ? Je ne comprends pas.

– Vous savez très bien qu'il n'y a pas eu d'autopsie, là non plus. Étrange, non ?

– Si vous estimez que la police n'a pas fait son travail correctement, ce n'est pas à moi qu'il faut vous adresser. Je n'en sais pas plus que vous et d'ailleurs ça m'est égal. C'est vrai, je me suis moi aussi posé des questions, à l'époque. Mais l'affaire est classée et je ne veux plus en entendre parler. J'ai perdu mon fils il y a six ans et j'aimerais qu'on me laisse enfin assumer mon deuil et ma douleur. D'autre part, je suis sincèrement désolé que Valérie ait été tuée, mais je ne vois pas en quoi sa mort me concerne, de près ou de loin.

– Elle faisait partie de la bande, non ? Elle était avec eux, ce soir-là ?

– Bien sûr.

– Savez-vous où elle était, au moment précis où votre fils a été tué ?

– Non.

– Vous souvenez-vous de sa réaction ?

– Vous avez de ces questions ! Elle était effondrée, comme nous tous. Son fiancé venait de se faire tuer. À votre avis, elle sautait de joie ?

– Approuviez-vous ce mariage ?

– Oui, absolument. Je trouvais que Valérie n'était peut-être pas encore tout à fait mûre, mais je l'aimais bien. Alexander et elle allaient bien ensemble.

– Le nom de Valérie n'a jamais été mentionné dans la presse, quand votre fils a été tué. Pourquoi ?

– Vous le savez pertinemment. Valérie était connue du grand public. Nous avons voulu la protéger. Elle n'avait vraiment pas besoin de ce genre de publicité.

– En l'occurrence, vous avez eu du bol.

– Je vous demande pardon ?

– Ben oui, quoi. Yeller est tué. Swade disparaît dans la nature. Un vrai coup de chance, non ?

Bradley Cross cligna des yeux, deux ou trois fois.

– Je ne vois pas.

– Allons, monsieur le sénateur ! Ne vous faites pas plus bête que vous ne l'êtes ! Si ces deux-là étaient présents, ce serait le procès du siècle. Pleins feux côté médias. On irait aussi farfouiller chez vos copains psy. Pourquoi, par exemple, la jeune Valérie a-t-elle disparu de la circulation pendant si longtemps ? Où était-elle ? Pour quelle raison ?

Cross sourit.

– Je vois que les rumeurs vont bon train.

– Quelles rumeurs ?

– On murmure qu'Errol Swade aurait été tué sur mon ordre. Par la Mafia, rien que ça ! En vérité, j'ose à peine l'avouer, mais l'idée me flatte.

– Vous admettrez, monsieur le sénateur, que l'idée en question n'est pas dénuée de fondement. La disparition concomitante de Yeller et de Swade arrange bien vos affaires. «Pas vu, pas pris», comme on dit, et plus personne pour dire le contraire !

– Écoutez, jeune homme, je ne vais certainement pas pleurer sur la mort de Curtis Yeller, ni sur celle – probable – de son cousin Errol Swade. Ces petits malfrats, en choisissant leur vie, ont également choisi leur mort. On ne peut pas avoir le beurre et l'argent du beurre. Quant à moi, je n'ai aucun contact avec la pègre. Ça peut vous paraître bizarre ou naïf de ma part, mais je serais bien en peine de recruter un mafieux pour les sales boulots. Je n'en ai ni les moyens ni le carnet d'adresses. Cela dit, c'est vrai, j'ai embauché une agence privée pour filer Swade.

– Et alors ? Ils ont trouvé quelque chose ?

– Rien. Ils pensent que Swade est mort. C'est aussi l'avis de la police. C'était un punk, Myron. Son espérance de vie n'était pas terrible, dès le départ.

Myron tenta encore deux ou trois questions, mais renonça très vite. Quelques minutes plus tard, il se leva et prit congé.

– Oh, un dernier point, dit-il avant de partir. Ça vous ennuierait si je bavardais un peu avec Gregory Caufield ?

– Très franchement, oui.

– Mais puisque nous n'avons plus rien à nous cacher...

– Je ne veux pas qu'il sache ce que vous savez. Et dorénavant, vous êtes lié par le secret professionnel. Vous êtes mon avocat, souvenez-vous. De toute façon, il vous racontera n'importe quoi.

– Pas si vous le briefez.

Cross secoua la tête :

– Gregory obéit à son père. Il ne vous dira rien.

Myron haussa les épaules. Le sénateur avait sans doute raison. En plus, il était piégé. Pieds et poings liés par la déontologie. Bravo, monsieur le sénateur ! Malgré tout, Caufield était un témoin oculaire. Il parlerait, tôt ou tard.

Le sénateur et Myron échangèrent une cordiale poignée de main et un regard ambigu, chacun essayant de jauger l'autre. Myron s'interrogeait. Ce mec était-il un père de famille éploré ou un politicien pourri ? Et pourquoi pas les deux ?

– J'espère avoir satisfait votre curiosité, dit le sénateur.

Non, loin de là, songea Myron, tout en serrant la main de cet homme dont il ne savait pas trop quoi penser.

20

Myron quitta l'immeuble et se paya Madison Avenue à pied. Les voitures n'avançaient pas d'un pouce, chose normale en plein Manhattan à cette heure de la journée. Cinq voies tentaient de s'engouffrer dans l'entonnoir que constituait la 54e. Un goulet d'étranglement, comme on dit. Ou un goulot. L'expression n'avait jamais été aussi justifiée. La plupart des voitures étaient bloquées par l'un de ces chantiers typiquement new-yorkais, avec marteaux-piqueurs, bétonnières, ouvriers casqués et jets de vapeur sous pression. Dantesque. D'ailleurs, d'où venait toute cette vapeur et à quoi servait-elle ?

Myron allait couper par la 53e lorsqu'il sentit un objet contondant pointer contre son flanc.

– Je t'avais bien dit qu'on se retrouverait, ducon !

Myron reconnut la voix de son agresseur avant même d'avoir eu une chance de lui faire face. Lee le gros nul. Et l'objet non identifié discrètement pressé contre ses côtes, c'était un flingue.

– Ma parole, dit Myron, vous n'avez même pas pris la peine de vous changer ! Vous n'avez qu'une seule chemise, ou quoi ? Ça paie si mal que ça, votre job ?

Lee le poussa du canon de son revolver.

– Ta gueule, minable. Grimpe dans la bagnole.

Une Cadillac – bleu et jaune, comme par hasard, ornée d'une estafilade du capot à la calandre – vint se garer le long du trottoir. Jim était au volant mais Myron ne daigna pas lui jeter un coup d'œil. Il avait tout de suite repéré le passager, sur le siège arrière. Lequel sourit et le salua.

– Hé, Myron ! Ravi de vous revoir ! Comment ça va ?

Aaron... Fidèle à lui-même !

– Fais-le monter, Lee.

Le gros Blanc à résille obtempéra, pointant son arme dans le dos de Myron.

– Allez, mec, terminus, tout le monde à bord !

Renonçant à s'interroger sur la logique du primate, Myron se retrouva assis à l'arrière, à côté d'Aaron. Les sièges avant étaient recouverts de plastique, là où Win avait déversé des litres de sirop d'érable.

Aaron était au mieux de sa forme. Costard blanc, chaussures blanches. Pas de chaussettes, pas de chemise. Il ne portait jamais de liquette, préférant, très latin lover, mettre en évidence son poitrail bronzé, luisant d'huile solaire ou de Dieu sait quelle substance oléagineuse. Ses pectoraux ressemblaient aux fesses d'un nouveau-né qu'on vient d'enduire de pommade. Impressionnant, malgré tout. Un mètre quatre-vingt-dix, dans les cent trente kilos, tout en muscles. Carrure d'haltérophile, et pas seulement pour la frime. Plus rapide que Bruce Lee et Superman réunis. Avec un petit côté Highlander, queue-de-cheval comprise.

Il lança à Myron son sourire légendaire, toutes incisives dehors, canines étincelantes.

– Je vous reçois cinq sur cinq, dit Myron. Enfin, je veux dire trente-deux sur trente-deux.

– Oui, l'hygiène buccale fait partie de mes hobbies. Et j'ai un excellent dentiste.

– Vous devriez filer son adresse à Lee, suggéra Myron.

L'intéressé tourna la tête :

– Qu'est-ce que tu viens de dire, trouduc ?

– La ferme ! lui intima Aaron.

Sur un dernier mais fulgurant regard vers Myron, Lee obtempéra. Jim conduisait en silence. Aaron souriait toujours. Au bout d'un moment, Myron bâilla ostensiblement. Puis dit, histoire de briser la glace :

– Votre esthéticienne a oublié de vous épiler un poil, là, sur le sternum.

Un point pour Aaron : il ne baissa pas la tête pour vérifier.

– Il faut qu'on parle, dit-il simplement.

– À quel propos ?

– Valérie Simpson. Pour une fois, nous sommes du même côté de la barrière.

– Vraiment ?

– Vous voulez coincer son meurtrier. Nous aussi.

– Ah bon ?

– M. Ache est résolu à le traîner devant les tribunaux.

– Sacré Frank ! Toujours à jouer les bons Samaritains !

– Sacré Myron ! Toujours le mot pour rire ! Blague à part, j'admets que ça puisse paraître bizarre, mais nous sommes disposés à vous aider.

– De quelle façon ?

– Nous savons que Roger Quincy a tué Valérie. M. Ache est d'accord pour faire jouer son influence et ses relations pour vous donner un coup de pouce.

– En échange de quoi ?

Aaron feignit d'être choqué, posa sur son cœur une paluche manucurée et large comme une pelle de terrassier.

– Myron, vous êtes blessant. Vraiment. Nous vous tendons la main de l'amitié et vous la refusez. Non seulement cela, mais vous nous insultez !

– Il n'y a que la vérité qui blesse.

Aaron ne releva pas le cliché.

– Écoutez, vous avez tout à gagner dans cette affaire, poursuivit-il.

– Et vous ?

– Si l'assassin est arrêté, la police passera à

238

autre chose. Nous aussi. Quant à vous, Myron, vous avez tout intérêt à en faire autant.

– Je vois.

– Mais de quoi vous méfiez-vous ? Les temps ont changé, depuis nos précédentes rencontres. Cette fois, nos intérêts convergent. Nous souhaitons tous tirer un trait sur ce tragique épisode le plus vite possible. Pour vous, ça signifie retrouver l'assassin le plus rapidement possible afin qu'il soit jugé et condamné. De notre côté, nous voulons que l'enquête soit bouclée dans les meilleurs délais.

– Et si je n'étais pas convaincu de la culpabilité de Roger Quincy ?

Aaron leva un sourcil.

– Allons, Myron ! Vous avez vu les preuves !

– Ça s'appelle des présomptions, et non des preuves.

– Et depuis quand ça vous gêne ? Oh, à propos, il y a un nouveau témoin. Nous venons juste de l'apprendre.

– Quel genre de témoin ?

– Quelqu'un a vu Roger Quincy discuter avec votre chère Valérie à peine dix minutes avant sa mort.

Myron s'abstint de tout commentaire.

– Vous mettez ma parole en doute, Myron ?

– Qui est cette personne ?

– Une mère de famille qui avait amené ses gosses voir le tournoi. Et, pour devancer votre prochaine question, non, nous n'avons rien à voir avec elle.

– Alors pourquoi cette grosse frayeur ?

– Que voulez-vous dire ?

– De quoi Ache a-t-il si peur ? Pourquoi avoir engagé les deux clowns ici présents pour me filer le train ? Les deux flics à Miami, c'est un peu dépassé, je vous signale.

Piqué au vif, le gros Lee se retourna :

– Hé, espèce de naze, tu oses me traiter de flic ?

– T'occupe, Lee. On cause entre adultes.

– Ah, j'vous en prie, Aaron, laissez-moi lui faire une grosse tête. Juste un petit peu. Z'avez vu ce que cet enfoiré a fait à ma bagnole ? Et à mon nez ?

La caisse d'abord, le pif ensuite. À chacun ses priorités...

– Lui et son pédé de copain, y m'ont pris par surprise. Deux contre un, c'est pas réglo. Laissez-moi lui apprendre le respect !

– Rêve pas, Lee. Même avec Jim pour t'aider, t'as pas une chance.

– Ah ben je veux, et pas qu'un peu ! Laissez-moi-le, patron. Juste un peu.

– La ferme, Lee.

Silence immédiat. C'est beau, l'autorité.

Aaron leva les yeux au ciel et écarta les mains en un geste fataliste, paumes vers le haut.

– Ah, ces amateurs ! Frank n'a jamais voulu comprendre qu'on ne fait rien de bon avec du mauvais personnel. Il est toujours en train de rogner sur les dépenses – un dollar par-ci, un dollar par-là. J'ai beau lui dire que les économies de bouts de chandelle finissent par revenir très cher, il ne veut rien entendre.

– Je croyais que vous aviez cessé de travailler pour les frères Ache.

– Exact. Je suis free-lance, à présent.

– Et Frank vous a embauché juste pour cette affaire ?

– Ce matin.

– Dans ce cas, il y a sûrement un sacré paquet en jeu. Tout le monde sait que vous n'êtes pas donné, mon cher.

Aaron lui balança son sourire de star, lissa les revers de sa veste d'un air modeste.

– La qualité, ça n'a pas de prix.

– Alors pourquoi Frank est-il aussi nerveux ?

– Aucune idée. Mais ne vous méprenez surtout pas : il veut que vous arrêtiez votre enquête. Dès maintenant. Et il ne plaisante pas, croyez-moi. Écoutez, Myron, nous savons tous les deux que vous lui avez mis pas mal de bâtons dans les roues, durant ces dernières années. Il ne vous aime pas – et je suis poli. À vrai dire, il rêve d'avoir votre peau. Je vous parle d'homme à homme. En tant qu'ami. On peut oublier le passé et considérer qu'on est amis, non ?

– De vrais potes.

– En fait, Frank est très indulgent vis-à-vis de vous. Généreux, même. Par exemple, il sait que vous avez invité Eddie Crane à dîner. Rien que pour ça, n'importe qui d'autre aurait été salement passé à tabac – à titre d'avertissement, et je vous dis pas la suite. Mais là, non. Frank a décidé que si Eddie veut travailler avec vous, il ne s'y opposera pas.

– Sympa de sa part, en effet.

– Ça l'est, Myron. Il a le coach dans sa

manche. Et, légalement, le gamin appartient à TruPro. Mais Frank est prêt à vous le laisser. En plus il propose de vous aider à épingler Roger Quincy. C'est deux énormes faveurs qu'il vous fait. Deux supercadeaux. En échange, vous restez tranquille.

– Faire le mort pour rester en vie ! dit Myron. Quel dilemme !

– Je crois déceler un soupçon de sarcasme dans votre voix.

– Le mot « soupçon » est un peu faible.

– Je vous assure, Myron, Frank se montre très fair-play.

– Oui, je sais. Notre homme est un vrai prince.

– Ne tentez pas le diable. Ça n'en vaut pas la peine.

– Bon, je crois qu'on s'est tout dit. Je peux y aller, maintenant ?

– J'aimerais d'abord connaître votre réponse.

– Ça mérite réflexion, dit Myron. Mais ma décision serait bien plus facile si je savais ce que mijote Frank.

Aaron secoua la tête.

– Ah, ce bon vieux Myron ! Vous ne changerez donc jamais ? Je m'étonne que personne ne vous ai pas encore fait la peau.

– J'ai le cuir un peu dur.

– Apparemment.

– Et je suis très tendance. Excellent danseur. Je plais aux jeunes filles et à leurs mères. Des comme moi on n'en fait plus. Espèce en voie de disparition, donc protégée.

Aaron posa une main protectrice sur la rotule de Myron.

– Si on arrêtait toutes ces conneries, mon ami ?

– Euh... Ça vous ennuierait de laisser mon genou tranquille ?

– Le coup de la carotte et du bâton, vous connaissez, Myron ?

– Je vous demande pardon ?

– Mais oui, vous connaissez. L'âne avance, chargé comme un mulet, parce qu'on lui balance une carotte devant les naseaux. Et il a le choix – si l'on peut dire. Ou bien il obéit, et il a droit à la carotte. Ou alors il renâcle, et c'est le coup de bâton. Et les équarisseurs, à terme.

– Oui, et alors ? C'est son choix, non ?

– Bien sûr. Pour l'instant, je ne vous ai parlé que de la carotte. Maintenant, il serait peut-être honnête de ma part de vous donner un aperçu du bâton.

Sur le siège avant, Jim & Lee ne purent réprimer un ricanement. À l'arrière de la Cadillac, Aaron affermit son étreinte sur la jambe de Myron, ses doigts telles les serres d'un oideau de proie.

– Vous me connaissez, Myron. Je suis un homme de parole. Je suis un gentil, un doux, je suis...

– La carotte ?

– Vous m'avez compris.

Myron connaissait bien Aaron, il l'avait vu plus d'une fois tuer un homme de sang-froid. Briser des nuques comme des brindilles. Il avait vu ses victimes sur les rings comme à la morgue. Tu parles d'une carotte ! Loin d'être cuite.

– Bon, j'ai pas fini, dit Aaron. Faut que je vous briefe un peu. C'est mon job, ne m'en veuillez pas. Je sais bien que dans votre cas c'est superflu, mais, bon...

– Je vous écoute, dit Myron.

– Ouais ! jubila le gros Lee. Dites-lui, patron !

– Ouais, renchérit Jim.

– La ferme, vous deux !

Silence immédiat. Aaron reporta son attention sur Myron. Son regard, soudain, se durcit.

– Il n'y aura pas d'autre avertissement. La prochaine fois sera la dernière, Myron. Je sais qu'il en faut plus pour vous dissuader. Je l'ai dit à Frank. Il n'en a rien à cirer. Il connaît votre point faible.

– C'est-à-dire ?

– Duane Richwood n'est pas mauvais, n'est-ce pas ? Je serais désolé d'apprendre qu'il vient d'avoir un accident qui mettrait définitivement fin à sa carrière.

Sa main pressa plus fort le genou de Myron.

– Et la sublime Jessica... Nous croyons savoir qu'elle est en Grèce, actuellement. À Athènes. L'hôtel de Grande-Bretagne, chambre 207. Frank a tout plein d'amis en Grèce.

Myron réprima un frisson de terreur.

– Si jamais vous touchez à un seul de ses cheveux...

– Ça ne dépend pas de moi, Myron.

Enfin, Aaron lâcha son genou.

– C'est Frank le patron, mon vieux. C'est lui qui décide. Il veut que vous laissiez tomber votre enquête. Moyennant quoi, votre amie Jessica aura peut-être la vie sauve.

– Non ! S'il ose toucher à un cheveu de Jessica...

– On se calme, Myron. Pas de menaces. Ça ne servirait à rien. Vous ne pourriez pas gagner et vous le savez. Vous et Win formez une fine équipe mais ça ne suffit pas. Vous êtes doués et motivés, votre copain a du fric, mais vous n'êtes que deux contre une armée. Frank est mille fois plus puissant que vous. Il a de son côté des gens pires que moi, sans foi ni loi. Des mecs qui pourraient faire irruption dans l'appartement de votre petite copine, la violer à tour de rôle pour finalement lui tirer une balle dans la tête. Ils pourraient aussi choper Esperanza à son retour du boulot et lui faire subir le même sort. Et vous avez aussi une mère, si mes renseignements sont exacts. Vous êtes sûr qu'elle est en sécurité ?

Pétrifié, Myron le regarda. Aaron sourit.

– Croyez-moi, vous ne pouvez pas gagner, Myron. C'est le pot de fer contre le pot de terre. Vous le savez, et moi aussi.

Silence. La Cadillac s'arrêta devant l'immeuble de Myron.

– Puis-je avoir votre réponse ? demanda Aaron.

Myron s'efforça de ne pas trembler tandis qu'il s'extirpait du siège arrière. Sans un regard, sans un mot, il rentra chez lui.

21

Win se payait une petite séance de pur plaisir. Sous la violence de ses coups, le punching-ball se pliait pratiquement en deux. Il visait tout le corps de son adversaire virtuel : pomme d'Adam, plexus, abdomen et autres parties sensibles. Il frappait avec le talon, orteils tournés vers le bas. Myron, quant à lui, travaillait quelques katas – ou figures –, se concentrant sur la précision des gestes. Plutôt que de fendre l'air, lui aussi imaginait un ennemi hypothétique. Assez souvent, c'était la tronche d'Aaron qu'il croyait voir.

Ils se trouvaient dans les nouveaux locaux de «Maître Kwon», comme l'appelaient ses disciples. Le *dojang* était divisé en deux sections. L'une d'elles ressemblait à une école de danse. Plancher bien ciré et miroirs sur tous les murs. L'autre, en revanche, était équipée de tatamis, de punching-balls, d'haltères, de cordes à sauter... Quelques poignards et sabres en caoutchouc trônaient sur des étagères, pour les exercices d'esquive. Au-dessus de la porte se côtoyaient la bannière étoilée et le drapeau coréen. Qu'il entre ou qu'il sorte, chaque élève s'inclinait en une sorte de petite révérence devant les règles affichées au tableau. Myron les connaissait par cœur. La dixième lui plaisait particulièrement : « Il faut toujours finir ce qu'on a commencé ».

Hum... Était-ce un si bon conseil, après tout ?

Il y avait quatorze règles au total. De temps à autre, Maître Kwon en ajoutait une. La dernière datait de deux mois. « Ne pas trop manger ».

– Élèves trop gros, avait expliqué le Maître. Trop de nourriture dans la bouche, pas bon pour la tête.

Il avait immigré aux États-Unis vingt ans plus tôt et, depuis, son anglais n'avait cessé de se détériorer. Myron le soupçonnait de cultiver ses maladresses de langage pour préserver son image de vieux sage d'Extrême-Orient.

Win s'arrêta de martyriser son punching-ball.

– À toi, dit-il à Myron. Tu en as plus besoin que moi.

Myron prit la relève et commença par des coups de poing. Dans la lutte *taekwondo*, le jeu de jambes n'est pas tellement différent de celui d'un boxeur. En cas de rixe, celui qui s'amuserait à se tenir sur une patte comme dans les films de Bruce Lee se retrouverait le cul par terre. Myron enchaîna avec les coudes et les genoux. Très utiles, dans le combat rapproché. Au cinéma, on voit les types virevolter et sauter comme de beaux diables pour lancer des coups de tatane à la tête de leur adversaire. En fait, la technique du combat de rue est bien plus simple. Il faut viser l'entrejambe, les rotules, la pomme d'Adam, le nez, les yeux. À la rigueur, le sternum. Le reste, c'est de la frime. Si un mec veut réellement vous faire la peau, vous avez intérêt à oublier la chorégraphie et à parer au plus pressé : vous lui flanquez un coup de genou dans les couilles, un coup de coude dans les jugulaires et lui plantez vos index dans les orbites. C'est ce qui fait l'intérêt des arts martiaux : pas besoin d'être balèze, faut juste être rapide et savoir viser.

Win s'approcha d'un miroir en pied.

– Bon, maintenant nous allons réviser ce que nous avons appris jusqu'à présent, annonça-t-il en imitant le ton d'une institutrice d'école maternelle.

Il se mit à jouer au golf avec un club imaginaire, perfectionnant son swing. Ça lui prenait assez souvent : il adorait s'admirer dans une glace.

– Primo, monsieur le sénateur de Pennsylvanie veut que tu laisses tomber cette affaire. Deuzio, un membre éminent de la Mafia new-yorkaise veut la même chose. Tertio, ton client, Duane Richwood, tombeur de ces dames, semble du même avis que ces deux sommités. Ai-je oublié quelqu'un ?

– Deanna Yeller, dit Myron. Et Helen Van Slyke. Plus Kenneth. Et Pavel Menansi.

Myron réfléchit un instant.

– Voilà, je crois que la liste est complète.

– Non. Y a aussi ce flic. Dimonte.

– Ah oui, j'allais oublier Rolly.

– Donc, conclut Win en saisissant fermement son club virtuel, tu réussis à faire l'unanimité contre toi, comme d'hab.

– On ne peut pas plaire à tout le monde...

– Tu regardes la télé française, à présent ?

Myron haussa les épaules.

– La journée a été longue.

– Pauvre chou !

– Et elle n'est pas finie. S'agit maintenant de réfléchir. Dis-moi pourquoi tout le monde a peur de Valérie. Un sénateur prend la peine de me convoquer pour une rencontre clandestine. Frank Ache m'envoie Aaron. Duane menace de me virer. Pourquoi ?

Win se concentra et réussit un swing stylistiquement parfait. Il plissa les yeux, main en visière, suivant la trajectoire de sa balle imaginaire. Il parut mécontent du résultat. Ah, ces golfeurs !

À cet instant, la porte du *dojang* s'entrouvrit. Wanda risqua un œil à l'intérieur, esquissa un petit signe de la main.

– Salut ! dit Myron.

– Euh... salut.

Il était content de la voir. Enfin une personne qui souhaitait qu'il poursuive son enquête ! Elle portait une robe bain de soleil imprimée qui lui donnait l'air d'une petite fille. Il ne lui manquait qu'un chapeau de paille. À peine maquillée, avec sa peau cuivrée et les petits anneaux d'or qui ornaient ses oreilles, elle était adorable. Jeune, en bonne santé, appétissante. Belle, en un mot.

Un écriteau était accroché à la porte : prière d'enlever vos chaussures. Wanda obéit, ôta ses sandales avant de franchir le seuil.

— Esperanza m'a dit que je vous trouverais ici. Je suis désolée de vous déranger encore une fois en dehors de vos heures de bureau, mais...

— Pas de problème. Vous connaissez mon associé, n'est-ce pas ?

— Oui. dit-elle en se tournant vers Win. Bonjour, monsieur. Excusez-moi de faire irruption ainsi.

Win se fendit d'un salut à peine poli. Wanda, de plus en plus mal à l'aise, s'adressa de nouveau à Myron :

— Est-ce que je pourrais vous parler... en privé ? Ça ne prendra qu'une minute, je vous le promets.

Win savait saisir une allusion, quand il le fallait. Il sortit, non sans se plier en deux en passant sous les deux drapeaux. Wanda, qui ignorait ce rituel, parut surprise.

Après le départ de Win, elle s'avança vers Myron, tout en observant la pièce, comme un acheteur qui visite un appartement sans avoir les moyens de se l'offrir.

— Vous venez souvent ici ? demanda-t-elle.

Myron ne put s'empêcher de sourire : ça

ressemblait tellement à la phrase éculée des dragueurs professionnels. Et elle n'en était même pas consciente !

– Ici, ou dans les autres *dojangs* de Maître Kwon.

– Je croyais que ça s'appelait des *dojos*.

– *Dojo*, c'est japonais. *Dojang* est le mot coréen.

Elle hocha la tête d'un air grave, comme si ce renseignement risquait de changer le cours de sa vie. Puis elle poursuivit son examen des lieux.

– Ça fait longtemps que vous pratiquez les arts martiaux ?

– Disons que je ne suis plus tout à fait un débutant.

– Et Win ?

– Lui, c'est un expert.

– C'est drôle, je ne l'aurais jamais imaginé en train de se battre. Il n'est pas du genre agressif. Sauf quand on regarde ses yeux, peut-être.

Myron avait déjà entendu ça plus d'une fois. Il attendit la suite.

– En fait, je voulais seulement savoir si vous aviez du nouveau.

– Pas grand-chose, hélas.

Espèce d'hypocrite ! Mais il n'allait sûrement pas lui révéler la liaison de Duane avec Valérie.

Elle hocha la tête, visiblement déçue. Elle croisa les mains puis les décroisa, comme pour se donner le courage de continuer. Enfin elle se lança :

– Duane est de plus en plus bizarre.

– Dans quel sens ?

– Eh bien... ça devient de pire en pire. Il est sur les nerfs. Il reçoit sans arrêt des coups de fil et il s'enferme dans l'autre pièce pour répondre. Quand c'est moi qui réponds, l'autre personne raccroche immédiatement. Et puis hier soir, il est parti. Il m'a dit qu'il allait prendre l'air, et il est revenu deux heures plus tard.

– Vous avez une idée ?

– Non. Je n'y comprends rien.

Myron mit du miel dans sa voix et suggéra, du bout des lèvres :

– Se pourrait-il qu'il y ait une autre femme ?

Elle lui lança un regard qui le cloua sur place.

– Je ne suis pas une pute qu'il a ramassée dans la rue.

– Bien sûr. Mais les hommes, vous savez...

– Nous nous aimons, monsieur. Sincèrement.

– Je n'en doute pas une seconde. Mais je connais pas mal de garçons sincèrement amoureux qui font des bêtises.

Pas mal de femmes aussi, pauvre nul ! Ta précieuse Jessica, par exemple. Il y a quatre ans, avec un dénommé Doug. Ça lui faisait encore mal, rien que d'y penser. Et il s'appelait Doug ! Non mais franchement ! Michael, William, Edward... Il aurait pu comprendre, par rapport à « Myron ». Mais *Doug* ? Enfin... Doug, c'était le diminutif de Douglas. Ça sonnait pas terrible mais, au moins, le prénom d'origine n'était pas ridicule. Juste un peu écossais. Tandis que lui... Quand on a la malchance de se prénommer Myron, qu'est-ce qu'on hérite, comme surnom ? Une marque de lessive qui lave plus blanc que blanc. Bon, mais je m'égare, songea Myr.

Choquée, Wanda secouait la tête avec véhémence. Tâchant de convaincre Myron, ou elle-même ?

– On forme un vrai couple, Duane et moi. Je sais bien que j'ai l'air d'une pauvre idiote totalement naïve, mais je vous jure que c'est vrai. J'ai confiance en lui. Je ne peux pas vous expliquer pourquoi.

– Inutile. J'essayais simplement d'envisager toutes les possibilités.

– Duane ne me trompe pas. Je le sais, point barre.

– D'accord.

Elle avait les larmes aux yeux. Elle inspira profondément, se calma et poursuivit :

– La nuit, il ne dort pas. Il marche de long en large. Chaque fois que je lui demande ce qui le tracasse, il me dit que tout va bien. Une fois, je l'ai espionné. Il était au téléphone et j'ai écouté la conversation. En fin de compte, je n'ai rien appris. Je n'ai reconnu que votre nom.

– Mon nom ?

– Oui. Il l'a répété deux fois. Mais le reste, c'était du chinois, pour moi.

Myron fit travailler ses neurones, vitesse grand V.

– Si je faisais mettre votre ligne sur écoute, ça vous ennuierait ?

– Non, pas du tout. Je n'ai rien à cacher.

– Vous êtes sûre ?

– Absolument.

Cette fois, elle éclata en sanglots. Puis se reprit.

– C'est de pire en pire, Myron. Ça ne peut pas durer comme ça, il faut faire quelque chose.

– Je vais y réfléchir.

Elle le serra brièvement dans ses bras. Myron aurait voulu lui caresser les cheveux, trouver les mots susceptibles de la réconforter, d'une manière ou d'une autre. Il resta immobile et inutile, telle une souche pourrie. Elle s'éloigna lentement, tête basse, image même du désarroi.

À peine avait-elle disparu que Win pointa son nez.

– Alors ?

– Je l'aime bien.

– Joli p'tit cul, en effet.

– Arrête, c'est pas ce que je voulais dire ! C'est une brave gosse. Et elle est terrifiée.

– Évidemment ! Son gagne-pain est sur le point de se faire la malle !

Toujours aussi romantique, ce bon vieux Win.

– Non, il ne s'agit pas de ça. Elle l'aime, j'en suis convaincu.

Win mima quelques coups d'archet sur les cordes d'un violon qui n'existait pas. Comment discuter de l'amour vrai avec pareil énergumène ? Un cérébral, carrément handicapé côté sentiments.

– Et alors, qu'est-ce qu'elle voulait, ta greluche ?

Myron lui résuma sa conversation avec Wanda. Tout en écoutant, Win fit le grand écart sur le tatami puis se releva, sans effort apparent. Recommença, une fois, deux fois, de plus en plus vite.

Quand Myron se tut, il s'arrêta. Même pas essoufflé, frais comme une rose.

– Si tu veux mon avis, Duane essaie de cacher autre chose qu'un petit coup de canif dans le contrat.

– Oui. Et c'est bien ça qui m'inquiète.

– Tu veux que je le file ?

– On pourrait se relayer, proposa Myron.

– Non. Il te connaît.

– Il t'a déjà vu, toi aussi.

– Mais moi, je suis l'homme invisible. Plus léger que le vent.

– Tu parles ! Invisible comme un typhon, oui ! Un cyclone, une catastrophe naturelle.

Win fit la grimace.

– Tu marques un point, là. Mais je prends ça pour un compliment.

En vérité, Win aurait pu se nicher dans votre attaché-case ou sous votre oreiller pendant toute une semaine sans éveiller le moindre soupçon. Mister Discrétion en personne.

– Bon, d'accord. Tu commences quand ?

– J'y suis déjà. T'as pas remarqué ?

22

Myron se faisait des paniers sur un terrain de basket improvisé, non loin de l'autoroute. Un petit coin que son père et lui s'étaient approprié, une vingtaine d'années plus tôt. Sauf qu'à l'époque, y avait pas encore d'autoroute. Il n'y avait pas non plus tous ces néons, ni ces relents de poulet, de hamburgers et de frites.

Myron tenta un lancer franc, dribbla, relança. Peu à peu, son taux d'adrénaline grimpa. Il retrouvait la magie des matches d'antan, il croyait entendre les encouragements des supporters, le brouhaha confus émanant des gradins. La sueur lui collait le T-shirt à la peau. Chaque fois qu'il avait un problème, il revenait en cet endroit. Ça l'aidait à réfléchir. Mais, aujourd'hui, la magie ne fonctionna pas. Le vide complet. Encéphalogramme plat. Il n'y avait que ce ballon rouge, l'arceau et le filet. Bouffé par les mites, d'ailleurs. Ou par les hirondelles ? Transformé en nid, patiemment, brin par brin.

– Salut, Myron !

C'était Timmy, son petit voisin. Dix ans et presque toutes ses dents.

– Dégage, môme. Tu me déranges.

Pas impressionné pour deux sous, Timmy rigola et intercepta la balle. Tous deux jouaient à ce petit jeu depuis pas mal de temps. C'était leur secret. La mère de Timmy était intimement convaincue que son fiston importunait Myron. Du coup, il n'était pas censé traîner dans les parages. Comme tous les gamins du monde, Timmy adorait désobéir. Donc, chaque fois que Myron se pointait, le môme était là, fan-club à lui tout seul.

Ils jouèrent comme des pros. Le gosse était aux anges. Ensuite, ils parlèrent, de tous ces trucs inventés par les grandes personnes pour pourrir la vie des petits garçons. D'autres vinrent les rejoindre. Le fils Daley. Puis la fille unique des Cohen. Et d'autres encore. Bientôt, les vélos multicolores s'amoncelèrent contre la barrière. Ils commencèrent un match. Un vrai, dans les règles, et tout et tout. Myron fut nommé arbitre, à l'unanimité. Mais personne ne fit très attention au score, et surtout pas Myron. Ce fut une franche partie de rigolade. Quelques pères se joignirent au groupe. Arny Stollman. Fred Dempsey...

Il était pratiquement dix heures du soir quand les mères battirent le rappel pour récupérer leur progéniture et, accessoirement, leurs conjoints. « Allez, salut, bye, à la prochaine ! » Les juniors, excités comme des puces, brûlaient d'envie de raconter leurs exploits, mais : « Tu vas te laver les mains et tu viens dîner. Et toi, Jack, quel exemple ! T'as vu l'heure qu'il est ? »

La trêve de l'été et de l'école. Époque bénie. Authentique bouffée d'innocence. Les enfants étaient censés être différents, de nos jours. Entourés de flingues, de drogues, sans compter le spectre du sida. N'empêche, une soirée d'été dans un faubourg de la classe moyenne (le mot « banlieue » étant tabou, désormais), et l'espoir pouvait renaître. Les pères avaient dialogué avec leurs fils, et vice versa, dans un endroit où des gens comme Aaron ou les frères Ache n'avaient aucun pouvoir. Un lieu où aucune jeune femme ne se ferait tuer. Valérie aurait adoré cette soirée, songea Myron.

Il venait à peine de pénétrer dans le couloir de la maison familiale que sa mère lui tendit le téléphone.

– C'est pour toi, mon grand.

– Qui est-ce ?

– Jessica.

Voix crispée, grimace ostensible.

– Je la prends en bas, dit-il en se précipitant vers le sous-sol où il avait établi ses quartiers.

Mme Bolitar ne protesta pas. Elle connaissait son fils, mieux que si elle l'avait fait.

Il ferma la porte derrière lui, se rua sur le téléphone, entendit sa mère qui raccrochait.

– Jess, c'est toi ?

– Je suis bien chez « Étalons & Co » ?

Comme toujours, le simple son de sa voix le fit chavirer.

– Absolument. Que puis-je pour vous, madame ?

– Je cherche un homme digne de ce nom.

– Vous avez frappé à la bonne adresse, chère petite madame. Nous avons tout ce qu'il faut pour vous satisfaire. Vous avez des préférences ?

– Je les aime bien montés. Mais je vous fais confiance.

– Vous ne serez pas déçue.

Il y avait pas mal de bruit, en arrière-plan.

– Je suis tombée sur ta mère, dit-elle. Où étais-tu passé ?

– Je jouais au basket avec Timmy et ses potes.

– Désolée. Je te dérange ?

– Pas du tout. Le match était fini.

– Ta mère était plutôt glaciale, au bout du fil.

– Oui, ça lui arrive. Faut pas faire attention.

– Je ne comprends pas. Autrefois, elle m'aimait bien.

– Elle t'aime toujours.

– Et Esperanza ?

– Esperanza n'a jamais pu te sentir. C'est pas nouveau.

– Ah oui, c'est vrai. J'avais oublié.

– T'es toujours à l'hôtel de Grande-Bretagne ? Chambre 207 ?

– Quoi ? Tu m'espionnes ?

– Non ! Bien sûr que non !

– Alors comment sais-tu que...

– C'est une longue histoire, l'interrompit Myron. Je te raconterai, quand tu seras de retour. À propos, d'où m'appelles-tu ?

– De JFK. On vient juste d'atterrir.

Myron sentit son cœur s'accélérer, dangereusement.

– Ici ? En Amérique ? À New York ?

– En principe, oui, sauf si l'avion a été détourné sans que je m'en aperçoive. Tu... euh, tu es libre ? Tu me retrouves chez moi ?

– Je suis déjà en route !

– Tâche de porter un truc facile à enlever, dit-elle. Je t'attendrai dans la baignoire, avec plein d'huiles exotiques que j'ai rapportées de là-bas.

– J'arrive !

Petit silence, puis Jessica ajouta :

– Je t'aime, tu sais. Je sais que je ne suis pas facile à vivre mais je t'aime.

– Laisse béton. Et ces huiles, c'est quoi ? Allez, dis-moi tout !

Elle rit, de bon cœur.

– Allez, viens vite ! Je t'attends.

Il raccrocha, se déshabilla en un clin d'œil et fonça sous la douche. Froide. Il sifflotait *Tonight*, de *West Side Story*, et il avait dix-huit ans, et les yeux de Tony pour Maria. Enroulé dans une serviette-éponge, il passa en revue sa maigre garde-robe. Un truc facile à enlever. Bingo. Une chemise à boutons-pression. Et un jean à rivets. Rien de pire que les fermetures Eclair qui se coincent... Un petit pschitt d'eau de Cologne. Myron détestait ça mais Jessica aimait bien. Il était fin prêt lorsqu'il entendit la sonnette.

— C'est pour moi ! hurla-t-il en grimpant les marches quatre à quatre.

Il ouvrit la porte, le cœur battant. Deux policiers en uniforme l'attendaient, raides comme des piquets.

— Vous êtes bien Myron Bolitar ? s'enquit le plus grand des deux.

— Oui, pourquoi ?

— L'inspecteur Roland Dimonte désire vous parler. Veuillez nous suivre, je vous prie.

— Mais où ça ?

— À la Brigade des homicides.

— Ah oui, et pourquoi ?

— Roger Quincy a été arrêté. Il est suspecté du meurtre de Valérie Simpson.

— Et alors ?

Cette fois, ce fut le plus petit qui prit la parole :

— Monsieur Bolitar, connaissez-vous Roger Quincy ?

C'est curieux, se dit Myron. Chez les mafieux comme chez les flics, on cultive le contraste. Blanc et noir, gros et mince, grand et petit, ça marche par paires dépareillées, apparemment. À une exception près : con et con, ça fait toujours recette.

— Non, dit-il.

— Vous ne l'avez jamais rencontré ?

— Pas que je sache.

Les leçons de Win avaient porté leurs fruits,

mine de rien. *Pas que je sache,* c'est mieux que *non.* Plus juridique.

Les officiers de police échangèrent un regard.

– Vous allez devoir nous suivre, dit le plus grand.

– Mais pourquoi ?

– Parce que M. Quincy refuse de faire la moindre déclaration avant d'en avoir discuté avec vous.

23

Myron appela Jessica et lui laissa un message pour la prévenir qu'il risquait d'être un peu en retard.

Quand ils arrivèrent au poste de police, Dimonte se leva pour accueillir Myron. Il mâchait un chewing-gum – ou peut-être du tabac à chiquer, vu la couleur de ses dents. Il avait changé de bottes. Toujours des santiags, toujours en peau de serpent, toujours aussi hideuses. Mais celles-là étaient jaune vif, avec des motifs bleus.

– Ravi que vous ayez pu venir, dit-il.

Myron pointa l'index sur les boots bicolores :

– Salut, Rolly ! Félicitations ! Vous avez réussi à vous faire engager chez les pompom girls ?

Dimonte rit. Plutôt mauvais signe.

– Ah, toujours très drôle, ce bon vieux Bolitar ! Oui, vous avez raison, profitez-en, ça ne va pas durer. Bon, allez, suivez-moi.

Il entraîna Myron le long d'un couloir où s'ennuyaient quelques flics, un gobelet de café à la main, appuyés contre le mur ou le distributeur de boissons.

– Pas de journalistes ? s'étonna Myron.

– Ils ne savent pas encore que Quincy a été arrêté. Mais l'info va filtrer d'ici peu.

– Vous allez l'annoncer officiellement ?

– Le public a le droit de savoir, jubila Dimonte.

– Si vous le dites.

– Et vous, Bolitar ? Vous allez vous décider à cracher le morceau ?

– Quel morceau ?

Dimonte haussa les épaules, très cool :

– C'est vous qui voyez.

– Rolly, je ne connais pas ce garçon.

– Ah bon ? Et je suppose qu'il a trouvé votre nom dans les pages jaunes ?

Myron ne répondit pas. Inutile d'argumenter, à ce stade.

Dimonte ouvrit la porte d'une petite pièce assez sordide où se trouvaient déjà deux flics, cravate dénouée, manches relevées. Ils avaient déjà dû travailler Quincy au corps, mais ce dernier n'était pas amoché, ni trop agité. Dans les séries télé, les prisonniers sont affublés de combinaisons grises ou rayées. En réalité, on leur offre de l'orange fluo. Pour mieux les voir, des fois qu'il leur prendrait l'envie de se faire la malle.

Les yeux de Roger Quincy s'éclairèrent quand il aperçut Myron. Il était jeune – la trentaine, mais on lui aurait donné vingt-cinq ans à tout casser. Mince, les traits fins, d'une beauté presque féminine, il ressemblait à un danseur étoile. Assis sur sa chaise, il fit un geste vers Myron. Il avait des mains d'artiste.

– Merci d'être venu, Myron.

Dimonte sourit, visiblement ravi.

– Et vous ne le connaissez pas, hein ?

Puis, se tournant vers ses deux subalternes :

– Allez, les gars, on va laisser quelques moments d'intimité à nos deux tourtereaux.

Après leur départ, Myron s'assit en face du détenu.

– On est censés se connaître ?

– Non. Je m'appelle Roger Quincy.

Myron serra la main que lui tendait le prisonnier, eut peur de l'avoir écrasée : on aurait dit un oisillon tombé du nid.

– Qui vous a donné mon nom ?

– Je suis un fan, dit Quincy. Oui, je sais, j'ai pas franchement le profil, mais les athlètes m'ont toujours passionné. Au début, c'était le basket. Maintenant, c'est le tennis. Vous-même, vous y jouez ?

– Un peu.

– Moi je ne suis pas très doué mais j'essaie.

Son regard s'illumina, de nouveau.

– C'est un sport fantastique. De la danse acrobatique. Une balle de la taille d'une orange se rue vers vous à une vitesse in-croyable, et vous devez vous déplacer et la renvoyer. Tout anticiper, au quart de seconde près. Mais qu'est-ce que je raconte? Au millième de seconde près. Il faut prévoir l'endroit où elle va atterrir, l'angle de rebond, savoir si c'est un amorti, calculer la distance entre votre main et le centre du tamis. Choisir entre un coup droit ou un revers, monter au filet ou rester au fond du court. Extraordinaire, non?

Complètement fêlé, se dit Myron.

– Euh, Roger... Vous n'avez pas répondu à ma question. Comment avez-vous obtenu mon nom?

– Désolé, dit Quincy, avec un sourire désarmant de candeur. J'ai parfois tendance à m'emballer. On me le reproche souvent. Mais je préfère être comme je suis, plutôt qu'un légume affalé devant la télé. Je vous ai dit que j'étais aussi un fan de basket?

– Euh...

– C'est comme ça que je vous ai connu. Je vous ai vu jouer quand vous étiez capitaine, à l'université de Duke.

– Je suis très flatté, Roger. Mais pourquoi avez-vous dit à la police que vous vouliez me voir?

– Il fallait que je vous parle.

– Pourquoi?

– Ils pensent que j'ai tué Valérie.

– Et c'est faux?

Quincy en resta bouche bée.

– Mais pour qui me prenez-vous?

Myron haussa les épaules.

– Pour le genre de mec qui harcèle les jeunes femmes. Qui a suivi Valérie Simpson. L'a appelée nuit et jour au téléphone, lui a envoyé de longues lettres, l'a terrorisée.

Il eut un geste de la main, très aérien.

– Non, vous exagérez. Je lui ai fait la cour, c'est vrai. Parce que je l'aimais. Je ne voulais que son bonheur. J'étais le chevalier servant dont elle avait besoin.

– Mais elle vous a envoyé sur les roses.

Il éclata de rire :

– Elle m'a rejeté, bien sûr. Et alors ? Je ne suis pas le premier à essuyer un échec auprès d'une fille belle comme le jour. Sauf que moi, je ne renonce pas. Je lui ai envoyé des fleurs, et des lettres d'amour. Je l'ai suppliée de me donner une seconde chance. J'ai tenté différentes tactiques. Est-ce que vous lisez des romans d'amour parfois ?

– Pas vraiment.

– Vous avez tort. Le héros et l'héroïne se détestent, au début. Tout les sépare : la guerre, les pirates, la fracture sociale. Mais au fond d'eux-mêmes, ils savent qu'ils sont faits l'un pour l'autre. C'était comme ça, entre Valérie et moi. Tôt ou tard, elle aurait compris qu'elle m'était destinée. Elle...

– Hum... l'interrompit Myron. Vous ne m'avez toujours pas dit pourquoi vous vouliez me parler.

– Parce que je pensais que vous seul pourriez me défendre face à la police.

– Et que pourrais-je leur dire ?

– Que je n'ai pas tué Valérie. Elle se sentait menacée.

– Par qui ?

– Ben justement, je croyais que vous le saviez.

– Qu'est-ce qui vous fait croire une chose pareille ?

– C'est elle qui me l'a dit. Juste avant sa mort.

– Que vous a-t-elle dit exactement ?

– Qu'elle avait peur.

– Peur de quoi ?

– Je n'en sais rien. Mais justement, je croyais que vous, vous étiez au courant.

Myron leva la main.

– Hé, oh ! On se calme, d'accord ? D'abord, tu vas tout me raconter, depuis le début. Tu es allé à l'US Open.

– Oui.

– Pourquoi ?

– J'y vais tous les ans. Je suis un fan. J'adore regarder les joueurs. J'adore l'ambiance, j'adore...

– Oui, bon, je crois qu'on a déjà discuté de cet aspect des choses, Roger. Donc, tu y es allé en tant que supporter. Rien à voir avec Valérie ? Tu ne l'as pas suivie jusque sur le court ?

– Bien sûr que non ! Je ne savais même pas qu'elle jouait.

– Parfait. Et alors, que s'est-il passé ?

– J'étais assis sur les gradins et je regardais Duane Richwood qui massacrait Ivan Restovich. C'était super. J'veux dire, j'ai jamais vu un match pareil. Mais qu'est-ce que je raconte ? Vous l'avez vu, évidemment ! Vous êtes l'agent de Duane, n'est-ce pas ?

– Oui.

– Oh, soyez sympa ! Vous pourriez m'obtenir un autographe ?

– Sans problème.

– Pas ce soir, bien sûr. Mais demain ? Ça serait possible ?

Pauvre garçon.

– Je ferai ce que je pourrai, Roger. En attendant, si on en revenait à Valérie ? Tu regardais le match de Duane...

– Exact.

Soudain, il devint très sérieux.

– Si seulement j'avais su que vous étiez l'agent de Duane Richwood ! Peut-être que tout se serait bien passé. Peut-être que Valérie serait encore en vie, et moi j'aurais été son héros, son sauveur, et enfin elle aurait avoué ses vrais sentiments. Elle m'aurait fait une place dans sa vie, et m'aurait laissé la protéger pour toujours.

Une telle candeur, c'était désespérant.

– Et ensuite ?

– Le match était pratiquement fini, alors j'ai consulté mon programme. Arantxa Sanchez-Vicario n'allait pas tarder à entrer sur le court 16, alors j'ai décidé d'y aller pour être sûr d'avoir une bonne place. Arantxa est une merveilleuse joueuse. Ses frères Émilio et Javier sont des pros eux aussi, mais ils n'ont pas son courage.

– Donc tu as quitté les gradins.

– Oui. J'avais encore quelques minutes devant moi, alors j'ai décidé d'aller voir le tableau près de l'entrée, là où ils affichent tous les résultats. Steffi avait gagné, Michael

Chang commençait un cinquième set. J'ai vérifié où en étaient les scores, côté doubles messieurs. Ken Flach et... Non, c'était plutôt... J'ai oublié.

– Ce n'est pas grave, Roger.

– Quoi qu'il en soit, c'est à ce moment-là que j'ai aperçu Valérie.

– Où ?

– Près de la grille. Le gardien ne voulait pas la laisser entrer parce qu'elle n'avait pas de billet. Chaque année c'est pareil, faut se lever à l'aube et faire la queue pendant des heures pour acheter un billet six mois à l'avance. N'empêche, là, ça m'a dépouillé. Le gardien ne voulait pas laisser entrer Valérie Simpson ! Il ne l'a même pas reconnue. Alors, naturellement, j'ai volé à son secours.

– Oui, naturellement. Et qu'as-tu fait ?

– J'ai demandé à un autre gardien de filer un coup de tampon sur ma main – pour pouvoir sortir et rerentrer, vous comprenez. C'est comme dans les boîtes de nuit. Et puis je suis arrivé derrière elle et lui ai donné une petite tape sur l'épaule. Quand elle s'est retournée, je n'en ai pas cru mes yeux.

– Pourquoi ?

– Je connais Valérie Simpson, et personne ne vous dira le contraire. J'ai assisté à chacun de ses matches, je l'ai vue s'entraîner avec son imbécile de coach. Je l'ai observée dans la rue, sur les courts, et même dans son jardin. Je l'ai vue heureuse ou triste, en pleine forme ou fatiguée, triomphante ou déçue. J'ai suivi ses progrès saison après saison, depuis ses débuts, quand elle n'était encore qu'une adolescente pleine d'enthousiasme. Ensuite elle est devenue cette superbe athlète, cette battante que tout le monde admirait. Pour finalement perdre son désir de vaincre et se transformer en une beauté sans vie. Mon cœur s'est serré tant de fois pour elle, vous ne pouvez savoir. Mais jamais, jamais je ne l'avais vue dans un tel état.

– C'est-à-dire ?

– Elle était morte de peur. Littéralement terrifiée.

Tu m'étonnes ! songea Myron. Un fêlé se pointe par surprise et lui tape sur l'épaule ! De quoi flipper, non ?

– Elle t'a reconnu ?

– Bien sûr.

– Et comment a-t-elle réagi ?

– Elle m'a supplié de l'aider.

Myron leva un sourcil sceptique – mimique qu'il avait apprise de Win.

– C'est vrai, je vous le jure, insista Roger. Elle m'a dit qu'elle était en danger. Elle voulait entrer parce qu'il fallait absolument qu'elle vous voie.

– Elle a réellement mentionné mon nom ?

– Oui. Elle était aux abois, je vous dis. Elle essayait de discuter avec le gardien mais il ne voulait rien entendre. Alors j'ai eu une idée.

– Laquelle ?

– Le marché noir. Y a toujours des douzaines de revendeurs à la sauvette devant l'entrée. J'en ai trouvé un sans problème. Un Noir d'un certain âge, plutôt sympathique. Il voulait cent cinquante dollars. Je lui ai dit que c'était beaucoup trop. Faut toujours marchander, avec ces gars-là. Ça fait partie du jeu. Mais Valérie était pressée, elle a accepté sans discuter. C'était elle tout craché, impulsive, aucun sens des affaires. Si on s'était mariés, j'aurais dû gérer l'argent du ménage.

– Revenons à nos moutons, Roger. Après que tu as acheté le billet, que s'est-il passé ?

Son expression devint rêveuse, comme s'il entrevoyait le paradis.

– Elle m'a remercié, du fond du cœur. C'était la première fois qu'elle s'ouvrait à moi. Alors j'ai su que ma patience avait porté ses fruits. Après tout ce temps, j'avais enfin réussi à percer sa carapace. Durant des années j'avais tenté d'exister à ses yeux, de lui prouver ma dévotion. Et, au moment où j'étais prêt à renoncer, boom ! L'amour m'est tombé dessus, comme un cadeau du ciel.

Hypertrophie de l'ego ? Valérie était morte et lui était toujours sur son petit nuage, ne pensant qu'à lui-même et à son bonheur imaginaire.

– Ensuite, qu'a-t-elle fait ?

– Je l'ai escortée à l'intérieur de l'enceinte. Elle m'a demandé si je savais à quoi vous ressembliez. J'ai dit : « Myron Bolitar, le champion de basket ? » « Oui, qu'elle a répondu. Il faut que je lui parle. C'est une question de vie ou de mort. »

Roger Quincy se pencha vers Myron, baissa la voix :

– Vous voyez ce que je veux dire ? Si j'avais su que vous étiez l'agent de Duane, j'aurais pu la conduire jusqu'à vous, et tout aurait été différent. Elle m'aurait considéré comme son héros, et on aurait été heureux. Tout aurait été parfait.

— Mais au lieu de cela ?

— On s'est séparés. Elle m'a demandé de vous chercher sur les courts extérieurs tandis qu'elle explorait les courts centraux. On a décidé de faire le point tous les quarts d'heure devant le stand Perrier. Je me suis mis en route, vous cherchant partout. Pour moi c'était vital, vous comprenez ? Si je vous retrouvais, je méritais son amour.

— Oui, Roger, je comprends.

Bigre, ce bon vieux Rolly avait dû prendre son pied en interrogeant un mec aussi déjanté !

— Et ensuite ?

— J'ai entendu un coup de feu. Puis des gens qui criaient. J'ai rebroussé chemin vers l'endroit où j'avais quitté Valérie. Quand je suis arrivé, il y avait déjà tout un attroupement. Elle était étendue sur le sol et je vous ai vu courir vers elle. Vous vous êtes penché, vous l'avez prise dans vos bras. Elle ne bougeait pas. À ce moment-là j'ai compris que mon rêve, ma vie, mon bonheur venaient de mourir. Et j'ai su aussi ce que penserait la police. Ils avaient toujours été contre moi. Bon sang, ils étaient prêts à m'arrêter parce que je lui envoyais des fleurs ! Alors de là à penser que je l'avais tuée... Personne n'a jamais pu imaginer le lien qui nous unissait, Valérie et moi. Notre amour était trop pur.

— Alors tu as pris la fuite.

– Oui. Je suis rentré chez moi et j'ai préparé mon sac. Puis j'ai retiré le maximum de liquide avec ma carte de crédit. J'avais vu une émission à la télé : les flics vous suivent à la trace en fonction de vos retraits avec la carte bleue. Donc, j'ai pris tout le cash que je pouvais. Futé, non ?

– Ingénieux, admit Myron.

Mais quelque part il se sentait responsable. Valérie Simpson n'avait trouvé personne pour l'aider, à part ce pauvre débile de Roger Quincy. Elle était seule, désespérément seule. Face au danger, elle s'était tournée vers quelqu'un dont elle ne connaissait que le nom : Myron Bolitar. Lequel lui avait posé un lapin. Moyennant quoi elle était morte. Jamais Myron ne s'était senti aussi moche. Impuissant. Nul. Inutile. Et terriblement coupable.

– Après, poursuivit Roger, je me suis réfugié dans des motels, sous un faux nom. Mais quelqu'un a dû me reconnaître. Bon, vous êtes au courant de la suite. Quand ils m'ont arrêté, j'ai demandé à vous voir. Je croyais que vous pourriez leur expliquer ce qui s'était réellement passé.

Quincy se pencha et lui chuchota à l'oreille :

– Cet inspecteur, Dimonte, il a de drôles de manières, vous savez ? Est-ce qu'il avait le droit de me frapper comme il l'a fait ? Notez, c'était juste des coups de pied bien placés. Ça ne se voit pas.

– Hum...

– C'est drôle, la seule fois où il a souri, c'est quand j'ai mentionné votre nom.

– Ah bon ?

– Oui, je lui ai dit qu'on était potes, vous et moi. J'aurais pas dû ?

– Mais non, Roger, te bile pas. C'est pas grave.

24

Myron était assis en face de Dimonte – toujours flanqué du fidèle Krinsky –, dans une autre petite salle d'interrogatoire, aussi sordide que la précédente. Dimonte était hilare.

– Mon cher Bolitar, comme vous le savez, vous avez le droit de faire appel à votre avocat. Sinon vous en aurez un commis d'office, et blablabla, vous connaissez la chanson, je vous en fais grâce.

– Mon cher Rolly, vous êtes resplendissant. Vous avez trouvé une nouvelle crème hydratante ? Quelle marque ? Soyez sympa, dites-moi votre secret !

– J'en déduis que vous déclinez mon offre, fit Dimonte, plus souriant que jamais. Pas d'avocat, hein ?

– Je ne vois pas pourquoi j'en aurais besoin.

Je peux savoir ce qu'on me reproche ? Vous m'arrêtez ?

– Bien sûr que non ! Enfin, pas pour l'instant. Asseyez-vous. Désirez-vous une boisson ? Café, soda ?

– Si vous aviez une petite vodka, ce ne serait pas de refus.

Coup d'œil de Dimonte à Krinsky. Aussitôt dit, aussitôt fait. Les petits verres arrivèrent sur la table basse, parfaitement givrés.

– Bon, maintenant, Myron, dites-moi pourquoi Roger Quincy a fait appel à vous ?

– Il avait des choses à me dire.

Dimonte sourit, une fois de plus. Très patient, le mec.

– Oui, mais pourquoi vous ?

– Je crains de ne pouvoir vous répondre.

– Vous ne pouvez pas, ou vous ne voulez pas ?

– Je ne peux pas.

– Et pourquoi ?

– Secret professionnel. Simple question de déontologie.

– Déontologie quoi ? C'est quoi encore, cette arnaque ?

– Oui, bon, laisse béton.

– Ah, c'est comme ça ?

– Comme quoi ?

– Vous êtes suspect, Bolitar. Je dirais même, notre suspect numéro Un.

– Vraiment ? Je croyais que je partageais cet honneur avec Roger Quincy.

– J'y vois plus clair, maintenant. Lui, c'est le bouc émissaire. Il est franchement trop bête pour avoir mis sur pied cette histoire. Vous voulez savoir ce que je pense ? C'est vous le cerveau, et vous avez utilisé ce pauvre Quincy pour faire le sale boulot à votre place.

– Oui, ça se tient. Mais quel aurait été mon mobile ?

– Valérie Simpson avait une liaison avec Duane Richwood. C'est pourquoi son numéro de téléphone figurait sur son agenda. Une Blanche avec un Noir. À votre avis, comment auraient réagi les sponsors ?

– Les temps changent, Rolly. Il y a même eu un mariage mixte au sein de la Cour suprême, récemment. Des gens très bien.

Dimonte posa l'une de ses bottes en peau de serpent sur une chaise et son autre jambe sur ladite botte. Très shérif du Sud dans les années 50.

– Les temps ont peut-être changé, Bolitar, mais pas les sponsors, ni les mentalités. On n'aime toujours pas voir ces connards de Blacks se payer nos femmes et nos filles. C'est pas politiquement correct, et même pire que ça. Contre nature. Faut voir les choses en face : Duane Richwood a beau savoir se servir d'une raquette, c'est assez nouveau, pour un mec dont le grand-père récoltait du coton et l'arrière-grand-père grimpait dans les arbres. Et voilà qu'il s'offre de la viande blanche. Belle petite poulette, Valérie Simpson. Sauf qu'on sait qu'elle a des ratés côté neurones : son ascenseur ne s'arrête pas à tous les étages. Bref, elle est carrément fêlée, au point d'avoir son abonnement en HP. Et d'un seul coup, elle s'aperçoit qu'elle a fait une connerie en sortant avec Duane. Alors elle l'appelle, comme c'est marqué dans son petit calepin, et elle le menace de tout raconter à la presse. Il panique. Comme hier, quand je suis allé le voir. Alors qu'est-ce qu'il fait ? Il vous appelle, évidemment. Et c'est là que vous mettez au point votre petit numéro de duettistes.

– Bien vu, dit Myron. Sauf que ça ne tiendrait pas la route, devant des jurés.

– Quoi ? Le pognon, c'est pas un mobile suffisant, peut-être ?

– Autant plaider coupable dès maintenant.

Krinsky revint, les mains vides. Pas de vodka.

– D'accord, gros malin, poursuivit Dimonte. Si tu veux jouer au con... Pour commencer, tu vas me dire pourquoi Quincy a fait appel à toi.

– Vous pouvez toujours rêver.

– Pourquoi ?

– Parce que vous m'avez fait de la peine. Et puis je n'aime pas qu'on me tutoie.

– Ça suffit, Bolitar. Je vais vous mettre en garde à vue avec une vingtaine de psychopathes et leur dire que vous êtes un violeur d'enfants.

Il se tourna vers son fidèle assistant et sourit :

– Je parie qu'il aimerait ça, n'est-ce pas, Krinsky ?

– Pour sûr, acquiesça l'autre, imitant à la perfection le rictus de son patron.

279

– Bon, dit Myron, c'est là que je vous dis que « vraiment, je ne comprends pas ». Alors vous m'expliquez qu'un joli petit lot comme moi aurait un succès fou parmi les taulards. Affolé, je vous supplie : « Non, vous n'allez tout de même pas me faire ça ! » Vous me répondez de ne pas me biler, que je n'aurai qu'à éviter de me baisser dans les douches pour ramasser la savonnette. Et comme vous trouvez tous les deux très drôle cette blague éculée, vous vous esclaffez bruyamment.

– Mais c'est quoi, ce délire ?

– Cessez de me faire perdre mon temps, Rolly.

– Ah, parce que vous me croyez incapable de vous envoyer au trou ?

– Je sais très bien que vous ne le ferez pas. Sinon, il y a longtemps que vous m'auriez passé les menottes.

Myron se leva. Dimonte lui barra le chemin.

– Et vous pensez aller où, comme ça ?

– Écoutez, ou vous m'arrêtez, ou vous me lâchez les baskets. J'ai des choses à faire et des gens à voir.

– Je sais que vous n'avez pas les cuisses propres, Bolitar. Ce débile ne vous a pas fait venir par hasard : il était convaincu que vous pouviez lui sauver la mise. C'est pour ça que vous avez fourré votre sale petit nez de fouine dans cette affaire. Soi-disant pour mener votre propre enquête. En fait, vous vouliez savoir où nous en étions.

– On ne peut rien vous cacher, Rolly.

– Ne vous réjouissez pas trop vite ! On va le

bichonner, votre protégé. On va tellement bien s'occuper de lui qu'il finira par cracher le morceau. Et là, vous ferez moins le mariolle, croyez-moi.

– Désolé de vous décevoir, mais je suis son avocat et, en tant que tel, j'interdis qu'on interroge mon client hors de ma présence.

– Vous ne pouvez pas le représenter, Bolitar. Le conflit d'intérêts, ça vous dit quelque chose ?

– Jusqu'à ce que je lui trouve un autre défendeur, je demeure son avocat, que ça vous plaise ou non.

Myron ouvrit la porte et sortit. Dans le couloir, il eut la surprise de tomber sur Esperanza. Les flics semblaient aussi étonnés que lui – voire davantage. Tous la dévoraient des yeux, à la fois fascinés et méfiants. Peut-être pensaient-ils qu'elle dissimulait une carabine sous son jean moulant. Oui, ça devait être ça.

– Win a appelé, dit-elle. Il vous cherche partout.

– Qu'est-ce qui se passe ?

– Il a suivi Duane. Et y a un truc qu'il voudrait vous montrer.

– Qu'est-ce qu'il a encore inventé ?

25

Esperanza et Myron hélèrent un taxi jaune qui les conduisit au Chelsea Hotel, sur la 23e, entre la Septième Avenue et la Huitième. Il régnait dans l'habitacle un parfum de bordel turc – un progrès par rapport à la plupart des véhicules de cette compagnie.

– Win sera assis dans un fauteuil rouge près des téléphones, dit Esperanza. C'est juste à droite de la réception. Normalement, il est censé lire un journal. Sinon, ça veut dire que la voie n'est pas libre. Dans ce cas, vous l'ignorez et ressortez illico. Il vous retrouvera au club de billard.

– Win a vraiment dit ça ?

– Texto.

– Y compris à propos de la voie « pas libre » ?

– Oui. Mot pour mot.

Myron secoua la tête, redoutant le pire.

– Vous venez avec moi, Esperanza ?

– Malheureusement, je ne peux pas. Je dois réviser, j'ai un partiel demain.

– Merci d'être venue me chercher, en tout cas. Et surtout d'avoir trouvé où j'étais !

– De rien.

Win était installé à l'endroit convenu, apparemment plongé dans les pages du *Wall Street Journal*. Donc, la voie était libre. Il n'avait rien d'inhabituel, à part le fait qu'il arborait une perruque noire – qui ne lui allait pas mal, d'ailleurs. Myron prit place à côté de lui et murmura :

– Le lapin blanc devient jaune quand le chien noir lui pisse dessus. Proverbe perse.

Win poursuivit sa lecture.

– Tu m'avais dit de te faire signe si Duane se comportait bizarrement.

– Exact.

– Il est arrivé ici il y a environ deux heures. Il a pris l'ascenseur jusqu'au troisième et a frappé à la porte de la chambre 322. C'est une femme qui a ouvert. Ils se sont étreints, rapidement, il est entré et a refermé la porte derrière lui.

– J'aime pas ça, dit Myron.

Win tourna la page de son journal, sans enthousiasme.

– Tu as reconnu la femme ? demanda Myron.

– Non. Noire. Grande et mince. J'ai pris la liberté de réserver la chambre 323. Vue directe sur la porte de la 322.

Myron songea à Jessica qui l'attendait dans un bain moussant parfumé aux huiles essentielles et exotiques. Quel gâchis !

– Je m'y colle, si tu veux, proposa Win.

– Non, je m'en occupe.

– O.K., conclut Win en lui filant discrètement la clé de la chambre. Alors on se voit demain, pour le match. Si ton poulain n'est pas trop épuisé...

Dédaignant l'ascenseur, Myron grimpa les trois étages à pied. Personne sur le palier. Il se faufila dans la chambre 323. Win, comme d'habitude, avait vu juste : par le trou de la serrure, on pouvait surveiller le client d'en face. Il n'y avait plus qu'à attendre.

Mais attendre quoi ?

Franchement, qu'est-ce qu'il foutait là, alors que la plus belle fille du monde se languissait de lui à l'autre bout de la ville, nue dans sa baignoire ? Cette pensée le fit frémir de frustration et de fureur.

Qu'espérait-il découvrir, en jouant ainsi les voyeurs ? Duane s'était expliqué, quant à sa relation avec Valérie Simpson. Ils avaient été amants, brièvement. Et alors ? Quoi d'étonnant ? Ils étaient tous les deux jeunes et beaux, partageaient la même passion pour le tennis. Pourquoi en faire toute une histoire ? Problème de couleur ? Non, ça ne choquait plus personne, de nos jours. On n'était plus dans les années soixante, tout de même ! Encore que... allez faire comprendre ça à des flics comme Dimonte...

Donc, se dit Myron, qu'est-ce que je fais là,

dans une chambre d'hôtel, en train d'espionner l'un de mes clients ? Et pas des moindres, bon sang ! De quel droit je fourre mon nez dans sa vie privée ? Je ne suis ni son ange gardien, ni son psy, ni son assistante sociale. Je suis son agent, se répéta-t-il. Mon job consiste à défendre ses intérêts financiers et sportifs, pas à veiller sur sa vie sexuelle.

D'un autre côté, la place d'un futur champion n'est pas dans un hôtel avec une poule de luxe la veille du match le plus important de sa carrière. Les quarts de finale de l'US Open, c'est pas rien, tout de même ! Un duel suivi en direct par des millions de téléspectateurs, rediffusé dans tout le pays et même dans le monde entier. Sans compter le lancement de la campagne pour Nike. Non, Duane était plus intelligent que ça. Décidément, il y avait quelque chose qui clochait.

Ce garçon avait toujours été un mystère pour Myron. En fait, que savait-on de son passé ? Tout jeune, il avait fugué et vécu dans la rue. C'est du moins ce qu'il avait prétendu, mais était-ce aussi simple ? Pourquoi s'était-il enfui loin de sa famille ? Avait-il encore quelque part un père, une mère, des frères, des sœurs ? Myron s'était fait le cinéma classique : père alcoolique, mère prostituée, alcoolisme, drogue, pauvreté. Le pauvre môme livré à lui-même, qui s'en sort par miracle grâce au sport. Il devait trop regarder les reportages à la télé. Duane avait l'air d'un gentil garçon, intelligent, poli, sérieux, mais ce n'était peut-être qu'une façade. Le jeune homme que connaissait Myron n'aurait jamais choisi de tirer un coup dans un hôtel la veille d'un match aussi important. Ce qui le ramenait à la question initiale : de quoi je me mêle ?

Myron était l'agent de Duane, point barre. Le môme avait du talent à revendre, un sens inné de la tactique sur un court. Il était beau gosse et pouvait se faire un paquet de fric avec les pubs. Que demander de plus ? Myron s'était trop attaché à son poulain, il n'était plus objectif. Il avait une agence à faire tourner, des impôts à payer. Or espionner son meilleur client comme il le faisait actuellement était contraire à la déontologie du business. Encore cette foutue déontologie !

Il décida de partir. Il n'avait qu'une envie : retrouver Jessica et lui parler de ce cas de conscience. Elle était toujours de bon conseil. Allez, encore dix minutes et ensuite il laisserait Duane vivre sa vie.

Deux minutes suffirent : la porte de la chambre 322 s'ouvrit et Duane apparut sur le seuil. De dos. Une femme noua ses bras autour de son cou et l'attira vers elle. Myron ne pouvait voir leurs visages mais l'attitude du couple était éloquente. Myron songea à Wanda, si sûre de son petit ami, refusant obstinément l'éventualité d'une trahison. Nul autre que lui ne pouvait mieux la comprendre : il était déjà passé par là. Oui, hélas, l'amour est aveugle.

Enfin, Duane se redressa. La femme relâcha son étreinte et recula à l'intérieur de la pièce, trop vite pour que Myron ait une chance de l'identifier. Duane se retourna et son regard se posa directement sur la porte d'en face. Myron faillit bondir en arrière comme si le panneau de bois était transparent, comme si le jeune homme pouvait le surprendre en flagrant délit de voyeurisme.

Une fois de plus, il se demanda comment il avait bien pu atterrir ici. Si son job impliquait de veiller à la vertu des athlètes qu'il représentait, il risquait de passer sa vie l'œil collé derrière des trous de serrure. Duane n'avait que vingt et un ans, il n'était pas marié, ni même officiellement fiancé. Rien de ce que Myron avait vu jusqu'à présent n'avait de rapport avec le meurtre de Valérie Simpson.

Du moins jusqu'à ce que Duane ne s'éloigne.

Avant de partir, il enlaça la femme une dernière fois, brièvement. Ils échangèrent quelques mots que Myron ne put saisir. Puis le garçon scruta le couloir, à droite, à gauche, et se dirigea vers l'ascenseur. Sa compagne s'apprêtait à refermer la porte mais franchit le seuil pour le suivre des yeux durant quelques secondes. C'est alors que Myron la reconnut.

Deanna Yeller.

26

Lendemain matin.

La veille, Myron avait choisi de ne pas suivre Duane. Un peu abasourdi, il s'était rendu à l'hôtel de Jessica et avait tenté de s'excuser : « Désolé, j'ai eu un imprévu. Je... » Elle l'avait fait taire d'un baiser. Suivi d'un autre, plus avide. Et d'un troisième, carrément torride. Il avait tenté de résister – sans grande conviction, il faut bien l'avouer.

Myron se retourna dans le lit, étouffa un bâillement, se frotta les yeux. Jessica se baladait dans la chambre, entièrement nue. Elle enfila un peignoir en soie. Fasciné, Myron observait chacun de ses mouvements.

– Tu es trop belle ! dit-il. J'en ai les dents qui transpirent.

Elle sourit. Quelque chose de bizarre arrive aux hommes quand Jessica daigne les regarder : leur respiration s'accélère, leur pouls s'affole, ils ont des papillons dans l'estomac et des crampes dans le bas-ventre. Mais quand elle leur sourit, les symptômes s'aggravent. À la puissance dix.

– Bonjour, dit-elle en se penchant pour déposer un léger baiser sur ses lèvres. Comment tu te sens ?

– Pas tout à fait remis. J'ai encore le cœur qui bat trop vite et les muscles endoloris.

– Ravie d'apprendre que je n'ai pas perdu la main.

– S'il n'y avait que la main ! Mais dis-moi, comment s'est passé ton voyage ?

– Non, toi d'abord. Ça avance, ton enquête ?

Il lui résuma l'affaire. Jess savait écouter. Elle se garda de l'interrompre, sauf pour poser une ou deux questions pertinentes. Elle resta concentrée, les yeux fixés sur lui. C'était réconfortant, de se sentir compris. Effrayant aussi, quelque part.

– Cette Valérie t'obsède, dit-elle quand il eut fini. Tu devrais prendre du recul.

– Mais elle n'avait personne pour l'aider ! Sa vie était en danger et elle n'avait personne, tu comprends ?

– Elle t'avait, toi.

– Je ne l'ai rencontrée qu'une seule fois. On n'avait même pas encore signé de contrat.

– Aucune importance. Elle savait qui tu étais. Si j'avais des problèmes, c'est quelqu'un comme toi que j'irais voir.

Elle pencha la tête de côté et demanda :

289

– Au fait, comment as-tu découvert mon hôtel et le numéro de ma chambre ?

– Aaron. Il a voulu me faire peur. Et il a réussi.

– Aaron a menacé de s'en prendre à moi ?

– À toi, à moi, à ma mère, à Esperanza. Côté chantage et intimidation, il ne lésine pas.

Elle réfléchit quelques secondes.

– Si j'étais lui, je miserais sur Esperanza.

– Tu me rassures.

– Sympa pour elle !

– Non, ce n'est pas ce que je voulais dire. C'est juste que je la connais, elle a du répondant.

– Sympa pour moi ! Je ne suis qu'une faible femme, sans doute ?

– Arrête, Jessica ! Je suis tellement heureux que tu sois de retour !

– Alors tu ne m'en veux pas ?

– Non.

– Mais je te dois une explication.

– Je ne veux rien savoir. Je veux seulement être avec toi. Je t'aime. Je n'ai jamais cessé de t'aimer. Nous sommes des âmes sœurs.

– Des âmes sœurs ?

– Oui.

– Et quand as-tu décidé cela ?

– Il y a des années.

– Alors pourquoi tu ne me l'as pas dit plus tôt ?

Il haussa les épaules.

– J'avais peur de t'effaroucher. De te faire fuir.

– Et plus maintenant ?

– Tu m'as fait très mal et j'ai mûri. J'ai compris que le plus important, c'était que tu saches ce que je ressens pour toi.

Il y eut un long silence.

– Et que suis-je censée répondre à ça ? demanda-t-elle enfin.

– Rien.

– Je t'aime aussi, Myron. Et tu le sais.

– Oui. Enfin, je crois.

Nouveau silence, interminable.

Jessica traversa la chambre, ôtant son peignoir pour aller prendre une douche. Elle n'avait jamais été très pudique. Pourquoi l'être, d'ailleurs, avec un corps aussi parfait ?

– Myron, j'ai l'impression qu'il y a plein de trucs qui ne concordent pas, dans cette histoire de meurtre. Mais il y a une constante. Un dénominateur commun, si tu préfères.

Changement de sujet. Bof, il avait l'habitude, elle faisait ça tout le temps, quand on la mettait au pied du mur.

– Ah oui ?

– Le tennis. Alexander Cross est tué dans un club de tennis. Valérie Simpson se fait descendre lors d'un tournoi de tennis. Valérie et Duane ont une liaison et sont des joueurs de tennis professionnels. Quant aux deux petites frappes que l'on soupçonne d'avoir assassiné Alexander – comment s'appellent-ils, déjà ?

– Errol Swade et Curtis Yeller.

– Swade et Yeller, donc, dealent dans le monde du tennis. À cela tu ajoutes le fait que les frères Ache et ton ami Aaron ont des intérêts financiers dans une agence qui représente quelques rois de la terre battue. Le seul point d'interrogation, c'est Deanna Yeller.

– Oui ?

– C'est le seul pion qui n'a pas sa place dans l'échiquier. Son rencard avec Duane à l'hôtel ne peut pas être une simple coïncidence.

– Ce qui veut dire ?

– Comment se fait-il qu'elle connaisse Duane ? Quand et comment se sont-ils rencontrés ?

– Aucune idée.

– Elle joue au tennis ?

– Je ne sais pas. Pourquoi ?

– Attends, dit Jessica. J'essaie de réfléchir. Tous les protagonistes ont quelque chose à voir avec le tennis, sauf Deanna Yeller. Bizarre, non ?

Myron mit en marche sa machine à penser, mais les rouages tournaient dans le vide. Avec juste un petit grain de sable qui faisait des clics de temps en temps. De quoi l'empêcher de s'endormir sur ses lauriers. Ce qui l'agaçait surtout, c'était la constatation que Jessica était plus douée que lui.

– C'était juste une idée en l'air, dit-elle, comme pour enfoncer le clou.

Soudain, il se leva.

– Tu as dit que Swade et Yeller étaient « soupçonnés » d'avoir tué Alexander Cross. Le mot t'est venu comme ça, ou tu as des doutes ?

– Quelles preuves avons-nous ? Peut-être qu'ils étaient les coupables tout désignés. Drôlement pratique, comme solution. Réfléchis une seconde. Yeller se fait descendre par la police. Swade disparaît dans la nature. Affaire classée, pas de pots cassés. Fastoche, non ?

— Mais alors, à ton avis, qui a tué Alexander Cross ?

— Qui sait ?

De nouveau, les petits neurones de Myron se mirent à tricoter, en symbiose avec ses synapses. Sans grand résultat. Il jeta un coup d'œil à sa montre. Sept heures trente.

— Tu es pressé ? lui demanda Jessica.

— Euh... Oui, un peu.

— Je croyais que le match de Duane ne commençait qu'à treize heures ?

— C'est vrai, mais j'essaie de conclure avec un junior. Eddie Crane. Il joue à dix heures.

— Je peux venir avec toi ?

— Bien sûr.

— Tu as des chances de le convaincre ?

— J'ai le môme dans la poche, mais son père n'est pas d'accord.

— Pourquoi ? Il n'a pas confiance en toi ?

— Je crois qu'il aimerait mieux confier l'avenir de sa progéniture à une plus grande agence.

— Je peux t'aider, peut-être ? Tu veux que je lui fasse mon petit numéro de charme ?

Myron hésita. Pas très longtemps.

— Un joli décolleté, ça pourrait aider. C'est le genre de mec à tomber dans le panneau.

— Ah, bravo, ça fait toujours plaisir d'apprendre qu'on est appréciée pour ses facultés intellectuelles. Et qu'on est amoureuse d'un mac.

– Ah bon ? Je croyais que tu étais plutôt Bill Gates ! Et, justement, j'aimerais tester tes facultés.

– Lesquelles ?

– Insertion, format, outils, enfin les bases. Il paraît que les novices se plantent mais on peut toujours copier-coller.

– Je vois, dit Jessica. J'aurais bien voulu passer le test mais, désolée, je n'ai pas de souris sous la main.

– Pas de problème. Je suis très bien équipé.

– C'est fou ce que vous êtes prêt à faire pour satisfaire vos clients, n'est-ce pas ? Quelle conscience professionnelle !

– Alors ? Toujours pas candidate ?

Jessica lui lança le regard qui tue.

– Non, merci.

– Non ?

Elle se pencha vers lui et lui murmura à l'oreille :

– L'informatique m'ennuie profondément. Il y a d'autres manières de communiquer !

27

Jessica n'eut pas besoin d'exhiber son dé-colleté : les époux Crane tombèrent sous le charme, d'emblée. Madame se lança dans une grande discussion à propos de littérature. Monsieur, quant à lui, était tellement subjugué qu'il en oublia de contester les décisions de l'arbitre au début du deuxième set. Très bon signe. À noter, se dit Myron : inviter Jessica lors de chaque négociation.

Pas mal d'autres agents assistaient au match. Costume-cravate, attaché-case, le che-veu bien discipliné. Jeunes pour la plupart. Quelques-uns tentèrent leur chance auprès de M. Crane, qui les repoussa d'un geste.

– Quelle bande de vautours ! murmura Jes-sica à l'oreille de Myron tandis que l'un d'eux glissait sa carte dans la poche de poitrine de M. Crane avant de se faire éconduire.

– Ils ne font que leur boulot.

– Tu prends leur défense ?

– Je suis comme eux, Jess. S'ils ne sont pas agressifs, ils n'ont aucune chance. De toute façon, ce n'est pas ça qui changera la décision des géniteurs du petit prodige.

– N'empêche, je ne te vois pas ramper devant eux comme tous ces clowns.

– Ah bon ? Et qu'est-ce qu'on fait là, à ton avis ?

Jessica se rattrapa de justesse :

– Oui, mais toi, c'est pas pareil. T'es honnête, et t'es mignon.

Que répondre à cela ?

Eddie écrasa son adversaire, 6-0, 6-0. Mais le score n'était pas aussi révélateur qu'on aurait pu le penser. Eddie manquait de finesse. Son jeu dépendait uniquement de sa puissance, il jouait comme un bûcheron. Tels des boulets de canon du temps de Napoléon, ses balles atterrissaient sans aucune précision. Enorme potentiel, mais c'était pas gagné. Beaucoup de travail en perspective.

Les joueurs se serrèrent la main et les parents d'Eddie descendirent sur le court.

– Rends-moi un petit service, dit Myron à Jessica.

– Oui ?

– Occupe-toi des parents pendant deux ou trois minutes. Il faut que je parle à Eddie seul à seul.

Elle s'en tira avec une invitation à déjeuner, guidant M. et Mme Crane vers le restaurant avec vue sur le court central. Pendant ce temps, Myron accompagna Eddie jusqu'aux vestiaires. Le gamin transpirait à peine alors que Myron, qui s'était contenté de regarder, était en sueur. Eddie marchait à grandes foulées, une serviette autour du cou, complètement relax.

– J'ai dit aux mecs de TruPro d'aller se faire voir, annonça le futur champion.

Voilà pourquoi Aaron avait si facilement lâché le morceau...

– Comment l'ont-ils pris ? demanda Myron.

– Ils ont pas eu l'air content.

– J'imagine.

– J'ai décidé de signer avec vous.

– Et qu'en pensent tes parents ?

– C'est pas leurs oignons. Je suis assez grand pour choisir et ils le savent. Y a pas de lézard de ce côté-là.

Ils marchèrent en silence durant quelques instants, puis Myron se jeta à l'eau :

– Eddie, il faut qu'on parle de Valérie.

Il eut un étrange sourire. Amer ? Désabusé ?

– Alors c'est vrai, ce qu'on dit ? Vous essayez de trouver le mec qui l'a tuée ?

– Oui.

– Pourquoi ?

– Je ne sais pas. Il faut que je le fasse, c'est tout.

Eddie hocha la tête. Visiblement, cette réponse lui suffisait.

– D'accord. Je vous écoute.

– La première fois que tu as vu Valérie, c'était en Floride, quand elle s'entraînait avec Pavel ?

– Exact.

– Comment êtes-vous devenus amis, tous les deux ?

– Vous n'êtes jamais allé dans ce camp, n'est-ce pas ?

– Non.

– Alors vous pouvez pas comprendre. Ça peut paraître bizarre, une fille de seize ans et un gamin de neuf ans qui se lient d'amitié. Mais dans le monde du tennis, ça n'a rien d'anormal. Entre ados on ne se fréquente pas parce qu'on est tous rivaux. Val et moi, on se sentait très seuls, totalement perdus. C'est comme ça que ça a commencé. Je suppose que c'est la différence d'âge qui nous a rapprochés. On ne risquait pas de se faire de l'ombre, y avait pas de problème de rivalité.

– T'a-t-elle jamais parlé d'Alexander Cross ?

– Oui, je crois bien. Ils sortaient ensemble, plus ou moins.

– C'était sérieux ?

Il haussa les épaules. Le gardien vérifia leurs badges et les laissa passer.

– Pas vraiment. La seule chose qui l'intéressait, c'était le tennis. Les petits amis, c'était secondaire.

– Parle-moi de l'école de Pavel. C'était comment ? Valérie y était heureuse ?

– Comment c'était ?

Eddie secoua la tête, comme pour chasser un cauchemar.

– C'était l'enfer. Pire qu'un jeu de rôle. Chacun pour soi et pas de quartier. On était rien que des mômes et le but, c'était de s'entretuer.

– Et Valérie était la reine des nanas, n'est-ce pas ?

– On peut dire ça comme ça.

– Comment ça se passait, entre Pavel et elle ?

– Au début, ils étaient plutôt potes. Il la motivait comme personne. Elle s'entraînait pendant des heures et des heures avec ses assistants, et juste au moment où on aurait pensé qu'elle allait craquer, Pavel se pointait. Et zoom ! Elle repartait bille en tête. Val était une sacrée joueuse, tout le monde vous le dira. Mais seul Pavel était capable de la booster. Quand il était là, elle se surpassait et mettait tout le monde au tapis. Elle réussissait tous les coups, au service, à la volée, du fond du court comme au filet. Je l'ai vue balancer des smashes qui atterrissaient au ras de la ligne, au centimètre près. C'était incroyable.

– Et puis ?

– Ben... Du jour au lendemain, elle s'est mise à perdre tous ses matches.

Il dit cela comme si c'était la chose la plus naturelle du monde, une sorte de fatalité.

– D'un seul coup, comme ça ? Que s'est-il passé ?

– J'en sais rien. Elle avait plus envie de gagner, je crois. Ça arrive à pas mal de joueurs. Un jour, on s'aperçoit qu'on en a marre. Trop de pression. On est comme du bétail. Alors on envoie tout balader. Ras le bol. Point final.

– Comment a réagi Pavel ?

– Il était furieux, évidemment. Il a sorti toute la panoplie. Parce que, vous comprenez, c'était lui qui tirait les ficelles. C'était à cause de lui qu'on n'avait pas de copains. « Ça permet de séparer le grain de l'ivraie », qu'il disait. J'ai jamais bien pigé son truc, mais Valérie, elle marchait plus dans la combine. Chez nous c'était la reine, mais quand elle s'est retrouvée face à Steffi, Monica, Gabriela... Elle a baissé les bras, et basta.

Eddie s'assit sur un banc, face à son casier. Ils étaient seuls dans ce vestiaire plutôt sordide, dont le sol était émaillé de vieilles capotes et de bouts de sparadrap. Myron s'assit près de lui, sur ce banc pas franchement appétissant.

– C'est vrai que tu as vu Valérie quelques jours avant sa mort ?

– Ouais. Dans le hall du Plaza. Ça faisait un bail qu'on s'était pas revus.

– Et alors, qu'est-ce qu'elle t'a dit ?

– Elle avait l'intention de faire son comeback. Même qu'elle était total allumée, comme la bonne vieille Val d'avant. Et c'est là qu'elle m'a filé vot' numéro, et qu'elle m'a dit de surtout pas dealer avec Pavel ou TruPro.

– Elle t'a dit pourquoi ?

– Négatif.

– Et elle n'a rien ajouté d'autre ?

Il réfléchit un moment, rassemblant ses souvenirs.

– Pas vraiment. Elle avait l'air plutôt pressée. Elle a dit qu'elle devait sortir pour régler une affaire.

– Quelle affaire ?

– Elle a pas précisé.

– Quel jour était-ce ?

– Jeudi, je crois.

– Tu te souviens de l'heure ?

– Vers les six heures du soir.

Valérie avait appelé l'appartement de Duane à dix-huit heures quinze. Régler une affaire... Mettre un terme à sa relation avec Duane ? Ou, au contraire, menacer de la rendre publique ? Dans le deuxième cas, aurait-il pu la tuer pour l'empêcher de parler ? Myron en doutait. D'autant que Duane était en train de jouer devant plusieurs milliers de personnes au moment précis où l'on tirait sur elle.

Eddie ôta ses tennis et ses chaussettes.

– J'ai deux billets pour le match des Yankees mercredi soir, dit Myron. Ça te tente ?

– Je croyais que vous ne donniez pas dans ce genre de truc.

– Quel genre de truc ?

– La lèche.

– Eh bien si, tu vois. Tous les agents le font, et je ne suis pas différent d'eux. Sauf qu'en l'occurrence, je pensais sincèrement que ça pourrait être sympa.

Eddie se leva et eut un drôle de petit sourire :

– Là, j'y crois pas. Vous me chambrez, ou quoi ?

– À ton avis ?

Duane aimait rester seul avant un match. Win lui avait enseigné quelques techniques de méditation, sans les cassettes bidon qui faisaient fureur sur le marché. Il exigeait simplement qu'on ne le dérange pas et s'asseyait dans la position du lotus, les yeux clos. Myron le trouva dans cette posture et décida de respecter cet instant de concentration. L'interrompre pour lui parler de son rendez-vous de la veille avec Deanna Yeller eût été sans doute une erreur.

Le stade était bondé. Tout le monde attendait avec impatience cette rencontre entre le jeune espoir américain Duane Richwood et le Tchèque Michel Brishny, champion confirmé, ancien numéro un, récemment rétrogradé au cinquième rang. Myron et Jessica s'installèrent dans la tribune, aux premières loges. Jess était fantastique, dans sa petite robe jaune toute simple. Les autres spectateurs n'avaient d'yeux que pour elle. Rien de très nouveau. Les caméras de toutes les chaînes de télé ne manqueraient pas de faire des gros plans sur elle durant tout le match. Entre sa beauté et sa célébrité au sein du monde littéraire, elle était l'une des cibles privilégiées des médias. Myron fut tenté de lui demander de brandir sa carte de visite devant les objectifs – son agence aurait eu besoin d'un peu de pub, en ce moment – mais renonça à l'idée : il n'avait décidément pas l'âme d'un gigolo.

Les parasites professionnels étaient fidèles au poste. Parmi lesquels, naturellement, Ned Tunwell et quelques-unes des huiles de chez

Nike. Ned agitait les bras comme un moulin à vent qui aurait moulu du LSD plutôt que de la farine. Myron, poli, lui concéda un discret petit signe de tête. Juste derrière l'agité était assis Roy O'Connor, le replet président de TruPro. À côté de lui, Aaron, face tournée vers le soleil. Déguisé comme d'hab : costard blanc, pas de chemise, poitrail à l'air. Non loin de là, Myron aperçut le sénateur Cross, entouré d'un auguste aréopage de juristes chauves ou grisonnants. À une exception près : Gregory Caufield. Myron tenait toujours à sonder Gregory. Peut-être une occasion se présenterait-elle à l'issue du match ? La bombe platinée de l'autre jour était là, elle aussi. Elle lui décocha un clin d'œil complice, qu'il préféra ignorer.

Il se tourna vers Jessica. Elle lui sourit.

– Tu es plus belle que jamais, lui dit-il.

– Plus belle que cette bimbo ?

– De qui tu parles ?

– De cette blonde siliconée qui vient de t'allumer comme c'est pas permis.

– Je ne vois pas de qui tu veux parler.

Puis, ce fut plus fort que lui :

– Comment tu sais qu'ils sont faux ?

– Trop bombés sur le dessus.

Les joueurs venaient de pénétrer sur le court et échangèrent quelques balles pour s'échauffer. Deux minutes plus tard, Pavel Menansi fit son entrée. Concert d'applaudissements. Il écarta les bras, embrassant la foule alentour, tel le pape un jour de Pâques. Tout de blanc vêtu, à part un sweat vert négligemment noué autour du cou. Le sourire éblouissant, il se dirigea vers le box de TruPro. Aaron se leva, s'effaça devant lui, puis se rassit. Pavel et Roy O'Connor se serrèrent la main.

Soudain, Myron eut comme une illumination. Comme un coup en plein milieu du plexus solaire.

– Oh, non ! s'exclama-t-il.

– Qu'est-ce qui se passe ? s'inquiéta Jessica.

– Désolé, faut que j'y aille.

– Maintenant ?

– Je reviens dès que je peux. Sois gentille, tu m'excuses auprès de tout le monde, d'accord ?

28

Le match était rediffusé sur la plupart des stations locales. WFAN 66 AM sur l'autoradio. Apparemment, Duane était en perte de vitesse. Il venait de concéder la première manche, 6-3, quand Myron se gara dans un parking près de Central Park, côté ouest.

Le Dr Julie Abramson vivait dans un charmant ancien hôtel particulier, en plein centre de New York, non loin de son bureau. Myron appuya sur la sonnette. Buzz... Enfin sa voix, sur l'interphone.

– Oui ? Qui est-ce ?

– Myron Bolitar. Je vous en prie, c'est urgent !

Légère hésitation, puis :

– Deuxième étage.

Nouvelle série de boutons. Myron n'eut pas à choisir : la porte s'ouvrit. Julie Abramson l'attendait sur le palier.

– Est-ce vous qui m'avez appelée et avez raccroché ? demanda-t-elle.

– Oui.

– Pourquoi ?

– Pour vérifier que vous étiez chez vous.

Il s'avança vers elle, parvint jusqu'à sa porte. Ils se retrouvèrent face à face. Enfin, façon de parler : vu la différence de taille, la scène était plutôt comique. Il avait une vue plongeante sur son cuir chevelu et elle sur la boucle de sa ceinture. Difficile de se regarder dans les yeux, dans ces cas-là. Elle leva la tête, ployant dangereusement la nuque en arrière. Il lui renvoya la politesse au point de faire craquer ses cervicales.

– Je vous le répète, je suis tenue par le secret professionnel. Je n'ai pas le droit de nier ni de confirmer le fait que Valérie Simpson ait été ma patiente.

– Je sais, la rassura Myron. En fait, je suis là pour élucider un cas d'école. Une situation purement théorique.

– Vous plaisantez ?

– Non, pas du tout.

– Et ça ne pouvait pas attendre jusqu'à lundi ? Pour qui vous prenez-vous ? Rappelez ma secrétaire et prenez rendez-vous, comme tout le monde.

– Non. C'est une question de vie ou de mort. Je vous assure, docteur, je ne plaisante pas.

Elle hésita puis soupira, à la fois curieuse et résignée :

– Bon, allez, entrez.

Le téléviseur était branché sur une chaîne qui diffusait le match en direct.

— J'aurais dû m'en douter. Les projecteurs braqués sur Jessica Culver et jamais sur vous. Alors on se fait sa petite crise d'identité. C'est bien cela, n'est-ce pas ?

— Ben voui, c'est normal. Avec elle à mes côtés, je n'ai plus qu'à la fermer.

— Les journalistes sportifs disent que vous formez une belle équipe, elle et vous. Vous êtes d'accord avec eux ?

Myron haussa les épaules, sans se mouiller.

— Où en est le score ?

— Votre client s'est fait rétamer au premier set. 6-3. Maintenant on en est à 2-0 en faveur du Tchèque.

Elle éteignit le poste d'un coup de pouce sur la télécommande et l'invita à s'asseoir en face d'elle.

— Donc, Myron, parlez-moi de votre « situation théorique ».

— Eh bien, c'est l'histoire d'une adolescente. Quinze ans. Jolie comme un cœur. Famille aisée, parents divorcés, père absent. Schéma classique, en somme. Elle a un petit ami, fils à papa. Il se trouve aussi qu'elle est très douée pour le tennis.

— Rien de cela ne me paraît théorique, Myron. Vous venez de me décrire la situation de milliers d'adolescentes dans ce pays.

— Oui, hélas ! Mais attendez la suite. La gamine est tellement douée que sa mère se saigne aux quatre veines pour l'envoyer dans une école de tennis à l'autre bout du pays, où elle sera prise en main par un entraîneur mondialement connu. Quand notre fillette débarque sur place, elle découvre l'horreur de la compétition jusqu'à ce que mort s'ensuive. Le tennis n'est pas un sport d'équipe. Donc, pas de camaraderie. Pas de copains. C'est chacun pour soi. Tous sont prêts à n'importe quelle bassesse pour se faire bien voir du coach, du maître, du gourou. Tous ces gosses se sentent soudain très seuls, conclut Myron, songeant aux confidences d'Eddie. Qu'en pensez-vous, docteur ?

– Le sport est votre domaine, non le mien, répliqua la psy.

– Donc, poursuivit Myron, quand notre très jeune fille est soudain déracinée de son milieu familial pour être plongée dans un environnement plutôt hostile, elle sent bien qu'elle n'est pas la bienvenue. Et c'est une litote. Les autres filles voient en elle une rivale. À juste titre, parce qu'elle est superbement douée. Et sa vie devient un enfer.

– Oui, c'est possible, admit le Dr Abramson.

– Bon. Continuons le scénario. Notre entraîneur, mondialement connu, est un adepte de Darwin. Seuls les plus forts survivront, et ce sera pour le mieux dans le meilleur des mondes. Vous vous rendez compte de ce que cela implique, pour des jeunes encore très influençables ? Ils tombent dans le panneau, à tous les coups. C'est comme une secte. Quelle porte de sortie ont-ils ? La seule chose qu'ils connaissent, c'est le tennis.

– Alors ils s'entraînent, encore et encore, conclut la psy. Jusqu'à l'overdose.

– Bingo. J'en reviens à ma jeune fille théorique. Elle se tue au travail. Elle a sa récompense, malgré tout : le Maître est gentil avec elle. Il l'encourage, la complimente. Il obtient d'elle le maximum.

– Et du coup, intervint la psy, elle est de plus en plus isolée parce que les autres filles sont jalouses ?

– Exactement. Elle dépend de plus en plus de son entraîneur. Elle ne pense plus qu'à lui faire plaisir, ne vit plus qu'en fonction de son jugement, de son approbation. Elle sait aussi que, s'il est content d'elle, sa mère, sa propre mère, finira peut-être par l'aimer. Alors elle s'épuise, huit heures par jour. Neuf heures par jour. Quand enfin elle s'endort, elle s'entraîne encore. Elle sera la meilleure, et elle brandira la coupe, sous les applaudissements. Sa mère, alors, sera fière d'elle.

Le Dr Abramson savait très bien où voulait en venir Myron, mais elle demeura de marbre.

– Continuez, dit-elle.

– Cette école de tennis est totalement coupée du monde réel. C'est une prison, un domaine régimenté par un véritable psychopathe. Avec Valérie ça a dû commencer bien gentiment, avec une petite tape sur l'épaule pour la récompenser de ses efforts. Il lui masse les épaules, parce qu'elle est un peu tendue. Elle, de son côté, s'entraîne de plus en plus, non pour elle-même mais pour qu'il soit fier d'elle. Puis il l'invite à dîner de temps en temps, pour parler de son service ou de son revers...

– Mais enfin, où voulez-vous en venir ?

Myron décida d'ignorer la question. Du moins pour l'instant.

– Ensuite, la jeune athlète et le célèbre coach partent en tournée à travers le monde, poursuivit-il. En dehors des matches, elle ne voit que lui. Ils restent dans le même hôtel, il surveille son alimentation, ses heures de sommeil.

– Là encore, elle est coupée du monde réel, acquiesce le Dr Abramson.

– Elle joue bien. Elle est belle, elle est jeune, les journalistes commencent à la harceler, et ça lui fait peur. Mais son gourou est là pour la protéger.

– Et elle devient de plus en plus dépendante de lui.

– Exactement. Or n'oublions pas que le célèbre entraîneur est lui-même une ex-star du tennis. Il est habitué à cette vie narcissique des sportifs professionnels. Il est habitué à ce qu'on cède à tous ses caprices. Et c'est exactement ce qu'il fait avec cette gamine.

Silence.

– Le scénario vous paraît plausible, docteur ?

Julie Abramson s'éclaircit la gorge.

– En théorie, oui. Quand un homme détient un certain degré d'autorité sur une femme, il y a toujours un risque potentiel d'abus sexuel. Dans votre cas de figure, le risque est maximal. L'homme est plus âgé, la femme n'est encore qu'une adolescente. Mais tandis qu'un professeur ou un patron n'ont de pouvoir sur leur victime que quelques heures par jour, le coach, lui, est omnipotent et omniprésent.

– Toujours en théorie, pensez-vous que ça pourrait affecter les performances de la jeune fille ?

– Sans aucun doute.

– Et pourrait-il y avoir d'autres répercussions ?

– Chaque sujet réagit différemment, répondit Abramson d'un ton docte, comme si elle s'apprêtait à donner une conférence. Mais nous savons que ce genre de traumatisme laisse toujours de graves séquelles chez la victime. En l'occurrence, la jeune fille dont vous parlez a dû tout d'abord se croire amoureuse de son entraîneur. Un homme d'expérience, qu'elle admire par-dessus tout, s'intéresse à elle. Il la comprend, la conseille... Elle est flattée, il est même possible qu'elle lui fasse des avances. Tout du moins au début, et de façon inconsciente. Par la suite, elle se reprend et lui résiste. Mais elle se sent coupable.

Myron en avait l'estomac serré : il entrevoyait tellement bien la suite !

– Elle est coupée du monde, avez-vous dit. Mais c'est plus grave que ça. Au nom du tennis, cet homme lui vole sa jeunesse et son innocence. Alors qu'elle devrait penser à sa famille, à l'école et à ses petits amis, son univers gravite autour de la compétition et de l'argent. Elle est devenue une marchandise.

Un produit sur lequel on a misé des millions de dollars. Elle sait que si elle déçoit cet homme elle ne vaut plus rien. Et ça la rend encore plus vulnérable vis-à-vis de lui.

– Pourquoi ?

– Elle est devenue une marchandise.

– Mais ensuite, que se passe-t-il ? Quand le célèbre entraîneur n'a plus aucun profit à tirer de la marchandise, que devient-elle ?

– La victime se tournera vers n'importe qui – ou n'importe quoi – susceptible de lui rendre son identité.

– Un ex, par exemple ?

– Possible.

– Au point de vouloir renouer et s'engager à fond ?

– Ce n'est pas exclu. Elle pourrait voir en lui une sorte de rédemption. Le petit ami d'autrefois deviendrait son sauveur.

– Mais supposons que le garçon ne soit plus là.

– Alors elle touche le fond. Déjà, au départ, elle a besoin d'une thérapie. Maintenant, il ne s'agit plus d'une simple dépression : elle risque de basculer vers la démence et de passer à l'acte.

Myron se sentit soudain très mal. Le Dr Abramson marqua une pause, puis reprit son exposé :

– Toutefois, il y a dans votre scénario deux ou trois éléments que nous devrions prendre en compte.

– Ah bon ?

– Premièrement, que s'est-il réellement

312

passé entre l'agresseur et l'agressée ? Si, comme vous le prétendez, cet homme est narcissique, il ne pense qu'à son propre plaisir. Peu lui importe sa victime. Il ne cherche pas à la protéger et n'utilise pas de capote. D'un autre côté, la jeune fille est probablement encore vierge et ne prend pas la pilule.

Soudain, Myron se rappela certaines rumeurs.

– Il l'a mise enceinte.

– Dans le cadre de votre « scénario », c'est tout à fait possible, en effet.

– Et alors...

Il s'interrompit, conscient de sa propre bêtise.

– Oui. Il l'a certainement incitée à avorter. C'est ce que font tous les hommes comme lui, face à ce genre de situation. Sauf qu'il n'a pas dû lui demander son avis.

Myron ferma les yeux. Il n'avait pas envie qu'une psy le voie pleurer.

– Pauvre Valérie ! Tout le monde pensait qu'elle était folle, alors qu'en réalité elle...

– Il ne s'agit pas de Valérie, lui rappela le Dr Abramson. Nous parlons d'une jeune femme théorique, confrontée à une situation purement imaginaire.

Myron releva la tête :

– Le fameux secret professionnel, hein ?

– J'y suis tenue et vous le savez, Myron.

Il secoua la tête, se leva et se dirigea vers la porte. Avant de partir, il se retourna :

– À propos de notre hypothétique célèbre

entraîneur... Y a des chances pour qu'il recommence ?

Le Dr Abramson détourna le regard.

– Oui, hélas ! En théorie, bien sûr.

29

Quand Myron regagna le stade, Duane s'était pris deux vestes (6-3, 6-1) et en était à 2-2 au troisième set. Myron s'assit à côté de Jessica et de Win. Au passage, il nota que Pavel Menansi avait disparu. Mais Aaron était toujours là, de même que le sénateur Cross et Gregory Caufield. Ned Tunwell, fidèle au poste, entouré de ses collègues de chez Nike, gardait les bras le long du corps. En fait, il était au bord des larmes. Tous les gens de Nike tiraient une tronche longue de trois pieds. Henry Hobman, quant à lui, était plus rigide qu'un monument aux morts.

Myron se tourna vers Jessica. Elle avait l'air légèrement contrariée mais s'abstint de tout commentaire. Elle prit sa main dans la sienne et la serra. Il lui sourit et remarqua qu'elle arborait une casquette rose fluo ornée du logo de Ray-Ban.

– C'est quoi, ce truc sur ta tête ?

– Un mec m'a proposé mille dollars pour la porter. C'est cool, non ?

Myron connaissait le truc. Tout le monde savait que les caméras s'arrêteraient sur elle, pendant et entre les matches. Donc, gros plan sur sa casquette. Pub ! Et pour pas cher ! Furieux, Myron s'en prit à Win :

– Et tu n'es pas intervenu ?

– Désolé, les couvre-chefs, c'est pas mon truc. Ça me décoiffe.

– Ouais, mais ce qu'il ne te dit pas, c'est qu'il est jaloux ! Le mec ne lui proposait que cinq cents billets, à lui !

Win haussa les épaules.

– Discrimination sexuelle. C'est honteux.

Myron n'était pas dupe. Win non plus. Cinq cents dollars, c'était le prix. Mais quelqu'un, chez Ray-Ban, avait pigé que Jessica valait plus que ça...

Sur le court, Duane venait de perdre le troisième jeu, 3 à 2. Crucial, psychologiquement. Les deux joueurs s'effondrèrent sur leurs chaises de part et d'autre de l'arbitre, s'épongèrent le visage avec des serviettes discrètement logotisées, burent quelques gorgées de leur eau sponsorisée. Duane, alors, ôta son polo imbibé de sueur pour en enfiler un frais. Quelques fans du beau sexe, ayant entraperçu ses tablettes de chocolat, poussèrent des cris admiratifs. Duane ne sourit pas, lança un regard vers Henry. Au tennis, contrairement à ce qui se pratique dans la plupart des sports, les joueurs n'ont pas le droit de parler à leur entraîneur durant le match. Sortant de sa légendaire réserve, Henry leva la main sur laquelle reposait son menton et serra le poing. Duane hocha la tête.

L'arbitre de chaise réclama le silence et annonça la reprise.

C'est alors que Pavel Menansi réapparut. Une bouteille d'Évian à la main, son pull toujours noué autour des épaules, il s'assit derrière Aaron. Il sourit, s'esclaffa, but une gorgée d'eau bien fraîche. Heureux de vivre. Les gens lui donnaient de petites tapes amicales dans le dos. Une très jeune fille vint lui demander un autographe. Pavel lui glissa quelque plaisanterie au creux de l'oreille, et elle gloussa, ravie.

– Burgess Meredith, murmura Win, les yeux fixés sur le court.

– Quoi ?

– Burgess Meredith.

Encore le jeu sur les méchants dans *Batman* !

– Non, c'est franchement pas le moment, dit Myron.

– Au contraire.

– Pourquoi ?

Win remonta ses lunettes de soleil sur son nez :

– Arrête de les dévisager, Aaron risque de se douter de quelque chose. Fais semblant de me parler. Burgess Meredith jouait quel rôle ?

– Le Pingouin.

– Et Bruce Lee ?

– Guest star dans un seul épisode. Il jouait Kato. Mais je ne suis pas sûr qu'on puisse le cataloguer parmi les méchants.

– Exact. À propos, la police a rendu le corps de Valérie à sa famille. L'enterrement a lieu demain.

Duane était au service et réussit un ace. Enfin ! Le deuxième depuis le début du match.

– Maintenant ça va se corser, dit Myron.

– Sur le court ?

– Arrête, t'es pas drôle. Je sais pourquoi les frères Ache veulent qu'on laisse tomber.

– Ah. Je présume que les deux frangins n'ont pas envie de publicité ?

– T'as tout compris.

– J'en déduis que l'information vaut de l'or, y compris pour Aaron.

– On ne peut rien te cacher.

Win souriait, imperturbable. Myron se tourna vers Jessica. Elle serrait toujours sa main dans la sienne.

– Si jamais tu te fais tuer, je te tue, murmura-t-elle.

Duane réussit deux autres aces puis un smash imparable, égalisant à 3 jeux partout. Il jeta un coup d'œil vers Henry. Le reflet du soleil dans ses Ray-Ban était aveuglant, il n'avait plus l'air d'un être humain mais d'un robot. Quelque chose en lui avait changé. Il tendit son poing levé, tel un militant sûr de vaincre.

Henry ouvrit la bouche pour la première fois depuis le début du match :

– Ah ! J'aime mieux ça.

30

Henry Hobman n'avait rien d'un joyeux luron mais avait le mérite de connaître son métier. Duane remonta la pente. Gagna le troisième set : 6-4. Ned Tunwell cessa de pleurnicher. Le quatrième set fut laborieux et se conclut par jeu décisif, 7-6, avec trois balles de match que sauva Duane au fil du rasoir. Ned, excité comme une puce, se remit à jouer les sémaphores. Duane remporta la cinquième manche les doigts dans le nez, 6-2. Ned avait tellement pris son pied qu'il dut aller changer de slip.

Ce fut un match marathon, à inscrire dans les annales : 3-6, 1-6, 6-4, 7-6, 6-2. Avant même que les combattants ne quittent le court, le mot circulait dans les coulisses : « Historique ». Le match du siècle.

Après les congratulations d'usage et les

conférences de presse, il se fit tard. Jessica emprunta la voiture de Myron pour aller voir sa mère. Du coup, Win le déposa au bureau. Esperanza était encore là.

– Superbe victoire, dit-elle.

– Ouais.

– Duane a joué comme un manche dans les deux premiers sets.

– Il a eu une nuit difficile, fallait qu'il récupère. Bon, quoi de neuf ?

Esperanza lui tendit une liasse de notes.

– Contrat de mariage pour Jerry Prince. Version définitive.

Ah, ces certificats prénuptiaux ! Une vraie galère. Myron les détestait. Le mariage devrait être synonyme d'amour et de rien d'autre. Toute cette paperasse, franchement, c'était aussi romantique que de changer la litière du chat. Néanmoins, Myron était légalement tenu de veiller aux intérêts de ses clients. Trop de ces mariages coup de foudre se soldaient par des divorces éclair, avec une solide pension à la clé. On appelait ces jeunes femmes des « chercheuses d'or ». Ça révoltait Myron. Certains le taxaient de sexisme. Ils avaient tort. Il était fermement convaincu que les filles avaient le même problème. T'as du succès, tu gagnes de la thune, et tout le monde t'aime, tout le monde te jure un amour éternel et veut t'épouser.

– Quoi d'autre ? demanda-t-il à Esperanza.

– Emmett Roberts vous demande de le rappeler. Il a flashé sur une bagnole, comme d'hab, et il voudrait votre avis.

Myron était l'heureux possesseur d'une Ford Taurus pas toute récente. Il y tenait, comme Peter Falk tenait à sa vieille Peugeot. Question d'image de marque. Ce qui ne faisait pas de lui l'expert ès-automobile, loin s'en fallait.

Emmett était un basketteur un peu ringard, abonné au banc des remplaçants. Avait toujours rêvé d'être sélectionné et d'intégrer la NBA. En vain. Il faisait partie de cette myriade de stars locales qui jamais n'accéderaient au premier rang, faute de talent. C'était triste, quelque part, mais ainsi va la sélection, comme l'aurait affirmé Darwin. Un sage a dit un jour une phrase que chacun devrait garder en mémoire : « Si tu rates une marche de l'escalier, t'inquiète pas, y en a encore beaucoup d'autres à dégringoler. »

Myron consulta son agenda électronique. Esperanza le tenait à jour, et elle était nickel, de ce côté-là. Ordre alphabétique et chronologique. Raston, Ratner, Rextell, Rippard. Et... Roberts. Bingo ! Emmett Roberts !

Il se figea, prit une profonde inspiration.

– Où est la fiche de Duane ?

– Pardon ?

Il passa rapidement en revue tous les « R ».

– Je ne trouve pas la fiche de Duane Richwood. C'est important, Esperanza. Vous l'avez perdue ? Vous l'avez classée ailleurs ?

Son regard fut suffisamment éloquent. Du genre : « Non, mais, pour qui me prenez-vous ? »

– Ça doit traîner quelque part sur votre bureau, dit-elle. C'est vous qui êtes bordélique, pas moi.

Elle était fâchée, de toute évidence. Myron scanna les « D », pour Duane. Sans succès.

– Je suis désolé, Esperanza. Ne le prenez pas mal ! C'est juste que...

Trop tard. Elle était partie, claquant la porte derrière elle. Bof, ce n'était pas leur première querelle.

N'empêche, Myron n'arrivait pas à comprendre pourquoi la fiche de Duane avait disparu. Il connaissait Esperanza et lui faisait entièrement confiance.

Il composa le numéro d'Emmett Roberts.

– Salut, Myron ! Comment va ?

– Ça roule, Emmett. Mais dis-moi, c'est quoi, cette histoire de bagnole ?

– Eh bien, j'ai vu cette Porsche, aujourd'hui. Sacré beau bébé, avec toutes les options. Et tout plein de bourrins sous le capot. Sacrée affaire, non ?

– Si c'est ce que tu veux...

– Non, c'est pas vrai ! J'ai l'impression d'entendre ma mère !

– Achète-toi une caisse un peu moins chère, dit Myron. Beaucoup moins chère.

– Mais celle-là, c'est un rêve, Myron. Si seulement vous pouviez la voir !

– Alors achète-la, fiston. Tu n'as pas besoin de ma bénédiction. Mais pour passer à autre chose... est-ce que je t'ai déjà parlé de Norm Booker ?

– Qui ?

Ah, mon Dieu, que les jeunes ont la mémoire courte !

– Je devais avoir quinze ou seize ans. Cet été-là, je m'étais dégoté un job dans un camp d'entraînement, dans le Massachusetts. C'est là que les patrons des Celtics sélectionnaient leurs gars. Moi, j'étais le larbin de service, tout juste bon à passer la serpillière. Mais j'étais drôlement content, parce que je côtoyais les grands. Cedric Maxwell, Larry Bird. Et, surtout, Norm Booker. Il venait de l'Iowa, je crois.

– Oui, et alors ?

– Norm était génial. Un mètre quatre-vingt-dix-huit. Plus fort qu'un bœuf, et drôlement rapide. Et puis vachement sympa. On a parlé, lui et moi. La plupart des gars ne se seraient jamais abaissés à adresser la parole à un gamin comme moi, mais Norm n'était pas comme ça. Je me souviens, c'était le meilleur. Il était capable de marquer dos au panier. Il balançait le ballon par-dessus son épaule et réussissait son coup neuf fois sur dix !

– Et alors ? Qu'est-ce qui lui est arrivé ?

– Il a passé la plupart de son temps sur le banc des remplaçants, sans pouvoir montrer ce qu'il savait faire. L'année suivante, il a été viré des Celtics. Sans aucune raison. Il a glandouillé un peu et a fini par être pris chez les Trailblazers de Portland. Là encore, il n'a pas vraiment eu l'occasion de percer. Mais à la fin de la saison, quand il a touché sa prime, il était tellement excité qu'il s'est acheté une Rolls. Il a claqué jusqu'à son dernier dollar pour cette caisse. Il n'était pas inquiet : il aurait sa chance la saison suivante. Et celle d'après. Sauf que Portland n'a pas renouvelé son contrat. Il a essayé de se faire engager par deux ou trois autres clubs mais personne ne voulait de lui. La dernière fois que j'ai entendu parler de lui, il avait dû revendre sa Rolls pour nourrir sa famille.

Emmett ne dit rien pendant un moment, puis :

– J'ai vu aussi cette Honda Accord. En leasing, c'est avantageux.

– Alors n'hésite pas, mon gars.

À quoi bon discuter ? Quand il avait l'âge d'Emmett, Myron pensait lui aussi que tous les mecs au-dessus de vingt-cinq ans n'étaient que des vieux cons. Soudain, il se demanda ce qu'était réellement devenu Norm Booker.

Il venait de raccrocher quand Esperanza revint dans le bureau. Elle inséra une carte au nom de Duane Richwood dans son Rolodex.

– Alors, heureux ?

– Oui, dit-il en lui tendant deux feuilles imprimées. C'est la liste des invités le soir où Alexander Cross a été tué.

– Je suis censée chercher quoi ?

– Est-ce que je sais ? Un nom familier. Un détail insolite...

– D'accord. Au fait, les funérailles de Valérie ont lieu demain.

– Je sais.

– Vous comptez y assister ?

– Bien sûr.

– Ah, autre chose : à propos de l'article sur Curtis Yeller... j'ai retrouvé les coordonnées d'un de ses professeurs.

– Lequel ?

– Mme Lucinda Elright. Elle est à la retraite, à présent. Elle habite à Philadelphie. Vous avez rendez-vous avec elle demain après-midi, juste après l'enterrement.

Myron se cala contre le dossier de son fauteuil.

– Finalement, je ne suis pas sûr que ce soit nécessaire.

– Vous voulez que j'annule ?

Il réfléchit un instant. Au vu de ce qu'il avait appris sur Pavel Menansi, le lien entre le meurtre de Valérie et de Curtis Yeller semblait de plus en plus improbable. Ce n'était pas la mort d'Alexander Cross qui avait fait sombrer Valérie dans la dépression. Pavel Menansi s'en était occupé, au fil des années. Il l'avait méthodiquement poussée sur la pente fatale, observant sa détresse, ses efforts pour se relever, ses échecs. La mort d'Alexander n'avait été que la fameuse goutte d'eau. Myron était de plus en plus convaincu que les événements qui s'étaient produits six ans plus tôt n'avaient aucun rapport avec le meurtre de la jeune femme. De même, il n'y avait sans doute aucun lien entre Duane et Valérie, à part leur brève liaison.

Sauf que...

Sauf que la veille, Myron avait vu de ses propres yeux Duane et la mère de Curtis dans une chambre d'hôtel. Un peu gros, comme coïncidence !

– Non, Esperanza, n'annulez pas. J'irai voir Mme Elright après la cérémonie.

31

Les obsèques de Valérie Simpson furent déprimantes à souhait. Très bas de gamme.

Le révérend, un homme grassouillet au teint rougeaud, ne la connaissait pas. Il évoqua la courte vie de la défunte comme s'il avait lu son CV. Il se fendit des quelques clichés qui font toujours recette : « Fille aimante, jeune sportive méritante, destin tragique, ce sont toujours les meilleurs qui partent mais Dieu, en son immense bonté, blablabla. » Une organiste jouait de la pédale et du tuyau avec ennui. Quelques fleurs déjà flétries ornaient le cercueil, un peu comme les guirlandes qu'on passe autour du cou d'un cheval gagnant après la course. Seuls les personnages des vitraux semblaient sincèrement affligés.

Les spectateurs ne s'attardèrent pas. S'arrêtèrent deux secondes devant Helen et Kenneth

Van Slyke, moins pour présenter leurs condoléances que pour être vus et reconnus, ce qui était d'ailleurs la seule raison de leur présence. Helen Van Slyke serrait les mains, la tête haute. Pas une larme. Pas un sourire. Mâchoire serrée. Myron faisait la queue avec Win. Tandis que leur tour approchait, ils purent discerner les paroles d'Helen. Deux phrases qu'elle répétait mécaniquement et alternativement : « Merci d'être venu(e). C'est très gentil à vous. » Sur le ton d'une hôtesse de l'air qui, à la fin du vol, remercie les passagers d'avoir choisi TWA ou Delta Airlines.

Quand Myron se retrouva devant elle, elle sortit de sa léthargie et lui serra la main très fort.

– Savez-vous qui a fait du mal à ma petite fille ?

– Oui.

Elle n'avait pas demandé qui avait tué Valérie. Donc, il ne mentait pas.

Puis elle se tourna vers Win, qui confirma d'un signe de tête.

– Je vous en prie, murmura-t-elle. Venez tous les deux à la réception, après le cimetière.

Reprenant alors son rôle plein de dignité, elle remit en marche son petit magnétophone interne pour accueillir les suivants dans la file : « Merci d'être venu(e). C'est très gentil à vous... »

Win et Myron se rendirent à la réception. L'atmosphère, à Brentman Hall, n'était ni volubile, comme chez les Irlandais, ni particulièrement coincée, comme chez les British.

En fait, l'une ou l'autre solution eût été préférable à la froideur qui régnait dans la pièce. Pas la moindre trace d'émotion. Les invités semblaient assister à un cocktail d'entreprise auquel on vient uniquement pour ne pas se faire mal voir du patron.

– Tout le monde s'en fout, dit Myron. Elle est morte et tout le monde s'en fout.

Win, toujours réaliste, haussa les épaules :

– C'est comme ça, vieux. Faut t'y faire.

La première personne qui s'approcha d'eux fut Kenneth. Tout de noir vêtu, pompes impeccablement cirées. Il salua Win d'une virile tape dans le dos. Il ignora Myron.

– Comment ça va ? demanda Win, comme si la réponse l'intéressait.

– On fait aller. C'est surtout Helen qui m'inquiète. On a dû la mettre sous antidépresseurs.

– Désolé, dit Myron.

Kenneth se tourna alors vers lui, comme s'il venait seulement de s'apercevoir de sa présence.

– Vraiment ?

– Oui, sincèrement, affirma Myron.

– Dans ce cas, faites-moi le plaisir de laisser ma femme tranquille. Votre visite de l'autre jour l'a grandement perturbée.

– Ce n'était pas mon intention.

– Je me fiche de vos intentions. Il serait temps, monsieur Bolitar, que vous fassiez preuve d'un peu de décence. Laissez mon épouse en paix. Nous sommes en deuil. Elle vient de perdre sa fille et moi ma belle-fille.

– Vous avez ma parole, Kenneth.

Van Slyke hocha la tête et tourna les talons.

– Sa belle-fille ! dit Win en levant les yeux au ciel. Tu parles !

À l'autre extrémité de la pièce, Myron aperçut Helen Van Slyke qui lui fit discrètement signe de la rejoindre avant de s'éclipser par une porte sur sa droite. Il eut l'impression de jouer le rôle de l'amant qui s'apprête à s'envoyer la femme du monde au nez et à la barbe du mari.

– Tâche de distraire Kenneth, souffla-t-il à Win.

Lequel feignit la surprise :

– Mais tu lui as donné ta parole !

– Oui, et alors ? Depuis quand ça compte ?

Myron suivit Helen. Elle aussi était en noir. Un tailleur dont la jupe était assez courte pour être sexy sans pour autant choquer. Jolies jambes, se dit-il, tout en s'en voulant de remarquer ce genre de détail en de telles circonstances. Elle le guida vers une pièce à l'autre bout d'un couloir orné de gravures anciennes et referma la porte derrière eux. L'endroit était une version miniature du salon précédent. Même lustre, en plus petit. Même sofa, en plus petit. Même cheminée surmontée du même portrait de famille, en plus petits.

– C'est le boudoir, expliqua Helen Van Slyke.

– Oh !

Myron s'était toujours demandé à quoi pouvait servir un boudoir. Maintenant qu'il avait l'occasion d'en voir un, il n'était pas plus avancé. L'endroit où l'on se retire pour bouder ?

– Puis-je vous offrir un thé ?

– Non, merci.

– Vous permettez que je me serve ?

– Je vous en prie.

Elle s'assit, très digne, et se versa une tasse de thé. Myron nota qu'il y avait deux théières en argent sur la table basse. Ça faisait partie des attributs propres au boudoir, peut-être ? Une pour Monsieur, une pour Madame ? De quoi bouder chacun de son côté...

– Votre époux vient de me dire que vous êtes sous antidépresseurs.

– Kenneth ne raconte que des conneries.

Waouh ! Myron en resta coi.

– Vous enquêtez toujours sur la mort de Valérie, monsieur Bolitar ?

Le ton, ironique, contrastait avec la voix légèrement hésitante. Myron en vint à se demander si c'était l'effet des tranquillisants ou si les feuilles de thé n'étaient pas mélangées à quelques autres herbes.

– Oui, dit-il.

– Et vous vous sentez toujours une espèce de responsabilité chevaleresque vis-à-vis d'elle ?

– Ça n'a jamais été le cas.

– Alors quelle est votre motivation ?

– Il faut bien que quelqu'un s'en occupe.

Elle le regarda droit dans les yeux, cherchant une trace de sarcasme.

– Je vois. Alors dites-moi : qu'avez-vous découvert ?

– Pavel Menansi a abusé de votre fille.

Myron guettait sa réaction. Il fut déçu : elle esquissa un sourire et déposa un morceau de sucre dans sa tasse, très délicatement.

– Vous n'êtes pas sérieux !

– Si, hélas.

– Mais qu'entendez-vous par « abuser » ?

– Ce qu'entendent les tribunaux. Abus sexuel.

– Il l'aurait violée ?

– On peut appeler ça comme ça, en effet.

– Allons, vous ne croyez pas que vous exagérez ?

– Non.

– Ce n'est pas comme si Pavel l'avait forcée. Ils étaient amants, certes, mais c'est classique.

– Quoi ? Vous étiez au courant ?

– Bien sûr. Et, franchement, je ne peux pas dire que j'approuvais. C'était une erreur de la part de Pavel. Mais Valérie avait seize ans, à l'époque, ou peut-être même dix-sept, je ne sais plus trop. Quoi qu'il en soit, elle était suffisamment mûre pour prendre ses propres décisions. Alors parler de viol ou d'abus sexuel, c'est pousser le bouchon un peu loin, vous ne trouvez pas ?

Ça devait être les médicaments plus le « thé ».

– Valérie n'était encore qu'une adolescente. Pavel Menansi était son entraîneur, un homme de cinquante ans !

– Vous réagiriez autrement s'il n'en avait eu que quarante ? Ou trente ?

– Non.

332

– Alors pourquoi mettre en avant leur différence d'âge ?

Elle reposa sa tasse, toujours souriante.

– Laissez-moi vous poser une question, monsieur Bolitar. Si Valérie avait été un garçon de... disons seize ans, amoureux d'une belle femme de trente ans qui se trouve être également son coach. Serait-ce un viol, d'après vous ?

Myron hésita, une seconde de trop.

– Je le savais ! s'exclama-t-elle, triomphante. Vous êtes sexiste, monsieur Bolitar. Valérie a eu une liaison avec un homme plus âgé. Et alors ? Elle n'est pas la seule. J'ai connu la même chose.

– Et vous avez fait une dépression nerveuse ?

– Ah ! C'est donc votre définition de l'abus sexuel ? Ça se termine obligatoirement par une dépression ?

– Vous avez confié votre enfant à cet homme, dit Myron. Il était censé l'aider mais il l'a utilisée. Il l'a démolie. Il a détruit le peu de confiance qu'elle avait en elle.

– Utilisée ? Démolie ? Détruite ? Eh bien, cher monsieur, vous n'êtes pas à court de vocabulaire !

– Vous ne comprenez donc pas que ce qu'il a fait n'a pas de nom ?

Elle reposa sa tasse et alluma une cigarette. Inhala la fumée, les yeux clos, puis la rejeta lentement, par le nez.

– Très bien. Si ça vous soulage de me blâmer pour ce qui s'est passé, ne vous gênez pas. Je

333

n'ai pas été une très bonne mère, je l'avoue. Bon, ça va ? Vous vous sentez un peu mieux ?

Myron se contenta de la regarder. Elle tirait sur sa cigarette et sirotait son thé, très cool. Croyait-elle une seconde à son propre discours ou faisait-elle semblant ?

– Combien ? dit Myron.

– Pardon ?

– Pavel vous a achetée. Alors je dis : combien ?

– Vous délirez.

– TruPro et Pavel ont les moyens. Et je sais que...

– Vous n'y êtes pas du tout, l'interrompit-elle.

– Allons, je sais très bien que tout ça n'est qu'une histoire de fric, madame Van Slyke.

– Vous n'avez rien compris. Pavel se sent coupable de ce qui est arrivé. Il souhaite se racheter.

– En achetant votre silence.

– Non. En nous fournissant les fonds que Valérie aurait gagnés si elle avait poursuivi sa carrière. Il n'y était pas obligé. Parce que leur histoire n'avait rien à voir avec...

– Ça porte plusieurs noms. Chantage, proxénétisme, pédophilie, maltraitance, et j'en passe.

– Jamais de la vie ! Valérie était ma fille.

– Je ne vous le fais pas dire. Et vous l'avez vendue.

– J'ai choisi ce qu'il y avait de mieux pour elle.

– Il a violé votre fille et vous avez accepté le

fric de ce vieux salopard en échange de votre silence. Ça s'appelle comment, selon vous ?

– Je n'avais pas le choix. Je ne voulais pas que ça se sache. Valérie était d'accord. Elle n'avait pas envie de faire la une des journaux. Elle voulait que ça reste un secret. C'est ce que nous voulions tous.

– Pourquoi ? Ce n'était qu'une histoire de cul entre une gamine et un quinquagénaire. Rien de plus normal. Ça arrive tous les jours. Ça vous est même arrivé à vous, d'après ce que vous dites. Où est le mal, en fin de compte ?

Elle se mordit la lèvre, perplexe.

– Je n'y pouvais rien, murmura-t-elle enfin. Il ne fallait pas que ça se sache. C'était mieux pour tout le monde.

– Foutaises !

Myron sentait bien qu'il allait trop loin, mais rien n'aurait pu l'arrêter.

– Vous avez vendu votre propre fille. Vous savez ce que vous êtes, derrière vos jolies robes et votre maquillage ? Une mère maquerelle.

Elle ne répondit pas, contempla la cendre de sa cigarette qui s'allongeait, formant un long cylindre gris, de plus en plus fragile. De l'autre bout de la maison leur parvenaient les murmures des invités, le choc cristallin des coupes de champagne.

– Je n'avais pas le choix. Ils menaçaient Valérie.

– Qui ? Mais bon sang, qui donc ?

– Je n'en sais rien. Des types qui travaillaient pour Pavel. Ils ont été très clairs : si elle parlait, ils la tuaient.

Helen leva la tête, désespérée :

– Vous ne comprenez donc pas ? Ces gens-là ne plaisantaient pas. J'avais peur pour Valérie. Kenneth, lui, ne voyait que l'argent. Enfin, c'est ce que j'ai fini par comprendre. Un peu trop tard.

– Donc, vous ne vouliez que protéger votre fille ?

– Oui.

– Et pourtant elle est morte.

– Je ne voulais pas ça, je le jure.

– Je vous crois.

– Mais j'ai une autre petite fille, dit-elle. Et un mari...

– Quel rapport avec Valérie ?

– Je... Je voulais...

– Vous avez pris l'argent, l'argent du silence, et c'est pour ça que vous n'osez plus vous regarder dans la glace.

Myron tenta de se rappeler que la femme qu'il avait en face de lui venait d'enterrer sa fille, mais même cette idée ne put le calmer. Au contraire, il sentit monter en lui une bonne dose d'adrénaline.

– Ce serait trop facile d'accuser votre mari. Ce n'est qu'un minable ver de terre, un pauvre con inoffensif. La mère de Valérie, c'était vous. Vous qui avez accepté d'empocher du fric et de protéger l'homme qui a violenté votre fille, physiquement et surtout morale-ment. Vous qui continuez d'être payée pour couvrir son meurtrier.

– Vous n'avez pas la moindre preuve. Pavel n'a rien à voir avec le meurtre de ma fille.

– Je ne peux pas prouver qu'il l'a tuée, c'est vrai. Mais pour le reste...

– C'est trop tard, dit-elle.

– Bien sûr que non. Les mecs comme lui n'abandonnent jamais. Il va trouver d'autres victimes. C'est un malade.

– Vous avez sans doute raison, mais que puis-je faire ?

– J'ai une amie qui pourrait peut-être vous aider. Jessica Culver. Elle est écrivain.

– Oui, je l'ai vue à la télévision.

Myron lui tendit la carte de Jess.

– Appelez-la de ma part. Racontez-lui toute l'histoire. Elle mettra tout ça noir sur blanc et ça paraîtra dans la presse avant même que Pavel n'ait le temps de réagir. Après ça vous serez tranquille.

Elle tremblait de tous ses membres, de la nuque jusqu'au bout des orteils.

– Non, désolée. Je ne peux pas.

– Enfin, bordel de merde, vous avez laissé tomber votre propre fille, vous n'avez pas levé le petit doigt quand elle avait besoin de vous ! Sois belle et tais-toi, ma chérie, par ici la monnaie et basta ! Non mais, vous vous rendez compte de ce que vous avez fait ? L'esclavagisme, à côté de ça, c'est du baby-sitting.

Helen ravala un sanglot et tout son corps se raidit. Ah, bravo ! se dit Myron. T'en rates pas une ! Tu crois pas qu'elle porte déjà sa croix ? Ce sera quoi, la prochaine fois ? Tu noieras une portée de chatons dans la piscine de ton voisin sous les yeux de son gamin ?

– Peut-être que Valérie voulait qu'on sache

la vérité, dit-il, pas trop fier de lui. Peut-être qu'il fallait en parler pour qu'elle repose en paix. Et peut-être que c'est pour ça qu'on l'a tuée. Pour la faire taire.

Silence.

Puis, sans préavis, Helen Van Slyke releva la tête et quitta le boudoir. Myron la suivit.

Dans le salon, il entendit la litanie : « Merci d'être venu. C'est très gentil à vous. Merci d'être venue... »

32

Lucinda Elright était bien en chair, avec des bras puissants et un rire chaleureux. Le genre de femme dont un enfant peut redouter qu'elle ne le serre trop fort contre elle et qu'un adulte, rétrospectivement, regrette de ne pas avoir eu pour mère.

– Bonjour, entrez donc ! dit-elle en écartant deux ou trois gamins pendus à ses basques.

– Bonjour, madame. J'espère que je ne vous dérange pas trop ?

– Pas du tout, mon garçon. Vous prendrez bien quelques biscuits ?

Il y avait au moins une dizaine de gosses dans l'appartement. Tous noirs, dont aucun n'avait plus de sept ou huit ans. Certains faisaient du coloriage, d'autres construisaient un château fort avec des morceaux de sucre.

L'un d'eux, un garnement d'environ six ans, tira la langue à Myron.

– Avec plaisir, dit ce dernier.

– Maintenant que je suis à la retraite, je garde des enfants du voisinage, expliqua Mme Elright.

Tandis qu'elle se dirigeait vers la cuisine, le petit rebelle tira de nouveau la langue. Myron fit de même. Toujours très mature, Bolitar. Le mioche éclata de rire.

Lucinda Elright revint avec une assiette chargée d'un assortiment de biscuits. À la noix de coco, aux pépites de chocolat, à la fraise...

– Ils ne sortent pas du four mais tout droit de leur paquet, dit-elle. Ça vaut mieux : je ne suis pas experte en pâtisserie ! Mais asseyez-vous, Myron, ajouta-t-elle en enlevant les jouets qui encombraient le canapé. Et servez-vous.

Myron obéit. Le petit garçon à la langue baladeuse se tenait derrière elle. Convaincu de n'être pas vu, il recommença son manège. Sans tourner la tête, Mme Elright l'avertit :

– Gerald, si tu tires encore une fois la langue, je te la coupe avec mon sécateur.

Médusé, le gamin s'empressa de rentrer sa langue dans sa bouche.

– C'est quoi, un sécateur ?

– Je t'expliquerai plus tard. Pour l'instant, va jouer avec les autres. Et tâche de ne pas faire de bêtises.

– Oui, m'dame.

Quand il fut hors de portée d'oreilles, elle murmura avec un sourire indulgent :

– C'est à cet âge-là que je les préfère. Ils sont craquants, n'est-ce pas ? Après, malheureusement, c'est une autre paire de manches.

Myron acquiesça et lécha la tranche de son biscuit fourré à la framboise. Toujours le meilleur d'abord. Très adulte, Bolitar.

– Votre amie Esperanza, reprit Mme Elright, m'a dit que vous vouliez que je vous parle de Curtis Yeller.

– Oui, m'dame.

Il lui tendit l'article :

– Est-ce bien ce que vous avez déclaré, ou le journaliste a-t-il déformé vos propos ?

Elle chaussa ses lunettes et parcourut le texte.

– Oui, c'est exactement ce que j'ai dit.

– Et vous le pensiez ?

– Apprenez, jeune homme, que je dis toujours ce que je pense. J'ai enseigné dans le secondaire pendant vingt-sept ans. J'ai accueilli dans ma classe plus d'un gamin qui venait de maisons de redressement. J'en ai vu certains se faire tuer dans la rue. Jamais je n'en ai parlé à la presse. Vous voyez cette cicatrice ?

Elle releva sa manche et désigna une vilaine estafilade sur son bras dodu.

– Un coup de couteau. D'un élève. Une fois, l'un d'eux m'a même tiré dessus. Au cours de ma carrière, j'ai confisqué plus d'armes que n'importe quel détecteur de métaux. C'est ce que je voulais dire tout à l'heure, à propos de Gerald. Ils sont tellement mignons quand ils sont petits. C'est ensuite que ça se gâte.

– Mais Curtis était différent ?

– Curtis n'était pas seulement un bon garçon. C'était l'un des meilleurs élèves que j'aie jamais eus. Intelligent, poli, serviable. Attention, ça ne veut pas dire qu'il n'avait pas de personnalité. Il était populaire auprès de ses camarades. Très doué en sport. Je le répète, ce gamin était une perle.

– Et sa mère ? demanda Myron. Vous l'avez connue ?

– Deanna ? Courageuse. Elle était seule pour élever son fils, comme beaucoup de jeunes femmes. Elle était fière et déterminée. Plutôt stricte. Curtis devait respecter le couvre-feu. De nos jours, les enfants ne savent même plus ce que veut dire ce mot. Récemment, un gosse de dix ans a reçu une balle perdue dans la rue, à trois heures du matin. Maintenant, dites-moi, monsieur Bolitar, que faisait un gamin de dix ans dehors au beau milieu de la nuit ?

– Ça laisse songeur, en effet.

– Enfin, j'imagine que vous n'êtes pas venu jusqu'ici pour m'écouter radoter...

– Vous ne radotez pas, madame Elright. Et j'ai tout mon temps.

– Vous êtes un charmant garçon, Myron, mais je sais que vous avez une idée derrière la tête. Une idée bien précise. Alors si vous alliez droit au but ? De quoi vouliez-vous me parler ?

– Deanna Yeller.

– Ah oui. Deanna. Vous savez, je pense souvent à elle. C'était une mère exceptionnelle. Elle assistait à toutes les réunions de parents d'élèves. Curtis était sa joie de vivre, son rayon de soleil. Elle était si fière de lui.

– L'avez-vous revue après la mort de son fils ?

– Non. Elle n'a plus jamais donné de nouvelles. Pauvre femme. Il n'y a pas eu de funérailles, pas la moindre cérémonie. Je l'ai appelée à plusieurs reprises, sans succès. C'était comme si elle avait disparu de la surface de la terre. Mais je la comprends. La vie n'a pas été tendre avec elle. Dès le départ. Elle a commencé sur le trottoir, vous savez.

– Non, je ne savais pas. Ça remonte à quand ?

– Oh, il y a bien des années. Elle ne savait même pas qui était le père de Curtis. Mais elle s'en est sortie. Elle a travaillé comme une esclave, s'est tuée à la tâche pour son petit Curtis. Et puis un jour, pfuit ! Plus rien. En perdant son enfant elle a tout perdu.

– Et Errol Swade ? Le connaissiez-vous ?

– Ah, celui-là ! Un sacré numéro. Une catastrophe ambulante. Il ne sortait de prison que pour y retourner. C'était le fils de la sœur de Deanna. Une pauvre fille, droguée jusqu'à la moelle. Elle est morte d'une overdose. Alors Deanna a recueilli le gamin. C'était son neveu, voyez, et Deanna avait le sens des responsabilités.

– Errol et Curtis s'entendaient bien ?

– Pas trop mal, en fait. Et c'est surprenant, compte tenu de leurs personnalités si différentes.

– Peut-être n'étaient-ils pas si différents, suggéra Myron.

– Que voulez-vous dire ?

– Apparemment, Errol a réussi à l'entraîner sur la mauvaise pente. Ils étaient ensemble quand ils ont cambriolé ce club de tennis.

Lucinda Elright le regarda droit dans les yeux, prit un autre biscuit et sourit.

– Allons, Myron, ne vous faites pas plus bête que vous ne l'êtes ! Curtis n'était pas idiot, lui non plus. Que serait-il allé faire dans un endroit pareil ? Et pour voler quoi ? Réfléchissez trois secondes.

Myron y avait réfléchi des heures durant. Il était plutôt content de trouver enfin quelqu'un qui partageait ses doutes quant au scénario officiel.

– Oui, je suis d'accord avec vous. Mais j'avoue que je suis perdu. Que s'est-il réellement passé, cette nuit-là ?

– Une chose est sûre : Errol et Curtis étaient sur place. En admettant que Curtis ait été assez stupide pour se laisser entraîner dans un cambriolage voué à l'échec, je ne peux pas croire qu'il ait tiré sur un policier. Les adolescents sont imprévisibles, c'est vrai, mais on n'a jamais vu un dalmatien changer ses taches contre les rayures d'un tigre. C'est génétiquement inimaginable.

Elle se redressa, posa les mains sur ses fortes cuisses.

– Non, c'est impossible. À mon avis, il s'est passé quelque chose de pas très joli dans ce club de Blancs très sélect. Et ils avaient besoin d'un ou deux gogos pour porter le chapeau. Noirs, de préférence : c'est tellement plus pratique ! Ne vous méprenez pas, Myron, je ne suis pas comme ça. Pas du genre paranoïaque, à voir partout des complots racistes. C'est pas dans ma nature. Mais là, je ne vois pas d'autre explication.

– Merci, madame Elright.

– Appelez-moi Lucinda. Et accordez-moi une faveur.

– Oui ?

– Quand vous saurez ce qui est réellement arrivé à Curtis, passez-moi un coup de fil.

33

Myron et Jessica étaient en route vers le New Jersey. Pour un dîner en amoureux chez Baumgart. Leur restaurant préféré.

L'endroit était une curiosité ethnologique. Durant un demi-siècle, des immigrés juifs y avaient servi des viennoiseries et des milk-shakes. Jim, Bill, Mike et les autres y invitaient leurs petites amies après les cours. Puis papy Baumgart, ayant fait fortune, avait revendu son affaire à un immigré chinois du nom de Peter Li. Lequel, très doué en affaires lui aussi, en avait fait le meilleur restaurant asiatique dans un rayon de trente kilomètres à la ronde, sans pour autant renoncer aux milk-shakes ni au décor typiquement américain, façon années 50. Bel exemple d'intégration. À l'époque où ils vivaient en couple, Myron et Jessica y dînaient au moins une fois par semaine. Maintenant qu'ils s'étaient retrouvés, ils avaient renoué avec la tradition.

– C'est la mort d'Alexander Cross qui me chiffonne, dit Myron. Je n'arrête pas d'y penser.

Avant que Jess n'ait le temps de répondre, Peter Li se pointa. Ils n'avaient jamais l'occasion de commander : le maître des lieux choisissait pour eux.

– Alors, pour commencer, langoustines à la nage avec sauce au gingembre pour la belle demoiselle, annonça-t-il en déposant une assiette devant Jessica. Et pour son chevalier servant qui n'est même pas digne de se prosterner à ses pieds, un émincé de poulet sur caviar d'aubergines.

– Merci, Peter. Très drôle, comme d'habitude.

Peter Li se plia en deux, en bon Asiatique et excellent homme d'affaires.

– Dans mon pays, on me crédite d'un certain humour.

– Et je parie qu'ils se roulent par terre tellement ils rigolent. Surtout ton banquier. Le mot « crédit », ça les met en joie. Tu sais que je déteste les aubergines, Peter.

– Goûtez celles-ci et vous en redemanderez, milord.

Il exécuta une dernière petite révérence à l'intention de Jessica et s'en retourna vers ses fourneaux.

– Bon, où en étions-nous ? dit Jess. C'est quoi, cette histoire avec Alexander Cross ?

– C'est pas seulement Alexander. Ce qui me

347

perturbe, c'est plutôt Curtis Yeller. Tout le monde s'accorde à dire que c'était un adorable ado. Blanc comme neige, si j'ose dire. Sa mère le couvait littéralement. Et aujourd'hui, elle semble avoir tiré un trait sur toute cette histoire. Elle le renie. C'est pas normal.

– La vengeance est un plat qui se mange froid.

– Quoi ?

– *Les Misérables.*

– Excuse-moi, chérie, mais j'ai pas tellement le temps d'aller voir les comédies musicales à Broadway.

– Je te signale qu'au départ c'était un bouquin écrit par un Français. Une formidable histoire de vengeance. Glauque à souhait. Victor Hugo, ça te dit quelque chose ?

– Oui, bon. En quoi ça m'avance ? D'après toi c'est normal, une mère qui perd son fils et ne réagit pas ?

Jessica haussa les épaules.

– Ça fait déjà six ans, dit-elle. Qu'est-ce que tu crois ? Qu'elle va passer le reste de sa vie à pleurer ? Dans ces cas-là, ou tu te suicides dans les jours qui suivent, ou tu mets une croix dessus et tu survis.

– Oui, bien sûr. Mais je pense qu'elle n'aurait jamais la paix avant de savoir qui a tué son fils. Ou d'avoir expié.

Avant de goûter à ses langoustines, Jessica tendit la main et piqua un morceau de poulet dans l'assiette de Myron, évitant soigneusement les aubergines.

– Peut-être qu'elle connaît le meurtrier.

348

– Tu penses qu'on l'a achetée, elle aussi ?

– Je n'en sais rien. Et, de toute façon, ce n'est pas ça qui te préoccupe.

– Ah bon ?

Elle mâchonna son petit morceau de poulet. Avec élégance. Elle est trop belle, se dit Myron. Même si je la voyais en train de vomir dans les toilettes je la trouverais sublime. Cette femme me rend fou. Je suis raide dingue amoureux d'elle.

– En fait, ce qui te dérange, c'est d'avoir surpris Duane dans une chambre d'hôtel avec la mère de Curtis. Allez, avoue-le.

– Tu admettras que c'est une drôle de coïncidence !

– Tu as une explication ?

– Euh... Non.

Jessica reprit un morceau de poulet.

– Et pourquoi ne pas poser la question à Duane ?

– Ben oui, bien sûr. Je vois ça d'ici. « Écoute, mon gars, je te filais le train et je t'ai vu sortir d'une piaule où tu t'envoyais en l'air avec une meuf qui pourrait être ta mère. » Fastoche, non ?

– Oui, vu comme ça... D'un autre côté, tu pourrais aborder le problème différemment.

– Deanna Yeller ?

– T'as tout compris.

Myron picora une bouchée de son poulet avant que Jessica n'ait vidé le contenu de son assiette.

– Oui, ça vaut peut-être le coup d'essayer. Tu viens avec moi ?

– Pas question. Je ne plais pas aux femmes, en général. Tu n'auras qu'à me déposer chez moi.

Ils finirent de dîner. Myron dévora ses aubergines jusqu'à la dernière lamelle et, à sa grande surprise, les trouva délicieuses. Après le plat de résistance – canard pour l'une, porc pour l'autre, tous deux laqués –, Peter leur apporta le dessert. Un gâteau au chocolat qui vous fait prendre trois kilos rien qu'en le regardant. Jessica s'empiffra. Myron préféra s'abstenir.

Ensuite, ils réintégrèrent la voiture, refirent le trajet inverse. George Washington Bridge, Henry Hudson, direction ouest. Il s'arrêta au pied de l'immeuble de Jessica, sur Spring Street, à Soho. Elle resta collée à son siège.

– Et après on fait quoi ? Tu viens me rejoindre ?

– Bien sûr. Tu mets ton petit tablier de soubrette avec rien en dessous, et j'accours.

– J'ai pas de petit tablier.

– Ah ! Dommage.

– Mais j'ai tout ce qu'il faut en dessous.

– Bon, ça ira. Mais seulement pour cette fois !

Jess sortit de la voiture et rentra chez elle. Un loft, au troisième et dernier étage d'une usine désaffectée. Elle ouvrit la porte, pressa sur l'interrupteur et resta clouée sur place. Aaron l'attendait, affalé sur le canapé.

Elle n'eut pas le temps de s'enfuir, ni même de réagir. Un mastodonte en T-shirt ajouré surgit derrière elle et pointa le canon d'un revolver sur sa tempe. Un autre, plus petit mais costaud tout de même, et plus noir que Magic Johnson, ferma la porte et la verrouilla. Il avait un flingue, lui aussi.

– Salut, ma belle ! dit Aaron, souriant jusqu'aux oreilles.

34

Myron était au volant et son portable sonna. Conscient d'enfreindre la loi, il décrocha. Curieux, d'ailleurs, qu'on n'ait pas encore trouvé un autre vocable, quand la moitié de la population de la planète déambule avec un téléphone greffé en permanence sur une oreille, voire les deux.

– Allô ?

– Salut, mon grand. C'est Tata Clara.

Clara n'était pas réellement sa tante. Pas plus que son mari, alias Tonton Sydney. Juste des amis de ses parents, mais depuis toujours. Clara avait usé ses minijupes sur les bancs de la fac de droit en même temps que la mère de Myron. Et il l'avait choisie pour défendre Roger Quincy.

– Ça roule, tatie ?

– Je veux, mon neveu. Sauf que mon client a un message pour toi. Top priorité.

– Ah bon ?

– Mister Quincy me dit que tu lui as promis un autographe de Duane Richwood.

– C'est vrai.

– Eh bien, il me demande de te préciser qu'il veut une photo dédicacée, pas seulement un autographe. Une photo couleurs, si possible. Au fait, il t'a dit qu'il était fan de tennis ?

– Il a dû le mentionner. Environ un millier de fois. Il est marrant, non ?

– Hilarant. J'en ai mal aux côtes à force de rire chaque fois que je vais le voir.

– Tu crois pouvoir le sortir du pétrin ?

– Ce garçon est complètement fêlé, ça c'est sûr. Quant à savoir s'il est coupable de meurtre, encore faudra-t-il que le district attorney le prouve, et ça va pas être de la tarte.

– Qu'est-ce qu'ils ont contre lui ?

– Légalement parlant, rien. Juste des présomptions parfaitement gratuites. D'accord, il était sur les lieux du crime. En compagnie d'un million d'autres gus. D'accord, il a un passé un peu bizarre. Mais, pour autant que je sache, il n'a jamais menacé quiconque. D'autre part, personne ne l'a vu tirer sur la victime. Les tests n'ont pas permis d'établir la moindre connexion entre lui et l'arme du crime, ni avec le sac que la balle a troué. En résumé, tout ça c'est du pipeau.

– Moi je le crois innocent, dit Myron. Tu me diras, ça lui fait une belle jambe !

– Hum...

Clara n'avait pas l'intention de donner son propre point de vue. Devoir de réserve, sans doute. Aucune importance : Myron ne changerait pas d'avis.

– Je te rappelle dès que j'ai du nouveau, mon p'tit cœur. Prends bien soin de toi.

– Toi aussi, tatie.

Il raccrocha, puis composa le numéro de Jake.

– Bureau du shérif Courter, dit une voix bourrue.

– Salut, Jake, c'est Myron.

– Qu'est-ce que tu veux encore, espèce d'emmerdeur ?

– Quelle charmante formule de politesse ! Faudra que je l'essaie, un de ces jours.

– Seigneur, tu me les gonfles grave !

– Vraiment, dit Myron, je viens seulement de comprendre pourquoi les gens ne t'invitent pas plus souvent à leurs soirées !

Jake se moucha bruyamment. De quoi donner des complexes aux trompettes de Jéricho.

– Dis-moi ce que tu veux, avant que ton esprit caustique ne me blesse mortellement.

– Tu as toujours une copie du dossier Cross ?

– Ouais.

– J'aimerais rencontrer le légiste, et aussi le flic qui a tiré sur Curtis Yeller, dit Myron. Tu crois que tu peux m'arranger ça ?

– Je croyais qu'il n'y avait pas eu d'autopsie.

– Pas officiellement, mais le sénateur m'a dit qu'un toubib avait examiné le corps.

– Bon, je vais voir. Pour ce qui est de Yeller, je connais l'officier qui a dégainé. Jimmy

Blaine. C'est un mec bien, mais jamais il n'acceptera de te parler.

– Je ne cherche pas à lui créer des ennuis.

– C'est toujours bon à savoir, mais c'est à lui qu'il faut dire ça.

– Je t'assure, tout ce que je veux, c'est quelques renseignements de première main.

– Jimmy refusera de te rencontrer, j'en mets la mienne à couper. Et qu'est-ce que tu cherches, de toute façon ?

– Je pense qu'il y a un rapport entre le meurtre de Valérie Simpson et la mort d'Alexander Cross.

– Quel genre de rapport ?

Myron lui raconta ce qu'il avait récemment découvert.

– Je ne suis pas sûr de bien suivre les méandres de ton esprit tordu, dit Jake, mais je vais creuser la chose. Je te rappelle si j'ai du nouveau. Allez, ciao !

Pour une fois, Myron eut de la chance et trouva une place où se garer à cent mètres de l'hôtel. Il entra avec assurance, prit l'ascenseur jusqu'au troisième et frappa à la porte de la chambre 322.

– Qui est-ce ? demanda Deanna Yeller d'une voix guillerette.

– Interflora, m'dame. Une livraison pour vous.

Elle ouvrit la porte, sourire aux lèvres, tout comme lors de leur première rencontre. Son sourire s'évanouit quand elle vit qu'il n'y avait pas de fleurs – et, surtout, quand elle reconnut Myron. Un vrai remake.

– Satisfaite de votre séjour, chère madame ?

– Que voulez-vous ?

– J'ai du mal à croire que vous soyez venue en ville sans même penser à me passer un petit coup de fil. Ce n'est pas très gentil, vous savez. Je suis vexé.

– Je n'ai rien à vous dire.

Elle s'apprêtait à lui claquer la porte au nez quand il ajouta :

– Devinez avec qui je viens d'avoir une conversation des plus intéressantes...

– Je ne veux pas le savoir.

– Lucinda Elright.

Elle se figea sur place. Myron en profita pour se glisser à l'intérieur. Au bout de quelques secondes, elle réagit :

– Qui ?

– Mme Lucinda Elright. L'un des professeurs de votre fils.

– Ça ne me dit rien. Je les ai tous rayés de ma mémoire.

– C'est curieux, parce qu'elle, en revanche, se souvient très bien de vous. D'après elle, vous étiez une très bonne mère.

– Ah oui ?

– Elle m'a dit aussi que Curtis était l'un de ses meilleurs élèves. Un garçon brillant, qui ne lui a jamais causé le moindre problème. Elle était sûre qu'il irait loin.

– Où voulez-vous en venir ?

– Votre fils n'a jamais eu de problèmes avec la police. Son dossier scolaire était exemplaire. C'était l'un des meilleurs élèves de sa classe, pour ne pas dire le meilleur.

Vous le souteniez, l'éleviez avec intelligence.

Elle détourna les yeux, vers la fenêtre. Sauf que les rideaux étaient tirés et qu'il n'y avait rien à voir. Le téléviseur diffusait une pub pour une marque de voitures, avec une star de sitcom dans le rôle principal.

– Tout cela ne vous regarde pas, murmura-t-elle enfin.

– Madame Yeller, aimiez-vous votre fils ?

– Quoi ?

– Aimiez-vous votre fils ?

– Sortez ! Immédiatement.

– Si vous teniez un tant soit peu à lui, vous devez m'aider à découvrir la vérité.

Elle lui fit face, le regarda droit dans les yeux.

– Ce n'est pas mon garçon qui vous intéresse. Tout ce que vous voulez, c'est trouver qui a tué cette fille. Parce qu'elle était blanche.

– Oui, c'est vrai, je cherche son assassin. Mais ça n'a rien à voir avec la couleur de sa peau. Je suis convaincu que sa mort et celle de votre fils sont liées. C'est pourquoi j'ai besoin de votre aide.

Elle secoua la tête.

– Vous n'écoutez pas ce qu'on vous dit. Curtis est mort. On ne peut rien y changer.

– Votre fils n'était pas un délinquant. Pas du genre à brandir une arme et à menacer un policier. Ce n'est pas comme ça que vous l'avez élevé.

– Quelle importance ? Il est mort, et quoi que vous fassiez, ça ne le fera pas revenir.

– Pourquoi est-il allé dans ce club de tennis, cette nuit-là ?

– Je n'en sais rien.

– D'où vous est venu tout ce fric, d'un seul coup ?

La question qui tue. Ça marche à tous les coups. Deanna Yeller sursauta.

– Quoi ?

– Cette maison, à Cherry Hill. Payée comptant. Et votre compte à la First Jersey. Tous ces dépôts en liquide, au cours des six derniers mois. D'où vient cet argent, Deanna ?

Elle faillit l'envoyer sur les roses, puis se ressaisit.

– Sans doute que je l'ai volé, dit-elle avec un sourire mutin. Tel fils, telle mère, c'est bien connu. Vous allez me dénoncer à la police ?

– Moi je crois plutôt qu'on vous a achetée.

– Mais je n'ai jamais rien eu à vendre.

– Vous en êtes sûre ?

– Ça suffit, maintenant. Laissez-moi tranquille. Et sortez, sinon j'appelle la sécurité.

– Qu'êtes-vous venue faire à New York ?

– C'est une belle ville. Y a plein de choses à voir. Et maintenant, pour la dernière fois, fichez-moi le camp !

– Parmi les choses à voir, il y avait Duane Richwood, n'est-ce pas ?

– Quoi ?

– Duane Richwood. Le garçon qui était dans votre chambre la nuit dernière.

– Vous nous avez espionnés ?

– Pas vous. Seulement lui.

Elle blêmit.

– Mais quel genre d'homme êtes-vous ? Vous n'avez donc aucune conscience ? Vous venez fouiller dans le passé des gens, vous violez le secret bancaire, et vous les mettez sur écoute, sans doute ? Vous n'avez pas honte ?

Myron n'avait pas grand-chose à répondre : elle n'avait pas tout à fait tort.

– J'ai mes raisons, dit-il. Je cherche à coincer un assassin qui est peut-être aussi celui de votre fils.

Ça sonnait faux et il n'était même plus certain d'y croire lui-même.

– Et peu vous importe le mal que vous faites, les vies que vous détruisez au passage ? Tout ce qui compte, c'est votre satanée en-quête. Et votre réputation.

– Non, ce n'est pas ce que vous croyez.

– Si réellement vous voulez m'aider, je vous en prie, laissez tomber.

– Mais que craignez-vous donc ?

– Curtis est mort. Valérie aussi. Laissez-les reposer en paix. Quant à Errol...

– Oui, justement. Que savez-vous, à propos d'Errol ?

– Oubliez cette histoire, je vous en supplie. Ça vaudra mieux pour tout le monde.

35

Jessica sentait le froid du canon pressé contre sa tempe.

– Qu'attendez-vous de moi ? demanda-t-elle.

Aaron hocha la tête, imperceptiblement. L'homme qui se tenait derrière elle comprit le message, lui plaqua une main sur la bouche et la serra contre lui, lui écrasant les côtes. Elle tenta de se débattre, en vain. Prise dans un étau, elle pouvait à peine respirer.

Aaron se leva et vint vers elle. Le grand Noir s'approcha également, l'arme pointée sur elle.

– Inutile de perdre du temps en de vains préliminaires, dit Aaron, très zen.

Il ôta sa veste blanche, cent pour cent alpaga. Il ne portait pas de chemise et exhiba un torse de bodybuilder parfaitement glabre. Il contracta ses biceps et gonfla ses pectoraux, lesquels avaient de quoi faire pâlir d'envie le sénateur de Californie.

– Si jamais vous êtes encore en état de parler quand nous en aurons fini avec vous, n'oubliez pas de présenter mes compliments à notre ami Myron. J'aime bien revendiquer mes actions.

– Qu'est-ce que je fais, chef ? demanda le gros au T-shirt façon filet de pêche. Je lui écrase la tronche pour qu'elle puisse plus nous casser les oreilles ?

Aaron réfléchit.

– Pas tout de suite. J'aime bien les entendre chanter, de temps en temps. Et puis ce serait dommage d'abîmer la marchandise avant d'en avoir profité.

Les trois hommes s'esclaffèrent.

– Je passe en second, dit le Noir.

– Pas question. Moi d'abord, décréta son collègue.

– C'est pas juste, tu te sers toujours en premier.

– D'accord. On va se la jouer à pile ou face.

– T'as une pièce ? Moi j'ai jamais de monnaie.

– Vos gueules, dit Aaron.

Silence.

Jessica paniqua. Inutile d'espérer se dégager : le type en résille n'était pas seulement gras, il était aussi fort comme un Turc. Usant de la seule arme dont elle disposait, elle lui mordit la main jusqu'au sang.

– Espèce de salope !

Il lui renversa la tête en arrière et elle

entendit craquer ses cervicales. La douleur se propagea le long de sa colonne vertébrale. Ses yeux s'écarquillèrent, elle crut qu'elle allait s'évanouir.

Aaron était en train de déboutonner sa braguette quand retentit le coup de feu.

Jessica crut n'entendre qu'une détonation mais il y en avait sûrement eu au moins deux, très rapprochées. La main plaquée sur sa bouche devint toute molle, le revolver braqué sur sa tempe tomba par terre. Elle se tourna à demi et vit que l'homme qui la maintenait prisonnière n'avait plus de visage. On peut même dire qu'il n'avait carrément plus de tête. La mort l'avait fauché net, avant même que ses jambes ne le laissent choir sur le sol.

Pratiquement en même temps, l'arrière du crâne du grand Noir vola à travers la pièce. Il s'effondra comme une poupée de chiffon.

Aaron avait de bons réflexes. Il s'était jeté à terre et avait dégainé. Le tout – les coups de feu, la mort des deux truands, le plongeon de leur patron – avait pris environ deux secondes. Aaron se redressa, l'arme au poing. En face de lui se tenait Win, flingue à la main. Quinze A.

Jessica s'était transformée en statue de sel, telle la femme de Loth. Win avait dû entrer par la porte-fenêtre de la terrasse. Mais comment ? Et quand ?

Win, très décontracté, commenta :

– Beaux pectoraux, Aaron. Mes compliments.

– Oui, j'essaie de me maintenir en forme.

Les deux hommes étaient toujours face à

face, souriants tous les deux, chacun tenant l'autre en joue. Jessica n'avait pas bougé, mais tremblait comme une feuille de papier oubliée sur la table du jardin, un soir d'été. Elle sentit quelque chose de poisseux sur sa joue et comprit qu'il s'agissait sans doute d'un morceau de la cervelle qui avait appartenu à l'homme gisant à ses pieds.

– J'ai une idée ! dit soudain Aaron.

– Pas possible !

– Je pense qu'elle vous plaira, Win.

– Comme le disait mon maître à penser : « Je suis tout ouïe d'un œil distrait », rétorqua Win.

– Il faut qu'on sorte de cette impasse. Alors je propose qu'on dépose les armes pile-poil en même temps.

– Oui, c'est ça. Pile c'est vous et poil c'est moi...

– J'ai pas fini.

– Oh, pardon ! Continuez, je vous en prie.

– Vous et moi avons déjà tué à mains nues. Et nous aimons ça. Or nous avons du mal à trouver des adversaires dignes de ce nom, n'est-ce pas ? C'est lassant, de toujours gagner.

– Personnellement, je ne m'en lasse pas. Mais je vous écoute.

– Donc je suggère un combat d'homme à homme, sans armes. Qu'en dites-vous ?

– Faut voir.

Jessica aurait voulu intervenir, mais fut incapable d'émettre le moindre son. Les pieds dans une mare de sang, elle resta figée, parfaitement inutile.

– Je suis d'accord, dit enfin Win, mais à une condition.

– Laquelle ?

– Quel que soit le vainqueur, Jessica est libre.

Aaron haussa les épaules :

– Aucune importance. De toute façon, Frank lui fera sa fête, tôt ou tard.

– Peut-être. Mais pas ce soir.

– Ça roule. Mais elle ne part pas d'ici avant la fin du combat.

Win se tourna vers elle :

– Va près de la porte, Jess. Quand c'est fini, tu te tires, et en vitesse.

– Mais pas avant, hein ? ajouta Aaron.

Jessica retrouva l'usage de la parole :

– Et comment je saurai que c'est fini ?

– Quand l'un de nous deux sera mort, répondit Win.

Elle hocha la tête, morte de trouille. Win et Aaron se tenaient toujours en joue.

– Vous connaissez la règle du jeu ? s'enquit Aaron, bon prince.

– Bien sûr.

Sans lâcher leurs revolvers, les deux adversaires posèrent la main à plat sur la moquette. Dans un parfait ensemble, ils firent pivoter leur arme de manière à ce que le canon pointe dans l'autre direction. Ils se redressèrent en même temps et, d'un coup de pied synchrone, balancèrent leurs flingues respectifs à l'autre bout de la pièce.

– C'est parti mon kiki ! s'exclama Aaron, excité comme un pou.

Ils s'approchèrent l'un de l'autre, lentement. À en juger par son sourire de maniaque, Aaron jouissait déjà, tel un éjaculateur précoce. Il adopta une étrange posture d'attaque – le dragon, ou la sauterelle, ou Dieu sait quoi – et tendit le bras gauche. Plus grand que Win, il avait un corps splendide, tout en muscles.

– Vous avez oublié l'un des principes de base des arts martiaux, dit-il.

– Ah oui ?

– « À âmes égales, le grand bat toujours le petit. »

– Et vous, cher ami, vous avez oublié la devise de Windsor Horne Lockwood, troisième du nom.

– Je suis impatient de l'apprendre.

– « Faut jamais faire confiance à plus petit que soi. » Surtout quand on sait qu'un flingue peut en cacher un autre...

Presque nonchalamment, Win saisit le petit calibre planqué dans sa chaussette et tira. Aaron se baissa, mais trop tard. La balle l'atteignit en plein front.

Aaron s'écroula. Win marcha vers lui et examina le corps inerte, tel un chien de chasse flairant le cadavre du lièvre avant de le rapporter à son maître.

Jessica était pétrifiée.

– Ça va ? lui demanda-t-il.

– Euh... Oui, ça peut aller.

Win secoua la tête, chagriné.

– Qu'y a-t-il ? s'inquiéta-t-elle.

Il lui sourit, presque timidement.

– Je suppose que je ne suis pas très fair-play.
Ça te choque ?

Puis, avec un dernier regard vers feu l'infortuné Aaron, il sourit jusqu'aux oreilles :

– C'était toi ou lui, ma belle. Je parie que
Myron me dira merci.

36

Jessica n'avait pas envie d'en parler. Elle voulait faire l'amour. Myron la comprenait. La violence et la mort sont des notions abstraites jusqu'au jour où on les frôle de très près. Alors tout bascule. On voit la vie différemment. On se découvre un formidable appétit.

Repus, ils reprenaient leur souffle, blottis l'un contre l'autre. Jessica posa sa tête sur sa poitrine, ses cheveux étalés tel un voile de soie. Elle demeura silencieuse un long moment, tandis que Myron dessinait de paresseuses arabesques sur son dos, du bout de l'index.

– Il aime ça, n'est-ce pas ? dit-elle enfin.

Myron savait qu'elle parlait de Win.

– Oui, je crois.

– Et toi ?

– On n'est pas pareils, lui et moi.

Elle releva la tête et le regarda dans les yeux.

— C'est plutôt vague, comme réponse.

— Une partie de moi est résolument contre.

— Et l'autre résolument pour ?

— C'est plus compliqué que ça. La violence et le désir de terrasser le rival font partie des gènes masculins, je suppose. Mais chez Win, c'est autre chose. C'est comme un besoin.

— Et pas chez toi ?

— Je m'en défends. Je préfère penser que je suis un gentil.

— Mais au fond de toi ?

— Je n'en sais rien.

— C'était effrayant, dit Jessica. Win n'était plus lui-même.

— Mais il t'a sauvé la vie.

— C'est vrai.

— Faut le prendre tel qu'il est, Jess. Pour le meilleur et pour le pire. Avec lui c'est tout noir ou tout blanc, il ne connaît pas les nuances. Pas d'états d'âme. Pas de pitié, pas de merci. Ces types étaient venus pour te tuer. Alors, œil pour œil, dent pour dent. Dès la minute où ils ont pénétré dans ton appartement, Win les avait jugés et condamnés.

— Ça ressemble à du terrorisme. On tue l'un des nôtres, vous exécutez dix otages.

— Non. Win ne cherche pas à donner de leçons. Pour lui, ces gens-là ne sont que des mouches qu'il faut exterminer, point final.

— Et tu es d'accord avec lui ?

— Pas toujours. Mais je le comprends. Lui et moi n'avons pas les mêmes valeurs, et ça ne date pas d'hier. Mais c'est mon meilleur ami et je refuse de le juger. Je lui confierais ma vie les yeux fermés.

— Et la mienne.

— Je ne te le fais pas dire.

— Mais pour toi, où se situe la frontière entre ce qui est moral et immoral ? Jusqu'où peut-on aller ?

— Ça dépend. On en parlera plus tard, si tu veux bien.

La tête de Jessica reposait sur son cœur. Il sentait sa chaleur tout contre lui et c'était bon. Il n'avait envie de rien d'autre.

— Tout de même, j'ai vu leurs crânes exploser comme des pastèques. C'est un truc qu'on ne peut pas oublier.

— Win est un tireur d'élite. Il ne rate jamais son coup. C'est radical et indolore.

— Mais qu'est-ce qu'il a fait des corps ?

— Aucune idée.

— La police va les retrouver ?

— Pas forcément. Pas si Win en a décidé autrement.

Jessica ferma les yeux et se lova contre lui, si belle et si fragile. Quelques minutes plus tard, elle dormait comme un bébé. Il la regarda, totalement sous le charme. Il savait ce qui se passerait d'ici quelques heures, quand elle se réveillerait. Elle serait encore sous le choc mais n'en laisserait rien paraître. Toujours courageuse, Jessica. Elle irait bosser comme si rien ne s'était passé, la tête haute, comme d'hab. Sauf que la blessure serait là pour toujours et laisserait une cicatrice indélébile. Jamais plus rien ne serait comme avant. Rien de dramatique. Seulement une perte de confiance en soi. Et la peur. La peur de l'avenir. Jamais plus les tomates et les poivrons n'auraient le même goût. Jamais plus l'air qu'elle respirait n'aurait le même parfum. Et les couleurs elles-mêmes ne seraient plus jamais aussi chatoyantes.

À six heures du matin, Myron sortit du lit et alla prendre sa douche. Quand il revint de la salle de bains, Jessica était assise au bord du lit.

– Où vas-tu ? demanda-t-elle.

– Faut que j'aille voir Pavel Menansi.

– À cette heure-ci ?

– Justement. Ils doivent penser qu'Aaron a fait le travail. Je veux les prendre par surprise.

Elle remonta la couette jusqu'à son menton.

– J'ai pensé à ce que tu m'as dit, hier soir. À propos d'Alexander Cross.

– Oui ?

– Supposons que tu aies raison. Supposons qu'il se soit passé quelque chose de pas très clair, cette nuit-là, il y a six ans.

– Je t'écoute.

– Bon, maintenant, imaginons qu'Errol Swade n'ait pas tiré sur Alexander Cross.

– Oui ?

– Et supposons que Valérie Simpson ait assisté à la scène. Alors on va dire que ce qu'elle a vu l'a fait totalement déjanter. Elle était déjà fragile, à cause de ce que Pavel lui avait fait subir. Mais là, c'est l'horreur. Elle pète carrément les plombs.

– Continue, tu m'intéresses, dit Myron.

– Les années passent. Valérie se reconstruit,

elle surmonte sa dépression. Elle a même envie de se remettre au tennis. Mais, avant tout, elle veut se venger. Elle veut raconter ce qui s'est réellement passé, cette nuit-là.

– Et on a voulu la faire taire, conclut Myron.

– Bingo.

Myron enfila un pantalon. Au cours des derniers mois, sa garde-robe avait émigré et immigré entre son appartement et celui de Jessica, au gré des ruptures et des réconciliations. Pour l'instant, il n'avait pas le choix.

– Si tu as raison, dit-il, nous avons deux suspects. Pavel Menansi et l'assassin d'Alexander Cross.

– Ou, éventuellement, quelqu'un qui aurait intérêt à couvrir ces deux-là.

Myron finissait de s'habiller. Jess lui dit tout le mal qu'elle pensait de sa cravate et lui conseilla d'en changer. Il obtempéra. Enfin, tout beau, tout neuf, il se dirigea vers la sortie mais eut un dernier regard vers sa dulcinée :

– Ça va pour ce matin mais dès mon retour je te mets en protection rapprochée. Tu vas déménager, Jess. On va t'installer dans un petit coin tranquille où personne ne pourra te trouver.

– Pour combien de temps ?

– Je n'en sais rien. Quelques jours, ou peut-être un peu plus longtemps. Jusqu'à ce que je contrôle la situation.

– Oui, je vois. C'est pas demain la veille.

– Je fais ça pour ton bien, Jessica. Tu me crois ?

Elle sortit du lit et se dirigea vers la salle de

bains. Elle était nue comme Ève le jour où Adam la découvrit pour la première fois. Nue et belle à damner un saint. Myron, qui n'avait rien d'un saint, ravala sa salive. My God, elle était... indicible. Souple et racée comme une panthère, sensuelle jusqu'au bout des orteils.

– Je sais que c'est là que je suis censée protester, dit-elle. Mais j'ai peur. D'autre part, je suis écrivain et quelques jours de solitude seront les bienvenus. Alors c'est d'accord. J'accepte que tu me mettes au vert.

Il la rejoignit en deux enjambées et la serra contre lui.

– Jess, tu m'étonneras toujours !

– Qu'est-ce que j'ai dit de si surprenant ?

– J'étais sûr que tu refuserais. C'est bien la première fois que tu te montres raisonnable !

– Souvent femme varie...

Ils s'embrassèrent. Passionnément. Sa peau était merveilleusement douce et tiède.

– Tu ne peux pas rester encore un peu ? murmura-t-elle.

– Non, hélas. Il faut que je chope Pavel avant que Frank Ache n'apprenne ce qui s'est passé.

– Alors je veux encore un baiser.

– Tu tiens vraiment à ce que je sois obligé de prendre une douche froide avant de partir ?

Il s'écarta d'elle à regret et, avant de quitter la chambre, se retourna pour lui adresser de loin un dernier bisou du bout des doigts. Près de la porte, le mur était maculé de sang. Souvenir du regretté Lee, alias Gras-du-bide en filet de pêche.

Dehors, aucun signe de Win. Mais Myron savait qu'il montait la garde, invisible et efficace. Jessica ne risquait rien.

Pavel Menansi était descendu à l'Omni Park Central, en face du Carnegie Hall. Myron aurait préféré ne pas se pointer tout seul mais il valait mieux que Win ne l'accompagne pas : Valérie et lui avaient été proches. Or s'il avait peu d'amis, il leur était d'une loyauté indéfectible et prêt à tout pour les aider... ou les venger. Dans ces cas-là, il devenait incontrôlable. Si Win avait eu l'occasion d'interroger Menansi quant à la façon dont il avait « entraîné » Valérie, bonjour les dégâts !

Pavel occupait la suite 719. Myron jeta un coup d'œil à sa montre. Six heures et demie. Le hall était quasiment désert, à part deux femmes de ménage qui passaient la serpillière et une famille qui payait sa note à la réception. Avec trois gamins qui pleurnichaient, les parents avaient l'air d'avoir besoin de vacances. Myron se dirigea vers les ascenseurs d'un pas assuré.

Au septième étage, le couloir était vide. Myron frappa à la porte de Pavel. Pas de réponse. Il frappa de nouveau. Toujours rien. Après une troisième tentative, il allait redescendre au rez-de-chaussée pour téléphoner quand il entendit un léger bruit. Il colla son oreille contre le battant et crut percevoir des gémissements. Ou des pleurs. La voix d'une petite fille.

Cette fois, il tambourina. Derrière la porte, les pleurs se transformèrent en sanglots.

– Hello ? Ça ne va pas ? Besoin d'aide ?

Les sanglots ne cessèrent pas mais personne ne répondit. Myron chercha des yeux une femme de chambre qui aurait pu lui ouvrir. Mais il était sans doute trop tôt – ou trop tard.

Forcer les serrures n'était pas son fort, c'était plutôt du ressort de Win. En outre, il n'avait sur lui ni épingle à cheveux ni lime à ongles.

– Ouvrez la porte ! cria-t-il.

L'enfant geignait toujours. Et merde ! Quand faut y aller, faut y aller. Myron se lança de tout son poids. Il faillit se luxer l'épaule mais la serrure céda et il atterrit dans la chambre, plutôt brutalement. Devant le spectacle qui l'attendait, il en oublia le motif de son intrusion musclée.

Pavel Menansi était étalé sur le lit, les yeux grands ouverts. La bouche aussi, figée en un « oh ! » de surprise. Du sang coagulé ornait sa poitrine, à l'endroit où la balle l'avait atteint. En plein cœur.

Il était nu comme un ver.

Myron demeura un instant immobile, comme fasciné. Puis les pleurs reprirent et le firent redescendre sur terre. Ça venait de la salle de bains. Devant la porte, il y avait un sac, comme ceux qu'on voyait par milliers à l'US Open. Comme celui que l'on avait trouvé près du corps de Valérie.

Il était troué. Et pas par une balle de tennis.

La poignée de la porte de la salle de bains était bloquée par une chaise. D'un coup de pied, Myron l'envoya valser et pénétra dans la pièce. Une gamine était assise sur le carrelage, les bras autour des genoux, entre le mur et la cuvette des W.-C. Myron la reconnut immédiatement. Janet Koffman, la dernière petite protégée de Pavel. Quatorze ans.

Elle était nue, elle aussi.

Elle leva les yeux vers Myron. Ils étaient rouges, et ses paupières gonflées. Sa lèvre inférieure tremblait.

— On parlait de tennis, dit-elle en hoquetant. C'est mon coach. On discutait du prochain match. C'est tout, je vous jure.

Myron attrapa une serviette et la lui tendit. Elle eut un mouvement de recul.

— C'est fini. Tout va bien, maintenant. Calme-toi.

Qu'aurait-il pu dire d'autre ?

37

Janet Koffman avait séché ses larmes. Assise sur la bergère près de la fenêtre, elle ne pouvait voir le cadavre de Pavel. D'après ce que Myron avait pu obtenir d'elle, elle était dans la salle de bains lorsque quelqu'un avait bloqué la porte avec cette chaise et avait tué Pavel. Elle n'avait rien vu. Par ailleurs, elle s'en tenait à son histoire, mordicus : son coach et elle ne faisaient que parler tennis. Myron choisit de ne pas entrer dans les détails. Pourquoi, par exemple, avaient-ils ce genre de discussion dans le plus simple appareil, comme on dit pudiquement ?

Il avait appelé la police, qui n'allait pas tarder à débarquer. Restait une question : que faire de Janet ? D'un côté, il voulait la protéger. De l'autre, il savait qu'elle devrait tôt ou tard affronter la réalité, qu'elle ne pourrait pas éternellement prétendre que rien ne s'était passé. Alors que faire ? Entraver le déroulement d'une enquête et enfreindre la loi, ou exposer cette gamine innocente au manque de tact des flics et à la cruauté des médias ? Si la vérité était occultée, quelle leçon en tirerait-elle ? Inversement, que deviendrait cette pauvre gosse si la presse s'en mêlait ?

Sacré dilemme.

– C'était un bon coach, murmura Janet.

– Oui, sûrement. Et tu n'as rien à te reprocher. Surtout, n'oublie jamais ça : tu n'es pas responsable. Tu n'as rien fait de mal.

Plutôt minable, comme réponse. Elle hocha la tête, mais il eut l'impression d'avoir parlé dans le vide.

Dix minutes plus tard, la police arrivait en force. Un vrai bataillon, Dimonte en tête. Pas rasé, le cheveu hirsute, la chemise mal boutonnée, des valises sous les yeux. Mais ses boots étaient rutilantes. Il fonça vers Myron.

– L'assassin revient toujours sur les lieux du crime, hein ?

– Eh oui, c'est ce qu'on dit.

Les journalistes, apparemment déjà au courant (et comment, on se le demande), ne tardèrent pas à affluer. Les flashes crépitaient non-stop.

– Foutez-moi tous ces enfoirés dehors ! hurla Rolly.

Les hommes en uniforme entrèrent en action et repoussèrent les reporters.

– Raus, j'ai dit ! Exit ! Je ne veux voir personne à cet étage !

Puis il reporta son attention sur Myron. Le scribe de service se pointa, son incontournable bloc-notes à la main.

– Salut, camarade ! dit Myron.

Krinsky hocha la tête.

– Bon, alors c'est quoi, ce bordel ? fulmina Dimonte.

– J'étais venu pour discuter affaires avec lui et je l'ai trouvé comme ça, expliqua Myron.

– Vous vous foutez de ma gueule ?

À quoi bon rétorquer ? Il y avait des flics partout. À l'aide d'un scalpel, le légiste était en train de délicatement prélever un petit morceau du foie de Pavel. Pour déterminer l'heure de la mort. C'est comme ça que ça se fait, paraît-il. C'est scientifique. Le foie est un véritable thermomètre, doublé d'un chronomètre.

Soudain, Dimonte aperçut le sac posé près de la porte de la salle de bains.

– Et, bien sûr, vous l'avez touché ?

– Pas du tout, répondit Myron. Je suis peut-être bête, mais pas complètement débile. Une pièce à conviction, c'est sacré.

Dimonte se pencha et vit le trou.

– Superbe !

– Alors vous allez relâcher Roger Quincy ?

– Ah oui ? Et pourquoi ?

– Jusqu'à présent vous n'aviez rien contre lui. Mais maintenant, vous avez autre chose à vous mettre sous la dent.

Dimonte haussa les épaules :

– Ça pourrait être un imitateur. L'un de ces dingues qui n'osent pas passer à l'acte mais rêvent d'avoir leur photo en première page. Ou bien quelqu'un qui veut à tout prix sauver la peau de Quincy. Quelqu'un tel que vous, par exemple.

– Ben voyons ! dit Myron. Ça tombe sous le sens ! Pourquoi n'y ai-je pas pensé plus tôt ?

Dimonte s'avança vers lui, façon méchant flic. Il se fourra un cure-dent entre les lèvres et se mit à le mâchonner. Ah, les vieilles habitudes ! Cesser de fumer, c'est pas si facile.

– Je fais amende honorable, dit Myron.

– Quoi ?

– À propos du cure-dent. Finalement, ce n'est pas un cliché. C'est réellement intimidant.

– Ah, toujours aussi drôle, Bolitar ! Et vous croyez que vous allez vous en sortir comme ça ? Allez vous faire foutre, connard !

– Merci, Rolly, j'en viens, et j'ai besoin de reprendre des forces.

– Écoutez, espèce d'enfoiré, je veux simplement savoir ce que vous foutiez ici.

– Je vous l'ai déjà dit. Je suis venu pour discuter avec Pavel.

– À quel sujet ?

– L'un de nos jeunes poulains.

– À six heures du matin ?

– L'avenir appartient à ceux qui se lèvent tôt, Rolly.

– Mais ils ne font pas de vieux os, Myron.

– Oh ! Maman, j'ai peur !

Dimonte se remit à mâchouiller son cure-dent avec plus de vigueur, tandis que ses neurones tentaient de se connecter avec ses synapses.

– Y a juste un truc qui me chiffonne, Bolitar. Vous êtes venu ici pour parler business, selon vous. Vous avez pris l'ascenseur jusqu'au septième étage. Vous avez frappé à la porte et personne n'a répondu. Dites-moi si je me trompe.

– Non, pas du tout. C'est exactement comme ça que ça s'est passé.

– Et ensuite vous avez enfoncé la porte. Vrai ou faux ?

Myron choisit de se taire. (*Tout ce que vous direz pourra être retenu contre vous*, etc.) Dimonte se tourna vers son assistant :

– Ça vous paraît normal, Krinsky ?

Le pauvre bougre leva la tête, la secoua d'un air perplexe et replongea le nez sur son bloc. Dimonte parut déçu mais ne se découragea pas :

– C'est donc ce que vous faites, chaque fois qu'une porte vous résiste ? Vous la défoncez à coups de pied ?

– Euh... Objection, Votre Honneur. Cette fois, c'était un coup d'épaule.

– Ça suffit, Bolitar. Vous n'êtes pas venu ici pour parler « business » avec la victime. Et vous n'avez pas défoncé la porte parce que personne ne vous répondait. Vous êtes dans de sales draps, Bolit...

Avant qu'il n'ait le temps de terminer sa tirade, le légiste lui tapa sur le dos, discrètement.

– Balle en plein cœur. Mort instantanée.

– Heure du décès ? demanda Rolly.

– Bof... À vue de nez, ça date d'il y a six ou sept heures.

Dimonte consulta sa montre.

– Il est sept heures. Ça veut dire qu'il a été tué entre minuit et une heure du matin.

Il se tourna vers Myron :

– Vous avez un alibi ?

– Oui, et fort joli.

– Ah, je vois. Une certaine Jessica Culver ?

– On ne peut rien vous cacher.

Myron s'attendait à ce que Krinsky lève le nez de son calepin. Il n'eut pas à patienter très longtemps et devança la question :

– Vous pouvez la joindre au 555 8420.

Krinsky s'empressa de noter le numéro.

– Bon, reprit Dimonte, passons aux choses sérieuses. Pourquoi avez-vous défoncé cette porte ?

Myron hésita.

– Je vous écoute, dit Rolly. Et je dirais même plus : je m'impatiente.

Myron se leva et se dirigea vers la porte.

– Venez avec moi.

– Hé ! Ho ! Où est-ce que tu crois que tu vas comme ça, trouduc ?

– Je vous prie de rester poli, monsieur l'officier de police. Je vous demande simplement de m'accompagner.

À la surprise de Myron, Dimonte ferma sa grande gueule et obtempéra, déléguant temporairement ses pouvoirs à Krinsky. Il suivit Myron en silence le long du couloir. Myron s'arrêta quatre ou cinq chambres plus loin, sortit une clé de sa poche et entra, Dimonte sur ses talons.

Janet était assise sur le lit, vêtue d'un peignoir de l'hôtel. Elle ne parut pas remarquer leur présence. Elle se balançait obstinément d'avant en arrière, comme le font les autistes.

Dimonte souleva un sourcil interrogateur.

– Je vous présente Janet Koffman, dit Myron.

– Hein ? La jeune championne de tennis ?

– Oui. C'est bien elle. Mais c'est pas franchement le moment de lui demander un autographe. Le tueur l'a enfermée dans la salle de bains avant de tirer sur Pavel. Je l'ai entendue pleurer, et c'est pourquoi j'ai enfoncé cette foutue porte.

Dimonte n'en croyait ni ses yeux ni ses oreilles.

– Non ! Ne me dites pas que Menansi... Mon Dieu, quel âge a-t-elle ?

– Quatorze ans. Peut-être moins.

Dimonte ferma les yeux, comme pour se cacher la réalité. Puis il réagit :

– On a quelqu'un, chez nous, qui sait faire face à ce genre de problème. Une psy. Elle est très bien. En attendant, on fait sortir la gamine discrètement et on vire tous ces journalistes. Je m'en charge.

– Merci.

– J'ai déjà vu des cas comme celui-là, Bolitar. Cette môme va avoir besoin d'aide.

– Oui, je sais.

– Oh, à propos... Vous ne pensez pas qu'elle

382

aurait pu... eh bien, disons, se défendre ?
Notez, je serais le dernier à lui jeter la pierre.

– Impossible. Elle était enfermée dans la salle de bains. De l'extérieur. J'en témoigne quand vous voudrez.

Dimonte tritura son cure-dent et en recracha les débris.

– Ouais, drôlement futé, notre tueur.

– Ce qui veut dire ?

– Il ne voulait pas que la môme soit témoin du meurtre, ni soupçonnée. Alors il l'enferme dans la salle de bains. Et, par la même occasion, il la libère de l'emprise de Pavel Menansi.

Dimonte regarda Myron droit dans les yeux :

– Très franchement, ce gars mérite une médaille. Et je serais ravi de la lui décerner, s'il n'avait pas tué Valérie Simpson.

– Oui, moi aussi, dit Myron.

Mais, quelque part, il y avait quelque chose de pas net dans le regard de ce flic. Comme l'ombre d'un soupçon.

38

Myron décida de regagner son bureau à pied. Ce n'était pas très loin et de toute façon il irait plus vite : la circulation était complètement bloquée sur la Sixième Avenue. Les automobilistes klaxonnaient comme des malades – comme si ça servait à quelque chose ! Un homme descendit d'un taxi. Costume à rayures tennis, montre en or de Tag Heuer, chaussures Gucci, ce qui ne l'empêchait pas d'arborer l'un de ces petits chapeaux pliants en forme de parapluie (ou de parasol) vert fluo et des oreilles de Spock en plastique. Personne ne lui prêta attention. Ah, New York ! Quelle merveilleuse ville peuplée de doux dingues !

Myron tâcha d'oublier les vapeurs d'essence et se concentra sur les derniers événements. Selon la théorie officielle, Pavel Menansi avait abusé de la jeune Valérie Simpson, provoquant chez elle une grave dépression qui avait ruiné sa carrière. Mais elle s'en était finalement sortie et avait décidé de le dénoncer – ce qui aurait eu pour effet de compromettre la réputation et les finances de TruPro, c'est-à-dire des frères Ache. Ils l'avaient donc éliminée avant qu'elle n'ait le temps de parler. Ça se tenait.

Du moins jusqu'à ce matin.

Avec le meurtre de Menansi, la théorie officielle venait d'en prendre un sacré coup. Si l'on avait tué Valérie pour protéger son coach, pourquoi l'avoir refroidi lui aussi ? Ce n'était pas logique. Sa mort n'apportait rien à TruPro, bien au contraire.

Bien sûr, il était également possible que Frank Ache ait estimé que Menansi représentait un trop gros risque, que le scandale finirait par éclater et qu'il valait donc mieux prendre les devants.

Mais si Frank avait commandité ce deuxième meurtre, c'est Aaron qui se serait chargé de l'exécution. D'après les premières constatations du légiste, Pavel était mort entre minuit et une heure du matin. Or à minuit, Aaron reposait auprès de ses ancêtres, grâce aux bons soins de Win. Voilà qui l'innocentait à coup sûr. D'autre part, si Frank avait l'intention de se débarrasser de Pavel, pourquoi avoir tenté d'intimider Myron en kidnappant Jessica ?

Au carrefour, une femme munie d'un porte-voix annonçait à la cantonade qu'elle avait rencontré Jésus en chair et en os. Elle glissa un tract dans la main de Myron :

– Jésus m'a confié ce message.

Myron jeta un œil à la feuille couverte de gribouillis.

– Dommage qu'il n'en ait pas profité pour vous offrir une imprimante correcte, dit-il.

Elle lui lança un regard ahuri et se remit à s'égosiller dans son porte-voix. Myron fourra le papier dans sa poche et en revint à ses propres préoccupations.

Non, réflexion faite, ce n'était certainement pas Frank Ache qui avait ordonné d'éliminer Pavel. Pourquoi tuer la poule aux œufs d'or ?

Ce qui laissait deux possibilités. Soit on avait affaire à deux tueurs travaillant pour deux patrons différents et celui de Menansi avait laissé le fameux sac sur les lieux du crime pour brouiller les pistes et faire porter le chapeau à son collègue. Ou bien il y avait une autre connexion entre Valérie et Pavel, un lien bien moins évident que cette histoire d'abus sexuel. Cette deuxième hypothèse ramena Myron à son obsession initiale : Alexander Cross.

Certes, Valérie et Pavel assistaient tous les deux à la réception donnée au club de tennis, six ans plus tôt. Et alors ? Supposons que Jessica ait raison. Supposons que Valérie ait vu quelque chose qu'elle n'aurait pas dû voir, cette nuit-là. Qu'elle ait reconnu le vrai meurtrier d'Alexander, par exemple. Et qu'elle ait décidé de révéler la vérité. Mais quel rapport avec Pavel Menansi ? Même s'il avait lui aussi été témoin du crime, il s'était tu durant toutes ces années, alors pourquoi aurait-il soudain changé d'avis ? Par ailleurs, que venait faire Duane Richwood dans le tableau ? Et Deanna Yeller ? Et Errol Swade ? S'il était encore vivant, où se cachait-il, celui-là ?

Myron continua vers l'est sur environ cinq cents mètres, puis tourna dans Park Avenue. En face de lui, l'immeuble Helmsley, majestueux et un tantinet ostentatoire, semblait s'élever au beau milieu de la chaussée. À côté, la tour MetLife, ex-PanAm, semblait se pencher au-dessus de lui comme pour le protéger. Simple illusion d'optique : on n'était pas à Pise, même si ça faisait des lustres que la tour avait été rebaptisée. Myron ne s'habituait pas au changement de nom. Chaque fois qu'il débouchait sur Park Avenue, à ce carrefour précis, Myron s'étonnait de ne plus apercevoir le logo de la PanAm.

Il y avait pas mal d'animation devant l'immeuble où étaient situés les bureaux de Win et de Myron. Il contourna la sculpture – positivement hideuse – qui ornait l'entrée. Ça ressemblait à un gigantesque amas d'intestins. Myron avait vainement cherché la plaque indiquant le nom de cette œuvre qui sans doute resterait dans les annales. Curieusement – mais au fond, non, pas si étonnant que ça dans une ville comme New York –, quelqu'un avait volé ladite plaque, qui n'avait jamais été remplacée. Qui pouvait avoir eu l'idée de piquer un truc pareil ? Et pour en faire quoi ? L'exposer au-dessus de la cheminée ?

En faire une table basse ? Peut-être y avait-il un marché parallèle, des amateurs d'art moderne qui n'avaient pas les moyens de s'offrir les sculptures et en collectionnaient les plaques, faute de mieux ? Les gens sont si bizarres, parfois...

Myron pénétra dans le hall. Trois hôtesses Lock-Horne étaient assises derrière le comptoir de réception et souriaient à en avoir des crampes aux maxillaires. Encore fraîches et jolies malgré l'excès de maquillage. Le genre de petite blonde qui rêve de devenir top model et pense avoir plus de chances de rencontrer un mécène dans le hall de l'empire Lock-Horne plutôt qu'en tant que serveuse dans une cafétéria du Bronx. Myron passa devant elles, leur adressant son sourire le plus dévastateur. Elles l'ignorèrent. Le flop total. Bon, elles avaient dû le voir en compagnie de Jessica. Oui, ça devait être ça.

En sortant de l'ascenseur, il se dirigea directement vers Esperanza. Son chemisier blanc contrastait de façon saisissante avec sa peau cuivrée. Ah, sacrée Pocahontas ! Elle aurait été fantastique dans une pub pour ces lotions qui permettent de bronzer sans soleil. Offrez-vous Malibu sans bouger de chez vous !

– Hello, dit-il.

Elle leva les yeux, posa la main sur le récepteur du téléphone.

– Myron, vous tombez bien ! J'ai Jake au bout du fil. Vous le prenez ?

– Oui, passez-le-moi. Salut, Jake !

– Où t'étais passé, espèce d'enfoiré ? Y a

une meuf qu'a pratiqué une vague autopsie sur Curtis Yeller. Elle est d'accord pour te rencontrer.

– Une meuf ?

– Oui, enfin, une nana. Excuse-moi si je maîtrise pas encore tout à fait la langue des Blancs. La plupart du temps, je parle encore comme un nègre.

– Ça c'est parce que t'es trop paresseux pour prononcer « afro-américain ». Trop de syllabes.

– Je croyais que la dernière en date, c'était « citoyen américain riche en mélanine ».

– D'abord on ne dit plus « langue des Blancs » mais « langue de bois ». C'est comme ça, mon pote. Faut sortir, de temps en temps. Le vocabulaire évolue, à défaut des mentalités. T'es pas encore tout à fait séman-tiquement correct, Jake !

– Ouais, je vois. Bon, blague à part, l'assis-tante du légiste s'appelle Amanda West. Elle a l'air bien décidée à cracher le morceau.

Jake lui donna le numéro de téléphone et l'adresse.

– Et le flic ? Jimmy Blaine, c'est bien ça ?

– Aucune chance, à mon avis.

– Il est toujours dans la police ?

– Non. Retraité.

– T'as pu avoir son adresse ?

– Ouais.

Esperanza, les yeux rivés sur l'écran de son ordinateur, ne réagit pas.

– Tu pourrais me la filer ? demanda Myron.

– Non.

– Je n'ai pas l'intention de le harceler, Jake. Je te l'ai juré.

– J'ai dit non.

– Tu sais très bien que je peux retrouver ses coordonnées sans ton aide.

– Oui, mais au moins je ne serai pas responsable de sa mort. Jimmy est un mec bien, Myron.

– Moi aussi.

– Sans doute. Mais quand tu te lances dans tes petites croisades, tu laisses pas mal de cadavres derrière toi, avoue-le.

– Ce qui veut dire ?

– Laisse béton. Oublie Jimmy, s'il te plaît.

– Mais de quoi as-tu peur ? Je veux simplement lui poser deux ou trois questions.

Silence au bout du fil. Esperanza demeura discrète, ne leva pas les yeux de son écran. Myron insista :

– Sauf si ton pote Jimmy a quelque chose à se reprocher.

– Laisse tomber, répéta Jake.

– Même si...

– Même si. Allez, ciao, Myron.

Bip, bip... Myron n'avait plus que la tonalité pour interlocuteur.

– Bizarre, dit-il. C'est pas son genre de me raccrocher au nez.

– C'est vrai, marmonna Esperanza, le nez toujours collé sur son écran. En attendant, vous avez plein de messages sur votre bureau, Myron.

– Vous avez vu Win ?

– Non.

– Pavel Menansi est mort. Assassiné. Hier soir.

– Le même tueur que pour Valérie ?

– C'est ce que pense la police.

– Mon Dieu, ça me fend le cœur ! Je suis sûre que je ne vais pas en dormir de la nuit !

Esperanza leva enfin les yeux de son ordinateur.

– Vous saviez qu'il faisait partie des invités, à cette soirée en l'honneur d'Alexander Cross ? Vous vous rappelez, la liste que je devais examiner au microscope.

– Je m'en doutais. Vous avez trouvé d'autres noms intéressants ?

Elle esquissa un sourire.

– À vous de deviner, patron.

– Non, c'est pas drôle. Qui ? Dites-moi qui !

– Le dernier auquel on aurait pu penser. Le débile de service. Le lapin avec les grandes oreilles.

– Non, j'y crois pas ! dit Myron.

– J'ai bien peur que si.

– Ned Tunwell ?

– Ah, c'est pas trop tôt !

Super Myron, qui se fait niquer par Nike et est le dernier au courant !

– Mais quel rapport avec Valérie ?

– Ned, alias Edward, pour les intimes. J'ai pioché dans les archives, et dans les comptes. Devinez qui a signé le premier contrat de Nike avec Valérie ?

– Edward Tunwell.

– Et qui a bu la tasse, quand elle a plongé ?

– Ned Tunwell.

– Vous comprenez vite !

Elle baissa de nouveau les yeux vers son écran et se mit à taper fébrilement sur le clavier.

Myron attendit. Puis, n'y tenant plus, l'interrogea :

– Rien d'autre ?

– Juste une rumeur. Aucune preuve.

– À quel propos ?

– Eh bien... Il semblerait que Ned Tunwell et Valérie Simpson aient été très intimes. Bien plus que de simples amis.

– Appelez-le tout de suite. Je veux lui parler.

– Pas de panique. Je l'ai déjà convoqué. Il devrait se pointer ici à dix-neuf heures.

– Esperanza, que ferais-je sans vous ?

39

Le Dr Amanda West avait pris du galon. Elle était désormais directrice du département de Pathologie au Centre médical de St-Joseph à Doleystown, non loin de Philadelphie. Myron prit un ticket à l'entrée et se gara sur l'une des places réservées aux médecins. Il venait de couper le contact lorsque son portable vibra.

– Oui ?

– Jessica est à l'abri, dit Win.

– Ouf ! Merci !

– Bon, on se voit demain, dans les tribunes.

Clic. Terminé.

C'était tout Win, ça. Même pas le temps de se dire au revoir ni où avait lieu le prochain rencard.

Myron demanda à la réceptionniste où se trouvait la morgue. Elle le regarda comme s'il était franchement débile et haussa les épaules :

– Au sous-sol, bien sûr. Vous vous croyez où ? À Disneyland ?

Il prit l'ascenseur et appuya sur le dernier bouton, tout en bas. Personne dans les parages. Visiblement, ce n'était pas l'endroit où le personnel se réunissait pour un petit café à l'heure de la pause. Il finit par trouver une porte sur laquelle était collée une étiquette fort sympathique : MORGUE. Bravo, Bolitar ! Où que que tu sois, tu trouves toujours ton chemin ! Il détestait ce genre d'environnement mais prit sur lui et frappa. Timidement.

– Entrez, c'est ouvert ! dit une voix charmante.

La pièce était plutôt petite et, contrairement à toute attente, il y régnait une forte odeur de Monsieur Propre. Le décor était moderne, nickel chrome. Deux établis, face à face, en alu. Des étagères, en alu. Deux ou trois chaises pliantes, métalliques elles aussi. À part ça, tout plein de plateaux en inox et d'instruments rutilants. Pas la moindre trace de sang. Pas une parcelle de cervelle humaine. Myron en fut presque déçu. Il détestait la violence parce que c'était une solution un peu trop facile. Comme sauter d'un avion sans parachute. Mais là, dans cet endroit où l'on était censé disséquer la mort, la propreté ambiante le laissa baba. Littéralement sans voix.

– Puis-je vous aider ? demanda la jeune femme.

– Euh... Oui, peut-être. Je cherche le Dr West. Nous avons rendez-vous.

– Enchantée, dit-elle en lui tendant la main. Vous devez être Myron Bolitar ?

Amanda West lui adressa un sourire qui illumina toute la pièce. Elle était blonde, jolie comme un cœur, avec un petit nez en trompette. Dans ce métier, Myron s'attendait à tout sauf à une poupée Barbie. Ce n'est pas qu'il fût cent pour cent macho, mais... disons qu'il fut cent pour cent surpris. Elle semblait bien trop fragile et trop féminine pour passer sa vie à découper des cadavres. Bref, elle ne correspondait pas à l'image qu'il se faisait d'un médecin légiste.

– Vous vouliez connaître mes conclusions à propos de Curtis Yeller, n'est-ce pas ?

– En effet.

– Ça fait six ans que j'attends cet instant ! Venez, je vais vous montrer.

Elle ouvrit une porte derrière elle. Il hésita.

– Vous avez peur ?

– Euh... non.

Superman, Bolitar. Exterminator en personne...

Amanda sourit, adorable :

– En fait, il n'y a pas grand-chose à voir. Rien que des dossiers, mais il y a des gens qui sont claustrophobes.

Myron pénétra dans la pièce et comprit ce qu'elle voulait dire. De grands casiers occupaient tout un mur, empilés et alignés du sol au plafond. Cinq en hauteur, huit en largeur. Soit quarante au total. (Bolitar, roi de la table de multiplication !) Et dans la plupart d'entre eux reposait un mort dont l'assassin courait sans doute encore. Des victimes qui avaient eu une femme ou un mari, des enfants, un job, une maison et un jardin avec une balançoire... Des gens qui avaient aimé, avaient rêvé, s'étaient battus pour une vie meilleure. Pour se retrouver dans ces tiroirs métalliques. Claustrophobe, Myron ? Mais non, voyons ! Quelle idée !

– Jake m'a dit que vous vous souveniez de Yeller ?

– Oui, bien sûr. Ce fut mon premier cas intéressant.

– Excusez-moi si je vous parais indiscret, mais vous me semblez bien jeune pour avoir été mêlée à cette histoire, il y a six ans. Vous deviez encore être étudiante.

– Vous n'avez pas tout à fait tort, dit-elle avec un sourire craquant. Je venais de terminer mon internat et je travaillais ici deux soirs par semaine, en tant que stagiaire. Le corps d'Alexander Cross et celui de Curtis Yeller ont été amenés en même temps. Naturellement, le grand patron s'est occupé du fils du sénateur en priorité, alors c'est moi qui ai pratiqué les premiers examens sur Curtis Yeller. Non pas une autopsie complète, mais je n'en avais pas besoin pour déterminer la cause de la mort.

– Qui était ?

– Blessure par balle. Deux coups avaient été tirés. L'un dans la partie inférieure gauche du thorax, l'autre en pleine face.

– Les deux étaient mortels ?

– Non. La première balle n'avait atteint aucun organe vital.

Décidément, Amanda West était mignonne à croquer, se dit Myron. Elle penchait la tête tout en parlant. Jessica faisait ça aussi.

– En revanche, poursuivit la jeune femme, la deuxième balle lui avait littéralement arraché le visage. Il n'avait plus de nez. Les deux pommettes n'étaient plus qu'une bouillie de chair et d'esquilles d'os. Un vrai massacre. Le coup avait dû être tiré à bout portant. À moins de trente centimètres, en tout cas.

– Vous voulez dire qu'un policier lui a explosé la tête en le regardant dans les yeux ?

Un robinet coulait goutte à goutte dans un évier en inox. Ce petit bruit régulier qui résonnait dans la pièce avait quelque chose de dérisoire et de terrifiant à la fois.

– Je ne fais que vous relater ce que j'ai constaté, dit Amanda. À vous d'en tirer vos propres conclusions.

– Qui d'autre est au courant ?

– Je n'en suis pas sûre. Cette nuit-là, c'était le souk. D'habitude je travaille seule, mais là il y avait bien une demi-douzaine de types qui jouaient les mouches du coche autour de moi. Je n'en connaissais aucun, mais je peux vous assurer qu'ils n'étaient pas médecins.

– C'était qui, d'après vous ?

– Des flics et des agents du gouvernement.

– Des fédéraux ?

– Je ne sais pas trop. On m'a dit qu'ils travaillaient pour le sénateur Cross. Les services secrets, ou un truc comme ça. Ils ont tout confisqué – les échantillons que j'avais prélevés, les deux balles que j'avais extraites, enfin tout. Ils ont parlé de secret-défense. C'était un tel cirque, vous ne pouvez pas vous imaginer. À un moment donné, la mère de Curtis Yeller a même réussi à entrer dans la pièce et elle s'est mise à m'insulter.

– Et pourquoi ?

– Elle refusait l'autopsie, elle voulait récupérer le corps de son fils, immédiatement. À ma grande surprise, elle a obtenu gain de cause. C'était bien la première fois que je voyais la police compatir à la douleur d'une mère éplorée ! En fait, ça devait bien les arranger. Bizarre, vous ne trouvez pas ? conclut-elle avec un autre sourire désarmant.

– La mère de Curtis ne voulait pas d'autopsie ?

– Non. Ça la mettait hors d'elle.

Myron haussa les épaules.

– C'est assez courant. Les parents ne sautent jamais de joie à l'idée qu'on découpe le corps de leur enfant en fines lamelles.

– Exact, mais le plus souvent c'est parce qu'ils souhaitent les enterrer selon leurs convictions religieuses. Or Curtis Yeller a été incinéré.

– Je vois. Toute preuve susceptible d'incriminer la police est partie en fumée avec le corps.

– Comme par miracle.

– Donc, vous pensez que, peut-être, quelqu'un aurait pu... l'influencer ?

– Hé, j'ai seulement dit que je trouvais ça bizarre. Le reste est de votre ressort. Moi je ne suis que médecin légiste.

Myron acquiesça.

– Vous avez noté autre chose ?

– Oui.

– Quelque chose de bizarre, ou de suspect ?

– À vous de décider.

Elle hésita, lissa les plis de sa blouse blanche.

– Je ne suis pas experte en balistique mais pas totalement nulle non plus. J'ai extrait deux balles du corps de Yeller. L'une de son thorax, l'autre de son crâne.

– Oui ?

– Eh bien, elles n'étaient pas du même calibre.

Elle leva l'index, tel un prof prêt à commencer sa leçon. Elle ne souriait plus.

– Comprenez-moi bien, monsieur Bolitar. L'important, ce n'est pas que les deux balles aient été tirées par deux armes. Ce qui est bizarre, dans cette affaire, c'est que tous les policiers de Philadelphie sont équipés d'une arme de même calibre.

Myron en eut comme un vertige.

– Ce qui veut dire que deux personnes ont tiré sur Yeller. Et l'une d'elles ne faisait pas partie de la police locale.

– Vous comprenez vite, dit-elle. Maintenant, le plus drôle, c'est que tous ces types des services secrets étaient armés. Et ils avaient tous des flingues de différents calibres. Vous trouvez ça bizarre, ou suspect ?

Il la regarda, admiratif.

– En tout cas, je ne trouve pas ça drôle. Merci, Amanda. Je vous revaudrai ça.

40

Myron décida d'ignorer les conseils de Jake. Surtout après avoir écouté les révélations d'Amanda West.

Trouver l'adresse de l'ex-officier de police Jimmy Blaine n'avait pas été chose facile : il avait pris sa retraite deux ans plus tôt et avait disparu de la circulation. Esperanza la bien-nommée n'abandonnait jamais. Elle finit par découvrir que l'homme s'était retiré sur les rives d'un petit lac dans les Poconos. Myron se paya deux heures d'errance au sein d'une nature hostile avant de trouver le chemin de terre qui correspondait à la description d'Es-peranza. Il jeta un coup d'œil à sa montre : il avait le temps de discuter avec Jimmy Blaine et d'être de retour au bureau pour son rendez-vous avec Ned Tunwell.

La baraque était rustique, sans prétention.

Le genre de truc qu'on s'attendait à trouver au fin fond de l'Amérique profonde. Allée de gravillons. Ne manquaient que les nains de jardin. Sinon, tout le reste y était : la bannière étoilée plantée dans le jardin au milieu des mauvaises herbes et le fauteuil à bascule sous le porche. Un concentré d'immobilisme. Un demi-siècle plus tôt, l'endroit devait ressembler à ça, trait pour trait. Comme si l'histoire s'était figée pour l'éternité.

Myron enjamba les trois marches du perron et nota qu'une rampe d'accès avait été construite, en parallèle. Plutôt incongrue, dans ce contexte. Comme un beignet gorgé de graisse dans un resto bio. En l'absence de sonnette, il frappa à la porte.

Pas de réponse. Étonnant. Fidèle à sa méthode, Myron avait appelé, dix minutes plus tôt. Une voix d'homme avait répondu. Donc, Jimmy Blaine était chez lui. Peut-être était-il parti à l'arrière de la maison pour ramasser du bois ou réparer je ne sais quoi. Myron fit le tour de la baraque. Et en resta baba. Le spectacle était... spectaculaire. À en tomber le cul par terre. Le soleil se couchait sur le lac, tranquille et sûr de lui, beau comme un dieu.

Parfaitement immobile, un homme était assis dans un fauteuil roulant. À ses pieds se tenait un énorme chien. Un saint-bernard.

Myron s'approcha.

– Bonsoir, dit-il, timidement.

L'homme ne daigna même pas lever les yeux. Il était vêtu d'un T-shirt rouge et d'une casquette de base-ball posée dans le bon sens.

Ses jambes étaient couvertes d'un plaid. Étonnant, par cette chaleur. Et il avait un portable à portée de main.

– Bonsoir, jeune homme.

– Belle journée, n'est-ce pas ?

Ah, Bolitar, le roi de l'intro !

– Ouais.

– Dites-moi si je me trompe. Vous êtes bien Jimmy Blaine ?

– Ouais.

Avec ou sans le fauteuil roulant, c'était difficile d'imaginer ce mec en train de nettoyer les bas-fonds de Philadelphie durant les dix-huit dernières années. D'un autre côté, Philadephie était une ville tellement pourrie qu'elle aurait pu être nettoyée par n'importe quel cul-de-jatte possédant encore une paire de couilles.

Silence. À part les mouches qui bourdonnaient et les moustiques qui piquaient. Au bout d'un moment, Myron revint à la charge :

– Pas tellement de pluie cette année, n'est-ce pas ?

Bolitar, roi de la météo.

– Ouais. On a vu mieux.

– C'est votre chien, là ?

– Ouais. C'est Fred.

– Salut, Fred !

Myron gratouilla Fred derrière les oreilles. Lequel, tout content, remua la queue avec frénésie et lâcha un pet retentissant.

– Vous vous êtes déniché un petit coin de paradis, dit Myron.

La petite maison dans la prairie. Dr Quinn à

domicile. Myron s'imagina un instant relooké en Charles Ingalls.

– Monsieur Blaine, je m'appelle...

– Myron Bolitar. Oui, je sais qui vous êtes. Je vous attendais.

– Ah, je vois. Jake vous a prévenu ?

– Il m'a dit que vous étiez borné, plus têtu qu'une mule. Mais intelligent.

– Il a toujours eu tendance à exagérer. Je n'ai qu'une ou deux questions à vous poser.

– Auxquelles je n'ai pas l'intention de répondre.

– Je sais, Jake m'a prévenu. Mais je ne vous citerai pas, monsieur Blaine. Je ne dévoile jamais mes sources !

– Oui, Jake m'a dit que vous étiez réglo. Une sorte de justicier en culottes courtes. Un Zorro pas tout à fait mûr.

– Ah bon, il a dit ça ? Et quoi d'autre ?

– Que vous feriez mieux de vous mêler de vos fesses, enfin, il a formulé ça autrement et c'était beaucoup moins gentil. Il a dit aussi que dès que vous vous pointez ça sent le roussi. Bref, il m'a vivement conseillé de vous envoyer sur les roses. Jake étant un pote de longue date, je serais plutôt enclin à l'écouter. D'un autre côté, vous m'intriguez. C'est la mort de Curtis Yeller qui vous empêche de dormir, n'est-ce pas ?

– Oui. Je veux simplement découvrir qui l'a tué.

– Inutile de chercher plus loin. C'est moi.

– Non. Je n'y crois pas une seconde.

Silence.

– C'est moi. Je l'avoue.

– Bon. Alors racontez-moi ce qui s'est passé.

– Cet enfoiré avait une arme à la main, pointée vers moi. J'ai tiré avant lui. Légitime défense. Point final.

– Où étiez-vous, quand vous avez tiré ?

– Bof, je ne sais plus. Une vingtaine de mètres.

– Combien de coups avez-vous tirés ?

– Deux.

– Et il est tombé ?

– Non. Il s'est fait la malle avec son pote Swade. Ils ont disparu, tous les deux.

– Vous avez tiré sur un suspect, par deux fois, dans les côtes et en pleine face, et il a trouvé le moyen de s'enfuir ?

– Non, j'ai pas dit ça. On les a vus, ils couraient, on courait derrière eux, et d'un seul coup ils ont disparu. C'était le quartier des Yeller. Quelqu'un a dû leur ouvrir une fenêtre. Ou une porte.

– Ah oui ? Et il s'est réfugié chez eux, avec le crâne éclaté ?

Jimmy Blaine haussa les épaules :

– Je n'en sais rien. Peut-être que Swade l'a aidé ?

– Vous savez très bien que ça ne s'est pas passé comme ça, dit Myron. Ce n'est pas vous qui l'avez tué.

Blaine ouvrit de grands yeux.

– C'est la deuxième fois que vous me dites ça. Vous pouvez m'expliquer pourquoi ? Je vous rappelle que j'y étais, et pas vous.

– Deux balles ont atteint Yeller.

– Oui, je sais. Je vous l'ai dit, j'ai tiré deux fois.

– Sauf que les deux balles n'étaient pas du même calibre. Celle qui l'a tué n'était pas la vôtre.

Jimmy Blaine en resta coi.

– Pas du même calibre, dites-vous ?

– Affirmatif.

– Je me suis renseigné, par la suite. Ce môme que j'ai tué n'était même pas fiché. Dans ces quartiers, c'est plutôt rare. Et vous savez ce que ça veut dire ? J'ai tiré sur un gamin de seize ans, un brave gosse. Jamais je ne me le pardonnerai.

– Ce n'est pas vous qui l'avez tué, dit Myron. C'est en partie pour ça que je voulais vous rencontrer.

– Mais comment avez-vous su, à propos des balles ?

– La jeune légiste – elle était stagiaire à l'époque – avait tout compris. Elle vient de me raconter ce qu'elle a constaté. Mais vous ? Vous étiez au courant, bien sûr ?

– Non. Je vous le jure. Je sais que vous n'allez pas me croire mais pour moi, c'était de la légitime défense. Personne n'en a douté. Mes supérieurs n'ont même pas jugé utile d'investiguer. Finalement, je n'avais fait que mon boulot, et mon devoir de citoyen. Tout le monde était content, y compris moi, parce que je tenais à mon job.

Myron attendit la suite de la confession, qui ne vint pas.

– Vous savez qui a tué Curtis Yeller. Qui protégez-vous, et pourquoi ?

Silence.

Fred remuait la queue, tout content. Il avait dû flairer un lièvre. Les animaux, à l'instar des philosophes, savent apprécier l'instant présent. Myron contemplait le lac, hypnotisé par cette surface argentée et insondable.

– Ils m'ont fait porter le chapeau et moi je n'ai rien vu, dit Blaine. J'ai porté ce fardeau durant ces six dernières années mais quelle importance ? Ce brave vieux Jimmy ! Le pigeon idéal ! Tellement con qu'il gobera tout ce qu'on lui dira. Oh, bien sûr, ils ont été sympas. Lavé de tout soupçon, le Jimmy. C'est tout juste s'ils ne m'ont pas décerné une médaille. C'est vrai, quoi : en tirant, j'avais sauvé la vie de mon coéquipier. Ça faisait de moi un héros et tout le monde s'en félicitait. Sauf moi.

Myron faillit lui demander pourquoi mais préféra se taire : les confidences sont fragiles, mieux vaut ne pas les interrompre.

– J'ai vu ce garçon baigner dans son propre sang, continua Blaine. J'ai vu sa mère le tenir dans ses bras et je l'ai entendue hurler à la mort. Il n'avait que seize ans. Et ce n'était même pas un voyou. Ni drogué, ni dealer, ni braqueur. C'était un bon p'tit gars. Je me suis renseigné, par la suite. Ce n'était même pas lui qui avait poignardé le fils du sénateur. C'était l'autre. Swade. Un bon à rien.

Deux canards sauvages vinrent effleurer la surface du lac, puis reprirent leur envol.

– Je me suis rejoué cette scène des milliers

de fois dans ma tête. Il faisait nuit, on n'y voyait pas à un mètre. Peut-être bien que le gamin n'avait pas l'intention de tirer. Et je ne suis même pas sûr qu'il avait un flingue à la main. Mais quelle importance, à présent ? Légitime défense ! C'est pratique, pour s'acheter une bonne conscience. Sauf que je n'y ai jamais totalement cru. J'entends encore les cris de sa mère. Je la revois, serrant contre son cœur la tête ensanglantée de son garçon. Ça me poursuit, nuit et jour. J'y pense sans arrêt. Et penser, c'est pas très bon, pour un flic. Ça ne fait pas partie du job. Quatre ans plus tard, je me suis retrouvé devant un môme qui me tenait en joue. J'ai revu la mère de Curtis Yeller et j'ai hésité. Un peu trop longtemps.

Il pointa l'index vers ses jambes inertes :

– Et voilà le résultat. Sacré vieux Jimmy ! Cloué dans son fauteuil. Retraite anticipée.

Silence pudique, de part et d'autre.

À présent, Myron comprenait pourquoi Jake s'était montré si réticent, au téléphone. Jimmy Blaine était peut-être coupable mais pas responsable, comme disent les politiciens. Quelle qu'ait été sa faute dans l'affaire Yeller, il avait payé le prix fort. Le seul problème, c'est qu'il n'avait commis aucune faute, justement. Légitime défense ou non, il n'avait pas tué Curtis, point final. En fin de compte, Jimmy Blaine n'était qu'une autre victime.

Myron demeura silencieux un instant, puis revint à la charge :

– Savez-vous qui a tué Curtis Yeller ?

– Non, pas vraiment.

– Mais vous avez une petite idée ?

– Oui, on peut dire ça comme ça.

– Et vous ne voulez pas en parler, n'est-ce pas ?

Jimmy Blaine baissa les yeux vers Fred, comme pour trouver la réponse. Le chien ne bougea pas d'un poil. Étalé sur le parquet, le museau entre les pattes, il remplissait parfaitement son rôle de carpette. Contrairement aux philosophes, les animaux savent se taire quand il le faut.

Finalement, Blaine se décida :

– Henry et moi – c'était mon coéquipier, à l'époque –, enfin, bref, Henry et moi, on patrouillait et on a reçu cet appel, un peu après minuit. Deux suspects avaient volé une voiture à deux pas du club de tennis Old Oaks. Une Cadillac Seville bleu marine. Vingt minutes plus tard, on a repéré le véhicule sur le périph. On l'a pris en chasse et les types ont accéléré. Alors Henry a appuyé sur le champignon, évidemment.

La voix de Jimmy avait changé. Il était redevenu flic, il lisait le compte rendu qu'il avait dû remettre à son chef six ans plus tôt, et qu'il s'était récité tant de fois depuis cette horrible nuit.

– Ensuite, reprit Blaine, la Cadillac s'est engagée dans une impasse près de Hunting Park Avenue. Pris au piège, les suspects ont abandonné leur véhicule et se sont enfuis. Henry et moi, on les a suivis. On les avait pratiquement rattrapés quand l'un des deux s'est retourné vers nous et a sorti un flingue de sa poche. Henry lui a dit de poser son arme, mais l'autre a tendu le bras, le doigt sur la détente. C'est là que j'ai tiré. Deux fois. Le garçon a trébuché et puis il a disparu à l'angle d'un immeuble. Le temps qu'on arrive au carrefour, il n'y avait plus personne à l'horizon. Ni lui ni son copain. On a pensé qu'ils s'étaient planqués dans les parages, alors on a attendu les renforts tout en surveillant la zone du mieux qu'on pouvait, sans prendre trop de risques. Finalement, ce ne sont pas les collègues qui se sont pointés en premier, mais les autres types, soi-disant des services secrets.

– Les hommes du sénateur Cross ?

– Oui. Ils ont prétendu appartenir à une brigade de « Sécurité nationale » mais à mon avis c'étaient des mecs de la Mafia.

– Pourtant, le sénateur m'a affirmé n'avoir aucun contact avec le milieu.

Jimmy Blaine leva un sourcil :

– Vous plaisantez ?

– Pas du tout.

– Elle est bien bonne, celle-là. Tout le monde sait que les parrains tiennent Bradley Cross par les couilles. Plus spécifiquement, la famille Perretti. Cross est un joueur invétéré. Complètement accro. Il a également été arrêté deux fois avec des prostituées, lors de rafles. En plus, l'un de ses adversaires politiques – au début de sa carrière, quand il n'était encore que membre du Congrès – a été retrouvé au fond de l'Hudson avec des chaussures en ciment, durant les primaires.

– Et vous avez pu remonter jusqu'à Cross ?

– On n'a jamais pu le prouver mais c'est un secret de Polichinelle.

Ainsi, Win avait raison. Ce cher sénateur l'avait clairement pris pour un con. Ton bon cœur te perdra, Bolitar...

– Revenons-en au cas Yeller, dit Myron. Que s'est-il passé ensuite ?

– Comme je le disais, les gus du sénateur sont arrivés presque immédiatement. Ils étaient branchés sur notre fréquence. Par radio, on a reçu l'ordre de coopérer à cent pour cent. Un sacré déploiement, rien que pour choper deux gamins ! Je m'étonne encore qu'Henry et moi on les ait retrouvés avant les autres rigolos. Pour ce genre de truc, ces mecs-là sont plus efficaces que nous, vous savez.

Myron ne le savait que trop. Les mafieux possèdent pas mal d'avantages par rapport à la police. Ils connaissent le terrain comme leur poche, ont des complicités un peu partout – bakchich oblige. En outre, ils se foutent royalement des lois, des droits du citoyen et tout le bazar. À côté de la terreur qu'ils inspirent, la peur du gendarme, c'est un jeu de rôle pour pré-adolescents.

– Ensuite ?

– On a commencé à ratisser la zone avec nos torches. On a fouillé les poubelles, les bennes, tout ça. Le grand jeu, flics et « agents spéciaux » main dans la main. Et puis, deux ou trois minutes plus tard, on a entendu des coups de feu. Ça venait d'un squat près de l'endroit où j'avais tiré sur Yeller. Henry et moi, on s'est précipités. Mais les hommes du sénateur étaient déjà sur place.

Blaine s'interrompit, se pencha et gratouilla Fred derrière les oreilles. Le chien remua la queue et leva vers son maître un regard éperdu d'adoration.

– Vous connaissez la suite, reprit Jimmy d'une voix éteinte. Curtis Yeller était mort. Sa mère, à genoux, le serrait dans ses bras. Elle répétait son prénom encore et encore, comme si elle espérait le ramener à la vie. Ou plutôt le réveiller pour l'emmener à l'école. Puis elle s'est mise à le bercer comme un bébé, tâchant de le calmer pour qu'il se rendorme. C'était insoutenable. On était tous debout à la regarder, les bras ballants. Même les caïds du sénateur l'ont laissée tranquille.

– Mais les coups de feu ?

– Oui, quoi ?

– Ceux qu'Henry et vous avez entendus. Vous ne vous êtes pas posé de questions ?

– Si, bien sûr. Mais j'ai pensé que les types de la sécurité avaient tiré sur Swade et qu'ils l'avaient raté. C'est vraiment ce que j'ai cru.

– Il ne vous est pas venu à l'idée qu'ils avaient pu tuer Yeller ?

– Non.

– Pourquoi ?

– Je viens de vous raconter la scène, dans quel état on a trouvé sa mère...

– Oui, mais je ne vois pas le rapport.

– Eh bien, quand elle a finalement compris que son fils ne risquait pas de se réveiller, elle est devenue hystérique, elle s'est mise à hurler.

Elle voulait savoir qui avait tué son garçon. Elle voulait regarder l'assassin droit dans les yeux, ce monstre qui avait abattu un gamin de sang-froid, à bout portant, dans la rue. Elle a dit alors que Swade l'avait traîné jusque dans cet endroit alors qu'il était déjà mort.

– Elle a dit tout ça ? Que Swade avait déplacé le corps de son cousin ?

– Oui.

Silence. Pas un bruissement d'ailes, pas plus celles d'une mouche que celles d'un ange. Un vrai silence post-mortem, aurait dit Win. Myron tricotait des neurones mais il avait toujours su faire ça discrètement. Jimmy Blaine aussi, apparemment.

Au bout d'un moment, cependant, le flic paraplégique releva la tête.

– Drôlement cool, dit-il.

– Quoi ?

– Fallait qu'elle soit drôlement cool, Mme Yeller, si tout ça n'était que du cinéma. Si elle mentait à propos de la mort de son propre fils. D'un autre côté, je n'ai jamais compris pourquoi il n'y avait pas eu de répercussions. Elle n'a pas porté plainte. Elle n'est pas allée voir la presse. Elle n'a même pas demandé d'explications.

Il secoua la tête.

– Non, je n'arrive pas à y croire. Qui aurait pu la convaincre de se taire, alors qu'on avait massacré sa chair et son sang ? Quels moyens de pression auraient-ils pu employer ? Et si vite ? Le fric ? Les menaces ?

– Je ne sais pas, avoua Myron.

Un oiseau troubla la paix ambiante. Mais ce n'était pas un son mélodique. Juste le croassement d'une corneille. Ou d'un corbeau. Jimmy Blaine fit pivoter son fauteuil roulant en direction de sa cabane. Durant toute la durée de leur entrevue, il avait sculpté un objet en bois. L'œuvre était terminée. Un lièvre. Frappant de réalisme.

– Vous n'avez pas un petit creux ? demanda-t-il. Je vous invite à partager mon modeste déjeuner. C'est de bon cœur.

Myron jeta un coup d'œil à sa montre. Il se faisait tard, il avait rendez-vous au bureau avec Ned Tunwell.

– Merci, dit-il à regret, mais faut que j'y aille.

– Alors une autre fois, peut-être ? Quand vous en aurez fini avec cette triste histoire.

– Avec plaisir, Jimmy.

Blaine souffla sur son lièvre miniature pour en ôter les derniers copeaux et la sciure.

– N'empêche, ça me dépasse, murmura-t-il.

– Quoi donc ?

Il examina son œuvre sous tous les angles, d'un œil critique.

– Est-il possible qu'une mère se montre aussi cynique ? Combien d'argent lui ont-ils offert ? Qu'ont-ils pu lui dire pour l'effrayer à ce point ? Bon sang, comment peut-on bafouer la mémoire d'un être qu'on a mis au monde ?

Il reposa le petit lièvre en bois sur ses genoux et soupira.

– Non, décidément, je ne comprends pas.

– Moi non plus, dit Myron.

41

Myron remonta dans sa Ford Taurus et mit le cap à l'est. Il était tout seul sur l'autoroute. Autour de lui, rien que des arbres. Tout plein d'arbres, à perte de vue. Ah, la nature ! En fait, la verdure, c'était pas franchement son truc. La chasse, la pêche, toutes ces activités censées plaire aux hommes qui sont de vrais hommes, ça le laissait froid. Quelque part, ça lui rappelait Ned Beatty dans un film qui l'avait terrifié : *Délivrance*. Lui était un citadin pur jus. Il aimait les gens. Le mouvement. Les néons. Le bruit. Enfin, les bruits de la ville. Il préférait nettement le chant des klaxons sur Broadway aux grognements d'une harde de sangliers au fond des bois. Sans parler du fameux brame du cerf, qu'il n'avait jamais entendu qu'à la télé et n'avait jamais trouvé particulièrement émouvant. Fin de la parenthèse.

À présent, il en savait un peu plus à propos de la mort d'Alexander Cross et de Curtis Yeller. Il en avait même appris de belles, en vingt-quatre heures. Mais rien de tout cela ne l'avançait quant au meurtre de Valérie Simpson. Or elle demeurait tout de même son problème numéro un. Plonger son nez dans une histoire enterrée depuis six ans, c'était intéressant, mais ce qu'il voulait, dans l'immédiat, c'était démasquer l'assassin de Valérie. Découvrir pourquoi quelqu'un avait voulu mettre un terme à cette jeune vie déjà bien amochée. Bolitar le justicier. Le complexe de Zorro ? Win pouvait toujours se moquer, pour Myron, c'était simple : Valérie méritait qu'éclate la vérité.

La route était toujours déserte, encadrée de deux murs de verdure. Myron se mit à récapituler ce qu'il avait appris jusqu'à présent. Jimmy Blaine et son coéquipier avaient vu Errol Swade et Curtis Yeller, les avaient poursuivis. Jimmy avait tiré deux fois sur Yeller. Pour protéger son collègue, selon lui. C'était sans doute vrai mais là n'était pas la question : si l'une de ces deux balles avait atteint Curtis au thorax, elle n'avait pas été mortelle. L'important, c'était que quelqu'un d'autre avait éclaté la tête du garçon à bout portant. Avec une arme d'un calibre différent. Et ce quelqu'un n'était pas un policier.

Qui avait tué Curtis Yeller ?

De toute évidence, l'un des hommes à la solde de Bradley Cross. Agents « spéciaux » ou membres d'une brigade bidon, peu importe :

côté logistique, la petite armée perso du sénateur était bien équipée, Amanda West et Jim Blaine l'avaient tous deux confirmé. Donc, trois éléments essentiels étaient réunis – moyens techniques, opportunité et mobile. Le sénateur avait tout intérêt à ce que Yeller et Swade disparaissent de la circulation. Un suspect vivant, ça peut cracher le morceau – à propos de l'usage de certaines substances illicites, par exemple. Ça peut aussi ternir l'image d'un fils à papa – et, par ricochet, celle du papa. Oui, les suspects morts sont très pratiques.

Quant à Errol Swade et sa mystérieuse cavale... Myron était prêt à parier son unique cravate qu'il avait été tué lors de la fusillade qu'avait entendue Jimmy Blaine. Les hommes du sénateur avaient dû subtiliser le corps et s'en débarrasser par la suite. Scénario non prouvé mais probable. Swade n'avait pas grand-chose en sa faveur. Premièrement, il n'était pas futé. Un euphémisme, en l'occurrence. Une litote, si vous préférez. Certains ont oublié d'être cons, comme on dit. Errol, c'était tout le contraire : en venant au monde, il avait laissé son cerveau dans le ventre de sa mère. Et, manque de bol, il avait poussé tout en hauteur et frisait les deux mètres, malgré son jeune âge. Myron savait par expérience qu'il est difficile de passer inaperçu quand on domine ainsi le pékin moyen. Donc, il y avait peu de chances pour qu'il ait pu passer entre les mailles des filets de la police et de la Mafia durant tout ce temps. Non. Pas la moindre chance.

Le soleil était sur le point de se coucher. Sur la route, il y avait de la concurrence, à présent. Les automobilistes avaient allumé leurs phares. Mal réglés, comme d'habitude. Myron plissa les yeux et ralentit. Puis son esprit vagabonda de nouveau. Comment la mère de Curtis s'était-elle retrouvée sur place, serrant le corps de son fils dans ses bras ? Qui l'avait amenée jusque-là ? Ensuite, on avait fait pression sur elle. La même personne ? Probablement. Argent ou menaces ? Les deux, sans doute. Quoi qu'il en soit, Deanna Yeller avait accepté de se taire.

Le scénario comportait quelques failles, néanmoins. La question du fric, par exemple. Curtis avait été tué six ans plus tôt. Or le premier dépôt important sur le compte de sa mère datait de seulement cinq mois. Pourquoi un tel délai ? Elle aurait caché son magot sous son matelas pendant tout ce temps ? Peu vraisemblable. D'un autre côté, si elle avait touché cet argent récemment, pourquoi justement maintenant ? Et comment expliquer le meurtre de Valérie ? Puis celui de Pavel ? Étrange timing.

Bonnes questions. Pas le début d'une réponse, mais bonnes questions. Peut-être que Ned Tunwell avait sa petite idée là-dessus.

Quelque chose attira l'attention de Myron. Il leva les yeux et aperçut une voiture dans le rétroviseur. Une limousine noire aux vitres teintées. Immatriculée à New York.

La bagnole se rabattit sur la droite. Myron put la suivre dans le rétroviseur extérieur, côté passager. Il se souvint alors qu'avec ce genre de miroir, la vision panoramique fait paraître les objets plus éloignés qu'ils ne le sont en réalité. Détail qui pouvait se révéler utile...

La limousine accéléra, parvint à son niveau. Une Lincoln Continental extra-longue, façon XXXL. Le genre de machin démesuré qui peut contenir trois cercueils mis bout à bout plus un aréopage de parrains et leurs gorilles. Myron jeta un coup d'œil et ne vit que sa propre image dans les vitres aussi noires que la carrosserie. Il s'adressa à lui-même un sourire et un petit salut amical. Son reflet lui retourna la politesse. Joli garçon, se dit-il. Bolitar, t'es beau comme un dieu mais ça sent le roussi.

La Lincoln roulait parallèlement à sa Ford, à présent. La vitre arrière, côté conducteur, s'abaissa lentement. Le canon d'un gros calibre se pointa dans l'interstice et tira. Deux fois, sans les sommations d'usage. Atteignant les pneus avant et arrière de Myron. Il s'agrippa au volant et lutta pour garder le contrôle mais sa brave petite Ford quitta la route, évita un arbre de justesse et piqua du capot dans le fossé.

Deux hommes sautèrent hors de la limousine et se précipitèrent vers lui. Tous deux en costard bleu foncé, mais l'un d'eux coiffé d'une casquette des Yankees. Fringues façon business et accessoires de base-ball... Étonnante combinaison. La dernière mode, sans doute. Très tendance. Ils n'étaient pas non plus venus les mains vides. Bien équipés, les garçons. Ce qu'ils avaient au poing, c'étaient pas des pistolets à eau. En plus, ils n'avaient pas l'air d'avoir envie de rigoler. Myron ravala sa salive. Il n'était pas armé. Il n'aimait pas se balader avec un flingue. Ce n'était pas vraiment une question de principe mais plutôt de sens pratique. C'est lourd, ça prend de la place, ça vous déforme la silhouette. Win l'avait toujours mis en garde à ce propos, mais s'il avait dû écouter toutes les conneries de son associé... N'empêche, en cet instant précis, il regretta de n'avoir pas suivi ses conseils. Il s'était attaqué à des gens extrêmement puissants et aurait dû se tenir prêt à ce genre de mésaventure. Il aurait pu au moins garder un revolver dans la boîte à gants, au cas où.

Bon, l'heure n'était pas aux regrets. Aux regrets éternels, en l'occurrence.

Les deux types n'étaient plus qu'à quelques mètres de la voiture. Ne sachant pas trop quoi faire, Myron s'aplatit autant qu'il le put et saisit le téléphone.

– Sors de là, tronche de cake ! aboya l'un des costumés.

– Un pas de plus et je t'éclate ta tronche de naze ! répondit Myron.

Bolitar, le roi du bluff.

Silence.

Remerciant les numéros pré-enregistrés, Myron appuya sur celui de Win. C'est alors qu'il entendit un petit bruit sec, comme le craquement d'une brindille que l'on casse. Puis un grésillement dans le combiné. Le gus à la casquette de base-ball venait d'arracher son antenne. Sale coup. Toujours courbé, il ouvrit la boîte à gants et farfouilla à l'intérieur, sachant déjà ce qu'il allait trouver : des cartes routières, le carnet d'entretien de la Taurus et quelques bouts de papier du genre tickets de parking et de pressing. Il balaya alors le tapis de sol des yeux, à la recherche d'un objet quelconque qui aurait pu lui servir d'arme. Le seul truc qu'il dénicha, coincé sous le siège passager, fut l'allume-cigare qu'il croyait perdu depuis des mois. Un peu mince, contre une paire de tueurs équipés d'une artillerie complète. À moins de se transformer rapidos en MacGyver, il était dans de sales draps.

Les deux rigolos se rapprochèrent. Myron se creusait désespérément la cervelle, en attendant de se la faire exploser par une rafale de mitraillette. Puis la portière de la limousine s'ouvrit.

– Bolitar, arrête tes conneries. J'ai pas que ça à faire.

Au son de cette voix à l'accent new-yorkais – et pas des quartiers les plus chics –, Myron sentit un frisson glacé lui parcourir l'échine. Frank Ache.

– Sors de ta caisse immédiatement, trou-duc. J'ai pas l'intention de te tuer.

– Vos hommes ont tiré dans mes pneus, dit Myron.

Réplique plutôt faiblarde, et même carrément débile. Mais, face à la mort, on n'a pas toujours le sens de la repartie.

– Sans blague ! T'es observateur, petit. Tu t'es pas demandé pourquoi ils ont visé si bas ?

– Oui, vous marquez un point.

– Bon, t'en veux une autre bien bonne ? J'ai deux kalachnikovs sur le siège arrière. Si j'avais voulu ta peau, Billy et Tony ici présents se seraient fait un plaisir d'arroser ce tas de merde que tu oses appeler une bagnole. Et tu serais plus là à jouer les gonzesses effarouchées.

– Trente A, concéda Myron.

– Allez, y en a marre, trouduc. Tu gicles de là, et plus vite que ça.

Myron n'avait pas vraiment le choix. Il se redressa, ouvrit sa portière et sortit de son abri. Frank Ache était resté assis à l'arrière de la limousine. Billy et Tony tenaient Myron en joue.

– Amène-toi, ordonna Frank.

Myron s'avança vers la Lincoln. Billy et Tony lui barrèrent aussitôt le chemin.

– File-moi ton flingue, dit le fan des Yankees.

– À qui ai-je l'honneur ? Starsky, ou Hutch ?

– Ta gueule ! Allez, ton calibre !

Myron admira la casquette de base-ball :

– Ah, j'y suis ! C'est pour cacher les implants, n'est-ce pas ?

– Quoi ?

– La casquette, ça va pas terrible avec le costard. C'est pour masquer le champ de poireaux. C'est vrai que c'est pas joli, au début. Faut le temps que ça pousse. Je vous comprends. Dans votre métier, c'est comme chez les animateurs télé. L'image de marque, y a que ça qui compte.

– Bon, ça va, trouduc. Tu la fermes et tu me files ton matos.

Trouduc. Décidément, on s'était donné le mot, chez les truands. Le mot de passe pour la journée ? Ou peut-être étaient-ils en mal de vocabulaire ?

– Désolé, vous n'avez pas dit « s'il vous plaît ».

La voix de Frank se fit entendre, agacée, depuis l'arrière de la limousine :

– Bordel de merde, Billy, il n'a rien. Tu vois pas qu'il se fout de ta gueule ?

Billy sembla plutôt vexé. Myron sourit et leva les mains, paumes tournées vers le ciel, avouant son innocence.

Tony ouvrit la portière du chef et Myron grimpa à l'arrière de la grande voiture, tandis que les deux sbires s'installaient à l'avant. Frank pressa un bouton et une cloison vitrée coulissa, séparant les larbins du salon où régnait le maître. La Lincoln Continental était rudement bien aménagée. Un vrai petit château, avec bar, télévision et magnétoscope. Côté déco, le rouge dominait. Connaissant les habitudes de Frank Ache, Myron en déduisit que le choix de la couleur n'était pas dû au hasard. Ça devait lui économiser quelques frais de nettoyage. Les taches ton sur ton, c'est plus facile à effacer.

– C'est gentil comme tout, chez vous, dit Myron.

Frank arborait sa tenue habituelle : un survêtement façon velours, un peu trop petit pour lui. Celui-là était vert avec des bandes jaunes. La fermeture Éclair, sur le devant, était ouverte à mi-poitrail, comme les costumes de scène des stars disco des années 70. À en juger par sa bedaine, on aurait pu le soupçonner d'attendre des jumeaux. Pour parfaire le tableau, il était chauve. Il lorgna Myron durant quelques secondes avant de prendre la parole :

– Ça t'amuse de me faire chier, Bolitar ?

– Mon Dieu, Frank, j'avoue que je n'y avais pas encore pensé, mais maintenant que vous le dites...

– Ne t'avise pas de jouer ce petit jeu avec moi, fiston. T'es rien qu'un petit merdeux. Tu fais pas le poids. Compris ?

– Qu'est-ce qu'on fait, papa ? On se tutoie ou on se vouvoie ? Et je vous le demande : qui a envoyé des enfoirés pour violer ma petite amie ?

Frank pointa un index menaçant sur la poitrine de Myron.

– Tu ne l'as pas volé, mec, et tu le sais très bien.

Myron ne dit rien. C'est vrai, il avait été stupide de mentionner Jessica. Ce type était un psychopathe et un mot de trop pouvait faire toute la différence. Il fallait marcher sur des œufs, ne jamais mélanger le business et les sentiments.

– Je t'ai prévenu, poursuivit Frank. Je t'ai même envoyé Aaron, pour que tu saches que je ne plaisantais pas. Tu sais ce que me coûte Aaron, à la journée ?

– Pas grand-chose, à l'heure actuelle.

– Ah, ah ! je suis mort de rire ! dit-il, sérieux comme un pape. En vérité, j'ai été sympa avec toi, Bolitar. Je t'ai servi le môme Crane sur un plateau. Et comment tu me remercies ? En venant foutre le bordel dans ma petite entreprise. Je pourrais me fâcher, tu sais ?

– Je ne fais que mon boulot, rétorqua Myron. Je cherche un assassin.

– Et je suis censé t'aider ? Tu peux jouer les Batman tant qu'il te plaira, à condition que ça ne me coûte pas un rond. Mais là, t'as dépassé les bornes. Pavel, c'était la poule aux œufs d'or, pour moi.

– Pavel était un pédophile.

Frank leva les yeux au ciel :

– Ça, c'était son problème ! Ce que fait un mec dans sa propre chambre, j'en ai rien à cirer. On vit dans un pays libre, non ?

– Tiens, vous votez démocrate, à présent ? C'est un scoop !

– Écoute, Bolitar, tu veux que je te dise que j'étais au courant, pour Pavel ? D'accord. Je savais qu'il se payait des gamines. Et alors ? Par rapport aux types avec lesquels je bosse, Pavel Menansi était un saint. Dans mon métier, on ne se pose pas ce genre de question. On n'est pas des moralistes. L'important, c'est la thune. L'oseille. Le blé. Faut que ça rapporte. Pigé ? Pavel était rentable, point final.

Myron n'avait rien à ajouter : la balle était dans le camp de Frank. Il espérait simplement

424

qu'elle n'aboutirait pas au beau milieu de son crâne.

Frank dépiauta un paquet de chewing-gums et s'en fourra un dans la bouche. Dentyne. Une marque au goût de cannelle, un peu pharmaceutique. Sans sucre. On aime ou on n'aime pas.

– Bref, je suis pas là pour philosopher, dit-il. Pavel est mort, c'est bien dommage mais on n'y peut plus rien. Alors voyons comment remédier à la chose. Tu me suis, Bolitar ?

– Euh... Oui, je crois.

– Je ne suis qu'un homme d'affaires. Pavel étant malheureusement et définitivement HS, toi et moi ne sommes plus en compétition. C'est bien pour ça que je n'ai plus aucun intérêt à t'éliminer. Tu me suis toujours ?

– Vous me faites la cour, Frank ? C'est une demande en mariage ?

Frank Ache se pencha vers Myron. Il n'avait pas l'air de plaisanter.

– Arrête ton char, trouduc. La prochaine fois, je te raterai pas au tournant. Tu peux toujours planquer ta dulcinée, je la trouverai, où qu'elle soit. Et si c'est pas elle ce sera quelqu'un d'autre. Ta chère maman, ou ton papa, ou tes meilleurs amis.

– Certains d'entre eux seraient ravis de sympathiser avec Starsky et Hutch, alias Tony et Billy. Win, par exemple. Il s'ennuie un peu, dans la vie.

Frank n'apprécia pas la plaisanterie.

– Très bien. Si tu veux la guerre, Bolitar...

Il appuya sur le bouton magique et la cloison vitrée s'abaissa comme par miracle.

– Oui, monsieur ? s'enquit Billy.

– Trouve une dépanneuse pour rapatrier le tas de ferraille de Bolitar devant chez lui.

– C'est comme si c'était fait, patron.

Frank se tourna vers Myron :

– Maintenant tu te tires, enfoiré.

– J'ai pas le droit à un dernier petit bisou pour la route ?

– Casse-toi, avant que je change d'avis.

– Je peux vous poser une question, avant de partir ?

– Quoi encore ?

– Est-ce que vous avez fait tuer Valérie pour protéger Pavel ?

Frank se fendit de son célèbre sourire de carnassier.

– Allez, fous-moi le camp, espèce de fouille-merde, si tu tiens à tes bijoux de famille.

– Oui, euh... eh bien, il se trouve que j'y tiens. C'était sympa de bavarder avec vous, Frank. On se rappelle, d'accord ?

Myron s'extirpa de la limousine sans se faire prier. Frank se pencha et lui lança un dernier avertissement :

– Au fait, dis à Win qu'aujourd'hui on a fait affaire tous les deux, d'accord ?

– Pourquoi ?

– Ça ne te regarde pas, Bolitar. C'est juste entre Win et moi. Contente-toi de transmettre le message. O.K. ?

– O.K.

426

Le fan des Yankees referma la portière, regagna le siège avant et la Lincoln Continental s'éloigna en douceur.

42

La dépanneuse arriva très rapidement et Myron fut de retour à dix-huit heures trente, juste à temps pour son rendez-vous avec Ned Tunwell. Esperanza lui tendit la liste des messages et il s'enferma dans son bureau pour passer les quelques coups de fil qu'il jugeait urgents. Deux minutes plus tard, Esperanza le buzzait :

— Miss Iceberg vous demande. Ligne 3.

— Arrêtez de l'appeler comme ça. Vous parlez de la femme que j'aime, au cas où vous l'auriez oublié.

— Désolée, chef. J'avais oublié, en effet.

Il saisit le téléphone.

— Ah, Jess, tout va bien ?

— Oui, dit Jessica. Ça n'a pas traîné.

— Je suis un rapide.

— Pour une fois, je ne m'en plains pas.

— Alors là, c'est un coup bas ! Tu ne perds rien pour attendre...

— Je ne demande que ça, espèce d'idiot. Blague à part, quoi de neuf ?

— Pavel Menansi s'est fait descendre. Ce qui fait que Frank Ache n'en a plus rien à cirer.

— C'est aussi simple que ça ?

— Business is business. Ces mecs-là sont réglo, à leur manière.

— Pas de profit, pas de crime ?

— T'as tout compris.

— Tu viens, ce soir ?

— Oui, si tu veux de moi.

— À une condition.

— Ah bon ?

— On ne parle pas de Valérie Simpson, ni de meurtres, ni de ta foutue enquête. On oublie tout ce bazar.

— Alors qu'est-ce qu'on va faire ? On va s'ennuyer comme des rats morts !

— On va baiser comme des malades.

— Je me sens déjà très malade.

Esperanza passa la tête dans l'entrebâillement de la porte et le rappela à l'ordre :

— Navrée de vous interrompre, mais Ned est arrivé...

— Excuse-moi, Jess, je dois te quitter. Je te rappelle.

Myron raccrocha, à regret. Une soirée avec Jessica ! Voire une nuit... C'était à la fois merveilleux et effrayant. Les choses allaient presque trop vite. Il avait le sentiment de ne plus rien contrôler et ça le paniquait. Elle et lui, de nouveau ensemble ! C'était trop beau pour être vrai. Que se passerait-il si, de nouveau, elle le laissait tomber comme une vieille chaussette ? Il avait trop souffert, n'avait pas envie de rejouer le même scénario. Il y avait déjà laissé pas mal de plumes et tenait à garder celles qui lui restaient. Mais que faire pour se protéger contre l'amour de sa vie ?

En faisant irruption dans son bureau, Ned Tunwell mit un terme à ses états d'âme. L'homme de Nike débarqua, main tendue, sourire fendu jusqu'aux oreilles, tel l'invité surprise d'une émission du dimanche après-midi, quand il n'y a rien d'autre à la télé.

– Salut, Myron !

– Bonsoir, Ned. Asseyez-vous, je vous prie.

Devant le ton assez froid de Myron, la bouille réjouie de Ned se figea.

– Hé, y a un blème avec Duane ?

– Non.

– Il s'est blessé ?

– Non, il se porte comme un charme.

– Ah, ouf ! Super !

Le sourire refit surface. Difficile de décourager un enthousiaste invétéré tel que Ned Tunwell. Pas facile non plus de le faire se taire ou simplement s'asseoir.

– Le match d'hier, Myron, c'était fantastique. Le gamin s'est surpassé. Plus personne ne misait sur lui mais vous avez vu comme il a remonté la pente ? C'était littéralement fantastique. Ah, quel pied ! J'en ai mouillé mon...

– Oui, Ned, je sais. Maintenant, asseyez-vous.

Ned obtempéra. Myron espéra qu'il ne tacherait pas le fauteuil avec ses débordements hormonaux et intempestifs. Il croyait pouvoir en placer une mais l'excité poursuivit de plus belle :

– C'est incroyable, Myron. La demi-finale ! Toutes les chaînes étaient là ! Vous imaginez l'audimat ? Et maintenant, notre Duane contre Craig ! Vous pensez qu'il a une chance ? Les médias sont contre lui.

Thomas Craig, le roi du service et de la volée, était au top du top. L'étoile montante, avant d'être filante.

– Oui, Ned, je pense que Duane a ses chances.

– Waouh ! S'il y arrive... Le jackpot !

Il marqua une pause, des étoiles plein les yeux. Enfin, disons plutôt des billets verts, sur lesquels il est inscrit que leurs détenteurs croient en Dieu. Myron profita de cet instant de répit :

– Ned, il faut qu'on parle.

Tunwell redescendit sur terre.

– À quel propos ?

– Connaissiez-vous Valérie Simpson ?

– Euh... Oui, vaguement.

– Seulement « vaguement » ?

Le sourire se crispa.

– Pourquoi ? Y a un blème ?

– Je me suis laissé dire que vous la connaissiez très bien.

– Oh, vraiment ?

– Oui. Il paraît que c'est vous qui avez signé son premier contrat avec Nike. Et que c'est vous aussi qui gériez son compte.

431

– Eh bien, si vous le dites... C'est possible, en effet. Je n'ai pas en mémoire tous les noms de mes poulains.

– Donc, vous la connaissiez bien ?

– Plus ou moins. Mais pourquoi cette question, Myron ? Où est le problème ?

– Ned, me faites-vous confiance ?

– Sur la tête de ma défunte mère, Myron. Et vous le savez. Mais je n'ai pas très envie de parler de Valérie. Ça me fout le bourdon.

– Vous voulez dire que sa mort vous dérange ?

Ned fit la grimace.

– Non, dit-il. Enfin, si, bien sûr. Mais je pensais plutôt à sa carrière. Quel gâchis ! C'était mon premier contrat. Je croyais en elle, j'étais sûr qu'on se ferait un max de fric, tous les deux. Et puis elle m'a laissé tomber.

Sacré sentimental, Ned Tunwell.

– Quand elle a décroché, poursuivit Ned, qui a payé les pots cassés, à votre avis ?

Myron pensait que la question n'était que pure rhétorique, mais il se trompait. Ned se tut, attendant la réponse comme un chien attend son petit os tandis que les convives se goinfrent et dévorent les ailes et les cuisses de la dinde.

– Vous, j'imagine ? hasarda Myron.

– Bingo ! Bibi. Tout pour ma pomme. Elle m'a foutu sur la paille, cette conne. J'ai dû repartir de zéro. Ne vous méprenez pas, Myron. J'ai refait surface et maintenant tout va bien – touchons du bois.

Joignant le geste à la parole, il donna un franc coup de poing sur le bureau de Myron. Lequel toucha du bois, lui aussi, mais plus modestement. Il se contenta de caresser la surface bien cirée de son plan de travail. Peine perdue : l'ironie n'effleura même pas les neurones de Mister Nike.

– Connaissiez-vous Alexander Cross ? demanda Myron, sautant apparemment du coq à l'âne.

Le pauvre Ned se mit à tricoter des sourcils.

– Hein ? C'est quoi, ce plan ?

– Vous me faites confiance, n'est-ce pas ?

– Oui, bien sûr, Myron, mais là je ne comprends plus.

– Ma question est pourtant simple : connaissiez-vous Alexander Cross, le fils du sénateur ?

– Euh... Je ne m'en souviens plus très bien. J'ai dû le rencontrer une fois ou deux. Par l'intermédiaire de Valérie, bien sûr. Ces deux-là étaient comme cul et chemise.

– Et vous et Valérie ?

– Je vous demande pardon ?

– Vous et Valérie, vous étiez aussi « comme cul et chemise » ?

Tunwell leva la main, tel le flic qui vous fait signe d'arrêter pour vérifier vos papiers.

– Hé, oh ! On va où, Myron ? Je vous aime bien mais n'en profitez pas. Vous ne trouvez pas que vous poussez le bouchon un peu loin ? Vous êtes un bon gars, franc du collier, tout comme moi, mais...

– Non, Ned. Vous n'êtes pas comme moi.

Vous me menez en bateau depuis le début. Vous connaissiez Alexander Cross. En fait, je sais que vous étiez présent, la nuit où il a été tué.

Ned ouvrit la bouche mais fut incapable de prononcer un mot. Il secoua la tête avec énergie.

– J'en ai la preuve, poursuivit Myron.

Il se leva et tendit à Ned la liste des invités.

– Votre nom est surligné en jaune. E. Tunwell. « E » pour Edward. Alias Ned, le surnom de tous les Edouard ou Edward du monde. Vrai, ou faux ?

Ned jeta un coup d'œil à la liste, puis se ressaisit :

– Ça ne date pas d'hier. Et d'ailleurs, qu'est-ce que ça prouve ? Où voulez-vous en venir ?

– Je voudrais simplement savoir pourquoi vous avez menti.

– Je n'ai jamais menti.

– D'accord. On va appeler ça un mensonge par omission.

– Mais vous délirez, Myron ! Faut vous faire soigner.

– Ah oui ?

Myron le fixa droit dans les yeux. Ned ne put soutenir son regard et finit par craquer :

– Écoutez, ce n'est pas ce que vous croyez.

– Je ne crois rien du tout.

Puis vint l'estocade :

– Avez-vous couché avec elle ?

– Non mais vous plaisantez ? Jamais de la vie ! Cette rumeur a failli me coûter ma carrière. C'est ce salopard de Menansi qui a lancé cette cabale. Mais c'est un mensonge, Myron. Jamais je n'ai touché à cette gamine, ni à aucune autre. Je le jure sur la tête de...

– De votre défunte mère, je connais la chanson. Mais parlez-moi plutôt de Pavel. Il vous a accusé à tort ?

– Ce mec est le dernier des pourris.

– Était.

– Pardon ?

– Pavel Menansi est mort. Quelqu'un a mis un terme à ses jours, la nuit dernière. Une balle en plein cœur. Triste mort. Un peu comme celle de Valérie.

Myron attendit deux ou trois secondes, puis pointa un index accusateur sur la poitrine de Tunwell :

– Où étiez-vous, hier soir ?

Ned ouvrit de grands yeux, telles deux balles de golf.

– Non ! C'est pas vrai ! Vous ne croyez tout de même pas que je...

Myron haussa les épaules :

– Quelle importance, si vous n'avez rien à cacher ?

– Ben... C'est pas aussi simple que ça.

– Alors dites-moi tout. Que s'est-il réellement passé ?

– Rien du tout. Je le jure sur la tête...

– Ça suffit, Ned. Vous admettez que la dépression nerveuse de Valérie vous a causé un grave préjudice financier. Vous venez également de me dire que Pavel Menansi a fait courir des rumeurs qui risquaient de ruiner votre carrière. En outre, vous avez traité de

« salopard » – je vous cite – la toute récente victime d'un homicide. Vous savez ce que ça fait de vous ? Un suspect. Je dirais même le suspect rêvé.

– Hé, minute ! C'était rien qu'un mot. Je ne pensais pas ce que je disais.

Si Ned croyait s'en sortir une fois de plus avec son sourire jovial, c'était raté. Myron demeura de marbre.

– Possible. Toutefois, je doute que la direction de Nike apprécie ce genre de publicité.

Le sourire resta en place mais le cœur n'y était pas.

– Vous plaisantez, Myron ! Vous n'avez pas le droit de raconter des trucs pareils !

– Pourquoi ? Vous comptez me tuer, moi aussi ?

– Je n'ai tué personne ! hurla Ned.

– C'est généralement ce que prétendent les assassins.

– Écoutez, cette nuit-là, Valérie m'a entraîné à l'extérieur, c'est vrai. On s'est embrassés, mais c'est tout. Je le jure.

– Intéressant, dit Myron. Vous pouvez recommencer depuis le début ? Donc, vous admettez avoir assisté à cette réception.

Assis sur l'extrême bord de son siège, Ned semblait pressé de parler, à présent.

– D'accord, je faisais partie des invités. Et alors ? Valérie aussi. On est arrivés ensemble. Elle était excitée comme une puce parce que Alexander devait annoncer leurs fiançailles. Mais quand il lui a dit qu'il avait changé d'avis, elle a piqué une crise.

– Pourquoi a-t-il rompu ?

– À cause de son père.

– Pourquoi ? insista Myron.

– Comment voulez-vous que je le sache ? Valérie ne pouvait pas sentir le sénateur. D'après elle, c'était un vieux connard doublé d'un beau salaud. Mais quand elle a vu que le fiston obéissait à son paternel comme un môme de cinq ans, elle a pété les plombs. Elle était folle de rage. Elle voulait se venger. Lui donner une leçon.

– Et vous étiez là...

– Exactement. Je n'y étais pour rien, Myron. Je me suis juste trouvé au mauvais endroit, au mauvais moment, vous comprenez ?

– Donc, vous êtes sortis tous les deux.

– Oui. On s'est déniché un petit coin tranquille derrière des buissons. Mais on s'est seulement embrassés, je le jure. Et puis on a entendu du bruit, alors on s'est arrêtés.

– Quel genre de bruit ?

– Quelqu'un qui lançait des balles, comme pour s'échauffer, voyez ? Mais ensuite y a eu une dispute. On a reconnu la voix d'Alexander. Et puis on a entendu cet horrible cri.

– Qu'avez-vous fait ?

– Moi ? Rien, au début. Mais Valérie s'est mise à hurler et s'est enfuie en courant. Alors je l'ai suivie. Je l'ai perdue de vue pendant quelques secondes. Quand je l'ai rattrapée, derrière un bosquet, elle était debout, immobile, comme paralysée. En m'approchant, j'ai compris pourquoi. Alexander gisait dans l'herbe et se vidait de son sang. Ses potes détalaient comme des lapins. Et, penché sur le corps, il y avait ce grand Noir, une raquette dans une main et un couteau dans l'autre.

– Donc, vous avez vu le meurtrier ?

Ned hocha la tête :

– Comme je vous vois.

– Il était grand, vous dites ?

– Ouais. Un sacré gaillard.

– Il était seul ?

– Non. Ils étaient deux. L'autre était plus petit. Un Black, lui aussi.

Bon, voilà qui excluait la théorie du coup monté. Sauf si Ned mentait, ce dont Myron doutait.

– Ensuite, que s'est-il passé ?

Tunwell marqua une pause puis reprit :

– Vous avez déjà vu Valérie quand elle était au top ? Sur les courts, je veux dire.

– Oui.

– Vous vous rappelez ce regard qu'elle avait ?

– Pas spécialement.

– Tous les athlètes ne l'ont pas. Larry Bird l'avait. Joe Montana aussi. Et Michael Jordan. Et vous, peut-être, autrefois. Le regard qui tue. Eh bien, cette nuit-là, Valérie l'avait au fond des yeux, et plutôt deux fois qu'une.

– Je veux bien le croire, Ned, mais ce qui m'intéresse surtout, ce sont les faits.

– Eh bien, le plus petit gars s'est mis à gueuler contre son copain. Du genre : « Non mais t'es ouf ou quoi ? Regarde ce que t'as fait ! » Et puis ils ont couru tous les deux, mais dans notre direction. Moi, je me suis écarté : je suis courageux, mais pas suicidaire. Val, au contraire, est restée plantée là. Quand ils sont arrivés à son niveau, elle en a chopé un et l'a plaqué au sol. J'en croyais pas mes yeux. Mais il lui a donné un coup de raquette sur le crâne et s'est tiré.

— Ned, avez-vous vu des photos d'Errol Swade ?

— Évidemment. Son portrait a fait la une des journaux, à l'époque.

— Et vous l'avez reconnu ? Vous êtes sûr de ne pas vous être trompé ?

— À cent pour cent. Je sais bien ce que j'ai vu, tout de même !

Myron réfléchit. À vrai dire, ce n'était pas franchement ce qu'il avait espéré entendre. Ainsi, les deux cousins étaient bien présents à l'Old Oaks Club la nuit du crime, six ans plus tôt. Il avait tout faux, et Lucinda Elright aussi. Swade et Yeller n'étaient ni des enfants de chœur ni des boucs émissaires. Au temps pour toi, Bolitar.

— Ensuite, qu'avez-vous fait, Valérie et vous ?

— Eh bien, sa carrière battait déjà de l'aile, alors on n'avait pas vraiment besoin de ce genre de publicité, vous savez. On s'est re-pointés à la réception comme si de rien n'était. Val était complètement HS, de toute façon. Mais faut comprendre, aussi. Elle m'emmène faire un petit tour dehors pour rendre jaloux son fiancé et il choisit justement ce moment-là pour se faire poignarder. Comme quoi on est peu de chose. Ça donne le frisson, non ?

– Oui, en effet.

Suffisamment pour faire définitivement basculer un esprit déjà fragile, songea Myron.

43

Myron et Jessica tinrent leur promesse mutuelle. Ils ne parlèrent pas des meurtres. Ils se lovèrent l'un contre l'autre et regardèrent de vieux classiques à la télé tout en dégustant des plats thaïlandais commandés chez le traiteur. Ils firent l'amour, visionnèrent pour la énième fois *Fenêtre sur cour*, engloutirent des barils de yaourts glacés Häagen Dazs et refirent l'amour, encore et encore.

Myron était heureux. Durant une soirée et une nuit, il oublia Valérie Simpson, Alexander Cross, Curtis Yeller, Errol Swade – et même Frank Ache. C'était divin. Presque trop bon. Tellement bon que lorsqu'il sombra dans le sommeil, il rêva d'embouteillages sur l'autoroute et de pollution urbaine. Il se réveilla en sursaut, vit Jessica paisiblement allongée à ses côtés et se rendormit illico.

Quelques heures plus tard, hélas, un rayon de soleil vint le frapper en plein front et lui rappela que le paradis n'est qu'un mythe. Mais pourquoi, après tout ? Pourquoi ne pas tout envoyer balader et rester dans les bras de sa bien-aimée jusqu'à la fin des jours et la nuit des temps ? Oui, pourquoi pas ? Qui n'a jamais été tenté, au moins une fois, de démissionner ? Jessica se pelotonna contre lui, comme si elle avait lu dans ses pensées.

Brève illusion. Ils revinrent tous deux à la réalité, s'habillèrent en silence et se rendirent à Flushing Meadows pour assister aux demi-finales messieurs (et, accessoirement, la finale dames). Le numéro deux mondial, Thomas Craig, se retrouvait face à l'outsider Duane Richwood, révélation du tournoi.

Lorsqu'ils eurent franchi les tourniquets, Myron tendit un badge à Jessica :

– Rejoins-moi dans les tribunes. Pour l'instant, faut que je parle à Duane.

– Maintenant ? Tu ne crois pas qu'il a autre chose à penser ?

– J'en ai pour une seconde. Mais c'est important, crois-moi.

Elle haussa les épaules, fataliste.

– Si tu le dis...

Il courut vers les vestiaires, brandit sa carte sous le nez du garde. Lequel, sidéré, le laissa passer. La pièce n'avait rien de luxueux, sachant qu'il s'agissait tout de même d'une pouponnière où l'on maternait des bébés qui valaient des millions de dollars... Ça sentait la sueur et le talc. Duane était assis, seul dans son coin, baladeur greffé sur les oreilles. Myron n'aurait pu dire s'il avait les yeux ouverts ou fermés car il portait, comme d'hab, ses célèbres lunettes de soleil, où Myron vit son propre reflet. Curieusement, ça lui rappela les vitres teintées de la limousine de Frank Ache. C'est drôle, parfois, les associations d'idées.

Myron tapa gentiment sur l'épaule de son poulain. Le visage impassible, Duane fit lentement glisser les écouteurs, qui lui firent comme un collier en forme de fer à cheval. Ça porte bonheur, paraît-il.

– Elle est partie, dit-il. Wanda m'a quitté.

– Quand ? demanda Myron.

La question était stupide, sans intérêt, mais ce fut la seule réplique qui lui vint à l'esprit.

– Ce matin. Qu'est-ce que vous lui avez dit, man ?

– Rien.

– Mais elle est allée vous voir, n'est-ce pas ? Myron choisit de se taire.

– Vous lui avez dit que vous m'avez vu à l'hôtel ?

– Non.

Duane mit une autre cassette dans son baladeur.

– Maintenant, tirez-vous, Myron. Je ne veux plus vous voir.

– Wanda tient à toi, Duane.

– Elle a une drôle de façon de le prouver.

– Elle veut seulement savoir ce qui cloche. Elle veut comprendre, c'est tout.

– Y a rien qui cloche. Foutez-moi la paix, tous les deux, et basta !

Les lunettes de soleil étaient vraiment gênantes. Comment établir le contact ?

– Ce match est important, dit Myron, mais pas autant que Wanda, si tu l'aimes vraiment.

– Ah, ah ! Le scoop !

– Alors dis-moi la vérité. Je suis là pour t'aider, Duane.

– Et pourquoi je vous croirais ? Vous ne pourriez pas comprendre, de toute façon.

– Bien sûr que si ! Qu'est-ce que tu crois ? J'ai été de ton côté de la barrière, moi aussi.

– Foutaises ! Vous ne serez jamais qu'un enculé de Blanc.

Il joua avec son baladeur, éjecta la cassette, en inséra une autre.

– Vous croyez que dire la vérité nous sortira de la merde ? Mais qu'est-ce que vous en savez ? C'est quoi, pour vous, la vérité ? C'est comme la liberté, l'égalité, la fraternité. Rien que des mots. La vérité, pour nous, les Noirs, ça conduit au couloir de la mort.

– Raison de plus pour se battre.

– Au nom de quoi ? Et pour qui ?

– Quelqu'un a été tué.

– Oui, et alors ?

– On ne peut pas simplement se croiser les bras, Duane.

– Vous, peut-être pas. Moi, si. Sans problème.

Duane se recouvrit les tympans de son casque, effaçant Myron de son environnement.

Silence. Unilatéral. Par la force des choses.

Restait l'échange des regards, cependant. Myron percevait quelques bribes de musique, quelques basses qu'il aimait aussi.

– Arrête, Duane, cria-t-il. Je sais que tu étais là, ce soir-là, avec Yeller et Swade. La nuit où Alexander Cross est mort.

Thomas Craig venait de pénétrer dans la pièce, plusieurs raquettes à la main, plus un grand sac de voyage. Les mecs de la sécurité venaient eux aussi d'envahir les lieux, avec talkies-walkies et tout le matos. Ils saluèrent Duane.

– C'est l'heure, monsieur Richwood.

Duane se leva, se tourna vers Myron :

– Excusez-moi, j'ai un match qui m'attend.

Puis il serra la main de Craig. Échange de sourires. Très fair-play, les tennismen.

Myron les regarda s'éloigner. Il resta assis quelques instants sur un banc du vestiaire, perplexe, tandis que les clameurs de la foule lui parvenaient depuis le stade. Les gladiateurs venaient de pénétrer dans l'arène. Que le plus fort gagne ! Et que mort s'ensuive pour l'autre...

Il regagna son siège au sein des tribunes, où l'attendait Jessica. Ce ne fut que plus tard – au milieu du quatrième set – qu'il eut une illumination et sut enfin qui avait tué Valérie Simpson.

44

Les gradins étaient bondés quand Myron prit place. Sur le court, Duane et Thomas Craig s'échauffaient, alternant lobs et volées. Les fans se déplaçaient dans les allées, retrouvaient de vieilles connaissances, veillaient surtout à ce qu'on les remarque. Les habituelles célébrités étaient présentes : Johnny Carson, Alan King, David Dinkins, Barbra Streisand, Ivana Trump, etc.

Jake et son fiston vinrent saluer Myron.

– Je vois que tu as bien reçu les billets, dit ce dernier.

– Sacrées bonnes places.

– Rien n'est trop bien pour mes vrais potes.

– Je parlais des tiennes, précisa Jake.

Toujours aussi pince-sans-rire, ce vieux forban.

Jake et Gerard bavardèrent un moment avec

Jessica avant de regagner leurs sièges que, blague à part, beaucoup eussent enviés. Myron balaya la foule du regard, y découvrit de nombreux visages familiers. Le sénateur Bradley Cross et ses proches étaient fidèles au poste, y compris Gregory Caufield, le meilleur ami de feu son fils. Frank Ache était là aussi, arborant le même costume que la veille. Il se fendit d'un signe de tête en direction de Myron, lequel l'ignora. Kenneth et Helen Van Slyke étaient assis à quelques dizaines de mètres de là – surprise, surprise ! Myron tenta d'accrocher le regard d'Helen qui fit de son mieux pour feindre de ne pas le voir. Ned Tunwell & Cie péroraient dans leur box attitré. Ned se montra aussi discret qu'Helen, évitant ostensiblement de remarquer Myron. Il semblait un peu éteint – inquiet ?

Jessica se leva :

– Je reviens tout de suite.

Myron s'assit et salua Henry Hobman, lequel était déjà à mille lieues de là, cent pour cent concentré sur Duane.

– Arrêtez de lui prendre la tête, dit-il. Votre boulot, c'est de lui simplifier la vie.

Myron préféra ne pas répondre.

Enfin, Win fit son apparition. Il arborait une chemise rose avec le logo d'un club de golf, un pantalon vert pomme, des mocassins blancs et un pull jaune noué autour du cou.

– Hello ! dit-il.

Myron secoua la tête :

– Mardi Gras est passé, je te signale !

– C'est très tendance, pauvre ignare.

– N'empêche, ça jure avec l'environnement.

– Pardonnez-moi, signor Armani ! dit Win en prenant place à côté de lui. As-tu parlé à Duane ?

– On a juste échangé quelques mots.

Jessica revint et embrassa Win sur la joue.

– Merci, lui murmura-t-elle à l'oreille.

Il ne réagit pas.

À cet instant, la fanfare attaqua les premières mesures de la *Bannière étoilée* et ils se levèrent. À la fin de l'hymne national, une voix à l'accent britannique résonna dans les haut-parleurs, réclamant une minute de silence à la mémoire du regretté Pavel Menansi. Les têtes s'inclinèrent, la foule se tut. Quelques spectateurs reniflèrent. Win leva les yeux au ciel. Deux minutes plus tard, le match commençait.

Et quel match ! Les deux joueurs étaient de force égale, tout en puissance, mais personne ne s'attendait à un duel d'une telle intensité. Le rythme était époustouflant, on se serait cru sur une autre planète ou devant un film passé en accéléré. La foule poussait des cris d'admiration devant la vitesse de chaque balle de service affichée sur l'écran géant. Les échanges étaient très brefs. Il y avait pas mal de fautes directes de part et d'autre, mais aussi d'incroyables coups. Service, volée, smash, montée au filet, revers imparable, amorti... Toute la panoplie des heures de gloire du tennis, à la puissance dix. Duane semblait dans un état second. Il frappait la balle avec une sorte de fureur, comme si elle l'attaquait personnelle-

ment. Myron n'avait jamais vu les deux garçons jouer avec autant de hargne.

Win se pencha vers lui et chuchota :

– Vous avez « juste échangé quelques
mots », hein ? Je voudrais bien savoir lesquels.

– Wanda l'a quitté.

– Je vois. De la testostérone en rab.

– Je ne crois pas que ce soit seulement ça,
Win.

– Si tu le dis...

Myron laissa tomber. Autant discuter couleurs avec un daltonien.

Duane gagna le premier set 6-2. Thomas
Craig emporta le deuxième à l'issue d'un jeu
décisif. Tandis que démarrait la troisième
manche, Win demanda :

– Tu as appris quelque chose ?

Myron le mit au parfum, à mi-voix. Au bout
d'un moment, Ivana Trump lui fit signe de se
taire. Win lui adressa un petit geste de la
main.

– J'ai un ticket avec elle.

– Redescends sur terre, mon grand, dit
Myron. C'est pas toi qu'elle vise, c'est la
caméra, juste derrière toi.

Les joueurs changèrent de côté et Win en
profita pour récapituler.

– D'abord on a cru que Valérie avait été
éliminée parce qu'elle savait des trucs com-
promettants à propos de Pavel Menansi. Maintenant nous pensons qu'on l'a tuée parce
qu'elle a vu quelque chose qu'elle n'aurait
pas dû voir la nuit où Alexander a été assassiné.

– Ce n'est qu'une supposition, objecta Myron.

Lorsque les joueurs changèrent de nouveau de côté, Myron sentit une légère tape sur son épaule. Il se retourna.

– Oh ! Docteur Abramson ! En voilà une surprise !

– Bonjour, Myron.

– Ravi de vous revoir, doc.

– Moi aussi. Votre client se débrouille comme un chef. Vous devez être aux anges.

– Eh bien, dit Myron, ce n'est pas aussi simple, hélas ! Duane Richwood n'est peut-être plus mon client.

– C'est censé être drôle ? demanda-t-elle sans sourire.

– Pas vraiment. J'ignorais que vous étiez une fan de tennis...

– Je viens ici tous les ans, je ne manquerais ça pour rien au monde. Ah, bonjour, monsieur Lockwood, ajouta-t-elle en s'adressant à Win.

Lequel s'inclina fort civilement.

– Mais je manque à tous mes devoirs, dit Myron. Je vous présente mon amie Jessica Culver.

Les deux femmes échangèrent une poignée de main et des sourires polis.

– Enchantée, dit le Dr Abramson. Eh bien, je ne vais pas vous déranger plus longtemps. Je voulais seulement vous dire un petit bonjour en passant.

– Pourrions-nous nous voir un peu plus tard ? demanda Myron. Ça ne vous prendrait que quelques minutes.

– Non, je ne pense pas. Je suis très occupée. Bon, à bientôt !

– Savez-vous que Kenneth et Helen Van Slyke sont ici ? insista Myron.

– Bien sûr. Et je sais aussi qu'ils viennent de s'éclipser.

Myron jeta un œil vers leurs sièges. Vides. Il sourit.

– Sacrée psy ! Bien joué ! Vous êtes venue faire diversion ?

– Et prendre congé, dit-elle, tout aussi souriante.

Sur ce, elle tourna les talons et s'éloigna. L'arbitre réclama le silence et annonça la reprise du match.

Lors de la pause suivante, les Van Slyke réapparurent. Myron se pencha vers Win.

– Comment se fait-il que tu connaisses le Dr Abramson ?

– Je suis allé voir Valérie, quand elle était en HP.

– Souvent ?

Win ne répondit pas. Avait-il haussé les épaules ? Myron n'aurait pu le jurer, mais il sentit bien qu'il se mêlait de ce qui ne le regardait pas. Il jeta un œil interrogateur vers Jessica. Il lui sembla qu'elle non plus n'avait pas l'intention de l'aider.

Sur le court, Duane avait carrément pété les plombs. Il jouait n'importe comment mais totalisait assez de coups gagnants pour maintenir le suspense. Il finit par gagner le troisième set, 7-5. Deux manches à une. Tout était permis. Dans le box Nike, ça s'agitait ferme.

On applaudissait, on assenait sur le dos de Ned d'amicales bourrades –, bref, on triomphait d'avance. Ned lui-même en était tout ragaillardi. Difficile de maintenir à zéro le moral d'un optimiste invétéré...

Le sénateur Cross, impassible, observait la scène. Personne n'osait lui adresser la parole et il ne parlait à personne. Pas même durant les pauses. Il n'avait croisé le regard de Myron qu'une seule fois. Il l'avait regardé droit dans les yeux, longuement, sans ciller. Helen et Kenneth Van Slyke discutaient avec leur entourage mais semblaient tous deux mal à l'aise. Frank Ache se remit les couilles en place, vérifia que sa braguette était fermée et poursuivit sa conversation avec Roy O'Connor, le président de TruPro. Il avait l'air plutôt confortable dans ses baskets. Roy, en revanche, semblait sur le point de vomir. Ivana Trump survolait l'assistance d'un œil blasé. Chaque fois qu'elle posait son regard sur Win, ce dernier lui envoyait un baiser virtuel, aussi léger que le vol d'un papillon.

Myron avait entrevu la vérité lors d'un service, au cours du troisième set. Une toute petite lumière, au début. Une phrase qu'avait prononcée Jimmy Blaine, et qu'il n'avait pas su remettre dans son contexte. Quelque chose à propos d'une course à pied à Philadelphie. Mais là, le déclic avait eu lieu et le puzzle s'était reconstitué. Myron détourna les yeux, se désintéressant du match, puis se leva.

– Qu'est-ce qui t'arrive ? demandèrent Win

et Jessica comme un seul homme. Tu ne te sens pas bien ?

Myron se tourna vers Win :

– Il faut que je parle à Gregory Caufield.

– Quand ?

– Maintenant. Avant le prochain échange. Mais je dois le voir seul. Tu peux m'arranger ça ?

– C'est comme si c'était fait, dit Win.

45

Au début du tournoi, une quinzaine de matches ont lieu en même temps. Crise du logement : les stars ont droit au court central, tandis que les futurs espoirs se disputent les annexes. En l'occurrence, ce jour-là, lesdites annexes étaient aussi désertes qu'une route de l'Arizona à la Jack Kerouac.

Myron jeta son dévolu sur le court n° 16, s'assit sur l'un des gradins, aussi confortables que ceux des gymnases de son adolescence. Mais il avait une vue imprenable sur l'ensemble des lieux. Le soleil s'était levé, se situait maintenant au zénith. De temps à autre, Myron entendait les échos de la foule enthousiaste, à cinq cents mètres de là, sur le court central. Les authentiques fans de tennis sont censés être silencieux, respectueux, mais il y a belle lurette que ce n'est plus vrai. Ils prennent leur pied aussi bruyamment que des hooligans : « Ah... puis oh, OH ! AAAH ! WAOUH ! » Avant le soupir collectif et les applaudissements.

Étrange. Le monde du tennis n'est plus ce qu'il était. Pour le meilleur ou pour le pire ?

Il entendit venir Gregory Caufield bien avant de le voir. Il faut dire qu'avec Win, il avait été à bonne école. Cette démarche féline, cette façon d'arriver par-derrière, sans bruit.

— Je suis là, Gregory.

— Ça ne pouvait vraiment pas attendre, vieux frère ?

Vieux frère ! Ils avaient à peine trente-cinq ans, l'un et l'autre.

— Non, Gregory, ça ne pouvait pas attendre.

Ils avancèrent d'un pas et se retrouvèrent face à face. Surpris, Gregory se ressaisit très vite.

— Oh, Myron ! Bonsoir. Excuse-moi, ce n'est pas toi que j'attendais.

— Salut, Greg.

Gregory Caufield eut comme un sursaut et se retourna. Derrière lui, Win venait de surgir de l'ombre.

— Qu'est-ce que ça veut dire, Windsor ? Je croyais que tu avais un truc à me dire, en privé ?

— En fait, c'est mon pote Myron qui a besoin de toi.

Perplexe, Gregory fit face à Myron et attendit.

— Je voudrais vous parler de la nuit où... la

nuit où Alexander Cross a été assassiné, balbutia Myron.

– Je n'ai rien à dire.

– Je suis convaincu du contraire, et je n'ai qu'une question à vous poser.

– Désolé, dit Gregory. Maintenant, faut que j'y aille.

Win lui barra le chemin. Gregory s'arrêta, furieux.

– Une seule question, insista Myron.

Gregory l'ignora. Win s'interposa.

– Laisse-moi passer, Windsor.

– Non.

Gregory n'en croyait pas ses oreilles. Souriant à demi, il passa sa main dans sa tignasse hirsute.

– Arrêtez, vous deux. C'est pas drôle du tout.

Win ne bougea pas d'un poil.

– Myron a besoin de ta coopération.

– Et moi je ne suis pas disponible. Pigé ?

– Tu veux dire que tu n'as pas l'intention de coopérer, Gregory ?

– T'as tout compris, vieux frère.

La main de Win fusa tel un boulet de canon et son tranchant atterrit au beau milieu du plexus solaire de Greg. Lequel tomba à genoux, le souffle coupé. Myron secoua la tête, désolé : il avait toujours été contre la violence. D'un autre côté, il ne pouvait nier l'efficacité de tels arguments. Pour la plupart des gens – dont Gregory et lui-même –, la violence physique n'était qu'une abstraction. Des trucs qu'on ne voit qu'à la télé ou dans les journaux. Des trucs qui n'arrivent qu'aux autres. Là, Win venait de leur donner une bonne leçon à tous les deux. Enfin, surtout à Gregory. Au bord des larmes, le pauvre se tenait la poitrine à deux bras.

– Bon, ça te suffit ? demanda Win. Ou tu veux une resucée ?

Myron se dirigea vers l'homme à terre mais, prudent, ne fit pas un geste pour l'aider à se relever, préférant opter pour la rhétorique.

– Gregory, nous savons tout à propos de cette fameuse nuit. Je me fous royalement de ce que tu faisais là – tes snifs et tes fix, c'est pas mon problème. Tout ce que tu diras restera entre nous – sauf si tu me racontes des craques.

Gregory leva la tête vers lui. Il était blanc comme neige – si l'on peut dire.

– Ces garçons n'étaient pas venus pour cambrioler le club, n'est-ce pas ? insista Myron.

Silence.

– Errol Swade et Curtis Yeller n'étaient ni des voleurs ni des dealers. Je sais que j'ai raison. Si oui, ne dis rien. Contente-toi de hocher la tête.

Gregory regarda Win, puis Myron. Et finit par acquiescer.

– Et maintenant, dis-moi ce qu'ils étaient venus faire dans ce club.

Silence.

– Dis-le, s'obstina Myron. Je connais déjà la réponse. J'ai seulement besoin d'une confirmation. Pourquoi étaient-ils venus là, ce soir-là ?

Le garçon avait récupéré, respirait normalement. Il tendit la main. Myron la saisit et
l'aida à se relever.

– Pourquoi étaient-ils là ? Dis-le-moi, Greg.
Fais-moi confiance.

Et Gregory Caufield avoua exactement ce
que Myron savait déjà :

– Ils voulaient jouer au tennis.

46

Myron courut jusqu'à sa voiture.

Duane était en tête, deux sets à un, 4-2 dans la troisième manche. Plus que deux jeux et il était finaliste de l'US Open. Mais ça n'avait plus tellement d'importance. Car, à présent, Myron savait ce qui s'était passé. Il savait ce qui était arrivé à Alexander Cross, à Curtis Yeller et à Errol Swade, à Valérie Simpson et, peut-être, à Pavel Menansi.

Il saisit le téléphone et se mit à composer des numéros comme un fou. Son deuxième appel était pour Esperanza. Chez elle. Par chance, elle décrocha.

– Je suis avec Lucy, dit-elle d'un ton brusque.

De toute évidence, il la dérangeait. Esperanza sortait depuis quelques mois avec une dénommée Lucy. Ça avait l'air sérieux. Mais, allez savoir, avec Esperanza : auparavant, elle était folle amoureuse d'un certain Max... Faut de tout pour faire un monde.

— Avez-vous l'agenda à portée de main ? demanda Myron.

— Non, qu'est-ce que vous croyez ? Je ne suis pas folle à ce point. Mais j'ai une copie sur mon ordi.

— Bravo, Esperanza ! Rappelez-moi de vous augmenter. Bon, dites-moi, la dernière fois que Valérie Simpson est venue au bureau, qui avait rendez-vous juste avant elle ?

— Une minute.

Il l'entendit taper sur son clavier, puis :

— Duane.

Bingo.

— Mais où êtes-vous, patron ? Je vous croyais au stade.

— Non. Je suis dans ma voiture.

— Win est avec vous ?

— Non.

— Miss Iceberg ?

— Non.

— Alors, c'est que ça va mal. Passez me prendre. Lucy allait partir, de toute façon.

— Hors de question.

Il raccrocha et alluma la radio. Duane menait 5-2. Plus qu'un jeu avant la victoire. Il composa le numéro d'Amanda West. Puis celui de Jimmy Blaine. Tomba chaque fois sur des messageries. Un frisson glacé lui parcourut l'échine, de la nuque aux orteils.

Sa main tremblait réellement lorsqu'il appela Lucinda Elright. Par chance, la vieille prof était chez elle et répondit dès la première sonnerie.

– Excusez-moi de vous déranger, c'est Myron Bolitar. Pourriez-vous m'accorder un instant ? Aujourd'hui même. C'est important.

– Oui, bien sûr.

– Parfait. Je serai chez vous d'ici une heure ou deux.

Elle ne posa aucune question, n'exigea aucune explication.

– Je vous attends, dit-elle simplement.

Finalement, Duane remporta le dernier set par 6-2. Mais le glorieux finaliste de l'US Open refusa les interviews et s'enfuit comme un voleur. Les journalistes furent très frustrés.

Moins de deux heures plus tard, Myron sonnait à la porte de Lucinda Elright. Il resta chez elle moins de cinq minutes, juste le temps d'obtenir la confirmation de ce qu'il soupçonnait. Il prit le bouquin et regagna sa voiture, fila vers la maison de Deanna Yeller. Aucun sourire ne l'accueillit, cette fois. Ni aucune surprise.

– Je sais ce qui est arrivé à Errol Swade, dit-il. Il est mort.

Mme Yeller cligna des yeux, imperceptiblement.

– C'est ce que je vous ai dit la première fois que vous êtes venu.

– Oui, dit Myron, mais vous avez oublié de préciser que c'est vous qui l'avez tué.

47

Myron n'attendit pas qu'elle l'invite à entrer. Faisant preuve d'autorité, il la poussa contre le mur et investit les lieux. Cette fois encore, il fut frappé par le côté impersonnel du décor. Pas une photo. Pas un souvenir. Mais, à présent, il comprenait pourquoi. La télé était branchée et diffusait les images du tournoi en direct. On en était au premier set de la finale dames.

Deanna Yeller le suivit, résignée.

– Ça doit être dur, pour vous.

– Quoi donc ?

– De regarder Duane sur l'écran plutôt qu'au lit.

– Ce n'était qu'une passade, dit-elle d'un ton monocorde. Sans aucune importance.

– Juste l'histoire d'une nuit ?

– On peut dire ça comme ça.

– Je ne vous crois pas une seconde. Duane Richwood est votre fils.

– Qu'est-ce que vous racontez ? Je n'ai qu'un seul fils.

– C'est vrai.

– Et il est mort. Ils l'ont tué, vous avez oublié ?

– C'est faux. Errol Swade est mort, mais pas Curtis.

– Je ne sais pas de quoi vous parlez.

Aucune conviction dans sa voix. Elle semblait fatiguée, vaincue d'avance. Comme si elle savait que Myron l'avait déjà percée à jour.

– Je suis au courant, dit-il en lui tendant l'album qu'il tenait à la main. Vous reconnaissez ce précieux objet, n'est-ce pas ?

Elle y jeta un œil et blêmit.

– C'est l'annuaire des élèves de terminale. Quand Curtis était au lycée. Ils y figurent tous. Le trombinoscope de rigueur. Je viens de voir Lucinda Elright. C'est elle qui me l'a donné.

Deanna Yeller eut soudain l'air si fragile qu'une simple brise l'eût envoyée s'écraser contre le mur. Myron ouvrit l'album.

– Duane s'est fait refaire le nez, depuis. Et peut-être quelques autres petites rectifications. Il s'est coupé les cheveux, il a fait de la muscu. De toute façon, il n'a plus rien à voir avec le gamin de seize ans qu'il était à l'époque. En outre, il ne quitte jamais ses lunettes de soleil – du moins en public. Méconnaissable, non ? Qui pourrait imaginer que Duane Richwood est le petit Noir que l'on suspectait de meurtre il y a six ans ?

Deanna vacilla, posa une main sur la table basse et s'assit. Myron prit place en face d'elle.

– Curtis était un athlète exceptionnel, poursuivit-il, feuilletant l'album. Très doué. Foot, basket... Dans son lycée, il n'y avait pas d'option « tennis » mais d'après Mme Elright, c'était son rêve et rien n'aurait pu l'arrêter.

Deanna Yeller demeura silencieuse.

– Je n'ai jamais cru que Curtis n'était qu'un petit délinquant, dit Myron. Vous avez tout fait pour l'enfoncer, Deanna, mais ça ne collait pas. Je me suis renseigné. Ce gosse était sérieux, intelligent, apprécié de ses professeurs. En outre, un casse dans ce club de tennis, ça n'avait aucun sens. Il n'y avait rien à voler, là-dedans. Alors j'ai pensé à un trafic de drogue. Pourquoi pas ? Alexander Cross était accro. Errol Swade était dealer. Mais ça n'expliquait pas pourquoi votre fils était sur place ce soir-là. Un moment, j'ai même pensé que Curtis et Errol n'avaient rien à voir là-dedans, qu'ils n'étaient que des boucs émissaires. Mais un témoin relativement fiable m'a juré les avoir vus tous les deux sur la scène du crime. Avec chacun une raquette de tennis à la main. Bizarre, ne trouvez-vous pas ? Si les deux garçons étaient venus pour voler des raquettes, ils en auraient emporté plus d'une. D'un autre côté, s'il s'agissait de drogue, pourquoi s'encombrer d'une raquette ? La réponse était simple : ces mômes avaient sauté la barrière non pour voler quoi que ce soit mais tout bêtement pour jouer au tennis. Quelques heures gratis chez les riches.

Deanna leva la tête. Des larmes plein les yeux.

– Il venait de voir Wimbledon à la télé, avoua-t-elle. Il rêvait de jouer sur du gazon.

– Malheureusement, Alexander Cross et ses potes étaient dehors, complètement défoncés. Ils ont entendu Curtis et Errol. Ce qui s'est exactement passé par la suite, je l'ignore. Mais je pense que le sénateur Cross pourra nous éclairer. J'imagine que son fiston Alexander, raide dingue allumé, a foutu la merde. Peut-être qu'il n'a pas aimé l'idée que deux jeunes Blacks jouent sur son court privé. Ou peut-être qu'il a réellement cru qu'il s'agissait de cambrioleurs. Peu importe. Toujours est-il qu'Errol Swade a sorti un couteau et a tué le gosse de riches. Légitime défense ? Peut-être. J'en doute.

– Il n'a fait que réagir, protesta Deanna. Le pauvre Errol n'a jamais été très futé. Il voit une bande de Blancs qui lui tombent dessus, il se défend. Normal. Dans la rue c'est comme ça.

Myron se contenta de hocher la tête.

– Les deux garçons s'enfuient. Mais Valérie Simpson était là, dans les buissons, et Curtis tombe sur elle. Ils se battent et Valérie le reconnaît. Elle pense qu'il vient de poignarder son fiancé, alors elle ne risque pas d'oublier sa tronche. Curtis réussit à s'échapper. Errol et lui sautent par-dessus la barrière, trouvent une voiture. Errol n'en est pas à son premier vol de bagnole, il sait comment procéder. C'est ça qui m'a mis la puce à l'oreille. J'ai parlé avec l'officier de police qui est censé avoir abattu votre fils. Il s'appelle Jimmy Blaine. Jimmy m'a assuré avoir tiré sur le conducteur du véhicule, et non sur le passager. Or Curtis ne pouvait pas avoir pris le volant. Il n'avait pas assez d'expérience, il ne faisait que suivre son cousin. C'est là que j'ai compris : Jimmy Blaine avait tiré sur Errol Swade, et non sur Curtis.

Deanna demeura de marbre.

– La balle a atteint Errol de plein flanc. Curtis l'a aidé à sortir de la voiture et l'a hissé jusqu'à votre appartement, par l'échelle de secours. À ce moment-là, il y avait des voitures de police partout, des sirènes et des flics tous azimuts. Vous étiez cernés. Errol et Curtis étaient totalement paniqués. Ils vous ont raconté ce qui s'était passé. Et vous avez compris ce que cela signifiait. La parole d'un jeune Blanc riche contre un jeune Noir pauvre. Aucune chance pour votre fiston, innocent ou non. Même si Errol avouait la vérité, Curtis était fini.

– Ça va plus loin que ça, intervint Deanna. J'étais au courant du drame depuis une heure, par la radio. On savait qui était la victime. Pas seulement un jeune Blanc, mais aussi le fils d'un sénateur des États-Unis...

– Et, reprit Myron, vous saviez aussi qu'Errol avait un casier long comme le bras. Que tout ça c'était sa faute. Qu'il avait fait une connerie de plus et qu'il devrait payer tôt ou tard. Mais Curtis, lui, était innocent. C'était un bon garçon. Et maintenant, à cause de la bêtise de son cousin, il devait mettre une croix sur sa vie ?